上海戏剧学院 规划建设教材

西方悲剧导读

刘明厚 著

文化藝術出版社
Culture and Art Publishing House

前 言

  悲剧，是人类在充满苦难的从必然王国向自由王国跋涉、迈进的旅程中，对其自身存在状况的深切关照、感悟与认知；悲剧，是每一个伟大民族的不可或缺的自我意识和艺术形式，它蕴含并折射出各个民族自己的哲学思想、社会文化与宗教信仰。在西方戏剧史与美学史上，第一个给悲剧下定义的就是亚里斯多德，他在其《诗学》里这样说道："悲剧是对于一个严肃的、完整的、有一定长度的行动的模仿，其目的是为了引起人们的怜悯与恐惧，并使这种情感得以陶冶和净化。"

  西方悲剧的源头可追溯到2500多年前的古希腊。在那遥远的充满遐想的公元前5世纪，古代希腊出现了希腊民族引以为豪的三大悲剧诗人埃斯库罗斯、索福克勒斯和欧里庇得斯，尽管古希腊悲剧的主人公是神，但是我们依旧能深刻感受到人类在抗争不可知的命运的过程中，人所具有的自由精神与坚强意志。古希腊悲剧作品之于后世的西方悲剧带来了不可磨灭的深远的影响，构成了西方戏剧的重要源头与西方文学不可或缺的组成部分，为世界文坛作出了自己特有的贡献。我们不难发现，在人类戏剧发展的历史长河中，随着不同民族、不同国家交往的逐渐加深，悲剧艺术与悲剧美学思想彼此间会产生相互影响、相互借鉴与认同，这无疑是一个非常有意义的现象。

  作为西方悲剧的种子，《俄狄浦斯王》与《美狄亚》这两部古希腊悲剧生发出西方悲剧之树上许许多多的奇花异果。人，认识你自己！这是命运多舛的悲剧英雄"俄狄浦斯王"留给我们的一道哲学命题，这位显赫的、智慧的王者能够破解狮身人面女妖之谜，就是不能破解自己的身世之谜。千百年来，有多少作家想去揭开这个命题，结果总是困惑。正是因为我们不能真正认识自己，从而造成了多少令人扼腕、引人痛心和深思的悲剧。古希腊人在未知的命运面前所展现出的勇敢抗争与自由意志，已经成为一种精神而代代相传。

如果说索福克勒斯的《俄狄浦斯王》是向我们展示了一个试图摆脱命运魔枷、敢于正视自己的生存困境，并对城邦负责对自己的行为负责的悲剧英雄，那么欧里庇得斯的《美狄亚》则开创了人际冲突的题材。在两性对立的家庭悲剧中，美狄亚式的那种充满激情的爱，以及遭遇背叛后绝望而愤怒的激情，曾引发出无数人间悲剧，它涉及到人的精神层面的生存困境，如美国戏剧家尤金·奥尼尔的《榆树下的欲望》和田纳西·威廉斯的《"欲望号"街车》。在两性角力的过程中，受到经济、利益等各种生存困境的压力，男女双方在心理上的对峙，被剧作家们表现得冷峻而尖锐。女性在抗争中通常是挫败者，她们那令人心碎的故事，再现出作者对人性的掘发。

关于人与世界、人与他人、人与自我的异化问题与荒诞母题，以多种变体在现当代西方戏剧中游荡。这本书里所剖析的九部悲剧无一不涉及人在现实世界里的希望与失望。梦，是如此美好，但是在冷酷无情的现实面前，往往不堪一击，个人的价值和尊严在严酷的社会现实面前往往无可挽回地失落了。特别是进入了现代以后，西方戏剧出现了危机，许多剧作家从对社会问题的批判退居到内心，沉溺于过去与梦幻。这种现代生存悲剧更多的是关注于人本体的、内在的非人化与精神分裂，当人意识到绝望之后，悲剧就开始了。在契诃夫的《海鸥》、易卜生的《约翰·盖博吕尔·博克曼》里，人的孤独，人与他人的无法沟通，人与社会的脱节，人生的荒诞，这些现代派戏剧中一再涉及的主题或问题，被异曲同工地再现出来。

与最古老的西方悲剧相比，现代西方悲剧的主人公不再是一个非凡的人物，不再是帝王将相、王公贵族，或传奇英雄，而是普普通通的人，甚至是一无所有、社会地位卑贱的小人物，在他们身上不再具有古典悲剧中那令人崇敬的伟大的英雄气质和崇高的道德力量，但是，却依旧表现出他们与命运抗争到底的不屈的自由意志与激情，这与古希腊悲剧中人面对不幸与灾难的态度是一脉相承的。现代西方社会能把一个小人物一点一点地逼到绝境，剥夺掉他的自由，剩下的唯一的自由就是向背叛自己的女人复仇，从而确立起自己的地位与尊严，这就是德国现代文学的先驱者、才华横溢的戏剧家格奥尔格·毕西纳创作的《沃伊采克》的同名主人公的悲剧。现代悲剧家表达了对人的终极价值的探寻，人被社会异化与反异化是西方现代文明的基本关系，我们不仅从沃伊采克这类社会最底层的小人物身上得到证实，证实人性异化是现代西方悲剧之源，同时，我们还可以通过阿瑟·米勒的《萨勒姆的女巫》这部悲剧，看到在一定的政治气候下或身处生存危机之时，人所表现出的群体性可怕的趋恶心理。现代悲剧不仅是个体生存的困境问题，而且也是社会生活领域善与恶的对峙，是与各种力量的较量中人性的悲剧。

在《萨勒姆的女巫》的舞台上，充满了形形色色的欲望，关于贪婪、关于情欲、关于权势、关于虚荣的扭曲欲望，以及由此而生的畸形的怨恨、疯狂的宣泄、丧失天良的诬陷，它们在这个名为"萨勒姆"的小镇中左右着人们的生死，左右着人们的善恶，左右着人们的灵魂的飞升与沉沦。当个人的生命面临死亡的逼迫，选择谎言才能得救，人们往往会毫不犹豫，什么信仰、道德、良心，统统被抛掷脑后。从这点来看，这个发生在17世纪美国小镇上的悲剧故事具有一种全球性的普世意义。而在《鬼魂奏鸣曲》这部戏里，瑞典文学史上最杰出的戏剧家、小说家斯特林堡则异常冷静地向我们展现了一个人欲横流、尔虞我诈的冷酷世界。在这里，既有法国戏剧导演阿尔托（Antonin Artaud 1896-1948）所主张的残酷戏剧的影子，也有荒诞派戏剧中的荒诞因素，以及表现主义戏剧的主观色彩等，尽管这类主观戏剧在编剧手法上有较多的革新，但它依旧在主题上纠结于人在绝望中的迷茫。

受尼采的意志哲学、叔本华的生命哲学，以及萨特、海德格尔的存在主义哲学等影响，现代西方悲剧理论领域被拓展了，非理性主义被纳入其中，对人类本体的关注，让我们清晰地洞察到在西方现代悲剧中对理性主义、人本文化传统的反拨。这些西方经典悲剧家们质疑于传统沿革式的模仿，而尝试着以一种新的、不同的风格重新表现人与社会、人与他人、人与自我之间的异化关系，通过舞台上一群丧失爱心与忠诚，缺乏善良与道德的形形色色的人，再现了现代西方人的深刻的精神危机。

现代西方悲剧与现代戏剧发展的历史一样，大幕还敞开着，只要有人类在地球上生存，大幕就永远不会落下，悲剧意识和悲剧这一艺术形式就会永远存在，哪怕是冲突、苦难，乃至毁灭，人类都不会放弃理想，放弃希望与追求。由于受限于教学课时的要求，《西方悲剧导读》经过几个学期的教学实践，我从洋洋大观的西方悲剧中挑选出九部不同国家的著名剧作，将当代与古典联系在一起，通过深入浅出的剖析，找出它们之间那种千丝万缕的联系、变革与发展，以及编剧上艺术上的特点。此外，为了解决学生或读者寻找剧本的困难，我在每一篇剖析文章后面，专门附上了相关剧本，但由于受限于出版篇幅，除保留了《沃伊采克》和《鬼魂奏鸣曲》这两部悲剧剧本的完整性外，其余七部悲剧则不得不进行了节选。希望读者能从社会、哲学、宗教、心理、艺术等各个层面，或多或少地从这些具有深刻内涵的西方悲剧中获得一些有益的启迪。

刘明厚

2011 年 3 月 16 日于上海戏剧学院

目录

前　言……1

人，真正认识你自己
——索福克勒斯《俄狄浦斯王》评析……1
《俄狄浦斯王》（节选）……12

两性对立的家庭悲剧
——欧里庇得斯《美狄亚》评析……26
《美狄亚》（节选）……38

欲望中的人性挣扎
——尤金·奥尼尔《榆树下的欲望》评析……52
《榆树下的欲望》（节选）……66

在社会变革中对自由生存的徒劳追寻
——田纳西·威廉斯《"欲望号"街车》评析……80
《"欲望号"街车》（节选）……89

契诃夫戏剧中的悲剧因素与现代意识
——契诃夫《海鸥》评析……112

《海鸥》(节选)……129

自由生存困境中的囚徒
——易卜生《约翰·盖勃吕尔·博克曼》评析……160

《约翰·盖勃吕尔·博克曼》(节选)……173

沃伊采克:一个小人物的悲剧
——毕希纳《沃伊采克》评析……195

《沃伊采克》(全选)……207

超越时空的"女巫"
——阿瑟·米勒《萨勒姆的女巫》评析……233

《萨勒姆的女巫》(节选)……243

人的一种令人惊骇的存在
——斯特林堡《鬼魂奏鸣曲》评析……284

《鬼魂奏鸣曲》(全选)……297

人，真正认识你自己
——索福克勒斯《俄狄浦斯王》评析

一、作家作品简介

　　古希腊最著名的悲剧之一《俄狄浦斯王》的作者索福克勒斯（Sophocles，约公元前496—公元前406）是古希腊著名的三大悲剧家之一。他出身于兵器制造厂厂主家庭，从小受过良好的教育，特别在音乐、体育方面受到严格的训练，在比赛中均获得过花冠奖赏。诗人的中年适逢雅典最繁荣时期，他和工商业民主派领袖伯里克理斯（公元前495—公元前429，自公元前444年至死一直执掌雅典大权）交情很深，积极参与政治活动，曾两度担任将军职务，被选为雅典十将军之一。一个戏剧家、诗人同时又是一个军事统帅，足以证明了索福克勒斯的多才多艺、智慧骁勇。

　　索福克勒斯一生创作了约130多部悲剧和笑剧，获得了24个头等奖和二等奖，是当时戏剧竞赛中得奖最多的戏剧家，流传至今有七部完整的悲剧，它们是：《埃阿斯》、《安提戈涅》、《俄狄浦斯王》、《厄勒克特拉》、《特拉客斯少女》、《菲罗克忒忒斯》、《俄狄浦斯在科罗诺斯》。这些作品反映了雅典奴隶主民主政治全盛时期的思想感情。他提倡民主精神，反对潜主政治，倾其全部技巧歌颂敢于同命运抗争的英雄。他说，他是按照人应该具有的样子来刻画这些人物的。这说明他是一个理想主义者，而古希腊三大悲剧家之一的另一位悲剧家欧里庇得斯，则是按照人本来的样子来写戏。索福克勒斯的剧作风格质朴、简洁，富有力量。

索福克勒斯对悲剧艺术的贡献是：他打破写"三部曲"（又称"三联剧"）的传统形式，而写独立的悲剧，使矛盾冲突高度集中；他增设了第三个演员，使对话在戏剧里占主要地位；他把歌队（古希腊悲剧的原始成分）作为全剧的有机部分，参与剧中的活动，加强了戏剧的动作性；他开创了倒叙式结构（又称"封闭式结构"）的成功范例，其悲剧布局严谨、结构紧凑；他笔下的人物性格鲜明生动，具有坚韧顽强的自由意志。

　　被视为人类文化遗产瑰宝的《俄狄浦斯王》上演于公元前431年。悲剧展示了人的自由意志同命运的冲突与较量。科任托斯国王子俄狄浦斯从神示那里惊悉他会杀父娶母，为逃脱这一可怕的厄运，他当即离开"父母"只身离家出走。在一个三岔路口，他与一个骄横无理的老人发生冲突，将其和三个随从杀死，只有一个仆人落荒而逃。他途经忒拜城时，因破了斯芬克斯女妖之谜，被深陷灾难中的当地人拥戴为王，并娶了先王的遗孀伊俄卡斯忒为妻，十五年来生育了两个勇敢的儿子和两个美丽的女儿。剧本开始时，忒拜城又闹起了瘟疫，妇女不育，牲畜死亡，五谷不长。忧心如焚的俄狄浦斯王出来安慰在王宫前乞援的人们，说他早已派内兄克瑞翁去请求神示。克瑞翁回来报告说，阿波罗神要忒拜人清除隐藏在城里的杀死先王的凶手才能国泰民安。俄狄浦斯王当众表示，他将不遗余力查出罪犯。然而，他万万想不到缉凶追查到了最后，竟然发现自己就是那个可怕的凶手。伊俄卡斯忒悬梁自尽，俄狄浦斯则刺瞎自己的双眼离开了忒拜城邦。

二、哲学命题：人，真正认识你自己

　　这是一部命运悲剧。一种不可抗拒的神秘命运与人对立而导致人的悲惨结局。俄狄浦斯是一个深受忒拜人爱戴与尊敬的国王，一个曾经把他们从灾难中解救出来的贤明君主。十五年前，女妖斯芬克斯要忒拜人猜一个谜语：什么动物早晨时分是四只脚，中午的时候是两只脚，到了傍晚则是三只脚，脚最多的时候最软弱。凡猜不出的人都被它一个个吃掉了，全忒拜城却始终没有一个人能揭开这个谜底。正当人们绝望之际，途经忒拜城的俄狄浦斯破了谜底：人。于是，斯芬克斯女妖跳崖自尽了。感恩的忒拜人把俄狄浦斯奉若神明，用祭司的话说："我们是把你当做天灾和人生祸患的救星"、"全能的主上"（见该剧开场）。但是，这位人民的救星和希望，同时又是罪魁祸首，正是他犯下了杀父娶母的弥天大罪，才使神降怒于忒拜，让这个城邦瘟疫弥漫。

　　然而，俄狄浦斯的不幸就在于他完全是在不知情的情况下犯下的罪孽，在于他与生俱来的原罪，他必须背负悲剧性罪恶来接受苦难。他刚刚生下来，就被告知他将来会弑父娶母。他的父母理所当然的害怕了，当即用钉子钉住儿子的脚后跟，并让仆人把他送到荒山里弄死。这位好心的仆人出于怜悯，把这个不幸的弃婴送给了邻国科任托斯一个放牧的朋友，这个牧羊人又把他送给了没有后裔的科任托斯国王波吕玻斯。不幸的俄狄浦斯又非常幸运，波吕玻斯十分钟爱这个孩子，一直把他视为己出。要不是有一天，一位在宴会上喝醉酒的客人指着俄狄浦斯说他不是国王的亲生儿子，致使他第一次对自己的身世产生了怀疑，无论父母如何安慰，他还是亲自去向阿波罗神求问。当他一旦得知自己将会杀父娶母时，他当即选择逃离，逃离"祖国"和"父母"，否则，除非自杀，他别无选择。俄狄浦斯的这一行动说明他是一心一意想与命运抗争的，他绝不想伤害自己的父母，从这一点来看，他是勇敢的、正直的、意志坚强的。但是，无论他怎样千方百计想要摆脱命运的魔枷，最终还是被厄运所套住。

人，如何真正认识你自己。这是这部悲剧给我们出的一道富有哲学意味的命题。剧中那个著名的斯芬克斯之谜，不是这部古希腊悲剧中的一个推动故事情节向前发展的简单的细节，这个斯芬克斯之谜是向我们提出了一个超越哲学的哲学思考。俄狄浦斯看上去智慧无比，唯有他一个人能够猜破了这个女妖的谜语，却不能猜破自己的身世之谜。所有的人都把他视为救世主一样的伟大，所有的人都羡慕他的好运；俄狄浦斯自己也洋洋得意，曾天真地认为自己是命运的宠儿，他在第三场戏中有过这样一句台词："我认为我是仁慈命运的宠儿，不至于受辱。幸运是我的母亲。"而事实上他却是盲目的，主持正义的人是凶手，明察秋毫的人是瞎子，城邦的拯救者同时又是祸根，俄狄浦斯身处在黑暗之中却全然不觉，他在盲目中不知不觉地犯下了杀父娶母的滔天大罪。因此，索福克勒斯在全剧的结尾，借歌队之口告诫人们：不要说一个凡人是幸福的，在他还没有跨过生命的界限，还没有得到痛苦的解脱之前。① 这几句歌队的唱词实在是太耐人寻味了。

俄狄浦斯的悲剧象征着人类共同的命运——盲目。这位厄运缠身的人的确位高权重过，受人崇拜过，而事实上，他完完全全是命运的弃儿，他不过是受宠一时，为的是让他跌得更加惨重。正如歌队长最后所唱的："他道破了那著名的谜语，成为最伟大的人；哪一位公民不曾带着羡慕的眼光注视着他的好运？他现在却落到可怕的灾难的波浪中了！"俄狄浦斯最后的结局意味着他必须为自己的行为付出代价。

---

① 索福克勒斯：《悲剧二种》，罗念生译，人民文学出版社1961年版，第112页。

俄狄浦斯的命运是荒诞的，是不公正的。他是罕见的集英明的君主、伟大的救世主和肮脏的罪人合为一体的人物。他的荣辱沉浮的一生，意味着人生是一个猜不透的谜，人类是难以下定义的存在。因此，歌队最后唱道："不幸的俄狄浦斯王，你的命运，你的命运警告我，不要说凡人是幸福的。"

三、一个具有自由意志的悲剧英雄

作为该剧的主人公，索福克勒斯是把俄狄浦斯作为理想中的英雄来描写，赋予他反抗命运的坚强的自由意志。俄狄浦斯的这种勇敢、正直和与命运抗争到底的坚强意志，渗透在整个剧情中，表现在他义无反顾地追查那个凶犯和自己身世的过程里。

比如，他明知对自己不利，却不顾先知、王后以及知情的牧羊人的先后阻拦，非要对杀害先王的凶手和自己的身世弄个水落石出。这证明俄狄浦斯是心地坦荡的，是一个具有责任心的、能够直面困境和痛苦的铮铮汉子。我们看到，他从戏的开始就对先知的吞吞吐吐而恼怒，他甚至怀疑他同克瑞翁勾结在一起反对他，在觊觎他的王位，结果他和他们俩人先后爆发了两次激烈的冲突。盛怒之下，先知被逼说出："我说你就是你要寻找的杀人凶手。""他将成为和他同住的儿女的父兄，他生母的儿子和丈夫，他父亲的凶杀和共同播种的人。"克瑞翁也怒不可遏，说只有傻瓜才愿意去当每天都担惊受怕的国王，结果，双方都剑拔弩张，不欢而散。

又比如，那个不忍心杀死襁褓中的俄狄浦斯的老仆人，更不愿意伤害这个不幸的君主，一再劝阻和搪塞，直到最后被俄狄浦斯捆绑起来，以死来威胁他说出真话的时候，才不得已掏出隐藏在心底几十年的秘密。

总之，当俄狄浦斯力排众议，最终发现自己就是那个杀人凶犯时，他切切实实地感到自己是被命运玩弄了，他的美好爱情和幸福生活顷刻间就遭到了毁灭性的破坏。他独自支配了整个事件，结果却把自己从最高的王位上拉下来，身败名裂，成为不耻于人的罪犯。面对不公正的命运，俄狄浦斯没有悲观绝望，而是正视他所面临的荒诞。为了避免在阴间面对他的父母，他挖去了自己的双眼，实行了自我惩罚和自我流放。他是一个敢于对自己行为负责的英雄，也是索福克勒斯塑造的一个理想中的人物，尽管他并不是完美无缺的。

古希腊人还不曾用到"荒诞"一词，但是，他们却已经有了深切的荒诞感。这种主观愿望与客观行动的相悖，人的意志与注定命运的相悖，恰恰构成了俄狄浦斯悲剧性命运的反讽。

四、艺术特点

1. 倒叙式戏剧结构之典范

索福克勒斯素有"悲剧艺术的荷马"之美誉,他的戏剧被认为是戏剧结构技巧的典范。俄狄浦斯是全剧的中心人物,他在悲剧发生时已经完成了他的故事情节,他是杀父的凶手,母亲的丈夫,儿女的兄长。但是,他周围世界知晓了他的可怕的一切,唯独他本人并不知晓,直至最后一刻,他走向真相之路构成了悲剧性的情节。

在《俄狄浦斯王》中,作者并没有按照时间顺序来揭示悲剧主人公那可怕的罪孽,而是以俄狄浦斯为中心,编织了两条情节线,缉查凶手和追究血缘,前一条是明线,后一条是暗线。这两条情节线构成该剧的情节结构,第一条追查杀死老国王拉伊俄斯的凶手,目的是为了拯救灾难中的城邦与人民。先知在被俄狄浦斯王的话激怒之下,"我认为你是这罪行的策划者,人是你杀的,虽然不是你亲手杀的。"[①] 这才道出了秘密,当众指出俄狄浦斯就是杀害老国王的凶手,并在不知不觉之中和老国王最亲近的人可耻地住在一起,却看不见自己的灾难。

第二条追究自己的身世——他究竟是谁的儿子,这关系到俄狄浦斯到底是不是凶手的关键。直到第三场,这两条线才交织在一起,王后说出的关于"杀父娶母"的神示与俄狄浦斯在阿波罗神庙里获悉的神示是惊人的一致,而且也道出了他在三岔路口杀死过一个老人的往事,这不仅使俄狄浦斯"心神不安,魂飞魄散",而且又给全剧增加了一个关于俄狄浦斯身世之谜的悬念,两条情节线开始并列发展。追查身世的暗线成了明线,两线一经碰撞,立即达到高潮,一个自杀,一个自残,让人紧张得透不过气来。

2. 悲剧反讽

《俄狄浦斯王》这部悲剧是从故事将近结尾的地方写起,以唯有追查出杀害老国王的凶手才能挽救忒拜城邦来作为全剧的起爆点。在铺排情节时,索福克勒斯运用了一连串的悲剧反讽,俄狄浦斯的命运大起大落,只发生在一天之内、一个地方,作者成功地展现了他高超的倒叙式(又称"封闭式")编剧技巧。

---

① 见罗念生翻译的《俄狄浦斯王》三,第一场。

例如，索福克勒斯为俄狄浦斯先后设置了两个陷阱，这两个陷阱都是以倒叙的方式告知给观众的。

第一个陷阱是"狭路相逢"。狭窄的三岔路口，老国王拉伊俄斯带着他的四个侍从耀武扬威地驾车驶来，粗暴地命令眼前的年轻人让路，并用双矛长棍向不服气的俄狄浦斯刺了过去。年轻气盛的俄狄浦斯出于自卫和人的尊严，立即向这位蛮不讲理的长者进行了反击，他孤身奋战，结果把对方打得落花流水，只有一个仆人死里逃生，其余全部被他杀死。这位从小在科任托斯国王身边长大的俄狄浦斯，切切实实把那里的国王和王后当做自己的生身父母，当他第一次听到他会杀父娶母的神示时，为了不当"逆子"和"罪人"，才踏上了不知凶吉祸福的浪迹天涯之路。他如何能够想到眼前这个萍水相逢的凶狠老人会同自己有着血缘关系？

第二个陷阱是"误入婚姻"。当俄狄浦斯凭着自己的智慧和勇气，猜破了人面狮身女妖斯芬克斯之谜后，他成了拯救城邦的大英雄，得到了他意想不到的最高的奖赏——耀眼的王冠和美貌的王后。这一至高无上的荣誉不是他强争硬夺的，也不是他自己要求的，是感恩的当地臣民自愿奉献给他的，俄狄浦斯只是顺应了忒拜人的安排，顺应了命运的安排。两个素不相识的男女被人撮合在一起，缔结了神圣的婚姻，共同生儿育女，家庭和睦，国泰民安。十五年来，从未有人来谴责他们践踏了伦理道德！那位无所不知的先知也没有站出来阻止过这门罪孽的婚姻！而以拯救城邦和民众为己任的俄狄浦斯王却还在不遗余力地追凶破案。这个世上最最不幸的人，他最害怕的弑父和乱伦之罪偏偏就在他不知不觉中犯下了。他竟和母亲共同繁育后代，他是自己儿女们的父亲，也是他们的兄长。这种双重的身份，不仅令人不寒而栗，而且构成了对他最大的悲剧性反讽。

毫无疑义，索福克勒斯是运用"悲剧反讽"的高手。这种"悲剧反讽"还表现在剧中人物的语言里。例如，俄狄浦斯严肃地向长老们（歌队）表示："我如今掌握着他（拉伊俄斯）先前的王权，娶了他的妻子，占有了他的床榻共同播种，如果他求嗣的心没有遭受挫折，那么同母的子女就能把我们联结成一家人，但是厄运落到了他头上；我为他作战，就像为自己的父亲作战一样。"结果是，俄狄浦斯搬起石头砸了自己的脚。

又例如，科任托斯的送信人请俄狄浦斯回去继承王位，因为老国王波吕玻斯死了，俄狄浦斯虽然庆幸自己逃过了"杀父"这一神示，但他还是拒绝回"家"，因为"母亲"还健在，他害怕第二个神示会应验。这时王后伊俄卡斯忒，也是俄狄浦斯的妻子和母亲过来安慰他说："别害怕你会玷污你母亲的婚姻。"这种悲剧反讽是极其富有戏剧性的,它强化了俄狄浦斯的悲剧性命运。

3. "发现"与"突转"的同时并存构成情节线

在编剧技巧上,索福克勒斯还采用"发现"和"突转"的同时并存,来构成这部悲剧情节的编排。俄狄浦斯弑父娶母的罪行是一步一步地揭露出来的。他原本是怀着为民除害、拯救城邦的高尚目的去追查谋杀前国王拉伊俄斯的凶手,结果引出与先知与内兄的冲突,到底谁是凶手,这是一个很大的悬念。王后本来想安慰俄狄浦斯,说前夫是在一个三岔路口被一伙强盗杀死,而不是死在他们的亲生儿子手里。这里"一伙"与"一个"的量的区别,暂时起了一个先扬后抑的作用,使得俄狄浦斯的身世之谜更显得扑朔迷离,迂回曲折。

当科任托斯的报信人带来要俄狄浦斯回国继位的信息,从而说出俄狄浦斯的真正血缘时,这一"发现",不仅使俄狄浦斯王也使得在场的王后伊俄卡斯忒心惊肉跳,已经悟出真相的伊俄卡斯忒哀求俄狄浦斯赶紧停止一切调查。但处在侥幸与恐怖之中的俄狄浦斯已经不能冷静的来判断伊俄卡斯忒从眼睛和语调中所流露出来的痛苦的真正含义,极度的焦虑使他一味从自我出发,误以为王后是出于虚荣心,害怕查出"丈夫"出身卑微而感到羞耻。这一个迂回,将两条情节线交织在一起绷得紧紧的,到了一触即发的地步。直到俄狄浦斯下令找来最后一个,也是唯一一个老国王被害时的证人、也是俄狄浦斯血缘关系的证人——那个躲在乡下的老仆人时,"包袱"才被最后抖开了,结果是一旦俄狄浦斯的身世之谜被"发现",立即导致整个剧情和主人公命运的颠倒乾坤的大转变:审判者变成了杀人犯,拥有无限权力、荣誉和财富的君王变成了不洁的、被人厌恶的最下贱的人,俄狄浦斯从主动状态转变到被动状态,他为民众缉查凶手的结果却导致自身的彻底毁灭。这种逆转型悲剧模式,索福克勒斯的《俄狄浦斯王》堪称典范。

4. 具有悲剧反讽意味的双关语

双关语也是该剧的特点之一,它在剧中也同样起着"悲剧反讽"的作用。比如,俄狄浦斯说:他清除污染,不是为了某些疏远的朋友,而是为了他自己,因为杀害国王的凶手也会用同样的毒手来对付他。事实是这位自负的国王最后用自己的手刺瞎了自己的双眼,他被自己的话言中了。

又如,俄狄浦斯威胁克瑞翁 假如你以为谋害亲人能不受惩罚,你可大错特错了。结果真相大白时,他不得不自食其果。他还当众宣布:"我不许任何人接待那罪人——不论他是谁,不许同他交谈,也不许同他一起祈祷、祭神,或是为他举行净罪礼；人人都把他赶出门外。"最后，他不得不实行自我惩罚——自我流放。

还有，类似先知忒瑞西阿斯的话"正是运气害了你"，报信人叙述王后那痛不欲生的情景，"她为她的床榻而悲叹，她多么不幸，她在那里生了两种人，给丈夫生丈夫，给儿子生子女"等台词。这种悖论，把压迫在俄狄浦斯身上的人世间最大的不幸揭示得既具体又生动，其准确性掩藏在表面的荒谬之背后。

5. 人物心理刻画

索福克勒斯除了在情节结构上受人称道外，他对人物的心理揭示也是非常细腻的。俄狄浦斯为拯救城邦，用咄咄逼人的语言迫使先知道出真情，这显示出他追查凶手的迫切心理与决心。当他第一次听到他就是那个神示说的不洁的人时，他一下子跳了起来，流露出他内心的不安与沉重，这种感觉越到后来就越发严重。王后伊俄卡斯忒为了安慰心神不宁的俄狄浦斯，先后说出先王被害的地点，以及有关神示的说法。不料她每说出一个细节，俄狄浦斯的心就往下沉一点，愈来愈难以掩饰自己内心的恐惧。当他听到先王是被一伙强盗而不是一个强盗杀死时，他稍稍舒了口气，不自觉地流露出他心存的一丝侥幸心理。当他的"祖国"来人报告波吕玻斯国王去世的讣告，以及请他回去继承王位的消息后，俄狄浦斯顿时悲喜交加，他对王后说："夫人呀，我们为什么要重视皮托颁布预言的宇宙，或空中啼叫的鸟儿呢？它们曾指出我命中注定要杀害我父亲。但是他已经死了，埋进了泥土，我却还在这里，没有动过刀枪。这似灵不灵的神示已被波吕玻斯随身带着，和他一起躺在冥府里，不值半文钱了。"他嘲笑神示的不灵验，他为自己庆幸，那种从未有过的轻松感和解脱感，使他忘记了丧"父"的悲痛。

但是，这只是一个先扬后抑的暂时性的松懈，为了最后彻底把他打趴在地。俄狄浦斯因担心"娶母"的神示应验而拒绝回科任托斯，结果，报信人一句"你不是她生的"，如同一声霹雳在俄狄浦斯头上炸响，炸得他瞠目结舌，方寸大乱，竟然判断不出伊俄卡斯忒为何坚决而又痛楚地阻止他追查下去的真正原因，反而推开她，"让这个女人去赏玩她的高贵门第吧！""她也许因为我出身卑微感觉耻辱。"直到这个时候他还怀着侥幸心理，认为自己是幸运的宠儿，他找来那个远在乡下的牧羊老人，颤抖着追问他关于那个孩子的下落。当他知道了他最害怕听到的真相时，他彻底崩溃了，连呼两声"哎呀！哎呀！一切都应验了！"随后冲进宫内，他无颜见人，无颜再见天日！

从先前沉重焦虑的神态里突然爆发出一个放声的"笑"，到重新变得不安

8

起来，与王后发生冲突，到紧张地拷问老仆人，最后一个趔趄地"冲出"人群等一系列动作，将俄狄浦斯这一人物的心理发展变化揭示得丝丝入扣。

6. 歌队的作用

歌队在古希腊悲剧中始终占有重要的位置，它不间断地出现在舞台上。歌队演员载歌载舞，在剧中用来表现抒情力量，他们在幕间或者讲述以前发生的故事，或者对剧中人物的争执与事件发表他们的看法，参与剧中的活动。

比如，当先知与俄狄浦斯发生口角，生气地拂袖离去之前，扔下这样几句话："今天你就会暴露你的身份，也叫你身败名裂"，"告诉你吧，你刚才大声威胁、通令要捉拿的，杀害拉伊俄斯的凶手就在这里；表面看来，他是个侨民，一转眼就会发现他是个土生的忒拜人，再也不能享受他好运了。他将从明眼人变成瞎子，从富翁变成乞丐……"先知的话令所有在场的人震惊不已，这时候这群由长老组成的歌队听后忧心忡忡地唱道："……那聪明的先知非常地、非常地使我烦恼，我不能同意，也不能承认，不知说什么好！我心里忧虑，对现在和未来的事情都看不清……在我没有证实他的话是真的以前，我决不能同意谴责俄狄浦斯。从前那著名的、有翅膀的女妖逼近他的时候，我们看见过他的聪明，他经得住考验，他是城邦的朋友，我相信，他决不会有罪。"（见剧本四、第一合唱歌）歌队不仅唱出了自己的心情，也表达了所有忒拜人的所思所想，表达了他们对待这场冲突的态度，他们决不迷信先知，只相信事实。索福克勒斯的歌队比起他的前后两位悲剧诗人埃斯库罗斯和欧里庇得斯来，运用得更和谐更自然。在该剧的"第四合唱歌"中，歌队悲叹悲剧主人公俄狄浦斯的命运，合唱歌写得很美。

古希腊悲剧的流血场面都是放在幕后进行的，这是古希腊悲剧同罗马悲剧的一个显著的区别。高贵的王后伊俄卡斯忒明了真相后上吊自杀了，不幸的俄狄浦斯为了避免在阴间见到他的父母，用他妻子，也是他母亲的金别针屡次狠狠地刺自己的双眼，"每刺一下，那血红的眼珠里流出的血便打湿了他的胡子，那血不是一滴滴地滴，而是许多黑的血点，雹子般一齐降下"。这些血淋淋的恐怖场面不是当众演出来的，而是通过一个传报人之口告诉给观众的。18世纪法国杰出的启蒙思想家、戏剧家伏尔泰（1694—1788）十分推崇这部古希腊悲剧，很欣赏作者对这一恐怖场面和悲剧主人公的不幸遭遇的剧情处理手法，在他看来，这正是悲剧的基本特征和价值所在，这种真正动人的悲剧所产生的效应，就在于它能引起观众的同情和怜悯。

五、结　语

在这部悲剧里，索福克勒斯表示出对神的敬畏，他认为这是一个很重要的品质。俄狄浦斯害怕神示应验而离"家"出走，他的父亲拉伊俄斯也是出于同样的原因而放弃父母的天职，残害自己的亲骨肉；正是神示说必须清除不洁的罪犯，俄狄浦斯才不顾一切追查到底。但是，索福克勒斯在另一方面更是强调和颂扬了人的坚强的自由意志。俄狄浦斯在命运面前并非逆来顺受，他凭着自己的意志和智慧，千方百计想挣脱厄运的魔枷。这种坚定的意志和坦荡的胸怀，引起观众对他的深深的同情。这种困兽犹斗的抗争，也体现出了个体生命的无穷追求与"命运"的不断惩罚之间的矛盾所构成的悲剧意识。① 这种自由精神与坚强意志已经远远超越了神话故事，超越了世俗生活。与此同时，这种困兽犹斗的抗争精神，也体现出了个体生命的无穷追求与"命运"的不断惩罚之间的矛盾所构成的悲剧意识。

我们从俄狄浦斯的遭遇中，不由得对人与神的哲学、人与神的矛盾冲突产生思考。如同这部悲剧的主人公俄狄浦斯那样，现代人也同样意识到他在宇宙之中只是个弃儿，他不明白自己为什么来到这个世界上，孤单单地面对着这个荒诞而陌生的社会。俄狄浦斯的命运是荒诞的，但是，他却能自承其咎，而不是悲观绝望，这使他后来成为一个圣者。这不能不给我们现代观众以启迪。在这部古希腊悲剧中，我们能够感受到那种来自永恒的宗教情感。这部 2500 年前的悲剧告诉我们，"悲剧存在于天地之间，存在于已知和未知之间，存在于人神之间"。②

索福克勒斯的《俄狄浦斯王》被后人不断地搬演、模仿、改编和研究。每个时代的艺术家、理论家都会从中得出自己的看法。例如，18 世纪德国的席勒（1759—1805），他对古希腊悲剧中的命运观就持保留的态度，他从道德意志和理性主义出发，认为悲剧艺术应以道德为基础，向命运屈服是不光彩不体面的事。现代著名的精神病医学家弗洛伊德（1856—1939）则从该剧中总结出与人的"性欲"和"无意识"密切相关的"恋母情结"，即"俄狄浦斯情结"，他认为这种情结存在于每个人的儿童时代，他从精神分析的角度来解释悲剧的效果，得出悲剧的效果是来自恋母妒父，与人的最初的性冲动有关，而非来自

---

① 见《外国文学研究》1999 年第三期，第 64 页。
② 见《外国戏剧》1980 年第一期，希腊国家剧院院长阿·米诺蒂斯语。

"神意"和"人力"的矛盾冲突,在他看来,是"俄狄浦斯情结"引起观众心灵的震颤。

《俄狄浦斯王》这出古老的希腊悲剧虽然距离我们今天的观众已经有2500多年的历史了,但是,它的魅力依旧存在,它至今给我们以思考、以启迪,给我们以美的享受。

思考题:

1. 《俄狄浦斯王》一剧在艺术上有哪些特点?
2. 如何理解俄狄浦斯的命运与荒诞感的关系?
3. 你从这部悲剧中获得的人文精神是什么?

俄狄浦斯王（节选）[1]

[希腊] 索福克勒斯 著
罗念生 译

七、第三场

〔伊俄卡斯忒偕侍女自宫中上。〕

伊俄卡斯忒 我城邦的长老们啊，我想起了拿着这缠羊毛的树枝和香料到神的庙上；因为俄狄浦斯由于各种忧虑，心里很紧张，他不像一个清醒的人，不会凭旧事推断新事；只要有人说出恐怖的话，他就随他摆布。
我既然劝不了他，只好带着这些象征祈求的礼物来求你，吕刻俄斯·阿波罗啊——因为你离我最近——请给我们一个避免污染的方法。我们看见他受惊，像乘客看见船工舵工受惊一样，大家都害怕。

〔报信人自观众左方上。〕

报信人 啊，客人们，我可以向你们打听俄狄浦斯王的宫殿在哪里吗？最好告诉我他本人在哪里，要是你们知道的话。

歌　队 啊，客人，这就是他的家，他本人在里面；这位夫人是他儿女的母亲。

报信人 愿她在幸福的家里永远幸福，既然她是他的全福的妻子！

伊俄卡斯忒 啊，客人，愿你也幸福；你说了吉祥的话，应当受我回敬。请你告诉我，你来求什么，或者有什么消息见告。

---

[1] 本剧本引用《外国剧作选1》，上海文艺出版社1979年版，第55—122页。

报信人　　夫人，对你家和你丈夫是好消息。

伊俄卡斯忒　什么消息？你是从什么人那里来的？

报信人　　从科任托斯来的。你听了我要报告的消息一定高兴。怎么会不高兴呢？但也许还会发愁呢。

伊俄卡斯忒　到底是什么消息？怎么会使我高兴又使我发愁？

报信人　　人民要立俄狄浦斯为伊斯特摩斯地方的王，那里是这样说的。

伊俄卡斯忒　怎么？老波吕玻斯不是还在掌权吗？

报信人　　不掌权了；因为死神已把他关进坟墓了。

伊俄卡斯忒　你说什么？老人家，波吕玻斯死了吗？

报信人　　倘若我撒谎，我愿意死。

伊俄卡斯忒　侍女呀，还不快去告诉主人！

　　　　　（侍女进宫）

　　　　　啊，天神的预言，你成了什么东西了？俄狄浦斯多年来所害怕的，所要躲避的正是这人，他害怕把他杀了；现在他已寿尽而死，不是死在俄狄浦斯手中的。

〔俄狄浦斯偕众侍从自宫中上。

俄狄浦斯　啊，伊俄卡斯忒，最亲爱的夫人，为什么把我从屋里叫来？

伊俄卡斯忒　请听这人说话，你一边听，一边想天神的可怕的预言成了什么东西了。

俄狄浦斯　他是谁？有什么消息见告？

伊俄卡斯忒　他是从科任托斯来的，来讣告你父亲波吕玻斯不在了，去世了。

俄狄浦斯　你说什么，客人？亲自告诉我吧。

报信人　　如果我得先把事情讲明白，我就让你知道，他死了，去世了。

俄狄浦斯　他是死于阴谋，还是死于疾病？

报信人　　天平稍微倾斜，一个老年人便长眠不醒。

俄狄浦斯　那不幸的人好像是害病死的。

报信人　　并且因为他年高寿尽了。

俄狄浦斯　啊！夫人呀，我们为什么要重视皮托的颁布预言的宇宙，或空中啼叫的鸟儿呢？它们曾经指出我命中注定要杀我父亲。但是他已经死了，埋进了泥土；我却还在这里，没有动过刀枪。除非说他是因为思念我而死的，那么倒是我害死了他。这似灵不灵的神示已被波吕玻斯随身带着，和他一起躺在冥府里，不值半文钱了。

伊俄卡斯忒　我不是早这样告诉了你吗？

俄狄浦斯　我倒是这样想过，可是，我因为害怕，迷失了方向。
伊俄卡斯忒　现在别再把这件事放在心上了。
俄狄浦斯　难道我不该害怕玷污我母亲的床榻吗？
伊俄卡斯忒　偶然控制着我们，未来的事又看不清楚，我们为什么惧怕呢？最好尽可能随随便便地生活。别害怕你会玷污你母亲的婚姻；许多人曾在梦中娶过母亲；但是那些不以为意的人却安乐地生活。
俄狄浦斯　要不是我母亲还活着，你这话倒也对；可是她既然健在，即使你说得对，我也应当害怕啊！
伊俄卡斯忒　可是你父亲的死总是个很大的安慰。
俄狄浦斯　我知道是个很大的安慰，可是我害怕那活着的妇人。
报信人　你害怕的妇人是谁呀？
俄狄浦斯　老人家，是波吕玻斯的妻子墨洛珀。
报信人　她哪一点使你害怕？
俄狄浦斯　啊，客人，是因为神送来的可怕的预言。
报信人　说得说不得？是不是不可以让人知道？
俄狄浦斯　当然可以。罗克西阿斯曾说我命中注定要娶自己的母亲，亲手杀死自己的父亲。因此多年来我远离着科任托斯。我在此虽然幸福，可是看见父母的容颜是件很大的乐事啊。
报信人　你真的因为害怕这些事，离开了那里？
俄狄浦斯　啊，老人家，还因为我不想成为杀父的凶手。
报信人　主上啊，我怀着好意前来，怎么不能解除你的恐惧呢？
俄狄浦斯　你依然可以从我手里得到很大的应得的报酬。
报信人　我是特别为此而来的，等你回去的时候，我可以得到一些好处呢。
俄狄浦斯　但是我决不肯回到我父母家里。
报信人　年轻人！显然你不知道你在做什么。
俄狄浦斯　怎么不知道呢，老人家？看在天神面上，告诉我吧。
报信人　如果你是为了这个缘故不敢回家。
俄狄浦斯　我害怕福玻斯的预言在我身上应验。
报信人　是不是害怕因为杀父娶母而犯罪？
俄狄浦斯　是的，老人家，这件事一直在吓唬我。
报信人　你知道你没有理由害怕吗？
俄狄浦斯　怎么没有呢，如果我是他们的儿子？
报信人　因为你和波吕玻斯没有血缘关系。

俄狄浦斯　你说什么？难道波吕玻斯不是我的父亲？

报信人　正像我不是你的父亲，他也同样不是。

俄狄浦斯　我的父亲怎能和你这个同我没关系的人同样不是？

报信人　你不是他生的，也不是我生的。

俄狄浦斯　那么他为什么称呼我作他的儿子呢？

报信人　告诉你吧，是因为他从我手中把你当一件礼物接受了下来。

俄狄浦斯　但是他为什么十分爱别人送的孩子呢？

报信人　他从前没有儿子，所以才这样爱你。

俄狄浦斯　是你把我买来，还是你把我捡来送给他的？

报信人　是我从喀泰戎峡谷里把你捡来送给他的。

俄狄浦斯　你为什么到那一带去呢？

报信人　我在那里放牧山上的羊。

俄狄浦斯　你是个牧人，还是个到处漂泊的佣工？

报信人　年轻人，那时候我是你的救命恩人。

俄狄浦斯　你把我抱在怀里的时候，我有没有什么痛苦？

报信人　你的脚跟可以证实你的痛苦。

俄狄浦斯　哎呀，你为什么提起这个老毛病？

报信人　那时候你的左右脚跟是钉在一起的，我给你解开了。

俄狄浦斯　那是我襁褓时期遭受的莫大的耻辱。

报信人　是呀，你是由这不幸而得到你现在的名字的。

俄狄浦斯　看在天神面上，告诉我，这件事是我父亲还是我母亲做的？你说。

报信人　我不知道；那把你送给我的人比我知道得清楚。

俄狄浦斯　怎么？是你从别人那里把我接过来的，不是自己捡来的吗？

报信人　不是自己捡来的，是另一个牧人把你送给我的。

俄狄浦斯　他是谁？你指得出来吗？

报信人　他被称为拉伊俄斯的仆人。

俄狄浦斯　是这地方从前的国王的仆人吗？

报信人　是的，是国王的牧人。

俄狄浦斯　他还活着吗？我可以看见他吗？

报信人　（向歌队）你们这些本地人应当知道得最清楚。

俄狄浦斯　你们这些站在我面前的人里面，有谁在乡下或城里见过他所说的牧人，认识他？赶快说吧！这是水落石出的时机。

歌队长　我认为他所说的不是别人，正是你刚才要找的乡下人，这件事伊俄卡斯忒最能够说明。

俄狄浦斯　夫人，你还记得我们刚才想召见的人吗？这人所说的是不是他？

伊俄卡斯忒　为什么问他所说的是谁？不必理会这事。不要记住他的话。

俄狄浦斯　我得到了这样的线索，还不能发现我的血缘，这可不行。

伊俄卡斯忒　看在天神面上，如果你关心自己的性命，就不要再追问了；我自己的苦闷已经够了。

俄狄浦斯　你放心，即使我发现我母亲三世为奴，我有三重奴隶身份，你出身也不卑贱。

伊俄卡斯忒　我求你听我的话，不要这样。

俄狄浦斯　我不听你的话，我要把事情弄清楚。

伊俄卡斯忒　我愿你好，好心好意劝你。

俄狄浦斯　你这片好心好意一直在使我苦恼。

伊俄卡斯忒　啊，不幸的人，愿你不知道你的身世。

俄狄浦斯　谁去把牧人带来？让这个女人去赏玩她的高贵门第吧！

伊俄卡斯忒　哎呀，哎呀，不幸的人呀！我只有这句话对你说，从此再没有别的话可说了！

〔伊俄卡斯忒冲进宫。

歌队长　俄狄浦斯，王后为什么在这样忧伤的心情下冲了进去？我害怕她这样闭着嘴，会有祸事发生。

俄狄浦斯　要发生就发生吧！即使我的出身卑贱，我也要弄清楚。那女人——女人总是很高傲的——她也许因为我出身卑贱感觉羞耻。但是我认为我是仁慈的幸运的宠儿，不至于受辱。幸运是我的母亲；十二个月份是我的弟兄，他们能划出我什么时候渺小，什么时候伟大。这就是我的身世，我决不会被证明是另一个人；因此我一定要追问我的血统。

八、第三合唱歌

歌　队　（首节）啊，喀泰戎山，假如我是个先知，心里聪明，我敢当着俄林波斯说，等明晚月圆时，你一定会感觉俄狄浦斯尊你为他的故乡、母亲和保姆，我们也载歌载舞赞美你；因为你对我们的国王有恩德。福玻斯啊，愿这事讨你欢喜！

（次节）我的儿，哪一位，哪一位和潘——那个在山上游玩的父亲——接近的仙女是你的母亲？是不是罗克西阿斯的妻子？高原上的草地他全都喜爱。也许是库勒涅的王，或者狂女们的神，那位住在山顶上的神，从赫利孔仙女——他最爱和那些仙女嬉戏——手中接受了你这婴儿。

九、第四场

俄狄浦斯　长老们，如果让我猜想，我以为我看见的是我们一直在寻找的牧人，虽然我没有见过他。他的年纪和这客人一般大；我并且认识那些带路的是自己的仆人。（向歌队长）也许你比我认识得清楚，如果你见过这牧人。

歌队长　告诉你吧，我认识他；他是拉伊俄斯家里的人，作为一个牧人，他和其他的人一样可靠。

〔众仆人带领牧人自观众左方上。

俄狄浦斯　啊，科任托斯客人，我先问你，你指的是不是他？

报信人　我指的正是你看见的人。

俄狄浦斯　喂，老头儿，朝这边看，回答我问你的话。你是拉伊俄斯家里的人吗？

牧　人　我是他家养大的奴隶，不是买来的。

俄狄浦斯　你干的什么工作，过的什么生活？

牧　人　大半辈子放羊。

俄狄浦斯　你通常在什么地方住羊棚？

牧　人　有时候在喀泰戎山上，有时候在那附近。

俄狄浦斯　还记得你在那地方见过这人吗？

牧　人　见过什么？你指的是哪个？

俄狄浦斯　我指的是眼前的人；你碰见过他没有？

牧　人　我一下子想不起来，不敢说碰见过。

报信人　主上啊，一点也不奇怪。我能使他清清楚楚回想起那些已经忘记了的事。我相信他记得他带着两群羊，我带着一群羊，我们在喀泰戎山上从春天到阿耳克图洛斯初升的时候做过三个半年朋友。到了冬天，我赶着羊回我的羊圈，他赶着羊回拉伊俄斯的羊圈。（向牧人）我说的是不是真事？

牧　人　你说的是真事，虽是老早的事了。

报信人　喂，告诉我，还记得那时候你给了我一个婴儿，叫我当自己的儿子养着吗？

牧　　人　你是什么意思？干吗问这句话？

报信人　好朋友，这就是他，那时候是个婴儿。

牧　　人　该死的家伙！还不快住嘴！

俄狄浦斯　啊，老头儿，不要骂他，你说这话倒是更该挨骂！

牧　　人　好主上啊，我有什么错呢？

俄狄浦斯　因为你不回答他问你的关于那孩子的事。

牧　　人　他什么都不晓得，却要多嘴，简直是白搭。

俄狄浦斯　你不痛痛快快回答，要挨了打哭着回答！

牧　　人　看在天神面上，不要拷打一个老头子。

俄狄浦斯　（向侍从）还不快把他的手反绑起来？

牧　　人　哎呀，为什么呢？你还要打听什么呢？

俄狄浦斯　你是不是把他所问的那孩子给了他？

牧　　人　我给了他；愿我在那一天就瞪了眼！

俄狄浦斯　你会死的，要是你不说真话。

牧　　人　我说了真话，更该死了。

俄狄浦斯　这家伙好像还想拖延时候。

牧　　人　我不想拖延时候，我刚才已经说过我给了他。

俄狄浦斯　哪里来的？是你自己的，还是从别人那里得来的？

牧　　人　这孩子不是我自己的，是别人给我的。

俄狄浦斯　哪个公民，哪家给你的？

牧　　人　看在天神面上，不要，主人啊，不要再问了！

俄狄浦斯　如果我再追问，你就活不成了。

牧　　人　他是拉伊俄斯家里的孩子。

俄狄浦斯　是个奴隶，还是个亲属？

牧　　人　哎呀，我要讲那怕人的事了！

俄狄浦斯　我要听那怕人的事了！也只好听下去。

牧　　人　人家说是他的儿子，但是里面的娘娘，主上家的，最能告诉你是怎么回事。

俄狄浦斯　是她交给你的吗？

牧　　人　是，主上。

俄狄浦斯　是什么用意呢？

牧　　人　叫我把他弄死。

18

俄狄浦斯　做母亲的这样狠心吗？

牧　　人　因为她害怕那不吉利的神示。

俄狄浦斯　什么神示？

牧　　人　人家说他会杀他父亲。

俄狄浦斯　你为什么又把他送给了这老人呢？

牧　　人　主上啊，我可怜他，我心想他会把他带到别的地方——他的家里去；哪知他救了他，反而闯了大祸。如果你就是他所说的人，我说，你生来是个受苦的人啊！

俄狄浦斯　哎呀！哎呀！一切都应验了！天光啊，我现在向你看最后一眼！我成了不应当生我的父母的儿子，娶了不应当娶的母亲，杀了不应当杀的父亲。

（俄狄浦斯冲进宫，众侍从随入，报信人、牧人和众仆人自观众左方下）

十、第四合唱歌

歌　　队　（第一曲首节）凡人的子孙啊，我把你们的生命当做一场空！谁的幸福不是表面现象，一会儿就消灭了？不幸的俄狄浦斯，你的命运，你的命运警告我不要说凡人是幸福的。

（第一曲次节）宙斯啊，他比别人射得远，获得了莫大的幸福，他弄死了那个出谜语的、长弯爪的女妖，挺身做了我邦抵御死亡的堡垒。从那时候起，俄狄浦斯，我们称你为王，你统治着强大的忒拜，享受着最高的荣誉。

（第二曲首节）但如今，有谁的身世听起来比你的可怜？有谁在凶恶的灾祸中，在苦难中遭遇着人生的变迁，比你可怜？

哎呀，闻名的俄狄浦斯！那同一个宽阔的港口够你使用了，你进那里作儿子，又扮新郎作父亲。不幸的人呀，你父亲耕种的土地怎能够，怎能够一声不响，容许你耕种了这么久？

（第二曲次节）那无所不见的时光终于出乎你意料之外发现了你，它审判了这不清洁的婚姻，这婚姻使儿子成为了丈夫。

哎呀，拉伊俄斯的儿子啊，愿我，愿我从没有见过你！我为你痛哭，像一个哭丧的人！说老实话，你先前使我重新呼吸，现在使我闭上眼睛。

十一、退　场

〔传报人自宫中上。

传报人　我邦最受尊敬的长老们啊，你们将听见多么惨的事情，将看见多么惨的景象，你们将是多么忧虑，如果你们效忠你们的种族，依然关心拉布达科斯的家室。我认为即使是伊斯忒耳和法息斯河也洗不干净这个家，它既隐藏着一些灾祸，又要把另一些暴露在光天化日之下，这些都不是无心，而是有意做出来的。自己招来的苦难总是最使人痛心啊！

歌队长　我们先前知道的苦难也并不是不可悲啊！此外，你还有什么苦难要说？

传报人　我的话可以一下子说完，一下子听完，高贵的伊俄卡斯忒已经死了。

歌队长　不幸的人啊！她是怎么死的？

传报人　她自杀了。这件事最惨痛的地方你们感觉不到，因为你们没有亲眼看见。我记得多少，告诉你多少。

　　她发了疯，穿过门廊，双手抓着头发，直向她的新床跑去；她进了卧房，砰的关上门，呼唤那早已死的拉伊俄斯的名字，想念她早年生的儿子，说拉伊俄斯死在他手中，留下作母亲的给他的儿子生一些不幸的儿女。她为她的床榻而悲叹，她多么不幸，在那上面生了两种人，给丈夫生丈夫，给儿子生儿女。她后来是怎样死的，我就不知道了；因为俄狄浦斯大喊大叫冲进宫去，我们没法看完她的悲剧，而转眼望着他横冲直闯。他跑来跑去，叫我们给他一把剑，还问哪里去找他的妻子，又说不是妻子，是母亲，他和他儿女共有的母亲。他在疯狂中得到了一位天神的指点；因为我们这些靠近他的人都没有给他指路。好像有谁在引导，他大叫一声，朝着那双扇门冲去，把弄弯了的门杠从承孔里一下推开，冲进了卧房。

　　我们随即看见王后在里面吊着，脖子缠在那摆动的绳上。国王看见了，发出可怕的喊声，多么可怜！他随即解开那活套。等那不幸的人躺在地上时，我们就看见那可怕的景象：国王从她袍子上摘下两只她佩带着的金别针，举起来朝着自己的眼珠刺去，并且这样嚷道：“你们再也看不见我所受的灾难，我所造的罪恶了！你们看够了你们不应当看的人，不认识我想认识的人；你们从此黑暗无光！”

　　他这样悲叹的时候，屡次举起金别针朝着眼睛狠狠刺去；每刺一下，那血红的眼珠里流出的血便打湿了他的胡子，那血不是一滴滴地滴，而是许多黑的血点，雹子般一齐降下。这场祸事是两个人惹出来的，不止一人受难，而是夫妻共同受难。他们旧时代的幸福在从前倒是真正的幸福；但如今，悲哀、毁灭、死亡、耻辱和一切有名称的灾难都落到他们身上了。

歌队长　现在那不幸的人的痛苦是不是已经缓和一点了？

传报人　他大声叫人把宫门打开，让全体忒拜人看看他父亲的凶手，他母亲的——我不便说那不干净的话；他愿出外流亡，不愿留下，免得这个家在他的诅咒之下有了灾祸。可是他没有力气，没有人带领；那样的苦恼不是人所能忍受的。他会给你看的；现在宫门打开了，你立刻可以看见那样一个景象，即使是不喜欢看的人也会产生怜悯之情的。

〔众侍从带领俄狄浦斯自宫中上。

歌　队　（哀歌）这苦难啊，叫人看了害怕！我所看见的最可怕的苦难啊！可怜的人呀，是什么疯狂缠绕着你？是哪一位神跳得比最远的跳跃还要远，落到了你这不幸的生命上？

　　　　哎呀，哎呀，不幸的人啊！我想问你许多事，打听许多事，观察许多事，可是我不能望你一眼；你吓得我发抖啊！

俄狄浦斯　哎呀呀，我多么不幸啊！我这不幸的人到哪里去呢？我的声音轻飘飘地飞到哪里去了？命运啊，你跳到哪里去了？

歌队长　跳到可怕的灾难中去了，不可叫人听见，不可叫人看见。

俄狄浦斯　（第一曲首节）黑暗之云啊，你真可怕，你来势凶猛，无法抵抗，是太顺的风把你吹来的。哎呀，哎呀！这些刺伤了我，这些灾难的回忆伤了我。

歌　队　难怪你在这样大的灾难中悲叹这双重的痛苦，忍受这双重的痛苦。

俄狄浦斯　（第一曲次节）啊，朋友。你依然是我的忠实伴侣，还有耐心照看一个瞎眼的人。哎呀，哎呀！我知道你在这里，我虽然眼睛瞎了，还能清楚地辨别你的声音。

歌　队　你这做了可怕的事的人啊，你怎么忍心弄瞎了自己的眼睛？是哪一位天神怂恿你的？

俄狄浦斯　（第二曲首节）是阿波罗，朋友们，是阿波罗使这些凶恶的、凶恶的灾难实现的；但是刺瞎了这两只眼睛的不是别人的手，而是我自己的，我多么不幸啊！什么东西看来都没有趣味，又何必看呢？

歌　队　事情正像你所说的。

俄狄浦斯　朋友们，还有什么可看的，什么可爱的，还有什么问候使我听了高兴呢？朋友们，快把我这完全毁了的、最该诅咒的、最为天神所憎恨的人带出，带出境外吧！

歌　队　你的感觉和你的命运同样可怜，但愿我从来不知道你这人。

俄狄浦斯　（第二曲次节）那在牧场上把我脚上残忍的铁镣解下的人，那把我从凶杀里救活的人——不论他是谁——真是该死，因为他做的是一件不使人感激的事。假如我那时候死了，也不至于使我和我的朋友们这样痛苦了。

歌　队　但愿如此！

俄狄浦斯　那么我不至于成为杀父的凶手，不至于被人称为我母亲的丈夫；但如今，我是天神所弃绝的人，是不清洁的母亲的儿子，并且是，哎呀，我父亲的共同播种的人。如果还有什么更严重的灾难，也应该归俄狄浦斯忍受啊。

歌　队　我不能说你的意见对；你最好死去，胜过瞎着眼睛活着。（哀歌完）

俄狄浦斯　别说这件事做得不妙，别劝告我了。假如我到冥土的时候还看得见，不知当用什么样的眼睛去看我父亲和我不幸的母亲，既然我曾对他们做出死有余辜的罪行。我看着这些生出的儿女顺眼吗？不，不顺眼；就连这城堡，这望楼，神们的神圣的偶像，我看着也不顺眼；因为我，忒拜城最高贵而又最不幸的人，已经丧失了观看的权利了；我曾命令所有的人把那不清洁的人赶出去，即使他是天神所宣布的罪人，拉伊俄斯的儿子。我既然暴露了这样的污点，还能集中眼光看这些人吗？不，不能；如果有方法可以闭塞耳中的听觉，我一定把这可怜的身体封起来，使我不闻不见；当心神不为忧愁所扰乱时是多么舒畅啊！

唉，喀泰戎，你为什么收容我？为什么不把我捉来杀了，免得我在人们面前暴露我的身世？波吕玻斯啊，科任托斯啊，还有你这被称为我祖先的古老的家啊，你们把我抚养成人，皮肤多么好看，下面却有毒疮在溃烂啊！我现在被发现是个卑贱的人，是卑贱的人所生。

你们三条道路和幽谷啊，像树林和三岔路口的窄路啊，你们从我手中吸饮了我父亲的血，也就是我的血，你们还记得我当着你们做了些什么事，来这里以后又做了些什么事吗？

婚礼啊，婚礼啊，你生了我，生了之后，又给你的孩子生孩子，你造成了父亲、哥哥、儿子以及新娘、妻子、母亲的乱伦关系，人间最可耻的事。

不应当做的事就不应当拿来讲。看在天神面上，快把我藏在远处，或是把我杀死，或是把我丢到海里，你们不会在那里再看见我了。来呀，牵一牵这可怜的人吧；答应我，别害怕，因为我的罪除了自己担当而外，别人是不会沾染的。

歌队长　克瑞翁来得巧，正好满足你的要求，不论你要他给你家做什么事，或者给你什么劝告，如今只有他代你做这地方的保护人。

俄狄浦斯　唉，我对他说什么好呢？我怎能合理的要求他相信我呢？我先前太对不住他了。

〔克瑞翁自观众右方上。

克瑞翁　俄狄浦斯，我不是来讥笑你的，也不是来责备你过去的罪过的。（向众侍从）尽管你们不再重视凡人的子孙，也得尊敬我们的主宰赫利俄斯的养育万物之光，为此，不要把这一种为大地、圣雨和阳光所厌恶的污染，赤裸地摆出来。快把他带进宫去！只有亲属才能看、才能听亲属的苦难，这样才合乎宗教上的规矩。

俄狄浦斯　你既然带着最高贵的精神来到我这最坏的人这里，使我的忧虑冰释了，请看在天神面上，答应我一件事，我是为你好，不是为我好而请求啊。

克瑞翁　你对我有什么请求？

俄狄浦斯　赶快把我扔出境外，扔到那没有人向我问好的地方去。

克瑞翁　告诉你吧，如果我不想先问神怎么办，我早就这样做了。

俄狄浦斯　他的神示早就明白的宣布了，要把那杀父的、那不洁的人毁了，我自己就是那人哩。

克瑞翁　神示虽然这样说的，但是在目前的情况下，最好还是去问问怎样办。

俄狄浦斯　你愿去为我这么不幸的人问问吗？

克瑞翁　我愿意去；你现在要相信神的话。

俄狄浦斯　是的；我还要吩咐你，恳求你把屋里的人埋了，你愿意怎样埋就怎样埋；你会为你姐姐正当的尽这礼仪的。当我在世的时候，不要逼迫我住在我的祖城里，还是让我住在山上吧，那里是因我而著名的喀泰戎，我父母在世的时候曾指定那座山作为我的坟墓，我正好按照要杀我的人的意思死去。但是我有这么一点把握：疾病或别的什么都害不死我；若不是还有奇灾异难，我不会从死亡里被人救活。

我的命运要到哪里，就让它到哪里吧。提起我的儿女，克瑞翁，请不必关心我的儿子们；他们是男人，不论在什么地方，都不会缺少衣食；但是我那两个不幸的，可怜的女儿——她们从来没有看见我把自己的食桌支在一边，不陪她们吃饭；凡是我吃的东西，她们都有份——请你照应她们；请特别让我抚摸着她们悲叹我的灾难。答应吧，亲王，精神高贵的人！只要我抚摸着她们，我就会认为她们依然是我的，正像我没有瞎眼的时候一样。

（二侍从进宫，随即带领安提戈涅和伊斯墨涅自宫中上）

啊，这是怎么回事？看在天神的面上，告诉我，我听见的是不是我亲爱的女儿们的哭声？是不是克瑞翁怜悯我，把我的宝贝——我的女儿们送来了？我说得对吗？

克瑞翁　你说得对；这是我安排的，我知道你从前喜欢她们，现在也喜欢她们。

俄狄浦斯　愿你有福！为了报答你把她们送来，愿天神保佑你远胜过他保佑我。（向二女孩）孩儿们，你们在哪里，快到这里来，到你们的同胞手里来，是这双手使你们父亲先前明亮的眼睛变瞎的，啊，孩儿们，这双手是那没有认清楚人，没有了解情况，就通过生身母亲成为你们父亲的人的。我看不见你们了；想起你们日后辛酸的生活——人们会叫你们过那样的生活——我就为你们痛苦。你们能参加什么社会生活，能参加什么节日典礼呢？你们看不见热闹，会哭着回家。等你们到了结婚年龄，孩儿们，有谁来冒挨骂的危险呢？那种辱骂对我的子女和你们的子女都是有害的。什么耻辱你们少得了呢？"你们的父亲杀了他的父亲，把种子撒在生身母亲那里，从自己出生的地方生了你们。"你们会这样挨骂的；谁还会娶你们呢？啊，孩儿们，没有人会；显然你们命中注定不结婚、不生育，憔悴而死。

墨诺叩斯的儿子啊，你既是她们唯一的父亲——因为我们，她们的父母，两人都完了——就别坐视她们，你的甥女，在外流浪，没衣没食，没有丈夫，别使她们和我一样受苦受难。看她们这样年轻，孤苦伶仃——在你面前，就不同了——你得可怜她们。

啊，高贵的人，同我握手，表示答应吧！

（向二女孩）我的孩儿，假如你们已经懂事了，我一定给你们出许多主意；但是我现在只教你们这样祷告，说机会让你们住在哪里，你们就愿住在哪里，希望你们的生活比你们父亲的快乐。

克瑞翁　你已经哭够了；进宫去吧。

俄狄浦斯　我得服从，尽管心里不痛快。

克瑞翁　万事都要合时宜才好。

俄狄浦斯　你知道不知道我要在什么条件下才进去？

克瑞翁　你说吧，我听了就会知道。

俄狄浦斯　就是把我送出境外。

克瑞翁　你向我请求的事要天神才能答应。

俄狄浦斯　神们最恨我。

克瑞翁　那么你很快就可以满足你的心愿。

俄狄浦斯　你答应了吗？

克瑞翁　不喜欢做的事我不喜欢白说。

俄狄浦斯　现在带我走吧。

克瑞翁　走吧，放了孩子们！

俄狄浦斯　不要从我怀抱中把她们抢走！

克瑞翁　别想占有一切；你所占有的东西没有一生跟着你。

（众侍从带领俄狄浦斯进宫，克瑞翁、二女孩和传报人随入）

歌队长　忒拜本邦的居民啊，请看，这就是俄狄浦斯，他道破了那著名的谜语，成为最伟大的人；哪一位公民不曾带着羡慕的眼光注视他的好运？他现在却落到可怕的灾难的波浪中了！

因此，当我们等着瞧那最末的日子的时候，不要说一个凡人是幸福的，在他还没有跨过生命的界限，还没有得到痛苦的解脱之前。

（歌队自观众右方退场）

两性对立的家庭悲剧
——欧里庇得斯《美狄亚》评析

如果说，在索福克勒斯的《俄狄浦斯王》里，在作为掌握城邦生存大权的"原父"——俄狄浦斯王——的身上，我们看到了那种为了公众的利益、为了城邦与百姓的生存而义无反顾地选择了不利于自己的行动：追查凶手，追究身世，血腥的自残，以及交出王权并自我流放。那么，当个人的生存遭遇困境时，出于本能的自我保护而作出极端的行动，甚至是令人发指的残酷行为，就像欧里庇得斯的美狄亚那样。前者为公，后者为私，千百年来美狄亚曾遭受到人们的无数谴责。事实上，她和俄狄浦斯一样，同样体现了对自由选择的认识，具有一种令人崇敬的自由精神和自由意志。这一古希腊悲剧中的自由精神与意志，在后世西方悲剧中被代代继承下来。比如，英国莎士比亚（William Shakespeare, 1564—1616）的《哈姆雷特》，美国尤金·奥尼尔（Eugene O'Neill, 1888—1953）的《悲悼》和法国存在主义戏剧家萨特（Jean Paul Sartre, 1905—1980）的《苍蝇》等剧，悲剧主人公在体现自由意志的行动中获得了自我价值。

欧里庇得斯是第一个在西方戏剧史上真正表现两性冲突的悲剧家，他最早将古希腊悲剧里的自由精神与自由意志，生动地表现在两性关系之中。尽管有人指责欧里庇得斯断送了古希腊悲剧，指责他的悲剧不再围绕旧式的英雄主题，而趋向于日常生活，反映社会问题，甚至让奴隶、农民也走进高贵的悲剧艺术里，语言也趋向平民化，这种做法显然大大违背了希腊传统的审美理念。不过，这位趋向写实，敢于揭示现实社会问题的悲剧家，却是最早在戏剧里表现两性关系，表现人的欲望，包括情欲、权力欲、野心、残酷、阴谋、背信弃义、复仇、乱伦等人性的弱点，他的作品更接近我们的现实社会生活，从而为后世戏剧家拓宽了悲剧的表现题材，特别是在两性冲突中，女性对自我保护、自我生存的关注，给后世戏剧家很大的启迪。所以，我们有必要来了解与认识欧里庇得斯及其著名悲剧《美狄亚》。

一、作家作品简介

欧里庇得斯（Euripides，公元前485？—公元前406）是古希腊著名的三大悲剧诗人之一。他出身于一个贵族家庭，具有抗击波斯侵略者光荣传统的萨尔弥斯是诗人的诞生地，从小受过良好的教育。他博览并珍藏了大量的书籍，对哲学很有研究，有"舞台上的哲学家"之称。

从18岁开始欧里庇得斯迷上了戏剧创作，一生写了九十余部剧本。其中完整地留传到今天的有《美狄亚》（公元前431）、《希波吕托斯》（公元前428）、《特洛亚妇女》（公元前415）、《伊菲革涅亚在奥利斯》（公元前405）、《酒神的伴侣》（公元前408）等17部悲剧和一部笑剧《圆目巨人》。在戏剧竞赛中他有六部悲剧得奖，他的《圆目巨人》是古希腊仅存的一部"羊人剧"。

欧里庇得斯生活在雅典奴隶主民主制盛极而衰的年代，他的传世之作多是在伯罗奔尼撒战争期间产生的。这场旷日持久的战争使雅典的经济破产，自由民中的两极分化加剧，奴隶和奴隶主之间的矛盾冲突日趋尖锐。欧里庇得斯在剧中揭示了这些社会问题，诸如内战问题、民主制问题、家庭问题、贫富问题、女性问题等，其政治倾向鲜明，可以说是"社会问题剧"的鼻祖。例如，在《阿尔克提斯》里，他谴责男人的自私与不道德，为了活命竟然要妻子替自己去死。在《希波吕特斯》里，年轻的王后费德尔爱上了前妻之子希波吕特斯，遭到拒绝后由爱转恨，最后导致两人死亡的惨剧，欧里庇得斯认为这是由于爱神的嫉妒而引起了这场悲剧，流露出作者对宗教信仰的质疑。在《特洛亚妇女》中，通过被攻陷后的特洛亚妇女任由男人选择，随意分配给任何一个胜利者的可怕遭遇，谴责了战争的罪恶。由于欧里庇得斯在他的悲剧中反对战争，反对雅典对盟邦的暴政，对神表示出怀疑，结果为雅典当局所不容。公元前408年，欧里庇得斯不得不离开祖国移居马其顿，那时他已经是77岁高龄的老人了，两年之后他客死在那里。欧里庇得斯是三大悲剧家中最具有民主倾向的诗人。

欧里庇得斯的创作标志着旧的英雄悲剧的结束。尽管与埃斯库罗斯、索福克勒斯一样，欧里庇得斯的悲剧创作也是以希腊神话为题材，但对他来说这只是外壳，他悲剧里那些神话中的人物已失去了原本的高贵与庄严，而跟现实生活中的人接近起来。由于他关注于现实的社会问题，造成他的悲剧风格趋向写实。他甚至把奴隶和农民也搬上舞台，破天荒地让他们作为悲剧的主角，如《伊翁》中的老家人，这是前两位悲剧诗人难以做到的。他还擅长于描写人物的心理，特别是女性的心理刻画，例如：费德尔对王子希波吕特斯由爱转羞愧，又由羞愧转向嫉恨，最后起杀意的心路历程；以及美狄亚在决定杀子报仇时，内心冲突的尖锐性与激烈性都被揭示得十分逼真动人。欧里庇得斯的悲剧人物个性鲜明，语言自然流畅，接近生活口语。合唱队到了他的手里，已被放在了不再那么重要的位置上。此外，他还在编剧上使用了"开场白"，帮助观众了解剧情，又常用"神力"做收尾，造成一种令人抒解的结局，例如《美狄亚》中结尾的龙车就是一种神力。

二、《美狄亚》作品分析

代表作《美狄亚》（公元前431）是一部妻子向移情别恋的丈夫复仇的著名悲剧，它历来被公认为是最动人的希腊悲剧之一。美狄亚是科尔喀斯公主，为了爱情背叛了自己的父亲，帮助伊俄尔科斯国王埃宋的儿子伊阿宋盗走了稀世珍宝金羊毛，并同他一起私奔回到伊俄尔科斯。为了替丈夫报仇，美狄亚利用巫术间接害死了篡位的国王，夫妻俩人不得不侨居科任托斯。在这异乡客地，她为伊阿宋生了两个健康可爱的儿子，生活过得平静而快乐。这都是过去的往事，悲剧开始时，伊阿宋移情别恋，要另娶科任托斯公主为妻，遗弃了美狄亚，他还帮着科任托斯国王克瑞翁要把美狄亚和两个孩子驱逐出境。这是这部倒叙式悲剧结构的爆发点。被激怒的美狄亚产生了不可遏制的报复心理。她先设计害死新娘和国王克瑞翁，接着又亲手杀死了自己的一双宝贝儿子，留下了悲痛欲绝的伊阿宋离开了伤心之地科任托斯。

美狄亚的复仇行动是惊心动魄的，这部古希腊悲剧是西方戏剧史上第一部表现两性关系中尖锐对抗的悲剧。卢梭在《论人类不平等的起源和基础》中曾这样说：人的最原始的感情就是自我生存的感情，最原始的关怀就是对自我保存的关怀。[①] 卢梭的这句话是我们理解美狄亚采取这种骇人听闻报复行动的一把钥匙。

---

① 《论人类不平等的起源和基础》，让-雅克·卢梭（法）著，商务印书馆1982年版，第85页。

三、人物分析

1. 为爱而狂的痴情女子美狄亚

美狄亚是科尔喀斯的公主，聪明美貌还会一点巫术，她生活在黑海东岸，对外面的世界一无所知，所以面对闯入者伊阿宋，她感到无比新奇，伊阿宋的英俊、勇敢深深打动了她的少女情怀，迷乱了她的心智。她明知伊阿宋是位不速之客，是专门前来盗取他们的稀世珍宝金羊毛的，但是，当她看到父王对伊阿宋百般刁难，设置种种障碍，比如，他让伊阿宋去耕地，犁地的牛的鼻孔里会喷出火来，伊阿宋必须一边躲避不断喷射出来的火，一边播撒种子；而播种下去的种子象牙会变成一个个武士来攻击他，伊阿宋还得和这些武士拼命搏斗。美狄亚看得心都疼了，她被这位智勇双全的年轻人深深吸引住了，强烈地爱上了伊阿宋，很想解救他。所以当美狄亚听到身处生存困境中的伊阿宋信誓旦旦地说："让主宰婚姻的宙斯和赫拉作证，我愿意把你当做我的合法妻子带回家乡"，她完全相信了，相信了伊阿宋的山盟海誓。于是，在城邦的利益与个人的爱情之间，这位痴情女子做出了选择，为了爱情，她义无反顾地帮助伊阿宋获取了金羊毛，追随他逃离了王宫。与此同时，她还带着自己的弟弟一起上船，因为她知道父亲是不会放过他们的。果然，父亲驾船追来了，在海上对他们进行围追堵截。紧要关头为了自己所爱的那个男人，美狄亚忍痛把自己的弟弟杀害并肢解了，还把它们一块一块地扔在海里。一切正如美狄亚所意料的那样，父王为了收集儿子的全尸，顾不上追赶他们。为了这场浪漫的跨国婚姻，把爱情看得高于一切的美狄亚背叛了自己的祖国和父亲，她成为一个没有根基、没有亲人祝福的新嫁娘，伊阿宋成为她唯一可以依靠的人。

美狄亚的爱是如此的强烈而真诚，她爱伊阿宋胜过爱自己，爱到可以为他赴汤蹈火。这不仅表现在她为了伊阿宋对自己的父亲和兄弟无情无义，不留余地地彻底背叛，还表现在她为伊阿宋复仇，借刀杀人害死伊阿宋的叔叔，成为伊阿宋所属城邦的罪人，从而再一次丧失了立足之地。美狄亚的爱情是如此的炽热而疯狂，她从没有想过她为之付出一切的丈夫会背叛爱情背叛她，她能施展法术制服国宝"金羊毛"最后的守护者——巨蟒，能够用法术加害于王权的篡位者伊阿宋的叔叔，能够用自己的智慧算准父亲会驾船来追杀他们又爱子心切而防患于未然带上兄弟上船，就是没有智慧算出丈夫伊阿宋会喜新厌旧背叛自己。在这一点上她和俄狄浦斯有点相似，俄狄浦斯能猜破斯芬克斯之谜，就

29

是猜不破自己的身世之谜，不能认清自己。美狄亚是个单纯的人，她完全没有洞察到伊阿宋是一个有强烈政治野心的人，如果没有丈夫的移情别恋，她真的觉得自己很幸福。事实上，这只是她的一厢情愿。她会很多法术，就是没有办法让丈夫回心转意，她成为可怜的弃妇，最终走向极端，由爱转恨，成为复仇女神。爱，能使人疯狂、丧失理性；爱，也能够使人无畏却残忍。在男性构建起来的现实社会里，美狄亚没有话语权，她只能在家里哭泣、愤怒，她被伊阿宋、被克瑞翁这些男人逼得走投无路，剥夺了立锥之地。为了生存和捍卫自己的切身利益，她在绝境中不得不做出有力的反击，就像一头被激怒的母狮，美狄亚对绝情人进行了绝情地反扑。

2. 有政治野心的无情男子伊阿宋

伊阿宋是一个有政治野心的男人。正是为了王位，他才冒着九死一生的危险，驾着"阿耳戈"船，远渡重洋去盗取"金羊毛"，在危机重重的科尔喀斯，当他意识到多情、美丽的公主美狄亚是唯一可以让他摆脱困境而活命的人，同时也是唯一可以帮助他实现愿望得到金羊毛的关键人物，他当机立断立下了爱情的盟誓，骗取了少女美狄亚的信任与真情。当他在美狄亚以兄弟的生命为代价开出一条逃亡的血路，终于胜利回到祖国伊俄尔科斯后，他丝毫不觉得内心有所不安而加倍珍爱美狄亚，他关心的只是他的权益，满心以为可以登上王位，马上拿着金羊毛去见杀兄篡位的执政王、也是他的叔叔，以此向王宫上下炫耀他的光荣，换取属于他的王位。不料叔叔不肯兑现他先前的承诺：只要伊阿宋偷回举世珍宝金羊毛，就把王位还给他。为了出这口恶气，伊阿宋利用了会巫术的美狄亚，假妻子之手去复仇。果然，美狄亚毫不犹豫地站出来护卫丈夫的权益，她把一头老羊放在锅里煮，结果变成了一头活蹦乱跳的小羊羔。国王的女儿也如法炮制，想让老父亲恢复青春，却事与愿违。伊阿宋假手杀人，害死了国王，而美狄亚却为心爱的丈夫担当了谋杀者的罪名，引起了伊俄尔科斯人的愤怒，把他们驱逐出境。就这样无家可归的他们客居在科任托斯，伊阿宋成了两个儿子的父亲，美狄亚成了真正的贤妻良母，但伊阿宋却对她并不心存感激。

对于一个有政治野心的人来说，感情永远是次要的，屈从与理性的。一直在觊觎王位的伊阿宋是不会满足于过普通人的普通生活的，他现在欲娶科任托斯公主为妻，不仅仅是男人的喜新厌旧，更多的则是出于他的政治目的，他宁可背负"忘恩负义"的骂名，舍弃妻子和儿子，也要换取王位的宝座。对伊阿宋来说，美狄亚的价值已经利用完了，她的存在反而变成了一种障碍，成为他向高处发展的绊脚石，所以他要把美狄亚从他的生活中驱逐出去。

伊阿宋的自私、无情还表现在他对儿子的态度上，他连自己儿子的利益都不加考虑。伊阿宋不仅不尽丈夫的责任，抛弃美狄亚，而且也不顾作为父亲的神圣职责，听从国王克瑞翁的要求，驱逐自己年幼的儿子出境。他根本不考虑她们母子三人能到哪里去安身立命，明知美狄亚已经回不了娘家，他的城邦也不可能再接纳她，而一双儿子尚且年幼，没有一点生存能力，这一切伊阿宋都全然不顾。为了讨现在新娘的欢心，他狠下心将自己的骨肉与美狄亚一起赶出科任托斯，让他们自生自灭，彻底表现出男人的自私与冷酷。无论美狄亚如何哭泣、哀怨、愤怒，他毫无所动，铁了心要弃旧迎新，决绝地要把美狄亚母子扫地出门。更难容忍的是他的伪善，为了他的王权欲，他还假惺惺地说是为了给儿子生下王族兄弟，是为了他们的前程而为之。伊阿宋的花言巧语与无耻行为大大伤害了美狄亚的心，按照叔本华的生命意志论，我要生存是至关重要的。所以，美狄亚采取那令人震惊的复仇行动是可以理解的，是人的生存本能的表现。

四、思想内涵：是家庭悲剧也是社会悲剧

研究历史是为了把握现在，研究过去是为了把握人物当下的行为动机。深受伤害的美狄亚痛不欲生，强烈的爱转变为强烈的恨。当她被无情地剥夺了妻子的身份、被限时驱逐出境，当止不住的泪水都不能让丈夫的心变得柔软时，痴情女幡然从梦中惊醒，求生的意志是与生俱来的，弃妇之恨使她成为一个有着自由精神与独立意志的坚强女人。美狄亚擦干眼泪，不再对伊阿宋抱任何幻想，她动用了自己会巫术的本领，顷刻之间，新娘、国王，以及两个心爱的儿子，四条人命被生生地毁灭了，伊阿宋那个关于王位的美梦也成了泡影，踌躇满志的新郎官成为痛不欲生的孤家寡人。

美狄亚的复仇计划是有步骤的。身为女性，美狄亚了解女人，大多数女人见到金光灿灿的金银珠宝这一类礼物都会难以拒绝。于是，一顶闪闪发亮的金冠，一件香气四溢的锦袍，带着美狄亚的假意的恭顺，由两个儿子送进了宫中。高傲的公主厌恶两个孩子，但是她的目光扫到孩子们手中的闪闪发光的礼物，顿时眼睛发亮了，孩子们前脚刚走她就迫不及待地穿戴起来，中了奸计的新娘立刻发出可怕的惨叫，头上的金冠冒出了火焰，身上的袍子吞噬着她那细嫩的肌肤；惨叫声引来了国王克瑞翁，克瑞翁扑上去欲用双手扒去爱女身上的锦袍，却就此牢不可分地粘在了上面，国王跟公主一样变得血肉模糊，又一起活活被火烧得面目全非。夺走美狄亚爱情的王宫变成了可怕的人间地狱，其景象真是惨不忍睹。美狄亚在完成第一步复仇计划后，又忍痛杀子，绝了伊阿宋的根，

因为在希腊人的眼里，没有后裔是人生最大的不幸与悲哀。

　　这是一个惨烈的家庭悲剧，是两性对立中生命意志的对抗。在以男性为中心的现实社会里，男人们对女人的要求是"那种痛不欲生的悲怆、欣喜若狂的欢乐并不属她个人所有，因此她不必处处显示自己的种种力量。女人应比男人更加温和、沉静并平凡，亦既不能比男人欢乐，也不能比男人更痛苦"[1]。这是举世男性的哲学，美狄亚并不认同它。索福克勒斯也对美狄亚的遭遇充满同情，因此，他不仅仅把这部家庭悲剧局限在两性关系与抗衡之上，他把它放到一个大的社会背景之下来加以表现，这是作者高明的地方。

　　可以说《美狄亚》同时也是一个社会悲剧。通过这场血腥的由爱情的背叛所引起的复仇事件，欧里庇得斯深刻地反映了公元前431年左右的雅典道德沦丧、人心险恶的社会面貌。随着私有制的发展，家庭制度被巩固下来，婚姻逐渐固定为一夫一妻制。但这一制度只是对女性而言，男人则仍可以纵欲贪欢，胡作非为，妇女的地位降落到几乎与奴隶差不多。痛苦不已的美狄亚悲叹道：

> 　　在一切有理智、有灵性的生物当中，我们女人算是最不幸的。首先，我们得用重金争购一个丈夫，他反会变成我们的主人；但是，如果不去购买丈夫，那又是更可悲的事。而最重要的后果还要看我们得到的是一个好丈夫，还是一个坏家伙。因为离婚对我们女人是不名誉的事，我们又不能把我们的丈夫轰出去。一个在家里什么都不懂的女子，走进一种新的习惯和风俗里面，得变作一个先知，知道怎样驾驭她的丈夫。如果这事做得很成功，我们的丈夫接受婚姻的羁绊，那么，我们的生活便是可羡的；要不然，我们还是死了好。
>
> 　　一个男人同家里的人住得烦恼了，可以到外面去散散他的心里的郁积，不是找朋友，就是找玩耍的人；可是我们女人就只能靠着一个人。他们男人反说我们安处在家中，全然没有生命危险；他们却要拿着长矛上阵：这说法真是荒谬。我宁愿提着盾牌打三次仗，也不愿生一次孩子。
>
> （见《美狄亚》第一场）

　　在这个男女不平等的社会里，女人的命运被操纵在男人手里。事实上，伊阿宋犯了重婚罪，希腊的法律却不去惩罚他，人们也不去指责这个负心汉；美狄亚却受到了驱逐，就像扔橘子皮一样被随手扔掉了，而且要她立即从人们的

---

[1] 叔本华《悲观论集卷》，电子图书，第33页。

眼前消失，一天也不许停留，这真是毫无公理可言。无情无义的伊阿宋甚至帮着国王与新娘一起驱赶美狄亚和她的孩子，他和美狄亚的儿子。而以民主标榜的雅典却没有一个人站出来说一句公道话，没有一个人站出来护卫势单力薄的弱女子美狄亚，只有一群女人们（歌队）同情她的不幸遭遇，在人背后为美狄亚悲叹、劝慰她顺从丈夫与命运。在这种境遇里，美狄亚无法借社会的力量来争取她在家庭中的合法权利，娘家人也不可能站出来为她撑腰说话，这时候的美狄亚是打落了牙齿往肚子里咽。

被逼入绝境又举目无亲的美狄亚对歌队也就是那群女人们倒出了自己心里的苦水："这是你们的城邦，你们的家乡，你们有丰富的生活，有朋友来往；我却孤孤单单在此流落，那家伙把我从外地抢来，又这样将我虐待，我没有母亲、弟兄、亲戚，不能逃出这灾难，到别处去停泊。"面对前所未有的生存困境，美狄亚只有两条路，要么坐以待毙，带着两个年幼的儿子像流浪狗一样在陌生的地方乞讨街头；要么采取行动自救，她必须马上做出决择。

美狄亚选择了后者。从表面上看，美狄亚复仇杀人是一种触犯法律的行为，有些批评家们认为美狄亚的复仇过于残酷，杀害儿子是出于疯狂而犯下的罪恶，指责美狄亚是一个心理变态的女人。这实则是抹煞了《美狄亚》这部悲剧的社会内容，是社会的罪恶酿成了美狄亚的悲剧命运，是不合理的社会制度迫使她挺起胸膛进行强烈的反击，向社会提出控诉和挑战。美狄亚的血腥复仇是在走投无路的绝望中对社会的一种抗争。欧里庇得斯敏锐地抓住这一女性问题和男女不平等的社会问题，其倾向性非常鲜明，他同情这些被欺凌的女性弱势群体，借歌队之口说道："如今那神圣的河水向上逆流，一切秩序和宇宙都颠倒了：男子汉的心多么奸诈，那当着天神发出的盟誓也靠不住了！""盟誓的美德已经消失，全希腊再也不见信义的踪迹。"（见《美狄亚》第一合唱歌，第一曲首节）欧里庇得斯还让歌队长当面指责伊阿宋："伊阿宋，你的话遮饰得再漂亮不过；可是，在我看来，你听了虽然不痛快，我还是要说，你欺骗了你的妻子，对不住她。"（见《美狄亚》第二场第576行诗）因此，当美狄亚看清了丈夫伊阿宋的真正面目之后，当她在雅典这片广袤的土地上没有一寸安身之处，又无法借社会力量来进行斗争的时候，她只有自救，采取这骇人的报复手段。美狄亚的遭遇是当时妇女的共同遭遇，因此，这部戏的悲剧冲突远远超出了流血悲剧的狭隘范畴，而具有了深刻的社会意义。

五、尖锐的心理冲突

欧里庇得斯在揭示美狄亚的复仇与母爱的心理冲突中，写得十分细腻生动。当伊阿宋突然将她推进痛苦的深渊时，她曾想到过死，"我宁愿抛弃这可恨的生命，从死亡里得到安息！"美狄亚悔恨自己背叛了祖国和父亲，"啊，我的父亲、我的祖国呀，我现在惭愧我杀害了我的兄弟，离开了你们"。她再三恳求国王克瑞翁不要将她赶走，因为她无处可去投靠，为了她的孩子她向国王低下了她高贵的头："让我依然住在这地方，我自会默默地忍受这委屈，服从强者的命令。""我凭你的膝头和你的新婚的女儿恳求你。"她曾经为了伊阿宋、为了那她那份深沉而炽热的爱，不顾一切到不给自己留下半步退路。经不住美狄亚的苦苦哀求，克瑞翁总算答应宽限她一天时间可滞留于科任托斯，他低估了一个心灵严重受到伤害的弱女子反弹起来的刚强意志和潜在能量。就是这一天时间，为美狄亚赢得了实施复仇行动的机会。

面对终于从王宫回来的丈夫，美狄亚的委屈与愤怒，如决了堤的海水滔滔不绝。而伊阿宋为自己辩白时却无耻地找了一个借口：他之所以这样做，不是为了爱情才娶科任托斯公主，而是为了美狄亚和孩子着想，"救救你，再生出一些和你这两个儿子作兄弟的高贵的孩子，来保障我们的家庭。"一副深谋远虑的好丈夫、好父亲的形象，美狄亚没有被他的伪装所欺骗，对他的巧言诡辩嗤之以鼻："我可不要那种痛苦的富贵生活和那种刺伤人的幸福。"几番唇枪舌剑的交锋，更坚定了美狄亚复仇的决心。于是，她先让仆人请回伊阿宋，一反先前的怨恨与愤怒，低头表示自己理解了丈夫的良苦用心，只求能够留下两个尚未成年的儿子，以免受飘泊之苦，并以祖传的金冠和锦袍作为礼物向公主新娘示弱，结果，不仅让伊阿宋上当，也蒙蔽了公主的眼睛，造成了国王、公主一起惨死的悲剧。

欧里庇得斯在刻画美狄亚从一个怨妇变为复仇女神的过程中，对人物的心理发展把握得非常准确，在表现时层层递进。特别在第五场，美狄亚在杀害自己亲骨肉前，安排了一大段独白，欧里庇得斯分几个层次进行了人物内心世界的探幽。

1. 悲叹孩子会成为没有母亲的孤儿

孩子们呀，孩子们！你们在这里有一个城邦，有一个家，你们永远离开不幸的我，住在这里，你们会这样成为无母的孤儿。在我还没有享受到你们的孝敬之前，在我还没有看见你们享受幸福，还没有为你们预备婚前的淋浴，为你们迎接新娘，布置新床，为你们高举火炬之前，我就将被驱逐出去，流落他乡……（见《美狄亚》十一，第五场）

2. 悲叹自己白白生养了儿子

啊，我的孩儿，我真是白养了你们，白受苦，白费力，白受了生产时的剧痛。我先前——哎呀！——对你们怀着很大的希望，希望你们养老，亲手装殓我的尸首，这都是我们凡人所羡慕的事情；但如今，这种甜蜜的念头完全打消了，因为我失去了你们，就要去过那艰难痛苦的生活；你们也就要去过另一种生活，不能再拿这可爱的眼睛来望着你们的母亲了。（见《美狄亚》十一，第五场）

3. 孩子们的目光使得她心软

唉，唉！我的孩子，你们为什么拿这样的眼睛望着我？为什么向着我最后一笑？哎呀！我怎样办呢？朋友们，我如今看见他们这明亮的眼睛，我的心就软了！我决不能够！我得把我的孩儿带出去。为什么要叫他们的父亲受罪，弄得我自己反受到这双倍的痛苦？（见《美狄亚》十一，第五场）

4. 不能饶恕仇人

我到底是怎么的？难道我想饶了我的仇人，反遭受他们的嘲笑吗？我得勇敢一些！我竟自这样脆弱，使我心里发生了这样软弱的思想！（见《美狄亚》十一，第五场）

这是爱与恨的矛盾冲突的第一个回合。

第二个回合：

1. 她想放了无辜的孩子

（自语）哎呀呀！我的心呀，快不要这样做！可怜的人呀，你放了孩子，饶了他们吧！即使他们不能同你一块儿过活，但是他们毕竟还活在世上，这也好宽慰你啊！（见《美狄亚》十一，第五场）

2. 绝不能让我的仇人侮辱了我的儿子

不，凭那些住在下界的报仇神起誓，这一定不行，我不能让我的仇人侮辱我的孩儿！无论如何，他们非死不可！既然要死，我生了他们，就可以把他们杀死。命运既然这样注定了，便无法逃避。（见《美狄亚》十一，第五场）

第三个回合：

1. 吻别儿子时母爱又占了上风

我的孩儿的这样可爱的手、可爱的嘴、这样高贵的形体、高贵的容貌！愿你们享福——可是，是在那个地方享福，因为你们在这里所有的幸福已被你们父亲剥夺了。我的孩儿的这样甜蜜的吻、这样细嫩的脸、这样芳香的呼吸！分别了，分别了！我不愿再看你们一眼！——我的痛苦已经制服了我；我现在才觉得我要做的是一件多么可怕的罪行，我的愤怒已经战胜了我的理智。（见《美狄亚》十一，第五场）

2. 复仇的愤怒最后战胜了理智

我决不耽误时机，决不抛撒我的孩儿，让他们死在更残忍者的手里。我的心啊，快坚强起来！为什么还要迟疑，不去做这可怕的、必须做的坏事！啊，我这不幸的手呀，快拿起，拿起宝剑，到你的生涯的痛苦的起点上去，不要畏缩，不要想念你的孩子多么可爱，不要想念你怎样生了他们，在这短促的一日之间暂且把他们忘掉，到后来再哀悼他们吧。他们虽是你杀的，你到底也心疼他们！——啊，我真是个苦命的女人！（见《美狄亚》十一，第五场）

　　三次冲突，三个回合，把美狄亚心里爱恨交织的痛苦揭示得淋漓尽致。一边是一双天真可爱的儿子，一边是冷酷无情的丈夫；一边是神圣不可侵犯的母爱，一边是被践踏的女性尊严所燃起的复仇欲火，两者之间的交战一个回合接一个回合，最后是复仇的欲火战胜了母爱和舐犊之情，美狄亚无视以歌队形式出现的女人们怎样劝说，她全然不为所动。此时此刻，她不再发出令人心碎的痛苦呻吟，而完完全全成了复仇女神的象征。

　　孩子被杀是在幕后进行的，幕后传来的小兄弟俩求救的呼声，激起观众或读者对两个可怜无辜的孩子的无限怜悯，人们的心被揪痛了，不由得责备美狄亚丧失理性，更痛恨那个忘恩负义的伊阿宋，正是他对名利的强烈追逐而种下了这不可饶恕的祸根。伊阿宋从震惊到悲痛欲绝，完成了美狄亚复仇的最终目的。不管伊阿宋如何哀求她留下孩子的尸骨都遭到了拒绝。最后，美狄亚坐着龙车，带着她儿子的尸体离开了这个充满痛苦的城市。

　　《美狄亚》这部古希腊悲剧涉及到爱情与生命、权力与欲望、嫉恨与复仇这些人类所共有的情感。它们困扰着人类，有谁能使爱情永存，幸运长伴？两性之间的矛盾冲突该怎么和谐、统一？这是古希腊悲剧家提出的一个具有普遍意义的命题。美狄亚曾经为了爱付出了巨大的代价，俄狄浦斯也凭借自己的智慧和勇气登上权力的最高宝座。正当他们都心满意足地生活着的时候，不幸的命运却突然而至，尽管他们都努力抗争过，坚决行动过，但美好的日子已经一去不复返。索福克勒斯因此说："当我们等着瞧那最后的日子的时候，不要说一个凡人是幸福的，在他还没有跨过生命的界限，还没有得到痛苦的解脱之前。"欧里庇得斯则能理解一个受到伤害的女人的心理，俄狄浦斯是个圣者，美狄亚不是，她宁可让自己承受双倍的痛苦，也不放过伤害她的男人。坚毅而刚强的美狄亚绝不逆来顺受，她宁愿承受来自四面八方的严厉指责，独自面对一切，向着理想的人生愤然进取。

  与索福克勒斯相比，欧里庇得斯的悲剧创作更接近现实生活，手法也更加写实，更注重人物心理特别是女性心理的刻画。他的作品中有着明显的批判的现实内容，美狄亚被遗弃的遭遇是当时雅典社会道德沦丧的缩影。该剧的结构非常紧凑，特别是作者把弃妇之恨和慈母之爱这两种对立的情感，在美狄亚心中所展开的剧烈冲突揭示得十分细腻深刻。不过，剧中那个愿意收留美狄亚的雅典国王埃勾斯的出场来得比较突然，亚里斯多德曾经在《诗学》中批评埃勾斯出场这一场景。

  欧里庇得斯的悲剧对于后代文学所产生的影响是深远的，高乃依、拉辛、歌德等都从他的悲剧里得到过启示，重写他所处理过的题材。塞内加曾模仿欧里庇得斯，写出了《美狄亚》、《特洛亚的妇女》、《费德尔》和《疯狂的赫拉克勒斯》。而美狄亚这类敢爱敢恨的报复型女性角色，在她身后已经站起了一长串不同世纪不同民族的姐妹，在两性冲突中，她们像美狄亚一样具有强烈的女性独立意识和自由精神，比如：易卜生的海达·高布乐（《海达·高布乐》）、斯特林堡的罗拉（《父亲》）、奥尼尔的莱维尼亚（《悲悼》）和迪伦马特的克莱尔（《老妇还乡》）等，这些西方戏剧史上著名的女性角色，各有自己的痛苦和不幸，但她们有一个共同的特点，就是绝不做命运的奴隶，为了维护自己的尊严，为了把自己从生存困境中解脱出来，不乞求男人的同情与怜悯，而是依靠自己的力量以牙还牙。

思考题：

1. 试分析欧里庇得斯的悲剧艺术特点。
2. 试对《美狄亚》中的同名女主人公进行心理分析。

美狄亚（节选）[1]

[希腊] 欧里庇得斯 著
罗念生 译

三、第一场

〔美狄亚偕保姆自屋内上。

美狄亚　啊，你们科任托斯妇女，我害怕你们见怪，已从屋里出来了。我知道，有许多人因为态度好像很傲慢，就得到了恶意和冷淡的骂名，他们当中有一些倒也出来跟大家见面，可是一般人的眼光不可靠，他们没有看清楚一个人的内心，便对那人的外表发生反感，其实那人对他们并没有什么恶意呢；还有许多则是因为他们安安静静呆在家里。一个外邦人应同本地人亲密来往；我可不赞成那种本地人，他们只求个人的享乐，不懂得社交礼貌，很惹人讨厌。

但是，朋友们，我碰见了一件意外的事，精神上受到了很大的打击。我已近完了，我宁愿死掉，这生命已没有一点乐趣。我那丈夫，我一生的幸福所倚靠的丈夫，已变成这人间最恶的人！

在一切有理智、有灵性的生物当中，我们女人算是最不幸的。首先，我们得用重金争购一个丈夫，他反会变成我们的主人；但是，如果不去购买丈夫，那又是更可悲的事。而最重要的后果还要看我们得到的，

---

[1] 本剧本引用《外国剧作选1》，上海文艺出版社 1979 年版，第 123—188 页。

是一个好丈夫，还是一个坏家伙。因为离婚对于我们女人是不名誉的事，我们又不能把我们的丈夫轰出去。一个在家里什么都不懂的女子，走进一种新的习惯和风俗里面，得变作一个先知，知道怎样驾驭她的丈夫。如果这事做得很成功，我们的丈夫接受婚姻的羁绊，那么，我们的生活便是可羡的；要不然，我们还是死了好。

一个男人同家里的人住得烦恼了，可以到外面去散散他心里的郁积，不是找朋友，就是找玩耍的人；可是我们女人就只能靠着一个人。他们男人反说我们安处在家中，全然没有生命危险；他们却要拿着长矛上阵：这说法真是荒谬。我宁愿提着盾牌打三次仗，也不愿生一次孩子。

可是同样的话，不能应用在你们身上：这是你们的城邦，你们的家乡，你们有丰富的生活，有朋友来往；我却孤孤单单在此流落，那家伙把我从外地抢来，又这样将我虐待，我没有母亲、弟兄、亲戚，不能逃出这灾难，到别处去停泊。

我只求你们这样帮助我：要是我想出了什么方法、计策去向我的丈夫，向那嫁女的国王和新婚的公主报复冤仇，请替我保守秘密。女人总是什么都害怕，走上战场，看见刀兵，总是心惊胆战；可是受了丈夫欺负的时候，就没有别的心比她更毒辣！

歌队长　美狄亚，我会替你保守秘密，因为你向你丈夫报复很有理由；难怪你这样悲叹你的命运！

我看见克瑞翁，这地方的国王，来了，来宣布什么新的命令！

……

四、第一合唱歌

歌　队　（第一曲首节）如今那神圣的河水向上涌流，一切秩序和宁宙都颠倒了：男子汉的心多么奸诈，那当着天神发出的盟誓也靠不住了！从今后诗人会使我们女人的生命有光彩，我们获得这种光荣，就再也不会受人诽谤了！

（第一曲次节）诗人们会停止那自古以来有辱我们名节的歌声！如果阿波罗，那诗歌之神，把琴弦上的神圣的诗才放进了我们的心里，那我们便会唱出一些诗歌，来回答男人的恶声！时间会道出许多严厉的话，其中有一些是对我们女人的，有一些却是对男人的。

（第二曲首节）你曾怀着一颗疯狂的心，离别了家乡，航过那海口上的双石，来到这里做客；但如今，可怜的人呀，你的床上却没有了丈夫，你这样耻辱的叫人赶出去漂泊。

（第二曲次节）盟誓的美德已经消失，全希腊再不见信义的踪迹，她已经飞回天上去了。可怜的人呀，你没有娘家作为避难的港湾；另外有一位强大的公主已经占据了你的家。

五、第二场

〔伊阿宋自观众右方上。

伊阿宋　这已不是头一次，我时常都注意到坏脾气是一种不可救药的病。在你能够安静地听从统治者的意思住在这地方，住在这屋里的时候，你却说出了许多愚蠢的话，叫人驱逐出境。你尽管骂伊阿宋是个坏透了的东西，我倒不介意；哪知你竟骂起国王来了，你该想想，你只得到这种放逐的惩罚，倒是便宜了你呢。我曾竭力平息那愤怒的国王的怒气，希望你可以留在这里；可是你总是这样愚蠢，总是诽谤国王，活该叫人驱逐出去。即使在这种情形下，我依然不想对不住朋友，特别跑来看看你。夫人，我很关心你，恐怕你带着儿子出去受穷困，或是缺少点什么东西，因为放逐生涯会带来许多痛苦。你就是这样恨我，我对你也没有什么恶意。

美狄亚　坏透了的东西！——我可以这样称呼你，大骂你没有丈夫气，——你还来见我吗？你这可恶的东西还来见我吗？你害了朋友，又来看她：这不是胆量，不是勇气，而是人类最大的毛病，叫做无耻。但是你来得正好，我可以当面骂你，解解恨；你听了会烦恼的。

且让我从头说起：那阿耳戈船上航海的希腊英雄全都知道，我父亲叫你驾上那喷火的牛，去耕种那危险的田地时，原是我救了你的命；我还刺死了那一圈圈盘绕着的、昼夜不睡的看守着金羊毛的蟒蛇，替你高擎着救命之光；只因为情感胜过了理智，我才背弃了父亲，背弃了家乡，跟着你去到珀利翁山下，去到伊俄尔科斯。我在那里害了珀利阿斯，叫他悲惨地死在自己女儿的手里。我就这样替你解除了一切的忧患。

可是，坏东西，你得到了这些好处，居然出卖了我们，你已经有了两个儿子，却还要再娶一个新娘；若是你因为没有子嗣，再去求亲，倒还可以原谅。我再也不相信誓言了,你自己也觉得你对我破坏了盟誓!我不知道,你是认为神明再也不掌管这世界了呢,还是认为人间已立下了新的律条?啊,我这只右手,你曾屡次握住它求我;啊,我这两个膝头,你曾屡次抱住它们祈求我,它们白白地让你这坏人抱过,真是辜负了我的心。

我姑且把你当做朋友,同你谈谈,——可是我并不想你给我什么恩惠,只是想同你谈谈而已。我若是问起你这件事,你就会显得更可耻:我现在往哪里去呢?到底是回我父亲家里,回到故乡呢,——我原是为了你的缘故,才抛弃了我父亲的家,——还是去到珀利阿斯的可怜的女儿的家里?我害死了她们的父亲,她们哪会不热烈地接待我住在她们家里?事情是这样的:我家里的亲人全都恨我;至于那些我不应该伤害的人,也是为了你的缘故,变成了我的仇人。因此,在许多希腊女人看来,你为了报答我的恩惠,倒给了我幸福呢!我这可怜的女人竟把你当做一个可靠的、值得称赞的丈夫!我现在带着我的孩子出外流亡,孤苦伶仃,一个朋友都没有;——你在新婚的时候,倒可以得到一个漂亮的骂名,只因为你的孩子和你的救命恩人在外行乞流落!

啊,宙斯,为什么只给一种可靠的标记,让凡人来识别金子的真伪,却不在那肉体上打上烙印;来辨别人类的善恶?

歌队长 当亲人和亲人发生了争吵的时候,这种气忿是多么可怕,多么难平啊!

伊阿宋 女人,我好像不应当同你对骂,而应当像一个船上的舵工,只用帆篷的边缘,小心地避过你的叫嚣!你过分夸张了你给我的什么恩惠,我却认为在一切的天神与凡人当中,只有爱神才是我航海的救星。可是你——你心里明白,只是不愿听我说出,听我说出厄洛斯怎样用那百发百中的箭逼着你救了我的身体。我不愿把这事情说得太露骨了;不论你为什么帮助过我,事情总算做得不错!可是你因为救了我,你所得到的利益反比你赐给我的恩惠大得多。我可以这样证明:首先,你从那野蛮地方来到希腊居住,知道怎样在公道与律条之下生活,不再讲求暴力;而且全希腊的人都听说你很聪明,你才有了名声!如果你依然住在大地的遥远的边界上,决不会有人称赞你。倘若命运不叫我成名,我就连我屋里的黄金也不想要了,我就连比俄耳甫斯所唱的还要甜蜜的歌也不想唱了。这许多话只涉及我所经历过的艰难,这都是你挑起我来反驳的。

至于你骂我同公主结婚,我可以证明我这件事情做得聪明,也不是为了爱情，对于你和你的儿子我够得上一个很有力量的朋友，——请你安静一点。自从我从伊俄尔科斯带着这许多无法应付的灾难来到这里，除了娶国王的女儿外，我，一个流亡的人，还能够发现什么比这个更为有益的办法呢？这并不是因为我厌弃了你，——你总是为这事情而烦恼，——不是因为我爱上了这新娘，也不是因为我渴望多生一些儿子：我们的儿子已经够了，我并没有什么怨言。最要紧是我们得生活得像个样子，不至于太穷困，——我知道谁都躲避穷人，不喜欢和他们接近。我还想把你生的这两个儿子教养出来，不愧他们生长在我门第；再把你生的这两个儿子同他们未来的弟弟们合在一块儿，这样联起来，我们就福气了。你也是为孩子着想的，我正好利用那些未来的儿子，来帮助我们这两个已经养活了的孩儿。难道我打算错了吗？若不是你叫嫉妒刺伤了，你决不会责备我的。你们女人只是这样想：如果你们得到了美满的姻缘，便认为万事已足；但是，如果你们的婚姻遭了什么不幸，便把那一切至美至善的事情也看得十分可恨。愿人类有旁的方法生育，那么，女人就可以不存在，我们男人也就不至于受到痛苦。

歌队长 伊阿宋，你的话遮饰得再漂亮不过；可是，在我看来，——你听了虽然不痛快，我还是要说，——你欺骗了你妻子，对不住她。

美狄亚 我的见解和一般人往往不同：我认为凡是一个人做了什么不正当的事，反而说得头头是道，便应该遭到很严厉的惩罚，因为他自负他的口才能把一切罪过好好地遮饰起来，大胆地为非作歹；这种人算不得真正聪明。你现在不必再向我做得这样漂亮，说得这样好听，因为我一句话便可以把你问倒：如果你真的没有什么坏心，你就该先开导我，然后才结婚，不应该瞒着你的亲人。

伊阿宋 你到现在都还压不住你心里狂烈的怒火，那么，我若是当初把这事情告诉了你，你哪会不好好地成全了我的婚姻？

美狄亚 并不是这个拦住了你，乃是因为你娶了个野蛮女子，到老来会使你羞愧。

伊阿宋 你现在很可以相信，我并不是为了爱情才娶了这公主，占了她的床榻；乃是想——正像我刚才说的，——救救你，再生出一些和你这两个儿子作弟兄的，高贵的孩子，来保障我们的家庭。

美狄亚 我可不要那种痛苦的高贵生活和那种刺伤人的幸福。

伊阿宋 你知道怎样改变你的祈祷，使你变聪明一点吗？你快说，好事情对于你不再是痛苦，你走运的时候，也不再认为你的命运不好。

美狄亚　尽管侮辱吧！你自己有了安身地方，我却要孤苦伶仃地出外流落。
伊阿宋　你这是自取，怪不着旁人。
美狄亚　我做过什么事？我也曾娶了你，然后又欺骗了你吗？
伊阿宋　你说过一些不敬的话咒骂国王。
美狄亚　我并且是你家里的祸根！
伊阿宋　我不再同你争辩了。如果你愿意接受金钱上的帮助，作为你和你的儿子流亡时的接济，尽管告诉我，我一定很慷慨地赠给你，我还要送一些证物给我的朋友，他们会好好款待你。女人，如果你连这个都不愿意接受，未免就太傻了；你若能息怒，那自然对你更有好处。
美狄亚　我用不着你的朋友，也不接受你什么东西，你不必送给我，因为"一个坏人送的东西全没用处"。
伊阿宋　我祈求神灵作证，我愿意竭力帮助你和你的儿子。可是你自己不接受这番好意，很顽固地拒绝了你的朋友，你要吃更多的苦头呢！
美狄亚　去你的！你正在想念你那新娶的女人，却还远远地离开她的闺房，在这里逗留。尽管同她结婚吧，但也许——只要有天意，——你会联上一个连自己都愿意退掉的婚姻。

〔伊阿宋自观众右方下。

六、第二合唱歌

歌　队　（第一曲首节）爱情没有节制，便不能给人以光荣和名誉；但是，如果爱神来时很温文，任凭哪一位女神也没有她这样可爱。啊，女神，请不要用那黄金的弓向着我射出那涂上了情感的毒药的，从不虚发的箭！

（第一曲次节）我喜欢那蕴藉的爱情，那是神明最美丽的赏赐；但愿可畏的爱神不要把那争吵的忿怒和那无餍的、不平息的嫉妒降到我身上，别使我的精神为了我丈夫另娶妻室而遭受打击；但愿她看重那和好的姻缘，凭了她那敏锐的眼光来分配我们女子的婚嫁。

（第二曲首节）我的祖国、我的家啊，我不愿出外流落，去忍受那艰难困苦的一生，那最可悲的愁惨的一生；我宁可死去，早些死去，好结束那样的日子，因为人间再没有什么别的苦难，比失去了自己的家乡还要苦。

（第二曲次节）我是亲眼见过这种事，并不是从旁人那里听来的。美狄亚，你忍受着这最可怕的苦难，也没有一个城邦、一个朋友来怜恤你。但愿那从不报答友谊的人，那从不开启那纯洁的心上的锁键的人，不得好死，取不到别人的同情，我自己也决不把他当朋友看待！

八、第三合唱歌

歌　队　（第一曲首节）厄瑞克透斯的儿孙自古就享受幸福，他们是快乐的神明的子孙，生长在那无敌的神圣的土地上，吸取那最光华的智慧，他们长久在晴明无比的天宇下翩翩地游行；传说那金发的和谐之神在那里生育了九位贞节的庇厄里亚文艺女神。

（第一曲次节）传说爱神曾汲取那秀丽的刻菲索斯河的水来滋润田园，还送来馥郁的轻风；那和智慧做伴的爱美之神，那辅助一切的优美之神，替她戴上芳香的玫瑰花冠，送她到雅典。

（第二曲首节）那有着神圣的河流的城邦，那好客的土地，怎能够接待你——清白人中间一个不敬神的人，一个杀害儿子的人？且把杀子的事情再想一想！看你要做一件多么可怕的凶杀的事！我们全体抱住你的膝头，恳求你不要杀害你的孩儿！

（第二曲次节）你去做这可怕的胆大的事时，你心里和手里哪里得来勇气？你亲眼看见你的儿子时，你怎能不为他们的凶死的命运而流泪？等他们跪在你面前求救时，你怎能鼓起那残忍的勇气，让他们的鲜血溅到你的手上？

九、第四场

〔美狄亚偕众侍女子屋内上。
〔伊阿宋自观众右方上。

伊阿宋　我听了你的话来到这里，因为，啊，女人，你虽是我的仇敌，我还不至于在这件小事上令你失望。让我听听，你对我有什么新的请求？

美狄亚　伊阿宋，我求你原谅我刚才说的话，既然我们俩过去那样亲爱，你应当容忍我这暴躁的性情。我总是自言自语，这样责备自己："不幸的我呀，我为什么这样疯狂？为什么把那些好心好意忠告我的人当做仇敌看待？为什么仇恨这里的国王，仇恨我的丈夫，他娶这位公主是为我好，是为我的儿子添几个兄弟。神明赐了我莫大的恩惠，我还不平息我的怒气吗？怎么不呢？我不是已经有了两个孩子吗？难道我不知道我们是被驱逐出来的，在这里举目无亲吗？"我一想到这些，就觉得我多么愚蠢，这一场气忿真冤枉！我现在很称赞你，认为你为了我们的缘故而联姻，做得很聪明；我自己未免太傻了，我应当协助你的计划，替你完成，高高兴兴立在床前伺候你的新娘。我们女人真是——我不说我们的坏话；你可不要学我们这样脆弱，不要以傻报傻。请你原谅，我承认我从前很糊涂；但如今我思考得周到了一些。

孩子们，孩子们，快出来，快从屋里出来！同我一起，和你们父亲吻一吻，道一声长别。我们一起忘了过去的仇恨，和我们的亲人重修旧好！因为我们已和好，我的怒气也已消退。

〔保傅引两个孩子自屋内上。

（向两个孩子）快握住他的右手！哎呀，我忽然想起了那暗藏的祸患！孩儿呀，就说你们还活得了很长久，你们日后能不能伸出这可爱的手臂？我这可怜的人真是爱哭，真是忧虑！我毕竟同你们父亲和好了，我的眼泪流满了孩子们细嫩的脸上。

歌队长　我的眼里也流出了晶莹的眼泪，但愿不会有比现在更大的灾难！

伊阿宋　啊，夫人，我称赞你现在的言行，那些事情一概不追究，因为一个女人为她丈夫另娶妻室而生气，是很自然的。你的心变得很好了，虽然晚了一点，毕竟下了决心，变得十分良善。

（向两个孩子）孩子们，托神明佑助，你们父亲很关心你们，已经替你们获得了最大的安全。我相信，你们还会伙同你们未来的兄弟们成为这科任托斯地方最高贵的人物。你们只需赶紧长大，一切事情你们父亲靠了那些慈祥的神明的帮助，会替你们准备好的。愿我亲眼看见你们走进壮午时代，长得十分强健，远胜过我的仇人。

（向美狄亚）喂，你为什么流出晶莹的眼泪，浸湿了你的瞳孔？为什么把你的苍白的脸转过去？为什么听了我的话，还不高兴？

美狄亚　不为什么，只是我为这两个孩子忧虑。

伊阿宋　你为什么为这两个孩子过分悲伤？

美狄亚　因为他们是我生的；你祈求神明使他们活下去的时候，我心里很可怜他们，不知这事情办得到吗？

伊阿宋　你现在尽管放心，作父亲的会把他们的事情办得好好的。

美狄亚　我自然放心，不会不相信你的话，可是我们女人总是爱哭。

我请你来商量的事只说了一半，还有一半我现在也向你说说：既然国王要把我驱逐出去，我明知道，我最好不要住在这里，免得妨碍你，妨碍这地方的国王。我想我既是这里的王室的仇人，就得离开这地方，出外流亡。可是，我的孩儿们，你去请求克瑞翁不要把他们驱逐出去，让他们在你手里抚养成人。

伊阿宋　不知劝不劝得动国王，可是我一定去试试。

美狄亚　但是，无论如何，叫你的……去恳求她父亲——

伊阿宋　我一定去，我想我总可以劝得她去。

美狄亚　只要她和旁的女人一样。我也帮助你做这件困难的事：我要给她送点礼物去，一件精致的袍子、一顶金冠，叫孩子们带去，我知道这两件礼物是世上最美丽的东西。我得叫一个侍女赶快把这衣饰取出来。

（一侍女进屋）

这位公主的福气真是不浅，她既得到了你这好人儿作丈夫，又可以得到这衣饰，这原是我的祖父赫利俄斯传给他的后人的。

〔侍女捧着两只匣子自屋内上。

（向两个孩子）孩子们，快捧着这两件送新人的礼物，带去献给那个公主新娘，献给那个幸福的人儿！她决不会瞧不起这样的礼物！

（两个孩子各接着一个匣子）

伊阿宋　你这人未免太不聪明，为什么把这些东西从你手里拿出去送人？你认为那王宫里缺少袍子，缺少黄金一类的礼物吗？请你留下吧，不要拿出去送人。我知道得很清楚，只要那女人瞧得起我，她宁可要我，不会要什么财物的。

美狄亚　你不要这样讲，据说礼物连神明也引诱得动；用黄金来收买人，远胜过千百句言语。她有的是幸运，天神又再给她增添，她正值年轻，又是这里的王后；不说单是用黄金，就是用我的性命，我也要去赎我的儿子，免得他们被放逐。

孩子们，等你们进入那富贵的宫中，就把这衣饰献给你们父亲的新娘，献给我的主母，请求她不要把你们驱逐出境。这礼物要她亲手接受，这事情十分要紧！你们赶快去，愿你们成功后，再回来向我报告我所盼望的好消息。

〔保傅引两个孩子随着伊阿宋自观众右方下。

十、第四合唱歌

歌　队　（第一曲首节）这两个孩子的性命现在一点希望都没有了，一点都没有了，他们已经走近了死亡。那新娘，那可怜的女人，会接受那金冠，那致命的礼物，她会亲手把死神的装饰品戴在她的金黄的鬓发上。
（第一曲次节）那有香气的袍子上的魔力和那金冠上的光辉会引诱她穿戴起来，这样一装扮，她就会到下界去做新娘；这可怜的人会坠入陷阱里，坠入死亡的恶运中，……逃不了毁灭！
（第二曲首节）你这不幸的人，你这想同王室联姻的不幸的新郎啊，你不知不觉就把你儿子的性命断送了，并且给你的新娘带来了那可怕的死亡。不幸的人呀，眼看你要从幸福坠入厄运了！
（第二曲次节）啊，孩子们的受苦的母亲呀，我也悲叹你所受的痛苦，你竟为了你丈夫另娶妻室，这样无法无天的抛弃你，竟为了那新娘的婚姻，想要杀害你的儿子！

十一、第五场

〔保傅引两个孩子自观众右方上。

保　傅　我的主母，你的孩儿不至于被放逐了，那位公主新娘已经很高兴地亲手接受了你的礼物，从此你的儿子可以在宫中平安地住下去啦。
　　　　啊！当你的运气好转的时候，你怎么这样惊慌？为什么听了我的话，还不高兴？
美狄亚　哎呀！
保　傅　这和我带来的消息太不调协了！
美狄亚　不由我不再叹一声！
保　傅　是不是我报告了什么不幸的事情，连自己都不知道，反把它弄错了，当做好消息呢？
美狄亚　你报告了这样的消息，我并不怪你。
保　傅　可是你为什么这样垂头丧气，还流着眼泪呢？
美狄亚　啊，老人家，我要痛苦，因为神明和我都怀着恶意，定下了这条毒计。
保　傅　你放心，你的儿子会把你迎接回来的。
美狄亚　我这不幸的人倒要先把他们带回老家去。

保　傅　这人间不止你一人才感到母子的离别，你既是凡人，就得忍耐这痛苦。
美狄亚　我就这样做吧。你进屋去，为孩子们准备日常用的东西。
（保傅进屋）
孩子们呀，孩子们！你们在这里有一个城邦，有一个家，你们永远离开这不幸的我，住在这里，你们会这样成为无母的孤儿。在我还没有享受到你们的孝敬之前，在我还没有看见你们享受幸福，还没有为你们预备婚前的沐浴，为你们迎接新娘，布置新床，为你们高举火炬之前，我就将被驱逐出去，流落他乡。只因为我的性情太暴烈了，才这样受苦。啊，我的孩儿，我真是白养了你们，白受苦，白费力，白受了生产时的剧痛。我先前——哎呀！——对你们怀着很大的希望，希望你们养老，亲手装殓我的尸首，这都是我们凡人所羡慕的事情；但如今，这种甜蜜的念头完全打消了，因为我失去了你们，就要去过那艰难痛苦的生活；你们也就要去过另一种生活，不能再拿这可爱的眼睛来望着你们的母亲了。唉，唉！我的孩子，你们为什么拿这样的眼睛望着我？为什么向着我最后一笑？哎呀！我怎样办呢？朋友们，我如今看见他们这明亮的眼睛，我的心就软了！我决不能够！我得打消我先前的计划，我得把我的孩儿带出去。为什么要叫他们的父亲受罪，弄得我自己反受到这双倍的痛苦呢？这一定不行，我得打消我的计划。——我到底是怎么的？难道我想饶了我的仇人，反招受他们的嘲笑吗？我得勇敢一些！我竟自这样脆弱，使我心里发生了这样软弱的思想！
我的孩儿，你们进屋去吧！
（两个孩子进屋）
那些认为不应当参加我这献祭的人尽管走开，我决不放松我的手！
（自语）哎呀呀！我的心呀，快不要这样做！可怜的人呀，你放了孩子，饶了他们吧！即使他们不能同你一块儿过活，但是他们毕竟还活在世上，这也好宽慰你啊！——不，凭那些住在下界的报仇神起誓，这一定不行，我不能让我的仇人侮辱我的孩儿！无论如何，他们非死不可！既然要死，我生了他们，就可以把他们杀死。命运既然这样注定了，便无法逃避。
我知道得很清楚，那个公主新娘已经戴上那花冠，死在那袍子里了。我自己既然要走上这最不幸的道路，我就想这样同我的孩子告别：
"啊，孩儿呀，快伸出、伸出你们的右手，让母亲吻一吻！我的孩儿的这样可爱的手、可爱的嘴、这样高贵的形体、高贵的容貌！愿你们享福，——可是是在那个地方享福，因为你们在这里所有的幸福已被你们父亲剥夺了。我的孩儿的这样甜蜜的吻、这样细嫩的脸、这样芳香的呼吸！分别了，分别了！我不忍再看你们一眼！"——我的痛苦已经制服了我；我现在才觉得我要做的是一件多么可怕的罪行，我的愤怒已经战胜了我的理智。

歌队长　我也曾多少次搜索过那更微妙的思想，研究过那更严肃的争辩，那原不是我们女人所能讨论的。我们也有一位文化女神，她同我们做伴，给我们智慧；可是她并不和我们大家做伴，而是和少数人做伴，也许在一大群女人里头，只有一个同她在一起，但由此可见，我们女人并不是完全没有智慧的。我认为那些全然没有经验的人，那些从没有生过孩子的人，倒比那些做母亲的幸福得多，因为那些没有子女的人不懂得养育孩子是苦是乐，可以减少许多烦恼；我看见那些家里养着可爱的孩子的人一生忧愁：愁着怎样把孩子养得好好的，怎样给他们留下一些生活费，此后还不知他们辛辛苦苦养出来的孩子是好是坏。这人间还有一个最大的灾难我也要提提：就说他们的生活十分富裕，孩子们的身体也发育完成，他们为人又好；但是，如果命运这样注定，死神把孩子们的身体带到冥府去，那就完了！神明对我们凡人，在一切痛苦之上，又加上这种丧子的痛苦，这莫大的惨痛，这对他们又有什么好处呢？

美狄亚　朋友们，我等候消息已等了许久，我要看那宫中的事情到底是怎样结果的。

看啊，我望见伊阿宋的仆人跑来了，他那喘吁吁的样子，好像他要报告什么很坏的消息。

〔传报人自观众右方急上。

传报人　美狄亚，快逃走呀，快逃走呀！切莫要留下一只航海的船，一辆陆行的车子！

美狄亚　什么事情发生了，要叫我逃走？

传报人　公主死了，他的父亲克瑞翁也叫你的毒药害了！

美狄亚　你报告了这最好的消息，从今后你就是我的恩人，我的朋友。

传报人　你说什么呀？夫人，我看你害了我们的王室，你听了这消息，不但不惊骇，反而这样高兴，你的神志是不是很清明？该没有错乱吧？

美狄亚　我自有理由回答你的话。请不要性急，朋友，告诉我，他们是怎样死的。如果他们死得很悲惨，你便能使我加倍地快乐。

传报人　当你那两个儿子随着他们父亲去到公主那里，进入新房的时候，我们这些同情你的痛苦的仆人很是高兴，因为那宫中立刻就传遍了消息，说你和你丈夫已经排解了旧日的争吵。有的人吻他们的手，有的人吻他们的金黄的鬓发；我自己也乐得忘形，竟随着孩子们进入了那闺中。我们那位现在代替你的地位受人尊敬的主母，在她看见那两个孩子以前，她先向伊阿宋多情地飞了一眼！她随即看见孩子们进去，心里十分憎恶，忙盖上了她的眼睛，掉转了她那变白了的脸面。你的丈夫因此说出了下面的话，来平息那女人的怒气："请不要对你的亲人发生恶感，快止住你的愤怒，掉过头来，承认你丈夫所承认的亲人。请你接受这礼物，转求你父亲，为了我的缘故，不要把孩子们驱逐出去。"她看见那两件衣饰，便不能自主，完全答应了她丈夫的请求。当你的孩子和他们的父亲离开那宫廷，还没有走得很远的时候，她便把那件彩色的袍子拿起来穿在身上，更把那金冠戴在鬓发上，对着明镜理理她的头发，自己笑她那懒洋洋的形影。她随即从座椅上站了起来，拿她那雪白的脚很娇娆地在房里踱来踱去，十分满意于这两件礼物，并且频频注视那直伸的脚背。

这时候我看见了那可怕的景象，看见她忽然变了颜色，站立不稳，往后面倒去，她的身体不住地发抖，幸亏是倒在那座位上，没有倒在地下。那里有一个老仆人，她认为也许是山神潘，或是一位别的神在发怒，大声地呼唤神灵！等到她看见她嘴里吐白沫，眼里的瞳孔向上翻，皮肤没有了血色，她便大声痛哭起来，不再像刚才那样叫喊。立刻就有人去到她父亲的宫中，还有人去把新娘的噩耗告诉新郎，全宫中都回响着很沉重的、奔跑的声音。约莫一个善走的人绕过那六百尺的赛跑场，到达终点的工夫，那可怜的女人便由闭目无声的状态中苏醒过来，发出可怕的呻吟，因为那双重的痛苦正向着她进袭：她头上戴着的金冠冒出了惊人的、毁灭的火焰；那精致的袍子，你的孩子献上的礼物，更吞噬了那可怜人的细嫩的肌肤。她被火烧伤，忽然从座位上站起来逃跑，时而这样，时而那样摇动她的头发，想摇落那花冠；可是那金冠越抓越紧，每当她摇动她的头发的时候，那火焰反加倍地旺了起来。她终于给厄运克服了，倒在地下，除了她父亲外，谁都难于认识她，因为她的眼睛已不像样，她的面容也已不像人，血与火一起从她头上流了下来，她的肌肉正像松脂泪似的，一滴滴的叫毒药的看不见的嘴唇从她的骨骼间吮了去,这真是个可怕的景象!谁都怕去接触她的尸体,因为她所遭受的痛苦便是个很好的警告。

她的父亲——那可怜的人——还不知道这一场祸事。这时候他忽然跑进房里,跌倒在她的尸体上。他立刻就惊喊起来,双手抱住那尸身,同她接吻,并且这样嚷道:"我的可怜的女儿呀!是哪一位神明这样侮辱地害了你?是哪一位神明使我这行将就木的老年人失去了你这女儿?哎呀,我的孩儿,我同你一块儿死吧!"等他止住了这悲痛的呼声,他便想立起那老迈的身体来,哪知竟会粘在那精致的袍子上,就像长春藤的卷须缠在桂树上一样。这简直是一种可怕的角斗:一个想把膝头立起来,一个却紧紧地胶住不放;他每次使劲往上拖,那老朽的肌肉便从他的骨骼上分裂了下来。最后这不幸的人也死了,断了气,因为他再也不能忍受这痛苦了。女儿同老父的尸首躺在一块儿,——这样的灾难真叫人流泪!

关于你的事,我没有什么可说的,因为你自己知道怎样逃避惩罚。这不是我第一次把人生看作幻影;这人间没有一个幸福的人;有的人财源滚滚,虽然比旁人走运一些,但也不是真正有福。

〔传报人自观众右方下。

歌队长　看来神明要在今天叫伊阿宋受到许多苦难,在他是咎由自取。

美狄亚　朋友们,我已经下了决心,马上就去做这件事情:杀掉我的孩子再逃出这地方。我决不耽误时机,决不抛撇我的孩儿,让他们死在更残忍的手里。我的心啊,快坚强起来!为什么还要迟疑,不去做这可怕的、必须做的坏事!啊,我这不幸的手呀,快拿起,拿起宝剑,到你的生涯的痛苦的起点上去,不要畏缩,不要想念你的孩子多么可爱,不要想念你怎样生了他们,在这短促的一日之间暂且把他们忘掉,到后来再哀悼他们吧。他们虽是你杀的,你到底也心疼他们!——啊,我真是个苦命的女人!

〔美狄亚偕众侍女进屋。

欲望中的人性挣扎
——尤金·奥尼尔《榆树下的欲望》评析

尤金·奥尼尔（Eugene O'Neill，1888—1953），现代美国剧作家。对中国观众来说，奥尼尔的名字并不陌生，他像莎士比亚、易卜生一样在中国影响深远，他的《悲悼》、《天边外》、《安娜·克里斯蒂》、《进入黑夜的漫长旅程》、《琼斯皇》、《上帝的儿女都有翅膀》、《奇异的插曲》、《毛猿》、《马可·波罗》、《大神布朗》等剧作，都在中国舞台上搬演过，有的还被改编成戏曲，如根据《榆树下的欲望》改编的曲剧《榆树古宅》（1998，郑州市曲剧团）、川剧《欲海狂潮》（1989，四川省成都市川剧院）等。

一、作家作品简介

奥尼尔出生于纽约一个爱尔兰裔演员家庭，年幼时跟随从事旅行演出的父亲在美国各地生活，在一个又一个剧场与旅馆里度过了他的童年。父亲詹姆斯·奥尼尔以演基督山伯爵而出名，为了多挣钱，他年复一年地扮演着同一个角色，法国作家大仲马笔下的这位传奇人物几乎被他演绎了一辈子。奥尼尔的母亲是一位虔诚的天主教徒，因生奥尼尔难产，被詹姆斯·奥尼尔请来的江湖郎中用吗啡止痛，从此染上毒瘾，不过，她都是背着丈夫、儿子偷偷吸毒，这在奥尼尔的心灵深处留下了创伤。奥尼尔曾在美国普林斯顿大学读过书，但因违反校规而辍学。为了生存，他当过水手、淘过金、演过戏，年轻时生活颠沛流离，穷困潦倒。1912 年年底奥尼尔患上了肺结核被送进疗养院，不过他却因祸得福，从此静下心来看书、思考，并对戏剧创作产生了兴趣。1914 至 1915

年，奥尼尔在哈佛大学贝克尔教授开设的戏剧写作班学习。1916年开始参加非商业性的普罗文斯敦剧社的戏剧创作和演出活动，并展露出才华。

奥尼尔的早期戏剧大多与大海、水手有关，因此被称为"海洋戏剧"。例如独幕剧《东航卡的夫》（1914）、《鲸油》（1916）、《归路迢迢》（1916）、《加勒比海之月》（1917）等。奥尼尔在创作初期便带有忧郁的悲剧色彩和诗人的气质；他的中期创作不仅在题材上深入开拓，而且在表现手法上大胆探索和创新，表现主义、象征主义、意识流等现代文艺观念与手法被他独到地运用。重要作品有表现主义的《琼斯皇》（1920）、《毛猿》（1921）、《上帝的儿女都有翅膀》（1923），运用面具手段的《大神布朗》（1925），运用意识流的表现方法《奇异的插曲》（1927）等，其中以现代心理分析学说进行创作的三部曲《悲悼》（1929—1932）则将奥尼尔的戏剧创作成就推到了高潮，它以古希腊悲剧诗人埃斯库罗斯的《奥瑞斯忒亚》为模式，其中展示了现代心理学对古代命运问题的解释。他的中期创作富有激情和力度，在强烈的戏剧性中发展了早期戏剧里就开始的对命运背后神秘力量的思考；后期戏剧《送冰的人来了》（1939）和自传体戏剧《进入黑夜的漫长旅程》（1941）等则回归写实，注重从平淡的日常生活中揭示人物的内心冲突，这时期的奥尼尔及其戏剧呈现出平和、忧伤的格调，无意再证明什么或达到某种结论，而只是展示某种存在，表达来自生活的直觉与领悟。1936年，尤金·奥尼尔作为美国第一个戏剧家获得诺贝尔文学奖的殊荣。此外，他还因多幕剧《天边外》（1920）、《安娜·克里斯蒂》（1922）、《奇异的插曲》（1928）和《进入黑夜的漫长旅程》（1956），四次获得美国普利策戏剧奖。

奥尼尔对美国现代戏剧的发展有划时代的影响。在戏剧表现手法的探索方面，他所作的贡献比任何一位美国剧作家都多。他的作品深刻地反映了美国的现实生活和严重的社会问题，他是探索人的复杂心理的悲剧大师，为现代社会的冷酷和现代人没有归宿的境地所深深困扰。他努力发掘人的欲望与失意的根源，关于现代人无能为力的悲剧意识贯穿在他的一生所有作品之中。

可以说，尤金·奥尼尔的戏剧作品几乎无一不是悲剧，它们都表现出梦幻与现实之间的冲突。当意识到梦幻不可能实现的时候，奥尼尔和他的剧中人一样，产生了深刻的悲观主义的情绪和无可奈何的规避态度。

二、《榆树下的欲望》的背景与情节

三幕剧《榆树下的欲望》1924年11月11日在文学艺术爱好者、激进分子聚居的纽约西区格林威治村剧院首演，受到观众普遍欢迎。然而，时隔两个月，1925年1月12日该剧在百老汇舞台公演后，却遭到来自纽约地方检察官的恶意中伤，指责其中的乱伦情节有违于伦理道德。还有一次《榆树下的欲望》剧组在洛杉矶巡演，全体演员被捕，指控伤风败俗，后来以无罪释放。不料，这些反面攻击与宣传，却使得《榆树下的欲望》获得了更大的知名度与成功。

那么，这部戏剧到底叙述了一个什么样的故事，引起社会这么大的反响呢？我们先来看一看奥尼尔的创作构思。关于《榆树下的欲望》原始构思中的剧情梗概，奥尼尔是这样写的：

写英格兰的戏——景为农场，时间为加利福尼亚淘金热的1850年——把新英格兰农场住宅和榆树写得几乎成为剧中人物——榆树悬垂在房顶上——父亲，铁石心肠一类人物，用活儿整死了妻子（两个），三个儿子——个个都恨他——他以拥有农场而自豪——爱土地，竟至心如铁石——老年时期中竟一时反常地动心，渴望娶个年轻女人，把她带回农场，她一到来，戏就出来了，小儿子爱上了她。[①]

这里有时间、地点和人物关系。正式呈现在读者与观众面前的三幕剧《榆树下的欲望》（1924）完全体现了奥尼尔最初的戏剧构思。该剧的故事背景发生在19世纪中叶，美国新英格兰的一个农场。75岁的农场主伊弗雷姆·凯勃特娶了一个比他年轻40岁的漂亮妻子爱碧。老凯勃特这第三次婚姻，使得他的三个儿子都愤愤不满，第一个妻子所生的彼得和西蒙，眼看着继承农场财产的希望随着新继母的到来而破灭，他们再也不愿意像长工那样地为父亲当牛作马，第二个妻子所生的小儿子伊本趁机与同父异母的兄弟作了一笔交易，他偷了父亲藏在地板下面的钱，买断了两个哥哥的继承权，彼得和西蒙毅然离家出走，到加利福尼亚淘金去了。伊本为了这片土地，怀着对继母爱碧本能的敌意留了下来。爱碧性感而年轻，伊本像他父亲一样被这个女人的肉体所吸引，终于经不住爱碧的诱惑，两人勾搭成奸，并生下一个儿子。最后，当伊本从不知情的父亲口里听到农场属于爱碧与他们的儿子，爱碧早就告发他想调戏她时，父子之间的仇恨爆发为一场暴力行动。为了能留住伊本，向他证明对他的爱胜过世界上的一切，爱碧忍痛杀死了她和伊本的儿子。愤怒的伊本在报警后意识到他们之间的爱是那么真挚而强烈，他赶回来和爱碧一起承担罪责，双双跟着警长去接受法律的制裁。

[①] [美]弗吉尼亚·弗洛伊德《尤金·奥尼尔的剧本——一种新的评价》，陈良廷、鹿金译，上海译文出版社1993年版，第271页。

54

这部戏里涉及到奥尼尔批判的清教主义。17世纪美国新英格兰是清教徒移居的地方，清教主义在这个地方盛行。作为一种社会力量和一种伦理规范，清教主义大大制约着人们的生活，要求人们绝对服从上帝，勤俭、内省、努力工作以及禁欲。奥尼尔在《榆树下的欲望》和后来创作的《悲悼》三部曲里，无情地揭露并批判了那些在物质上、情欲上追求满足的清教徒。

在《榆树下的欲望》这部戏里，我们看到了古希腊悲剧的影子，奥尼尔在剧中设置的三角人物关系，一个年迈的丈夫、一个年轻貌美的妻子和一个健壮英俊的前妻之子，令我们想起了公元前5世纪古希腊悲剧家欧里庇得斯的《希波吕特斯》。在这部古希腊悲剧里，年轻的王后费德尔因为爱上了英俊的继子希波吕特斯，遭到后者的拒绝由羞愧转而心生恨意，恰在这时一直杳无音信的老丈夫特修斯突然回家，费德尔无颜面对，自杀前诬陷希波吕特斯欲强奸她，致使希波吕特斯在父亲的诅咒中丧命。而在这部美国现代悲剧《榆树下的欲望》里，我们可发现作者在情节上设置了同样的三角人物关系，女主角爱碧受强烈欲望的驱使，为了得到农场的继承权，主动勾引前妻之子伊本，想让他成为她生子夺地的工具，当遭到了伊本的斥责时，爱碧像费德尔一样，出于报复心理，在老丈夫面前反咬一口，诬陷继子伊本行为不轨，从而进一步加深了父子俩根深蒂固的矛盾冲突。

此外，在《榆树下的欲望》里也有母亲杀子的情节，爱碧最后为了挽回欲离她而去的情人伊本，证明自己不是为了农场而是为了爱情，当然，并不排斥对背弃她的男人的阴暗的报复心理，独自采取了骇人的杀子行为，这里，我们分明看到了2500多年前美狄亚杀子泄恨的魅影。显然，奥尼尔受古希腊悲剧的影响，把人生看成是悲剧，《榆树下的欲望》与作者其他悲剧一样，表现了人难以把握自己的命运，它受到来自外部因素与人自身内在弱点的支配，导致自我和他人不可避免的毁灭或悲剧性的结局。

《榆树下的欲望》涉及到两个问题，金钱关系和性心理。在伊弗雷姆·凯勃特家庭中，人与人之间的关系完全是建立在金钱之上的，父亲、后妈、儿子这三个关系密切的人物，之所以亲情缺失、彼此排斥，因为他们完全受经济利益的驱使，每个人的眼睛只盯着农场，谁都想把它占有到手。对土地的贪婪与强烈的占有欲望，以及渴望肉体的满足，使他们的人性变得扭曲变得异化。

三、人物分析

农场主伊弗雷姆·凯勃特在全剧中是一家之主，他是一个为土地而生的人，土地、农场是他生命的全部意义，他对土地有着一种着魔般的贪婪，他几乎倾其一生在布满石头的荒地上拼命开垦，不屈不挠、无悔无怨。他在剧中第一个动作就是再婚，带着第三任新婚的年轻妻子爱碧回到家里。老凯勃特再婚是为了逃避孤独，他喜欢女人，前面两个妻子经不住他压在她们身上的无尽重活，年轻轻地就被折磨死了。两个女人的死并不能打动她们的丈夫伊弗雷姆·凯勃特的铁石心肠，日复一日地垦荒、无休止地拓展农场，使得老凯勃特的心变得像石头一样坚硬，像钢铁一样冷酷，变得不会与人交流感情，他曾向爱碧倾诉过自己的身世，但结果是徒劳的，这使他倍感孤独。他爱牲口胜于爱自己的亲人，因为母牛不会抱怨，而他的家人老婆、儿子个个都恨他、诅咒他。老凯勃特对土地、农场的贪婪，表现在他恨不得把它们带进棺材里去："在我临死的时候，我会放一把火，看着它烧掉——这幢房子，这儿每一个麦穗，每一棵树，直到最后一根草！我会坐着，看着一切都随着我死去，没有人能占有曾经属于我的，我用血和汗从一无所有中开辟出来的东西！"（见奥尼尔剧本《榆树下的欲望》第二幕第一场）

  老凯勃特虽然已经年迈，但一家之长的威风丝毫不减当年，他就像群兽之王，瞪着警惕的眼睛，紧盯着自己的领地，捍卫着自己的农场。作为一个农民、一个农场主，他勤劳、坚硬、吃苦耐劳；他性格粗暴，极端自私和极端孤独，他想通过苦苦奋斗来扩大了他的土地，却丧失了最为可贵的亲情，而他却认为这是上帝对他的考验因此继续一意孤行。他企图把农场和别人的青春统统占为己有，把三个亲生儿子当做长工对待，终日逼着他们像牛一样在地里拼命地干活，奴役他们也奴役自己，因此儿子们视他为暴君，个个都恨他、想反叛他。他先后用干不完的活儿折磨死两个可怜的妻子，现在年老了又突然想到续弦，他娶了一个年轻他40岁的女人只是为了需要，他需要有一个伺候他生活、供他发泄的女人，何况爱碧不仅年轻，而且性感、漂亮，占有她让他感到心满意足，他从来就喜欢女人，两个前妻死了，他就外出嫖娼，儿子伊本喜欢的妓女敏妮曾经就是他的女人。

  奥尼尔非常善于用细节来刻画人物。当爱碧初进家门，满怀喜悦和新奇地打量着她将要生活的新家时，她由衷地赞叹道："家，真美——美极了！我不相信，这真是我的！"她的话音刚落，老凯勃特马上厉声纠正她："你的？我的！"他用锐利的眼光狠狠地盯着爱碧，仿佛要刺透她的心。短短两个词，把老凯勃特心里面那种风声鹤唳、自私冷酷的本质极其真实地揭示了出来。在他心目中，丝毫没有把爱碧当做自己的亲人和家庭成员看待。这也难怪，土地、农场、金钱是老凯勃特生命的全部，它们胜于世界上的一切，他连对和他有血缘关系的儿子都没有感情，时时刻刻都在呵斥他们要拼命干活，更何况对一个外来人了。这种对土地的疯狂占有欲，扼杀了他所有的亲情，他的儿子们在背后恨恨地说他是"老守财奴"、"老吸血鬼"，这使人不由地想起了莫里哀笔下那个著名的吝啬鬼阿尔巴公。

因为拥有属于自己的农场，伊弗雷姆·凯勃特有着一种强烈的自豪感。不过，奥尼尔在塑造这个角色时，说他"眼睛十分近视"。表面上看起来，这不过是生理上的缺陷，实际上是作者的一种隐喻，暗示他像俄狄浦斯一样，看不见已经发生的事情。他对爱碧与自己的小儿子伊本背着他偷情一无所知，还自以为他的"玫瑰花"爱碧真的会给他生个儿子。伊弗雷姆·凯勃特意识到爱碧不能理解他时，悻悻地走了，他宁可向母牛去倾诉。对土地的执著，对亲人的漠视，使他听不出邻居话中有话的嘲笑声，还兴致勃勃地喝酒、跳舞，自以为是男人中的豪杰，七十多岁还能生下儿子。他就像是一只打了胜仗的公鸡，洋洋得意地讥讽伊本，嘲笑他竟敢对他的女人、农场异想天开。直到真相大白，老凯勃特不仅发现小儿子偷了他的女人，还偷了他藏在地板下面的钱袋子后，他发出了声嘶力竭的哀嚎："上帝不就是寂寞的吗？上帝的心肠又硬又寂寞！"在他一向赞美的上帝的面前，这个自视为就是上帝的老凯勃特，终于败在了他儿子的手里。一个残酷无情者遭到了自己亲生骨肉的毁灭性的打击，他凄凉的嚎叫与哭泣，令人对这个孤独的老人顿生怜悯之情。伊弗雷姆·凯勃特一下子变得更加苍老，失去了所有的亲人，那么他死死守护着的土地、钱财对他又有什么用处呢？他为自己感到悲哀，但这种软弱只是一闪而过，坚硬、顽强是他的基调，他最后这样安慰自己：上帝是孤独的，上帝是严厉而孤独的！对他脚下的这片土地来说，他就是上帝！

小儿子伊本表面上长得英俊、一表人才，骨子里像他的父亲一样贪婪，他坚持认为农场是他妈妈留下来的，农场应该属于他，他在这个家庭里最具有合法继承权。为了得到这一农场，伊本不得不在严厉的父亲面前忍气吞声。他比他两个同父异母的哥哥多一点心眼，神不知鬼不觉地偷了父亲藏在地板下面的钱袋，买下了两个哥哥的继承权。当彼得、西蒙同意这笔交易时，伊本兴奋得两眼发光，"这下又是妈的田庄了！这是我的了！这些是我的奶牛了！给自己的牛挤奶，就是把手挤断我也情愿！"伊本这番话听起来就像他的父亲老凯勃特一样，简直是一个模子里刻出来的父子。

伊本得意地支走了同父异母的彼得、西蒙俩兄弟，对刚进门的后妈爱碧，他时不时冒出本能的仇恨，担心爱碧用美人计让自己受骗上当，夺走他的继承权。因此，他像他父亲那样，既为爱碧的美貌所吸引，同时又分分秒秒提防着她。在那个炎热的季节，肉体的相互吸引变成了一种无法抵御的力量，伊本竭力从爱碧的魅力中挣脱出来，他明白自己不仅要和他的父亲斗，现在也要和他的新妈斗，为他在这个家里的权利斗。

伊本是一个有着恋母情结的年轻人。他毫不掩饰他对父亲的怨恨，因为"这个从地狱里出来的魔鬼"把他妈妈当牛马一样使唤到死，"我早晚要跟他算账！""我不像他，我没有他的品行。我像妈，每一滴血都像！"[1] 他把占有妓女敏妮当做对父亲的报复，他用挑战的口吻向两个哥哥谈起他跟敏妮在一起的情景："我要为了这事，把她鼻子打下来，就一口气跑到敏妮的家里，也不知道自己要去干什么——（停顿——害臊地，但更加挑战地）嗯，当我见到她时，我没有打她——也没有亲她——我向一头牛一样吼着，嘴里骂不绝口。我简直疯了——她也吓坏啦——我就一把抓住她，搞了她！（骄傲地）是的，就这样！我搞了她。以前她也许是他的——可现在她是我的！"[2] 伊本爱他的母亲，心疼妈妈被父亲折磨、劳累到死，他不让任何人踏进他妈妈生前住过的房间，他能在那里感觉到妈妈亡灵的存在，在屋子里游荡。他抵御过年轻后妈的挑逗，内心痛苦地挣扎过，直至经不住爱碧的诱惑，在妈妈的房间里与她发生性爱关系。他把这同样看成是对父亲的挑战，是一种报复，他认为他这样做他妈妈就可以在坟墓里瞑目了："这是她对他的报复——这样她可以在坟墓里得到安息了！"[3]

对女人，伊本也跟他父亲一样并不掩饰他的欲望，他会找妓女敏妮，与清教徒生活方式相违背。对刚进门的爱碧，他不由自主地为这个性感、漂亮又有点粗俗的女人通身散发出来的魅力大吃了一惊。奥尼尔是这样描述他们第一次见面时的心理动作的，"她上上下下打量着他，欣赏着他强壮有力的身材，看着看着，她朦朦胧胧地被他的青春和健美唤起一种欲念。"于是，她用一种极有诱惑力的语调向他介绍自己。当伊本感受到她肉体的吸引后，先是跳了起来，对她怒目而视，接着，硬装出生硬的口气，恨恨地说："你给我见鬼去吧！"

尽管伊本心存警惕，他还是像被施了催眠术似地傻了眼，他无法抗拒爱碧整个身子所流露出来的一股奇特的猥亵的情绪，他盯住她的眼睛，心慌意乱，手足无措。当他感觉到自己被迷惑时，他狂暴地将爱碧的手推开，喊道："不，你这个老妖婆！我恨你！"他的神态，他的逃离，意味着他内心深处的占有欲火、占有爱碧这个女人的欲望已被她挑起，只是为了土地，他不得不拼命压制

---

[1] 见尤金·奥尼尔《榆树下的欲望》第一幕第二场。
[2] 同上，第一幕第三场。
[3] 同上，第二幕第三场。

住自己对爱碧的欲望，强迫自己从性的躁热中逃走。因为他明白，这种欲望是罪恶的，也是危险的，更重要的是他的农场继承权会受到威胁。

在整个上半场戏里，爱碧对伊本的诱惑，以及伊本对年轻后母的抵御，得到了充分的展示。他们之间，从挑逗，讥讽，到抓住对方弱点相互激怒，又相互吸引，反反复复，激情中由于包含着压倒一切的情欲和强烈的物欲，因而显得更加富有戏剧张力和表现力。在伊本和爱碧之间，充满了一种男女之间占有与反占有的关系，这里，性的成分占很大的比例。

作为一个自然人，在这片广袤、贫瘠的土地上，伊本追逐肉欲是可以理解的。他一开始拒绝爱碧，并不是出于伦理道德的考虑，而是迫于对农场继承权的根本性问题，他不得不跟自己的天性搏斗，他用挑衅的口吻对爱碧说，他父亲用金钱买了她："就像买个娼妓一样！而他给了你价钱——这个田庄——这是我妈的，你这个鬼东西！——这田庄现在是我的！"当他的抗拒终于抵挡不住这个女人的魅力与伎俩时，他不再约束自己，那份压抑已久的热情几乎要把自己燃烧，他得意于对爱碧的占有，对父亲的报复，对为母亲的申冤，直至他们的孩子出世，他这才意识到一种深刻的痛苦，这就是他不能承认这个婴儿是自己的儿子，而是"兄弟"。

事实上，事情还不是这么简单，当伊本听父亲说农场归他的"弟弟"即新出生的婴儿所有时，父子俩根深蒂固的矛盾冲突终于激烈地爆发了，他们扭打在一起，伊本强烈认为爱碧欺骗了他，为了农场而借腹生子，他真的气疯了，把对爱碧的迷恋变成不可遏制的憎恨。"原来这是她的诡计——一直在欺骗我——正像我当初怀疑的那样——把什么都一口吞下——包括我。我要杀死她！"他怒火中烧，疯狂地跳了起来，老凯勃特使出蛮力拦住他，父子俩扭作一团。此时此刻，奥尼尔将人物的思想情绪激化到高潮。

伊本扬言要去加利福尼亚，要把真相告诉父亲，永远也不见这个"诡计多端的臭婊子"！他重新回到对农场的继承权上，金钱、情感这双重的损失，深深地激怒了这个年轻汉子，使他不能冷静下来倾听爱碧的解释。在爱碧的苦苦的哀求之中，他不假思索的一句如果孩子不存在，他还会像以前一样爱她的话，铸就了一场可怕的悲剧，襁褓中的儿子被生母爱碧用枕头活活闷死了。当伊本刚一听到死讯，误以为是老父亲被害了，他兴奋地要帮助爱碧掩盖犯罪现场，可是，当他弄清楚死去的不是父亲而是他的亲生儿子的时候，他再一次被激怒了，他的告发是为了对爱碧复仇！对这个有着俄狄浦斯情结的伊本来说，父亲可以被"牺牲"，儿子却万万不能！尽管在戏的最后，伊本终于意识到爱碧杀子是出于对自己的爱，他赶回来请求她的宽恕，并拉着爱碧的手，和她一起去接受法律的制裁。这一动作表明伊本内心对爱碧的爱是真诚的。在奥尼尔的戏剧里,所有的罪孽都会得到惩罚、得到救赎,在这部悲剧里也不例外。

年轻貌美的爱碧是全剧的中心人物。她周旋在两个男人、两代人中间。她嫁给可以做自己父亲的老凯勃特绝对是有所企图,一方面是为了找一个属于自己的家,"一个女人总得有个家",爱碧如是说,更重要的原因是对方有一个诱人的农场,她想着只要委屈几年,就可以成为农场的真正主人,这就是她嫁老丈夫的根本目的。对于专横跋扈、又老又丑的伊弗雷姆·凯勃特,爱碧心里充满了厌恶。当她第二次用新女主人的口吻问她的新郎:"这张床真是好极了。这是我的房间吗?"老凯勃特对她的满腔热情再次泼下冰霜,她看到他的目光变得如此冷酷而犀利,仿佛她是个窃贼似的,这使她不再对所谓的家、所谓的丈夫心存幻想,她变得现实起来。新婚夫妇间的浪漫,老夫少妻间的温情,在他们身上看不到丝毫的踪影,欲望彻头彻尾地取代了情爱,一切人际关系均围绕着金钱、土地在旋转。

爱碧是一个不同寻常的女人,从她第一眼见到最小的继子伊本起,就意识到伊本将是自己争夺农场继承权的对手,明白伊本对她的威胁,她看出了他和自己一样毫不掩饰对农场的贪婪和垂涎。对物和肉的欲望,使他们彼此间充满了敌意,从一开始相遇就剑拔弩张。爱碧很高兴伊本的两个哥哥远走他乡了,现在她只要集中精力对付伊本这一个人。她自信她软的硬的都在行,为了自己的生存和利益,她会使出浑身解数。

于是,她放肆地打量着这个跟她年纪差不多大的"儿子",她被他的强壮和健美的身材勾起了一种欲念,便用一种极有诱惑里的语调向他介绍自己"我是你的新妈"。为了缓解彼此的对立,爱碧向伊本讲述了她不幸的身世,以期唤起他的同情心。尽管对方扔过来恶狠狠的一句"婊子",骂骂咧咧地跑了,爱碧凭着女人的敏感,还是意识到伊本对自己的着迷,他的怒目而视和粗言秽语不过是装腔作势罢了。于是,爱碧狡黠地笑了,她占据了上风,为掌握了伊本的软肋而洋洋得意。她明确地告诉她的对手:"你的?咱们倒要瞧瞧!""这是我的田庄——这是我的家——这是我的厨房!——我的卧室我的床!"她既表示了她将与伊本斗争的决心,又露骨地发出情欲的信号。生活的磨难、摔打,造就了爱碧刚强的性格,她自信有能力对付这个叫伊本的男人,一定能够取得胜利。

富有心计的爱碧第一个动作就是把自己打扮得漂漂亮亮的,用话套出老凯勃特百年之后只肯把农场留给儿子伊本,根本没有考虑过她的利益、也没有继承权,这时候她愤怒了,爆发了:"原来这就是我嫁给你的报酬——把仁慈让给恨你的伊本，却把我赶到路边去。"① 生存困境激发了爱碧女性的智慧和生存本能，这个从不逆来顺受的女人马上开始了积极的行动。她不顾道德与良心的谴责，使出了一条离间计挑拨凯勃特父子关系："伊本想勾引我，调戏我。"她诬告她怀恨在心的伊本，而且是用举世男人最刺痛的、最难以忍受的事端来污陷伊本。这一招果然灵验，老凯勃特马上怒火冲天，若是伊本这时候在眼前，一场可怕的悲剧准会发生，看到老凯勃特浑身发抖，恶狠狠地说，"我要用手枪打他，叫他的脑浆溅到榆树顶上去"。② 爱碧的脸上闪烁着狡黠的笑容，她初战告捷，粗暴而愚蠢的老凯勃特进了她的圈套，轻信了她的话，诅咒自己的儿子，就像古希腊悲剧《希波吕特斯》中那个上了当的父亲特修斯一样。暗自得意中的爱碧脑子里又闪出一个可怕而阴险的念头，诱惑伊本，让伊本帮她生个儿子，这样这片农场就可以明正言顺地归属她所有了，伊本休想从这里拿走一分土地。她一面娇滴滴地对老凯勃特说："我要给你生个儿子。"一面从她的眼睛里闪出一丝令人畏惧的光芒，这光芒汇集着她对土地的占有和对那个不肯驯服于她的男人的占有欲望。她跪在丈夫身边假装向上帝祈祷，两眼却斜视着老凯勃特，带着嘲讽和胜利的神情。

　　爱碧开始向伊本主动进攻了。只见她施展出女性的各种魅力，利用伊本的恋母情结，诱惑伊本和她发生性关系。这里，她勾引伊本，既是出于她自身性的需要，也是对自私、粗暴的老丈夫的报复；这其中也包含着对土地的占有欲。然而，就在爱碧千方百计引诱伊本的过程中，连她自己也没有想到，她爱上了伊本，伊本那英俊的脸庞、健壮的体魄，他那失去母亲后脆弱而敏感的内心，都深深打动了爱碧，激起她强烈的爱情。一开始爱碧还口口声声把"母亲"两字挂在嘴边，说会像母亲一样为伊本唱歌，像母亲一样亲吻他，而现在她告诉伊本光有真诚的母爱是不够的，她要让伊本快乐，也让自己快乐。她鼓励变得温顺起来的伊本，在伊本认为最圣洁的地方——母亲的房间，与他发生了奸情。之后，这股感情升华为最高形式的爱情，超越了她最初要个儿子的动机。当伊本怀疑爱碧只是为了生个继承人与他争夺继承权时，为了表白自己的真情，爱碧忍痛杀死了他们的私生子。

　　在这部悲剧中，奥尼尔除了揭示金钱对人性的腐蚀和异化之外，还表现了性心理的问题。伊本和爱碧的私通超越了正常的伦理关系，使得这个家庭父子不像父子、夫妻不像夫妻、母子不像母子。爱碧这一行动的结果，在两个男人中掀起了轩然大波，父子之间为了一个女人发生的尖锐可怕的冲突，引起伊本

---

①② 见奥尼尔《榆树下的欲望》，第二幕第一场。

本能的仇恨。这里，不仅有父子之间的俄狄浦斯式的斗争，也有伊本对护卫他农场继承权的斗争，以及对财产占有欲的本能而引起的警觉与仇视，这种警觉与仇视完全是针对他年轻的继母爱碧的，这使他们的关系变得更加复杂化了。

这种年轻的继母和年迈的丈夫，以及年轻健壮的前妻之子的三角人物关系，最早出现在公元前5世纪古希腊悲剧《希波吕特斯》里，而母亲杀子，也是《希波吕特斯》的作者欧里庇得斯最早表现的。显然奥尼尔是受古希腊悲剧的影响，以现代性心理分析学进行戏剧创作。不过美狄亚杀子是为了惩罚背叛她的那个男人；而爱碧杀子更多的是出于爱的证明。我们看到，有了爱情的爱碧不再放荡不羁，她变得温柔可亲起来，是爱情改变了她，也改变了她和她所爱的伊本的命运，她愿意接受惩罚，补偿她的罪孽，但绝不为她的乱伦行为而忏悔，她以自己的方式蔑视清教主义教规。戏结尾时，伊本的爱使心如死灰的爱碧复活了，她变得安详而美丽，爱，拯救了他们的灵魂。面对死亡，她非但毫无畏惧，反而感到幸福，她的脸上放射着光彩，她的灵魂在爱与苦难中得到了净化；她对生存困境和清教主义的抗争值得人们同情。

四、艺术特点

纵观全剧，奥尼尔把对农场，对土地，对劳动力的占有欲，和对女人、对男人的占有欲，密切地交织在一起，既有物的占有成分，又有性的占有成分，这两种成分的欲望弥漫在全剧每一幕戏里，欲望使他们彼此走近，金钱使他们彼此间离，最终把他们推上毁灭的道路。它的力量，它的激情，它的罪恶，以及它的后果，它对现实生活的反映，压倒了对抽象人性的揭示。通过上述人物分析，可归纳出如下艺术特点：

1. 性格鲜明的人物刻画

剧中三个人物每一个都性格鲜明，心理脉络清晰。特别是女主角爱碧，给人印象深刻。她继承了美狄亚的衣钵，是一个绝不肯在命运面前屈服、要自己主宰自己命运的女人，一个敢做敢当，敢爱敢恨的女人。在这里，爱碧是这个家庭的主宰，是两个男人——父亲与儿子的主宰。她不像奥尼尔其他戏剧中的女性角色，包括男性人物那样，面对生活的困境只会幻想，没有行动。比如，《送冰的人来了》一剧中，那群终日泡在霍普酒店里的酒鬼们，只要略微清醒一些的就开始做白日梦，但是他们永远也不会有行动。而爱碧是主动的，积极的，她从不在梦幻里欺骗自己欺骗他人，而是不择手段地来实现自己的目的，在现实生活中寻找归宿。

2. 在行动中刻画人物

奥尼尔笔下的人物不是静止的,他刻画人物是在行动中进行的。例如,爱碧有意识地把自己打扮得又漂亮又迷人,堵住正准备外出找妓女敏妮的伊本,挑逗他,激怒他,煽起他掩藏在心底的欲火。在第二幕第二场戏里,尽管隔着一堵墙,这对年轻男女炽热的目光却能相遇,感觉到对方对自己的注视与欲望。终于,爱碧在老丈夫一离开卧室就马上来到隔壁伊本的房间,进一步在他心里煽起更高的欲火,并在伊本母亲的房间里同他做爱,勾引他共同玷污伊本心中那块圣洁的地方。当伊本念念不忘母亲给他唱的歌、讲的故事,那是一种化不开的恋母情结。看到伊本对母亲眷恋不已,被感动的爱碧捧着伊本的头,要求他把她当做母亲,她会好好爱他的,她要像他母亲一样唱歌给他听,会做她为儿子做的一切事情。这里,母爱压倒了性爱,而肉体的相互吸引,又使这对男女不顾一切地拥抱在一起,当伊本从她怀里挣脱后,爱碧两手紧紧地拉住他,痛苦地求他:"别离开我,伊本!你没有见到这是不够的吗——像母亲那样地爱你——你没见到还应该更多一些——更多更多——一百倍地胜过母爱——这才使我幸福——使你也幸福?"[①] 在爱碧的大胆鼓舞下,这对年轻人疯狂地相爱了。

又如,在儿子周岁生日的家宴上,爱碧顾不得乡亲邻里的嘲笑,寻找她所爱的人伊本。奥尼尔在这场戏里赋予他的女主人公第一个动作就是寻找伊本,第一句台词就是询问伊本在哪里。她为不能公开她和伊本的关系而苦恼,她更害怕伊本会为此忍受不了,从而使他们的爱情受到伤害,这为她后来害怕会失去伊本而对自己熟睡的婴儿痛下毒手做了充分的铺垫。此时此刻,我们发现爱碧与先前大不一样了,之前她在伊本面前嘴角边老是挂着的那一丝嘲讽的微笑不见了,她的语言也不再是粗俗的或尖酸刻薄的,她变得温柔多情,变得真诚善良,这一变化使这一形象可爱而又丰满。

3. 高潮戏写得回肠荡气

为了证实自己的爱是真的,为了消除伊本的疑虑,不是为了同他争夺农场继承权,可怜的爱碧忍痛杀死了自己的亲生儿子。在这场高潮戏里,爱情得到了可怕的考验,人物个性得到了充分的展示。当父子俩先后得知无辜的儿子是

---

① 见奥尼尔《榆树下的欲望》,第二幕第三场。

被爱碧用枕头活活闷死时，都掩饰不住自己的震惊和愤怒，他们强烈指责她，指责已经神情惶惑的爱碧。这两个男人都沉浸在自己被"骗"的痛苦之中，老凯勃特痛苦于自己戴了绿帽子；伊本痛苦于自己上了爱碧的圈套，当了她生子夺地的工具；而爱碧则痛苦于自己的真爱不被伊本所理解。对他们来说，每一个人都是一个孤独而痛苦的世界，尽管在这三角关系中，人物之间的关系是那样的密切，那样的千丝万缕，父亲与儿子同时面对着同一个女人，一个女人又同时把自己给了两个有血缘关系的男人。

这场高潮戏写得大起大落，震人心魄。在这里，聚焦着男人对女人的占有和反占有，聚焦着走向极至的爱情，以及男人与男人之间本能的对立与敌意。爱碧杀子之前，以及她杀子之后，她的内心冲突被揭示得尖锐而真实。

4. 象征与隐喻

《榆树下的欲望》的剧名是耐人寻味的。奥尼尔描绘的榆树像两个精疲力竭的女人，把她们松垂的乳房、双手和头发搭在屋顶上。碰到下雨时分，泪水就单调地滴下来。这里，榆树被赋予一种超自然的力量，既庇护屋子里的人，又压抑他们。奥尼尔将它们做了人格化的暗示，暗示它们具有女人的嫉妒与专制，冷冷地注视着爱碧与伊本之间的超越社会伦理规范的爱情，榆树的枝叶浓浓密密地覆盖在屋顶上，在屋顶上腐烂，显得有些阴森、凶险，阻挡着阳光的射入。这两棵老榆树就像人的欲望，企图吞噬着一切，在精神上禁锢着人自由与正常欲望，象征着凯勃特一家人与人之间的紧张关系。

伊弗雷姆·凯勃特的高度近视也是一种隐喻。这一生理上的缺陷，寓意他目光短浅、心胸狭窄，致使他不能看清发生在他身边的奸情，以及家庭瓦解的危机。他就像俄狄浦斯一样，看不清自己的处境，结果陷入到孤家寡人的境地里。此外，伊本母亲的幽灵也为这出戏增添了神秘色彩，隐喻被虐待而死的女人不能安息，直至通过儿子与继母的通奸，报复了她的丈夫伊弗雷姆·凯勃特，她才肯安静了下来。

5. 古希腊歌队表现手法的运用

在新生婴儿的命名庆典上，自以为是天下无双的伊弗雷姆·凯勃特邀请左邻右舍一起来庆贺。那些男男女女"悄悄交谈着一个笑话"，议论着这家人的隐私与故事，他们一边称赞他一边取笑他。比如：有人故意夸老凯勃特："我见过的七十六岁的老人中，数你最生龙活虎了，伊弗雷姆。如今只要你有副好眼力就更好了！"周围的邻居出于嫉妒心理在一旁起哄，应和着说些粗话。

《榆树下的欲望》是一部现实主义戏剧。奥尼尔以浓墨重彩,刻画了女主人公独特鲜明的个性,以及她对待土地、爱情和伊本的变化过程。这也是一部行动的戏剧,从爱碧盼望有个儿子,到亲手杀死儿子,这一心路历程的揭示极其生动有力,它激发起观众对人物强烈的感情波澜。这位女主人公是奥尼尔所有的戏剧创作中最富激情、最性感的人物。当伊本最后醒悟到爱碧是为了爱他而犯下这一罪孽时,他毅然赶回来,要和爱碧共同去承担罪责。于是,象征着光明和希望的阳光终于照亮了阴森幽暗的屋子,照在这对年轻的情侣身上。此时此刻,爱碧是幸福的,她并不认为她是去赴死,而似乎是去参加婚礼,她的新郎陪伴在她的身旁。奥尼尔以这样的结局升华了这对情侣,将他们提升到悲剧的领域里。

奥尼尔对人性,对人类的苦难有着深刻的研究和理解,这使他的人物总是那么有血有肉,栩栩如生。在物欲横流的金钱世界里,爱碧和伊本的爱情悲剧是不可避免的,整个剧中那如此炽热的感情,以及浓郁的悲剧气氛,使这部戏剧具有一种感人肺腑的艺术魅力。

思考题:
1. 试分析《榆》剧中女主角爱碧的形象刻画。
2. 剧作者奥尼尔是怎样在行动中刻画人物的?

榆树下的欲望（节选）[1]

[美国] 尤金·奥尼尔 著

汪义群 译

第二幕

第一场

〔农舍外景，同第一幕——两个月后一个炎热的下午。爱碧穿着她最讲究的衣服，坐在游廊尽头一把摇椅上，烦躁不安地摇着。由于闷热而显得倦怠，一双烦扰、半闭的眼睛木然凝视着前方。

伊本从楼上卧室的窗口探出头来，偷偷地朝四下里张望，他想看看——毋宁说想听听有谁在底下游廊里。然而，尽管他小心翼翼，没发出一点声音，爱碧还是感觉到了。摇椅戛然停止。她脸上露出欣喜的光彩和热切的神情。她全神贯注地期待着什么。楼上伊本似乎感觉到她的存在，皱了皱眉头，带着一副夸张的鄙夷不屑的神气啐了一口——头缩了回去。楼下爱碧仍旧等着，屏息地听着屋内每一个动静。

〔伊本出。两人目光相遇。他的眼睛犹豫了，有点不知所措了，于是转身将门狠狠地关上。看着他的举动，爱碧挑逗地笑了起来。她既感到好笑，又觉得怄气，恼火。他满面愁容，就像她不存在似地打她身旁

---

① 选自《西方现代戏剧流派作品选》（1），汪义群编，中国戏剧出版社1989年版。

高视阔步地走过，朝路口走去。他穿着一件店里买的现成衣服，整整齐齐的。脸刚用肥皂洗过，显得容光焕发。爱碧坐在摇椅上，往前探出身子，两眼冷冷地充满怒火。当他从身边走过时，她格格地发出嘲弄的笑声。

伊　本　（受了侮辱——愤怒地转向她）你笑什么？

爱　碧　（胜利地）笑你！

伊　本　我有什么好笑？

爱　碧　你呀，光溜溜的像只良种小公牛。

伊　本　（讥诮地）是啊——你自己也不见得漂亮吧？（两人互相盯着对方的眼睛。他的眼睛被她的俘虏了。她那双热辣辣的眼睛渐渐地征服了他。在这炎热的空气里，肉体的互相吸引变成一种无法抵御的力量）

爱　碧　（柔和地）你心里不是那个意思，伊本。也许你会以为自己是那么想的，但实际上你并不是这样。你不能够这样，这是违背自然本性的，伊本。自从我到这儿第一天起，你就在和你的本性作斗争了——你要使自己相信我并不美。（她多情地嫣然一笑。眼睛仍旧不放过他的眼睛。停顿——她的身子因肉欲而扭动着，倦怠地低声说）今天的太阳很热，是吗？可以感觉到它一直烧进了泥里——这就是大自然——它使万物生长——越长越茂盛——它也在你的心里燃烧——使你成长起来——长成别的什么——一直到你和它合成一体——它是你的——你也是它的——使你越长越高大——像棵树——像那两棵榆树一样——（她又温柔地笑了，但仍旧盯住他的眼睛不放。他朝她走了一步，竭力控制着自己的感情）大自然征服了你，伊本。你早晚会承认的。

伊　本　（竭力从她的魅力中挣脱出来——慌乱地）要是爹听到了……（怨恨地）可是你把他这个魔鬼变成了白痴……！（爱碧笑）

爱　碧　好了——这样你不更容易对他变得温和一点吗？

伊　本　（挑战地）不，我要和他斗——和你斗——为了我妈在这个家的权利斗！（这一来把她的魅力打破了。他嘲弄着）我知道你的诡计，你一点也骗不了我，你想把一切都吞下，都变成你的。好吧，你会发现你甭想吞得下我！（转身离开了她）

爱　碧　（企图卷土重来——娇媚地）伊本！

伊　本　别碰我！（走开）

爱　碧　（命令式地）伊本！

伊　本　（停步——怨恨地）你要干什么？

爱　碧　（企图克制自己越来越激动的心情）你到哪儿去？

伊　本　（恶狠狠地，故意冷淡地）哦——我到路那边去一会儿。

爱　碧　去村里？

伊　本　（轻松地）也许是的。

爱　碧　（激动）去会敏妮，是吗？

伊　本　也许是的。

爱　碧　（轻轻地）你在她身上浪费时间图个啥？

伊　本　（开始报复了，对她笑着）人不能违背大自然的本性，你不是说过这话吗？（笑着又想走开）

爱　碧　（发作）她是个丑八怪！

伊　本　（故意气她）她比你漂亮！

爱　碧　随便哪个一文不值的酒鬼都可以把她……

伊　本　（气她）也许是的——可她比你要好，她不隐瞒自己干的事。

爱　碧　（大怒）你竟敢拿我和她比……

伊　本　她至少不偷偷溜到我家里，不偷走——我的东西。

爱　碧　（抓住了他的弱点，狂怒地）你的？你是指——我的田庄？

伊　本　我是指那块你像老娼妇那样卖了自己赚来的田庄——我的田庄！

爱　碧　（触怒了——恶毒地）你等着瞧吧，永远别梦想有那么一天，就是一棵烂草你也甭想到手！（尖叫）从我眼前滚开！到你的臭婆娘那儿去——你玷辱了你爹和我！只要我愿意，我就叫你爹用马鞭子抽你！你能呆在这个家只是因为我可怜你！走吧！我看都不想看见你！（她停住，喘着气，瞪着他）

伊　本　（回瞪她一眼）我也看都不想看你！（转身朝路上大步走去。她仇恨的目光追随着他渐渐远去的身影。此时凯勃特出现了。他从饲养场方向上来，脸上那副严峻冷酷的表情起了变化，变得温柔些、随和些了。他眼里有着一种奇特的、不太谐调的梦一般的神气。然而，在他身上找不到体力衰弱的痕迹——他看上去甚至比以前更健壮、更年轻些。爱碧见到他便很快扭过头去，毫不掩饰内心的厌恶。他慢吞吞地朝她走来）

凯勃特　（温和地）你和伊本又吵架了？

爱　碧　（简短地）没。

凯勃特　你们刚才声音真响。（在廊沿上坐下）

爱　碧　（没好气地）你既然听见了还问什么！

凯勃特　我没听见你们说些什么。

爱　碧　（松了口气）好吧——没什么好说的。

凯勃特　（停顿）伊本脾气也怪。

爱　碧　（辛辣地）他和你是一个模子出来的！

凯勃特　（颇感兴趣地）你真的这样想吗，爱碧？（停顿，沉思地）我和伊本老是话不投机。我实在受不了他。他那副软绵绵的样子——就跟他妈一样。

爱　碧　（嘲笑地）是呀，就跟你一样。

凯勃特　（就像没有听见）也许我对他也太凶了一点。

爱　碧　（嘲笑地）是呀——你现在是越来越软啦——就像一桶猪食一样，稀糊糊的，伊本就这么说你来着。

凯勃特　（脸色立刻阴沉下来）伊本这么说吗？他最好别来找我，要不他会发现……（停顿。她将脸转向外边。他渐渐缓和了下来，抬头望着天空）真美，是吗？

爱　碧　（暴躁地）我可看不出有什么美！

凯勃特　你看看天空，那儿就像是一片热乎乎的田野。

爱　碧　（挖苦地）你意思是想把那片土地也买下来吧？（轻蔑地扑哧一笑。）

凯勃特　（忽发异想）我是想在那儿找一块自己的地方呢。（停顿）我老了，爱碧。我像只熟透的果子快从树枝上掉下来了。（停顿。她诡谲地望着他。他继续说）在这个屋里我老是觉得又冷又孤单——即使外面热得要命，里面还是冷。你觉得对吗？

爱　碧　不觉得。

凯勃特　在饲养场里可暖和了——一股多好闻的气味啊，暖乎乎的——跟奶牛在一起。（停顿）我真想把什么都让给伊本——只是因为我想起他的妈。我现在渐渐学会忍受他那副文质彬彬的样子了——就像他妈那样。我觉得我几乎有点喜欢起他来了——要是他不这么蠢的话！（停顿）我猜想这大概是因为年纪大了，老到骨头里了。

爱　碧　（不冷不热地）嗯——你还没死嘛。

凯勃特　（振作起来）是的，我还没有——我身体就像核桃树一样硬朗！（愠怒）可是人一过七十，老天就通知你早做准备了。（停顿）这就是为什么我脑子里常常想起伊本。现在他两个缺德的哥哥滚蛋了，除了伊本就没有人留在我身边了。

爱　碧　（怨恨地）还有我呢，不是吗？（焦躁地）你忽然喜欢起伊本来，是为的什么？你干吗提也不提我一句？我不是你的合法妻子吗？

凯勃特　（简短地）是啊，你是的，（停顿——充满欲念地望着她——眼睛里流露出饥渴的神色——突然抓住她的两手，使劲地捏着，用一种奇特的战栗的声音）你是我的玫瑰花！看，你的脸多白，你的眼睛多迷人，你的嘴唇像血一样红，你的乳房像两只小鹿，你的腰……你的肚子……（他吻她的手，她似乎没有注意到，一双冷峻而愤怒的眼睛凝视着前方）

爱　碧　（急忙将手抽回）这么说你是打算把田庄留给伊本了？

凯勃特　（迷惑不解）留给……（愤愤不平而执拗地）我谁也不给！

爱　碧　（无情地）你总不能把它带进棺材。

凯勃特　（思索片刻——不情愿地）是的，我想我不能。（停顿——用一种特别的激情）但是如果我能够活下去，我就要活下去，无尽期地活下去！或者，要是我办得到，在我临死的时候，我会放一把火，看着它烧掉——这幢房子，这儿每一个麦穗，每一棵树，直到最后一根草！我会坐着，看着一切都随着我死去，没有人能占有曾经属于我的，我用血和汗从一无所有中开辟出来的东西！（停顿——然后用一样特殊的感情）母牛不算在内，我会给它们自由的。

爱　碧　（粗暴地）那我呢？

凯勃特　（奇特地笑）你也会获得自由的。

爱　碧　（盛怒）原来这就是我嫁给你的报酬——把仁慈让给那个恨你的伊本，却把我赶到路边去。

凯勃特　（急）爱碧！你知道我不是……

爱　碧　（报复地）好吧，我就讲点伊本的事给你听听！他到哪儿去了？去会那个娼妓，敏妮！我劝阻过他，他却给你和我带来耻辱——而且又是在安息日！

凯勃特　（负罪地）他是个罪人——天生的罪人。是淫欲迷住了他的心。

爱　碧　（忍无可忍——疯狂地）他还想调戏我呢！你还能为这个找什么借口吗？

凯勃特　（望着她——死一般沉默）调戏——你？

爱　碧　（挑战地）他向我求爱——你刚才听到吵架就是为了这个。

凯勃特　（望着她——一阵可怕的怒气冲上脸——跳着，浑身发抖）我对天发誓——我要杀死他！

爱　碧　（这才吓坏了）不！你别这样！

凯勃特　（狂暴地）我要用手枪打他，叫他的脑浆溅到榆树顶上去！

爱　碧　（搂住他）不，伊弗雷姆！

凯勃特　（猛地将她推开）我会的，我对天发誓！

爱　碧　（平静地）听我说，伊弗雷姆，事情还不算太糟——只是小孩子闹着玩的——不是认认真真的——他只是开我的玩笑，取笑我……

凯勃特　那你干吗说——调戏你？

爱　碧　我说过头了，而且我也气疯了，我一想起——你想把田庄留给他。

凯勃特　（平静下来，但仍旧阴沉而冷酷地）那好吧，我会用马鞭子抽他，把他赶走的，要是这会使你满意的话。

爱　碧　（抓住他的手）不，别管我！你不要赶他走，这是不合情理的。要是那样，谁来帮你干活？这一带可没有第二个人啊。

凯勃特　（考虑到这一点——赞许地点点头）你倒还算有头脑。（气愤地）好吧，就让他待着。（在廊沿坐下。她坐在他身边。轻蔑地咕哝着）我真该气死了——为了这个傻小子。（停顿）可是问题在这儿。等到上帝把我叫去——哪一个儿子可以接管这份田庄呢？西蒙和彼得坏透了，简直该下地狱——伊本也跟着他们学坏样。

爱　碧　还有我呢。

凯勃特　你是个女人家。

爱　碧　我是你老婆呀。

凯勃特　老婆不是我本人。儿子才是我——我的血肉——我的。我的东西该留给我的后代，留给了他们，这些东西才仍旧属于我的——即使我在六尺土下还是属于我的，你懂吗？

爱　碧　（两眼充满仇恨，盯住他）我，我懂了。（深思。脸上显出狡诈的神情，两眼狡黠地打量着凯勃特）

凯勃特　我老了——像只熟透的果子快从树枝上掉下来了。（突然安下心来）不过我身子还硬朗，我还能硬朗好多年。我可以对天发誓，不管干什么活，我都能叫年轻人输给我，一年当中随便挑哪一天都行！

爱　碧　（突然）也许上帝会给咱们一个儿子的。

凯勃特　（转过脸，热切地望着她）你是说——一个儿子——我和你的？

爱　碧　（装出笑脸）你很强壮，不是吗？没有什么不可能的，咱们知道得清楚。你干吗这样瞪着我？你以前没有想到过这一点？我可一直在想着这件事呢。是的——我还为这事一直祷告来着。

凯勃特　（脸上现出快乐、骄傲以及宗教的狂热）你一直在祷告吗，爱碧？——为了有个儿子？——咱们的儿子？

爱　碧　嗯。（冷酷而决断地）我现在要一个儿子。

凯勃特　（激动地抓住她两手）愿上帝赐福，爱碧——愿万能的上帝赐福我给——在我这把年纪——在我孤苦伶仃的时候！要是真能给我生个儿子，爱碧，我为你干什么都愿意。你只要向我开口——随你要什么都行！

爱　碧　（打断他）到那时你肯把田庄给我——给我和咱们的儿子吗？

凯勃特　（热烈地）你要我干什么都行，我告诉你！我发誓！要是我做不到，我就永远下地狱！（跪下。拉着她一齐起跪下。由于自己强烈的愿望而浑身颤抖）再向上帝祷告一遍爱碧，今天是安息日！我会跟你一起祷告！两个人祷告比一个人强！愿上帝倾听我们！愿上帝倾听爱碧！快祷告，爱碧！愿他倾听我们！（低头咕哝着。她也假装着祷告，两眼却斜视着他，带着嘲笑和胜利的神情）

第二场

〔晚上。八点左右。楼上两个卧室的内景。左边房里，伊本正坐在床沿。由于天气炎热，衣服脱得只剩一件衬衣和一条短裤，他光着脚，脸朝外面，怒气未消地沉思着，两只手支着下巴，脸上一股不顾一切的神情。

〔另一间房里凯勃特和爱碧并排坐在床沿。那是张老式的、铺着羽毛绒垫的床。他穿着衬衣，她也穿着一件睡衣。他还是那股古怪、兴奋的神情，这是想要个儿子的念头引起的。两个房间都点着蜡烛，烛光昏暗而摇曳。

凯勃特　田庄需要个儿子。

爱　碧　是我需要儿子。

凯勃特　是啊，有时候你就是田庄，有时田庄就是你。这就是为什么我在孤独中离不开你。（停顿。用拳头击膝盖）我和田庄都要个儿子！

爱　碧　你最好去睡吧。你把事情都搞乱了。

凯勃特　（作个不耐烦的手势）不，我没有。我的脑子可清醒呢。你不了解我。（无望地看着地板）

爱　碧　（冷漠地）也许是的。（在隔壁房里，伊本立起，心烦意乱地来回踱着。爱碧听到了他的走动声。她两眼死死盯住那堵隔开他们的墙。伊本站住，也凝视着墙壁，两人热烈的眼睛似乎透过墙壁相遇了。他下意识地向她伸出两臂，她半站了起来。他意识到自己的动作，轻轻地咒骂自己，扑到床上，将脸埋在枕头里，两只攥紧的拳头举过头顶。爱碧轻轻地叹了口气，但两眼仍旧停留在墙上，她全神贯注地倾听伊本的动静）

凯勃特　（突然抬头望她——讽刺地）你了解我吗——世上还有谁能了解我吗？（摇头）不，我想没有人会了解我的。（转身，爱碧仍旧望着墙出神。显然，凯勃特无法保持沉默，他非要将自己头脑里的想法讲出来不可。于是，看也不看他便伸手攥住她的膝盖。她吓了一跳，回头看他，发现他没有望着自己，这才继续凝视着墙壁，不去理睬他的话了）听我说，爱碧。五十多年前我来到这儿时——那时我才二十岁，你从来没见过这么强壮，这么勤劳的人——有伊本十倍的强壮，五十倍的勤劳。唉，——那时候这儿什么也没有，只是一片石头地。当我接管了这块地时，老乡们都笑我。他们不懂得我。可是我懂。当你能从这块石头里种出庄稼来，上帝就和你同在！他们没有力量做到这一点！他们以为上帝就是那么好说话的。但他们没有笑多久，有的死在这儿了，有的到了西部也死了。他们都在地下了——就是因为跟上了一个好说话的上帝。哼，上帝可不是这么好说话的。（慢慢地摇了摇头）我可变成一个很刻苦的人。老乡们老是说：他是个刻苦的人，倒好像刻苦是桩缺德的事似的！所以最后我回答他们：好吧，那么你们等着瞧吧！（突然）可是，有一次我也向软弱屈服了。那是我来到这儿两年以后。我真的软弱了——失望了——地上有那么多乱石头，许许多多人都离开了，放弃了，到西部去了。我也加入了他们。我们坐着车走啊走啊。我们来到广阔的草原，一望无际的平原，那儿的泥土乌黑乌黑的，像金子一样贵重。那儿一块石头也没有，生活真容易。你只要犁犁地，撒下种子，然后坐下来，抽袋烟，看着庄稼长起来好了。我原可以成为一个富人的——可是我心里有个东西在拦着我——上帝的声音在说："这儿对我毫无价值。你还是回家去吧！"我害怕这声音，于是就回家了，把我的产权和田里的庄稼给了要它的人。就这样，我放弃了应该属于我的东西！上帝是严厉的，不是那么好说话的！上帝是在石头上——在磐石上建立起圣殿的——根基立在磐石上，我就在它里面！

这是神对彼得说的！（重重地叹息——停顿）石头，我把石头从地里捡起，垒成高墙。在这墙上你可以看到我一生中的那些年月，每天垒上一块石头，上上下下地翻山越岭，把属于我的土地用栅栏围起来，这样我就从无到有——遵循上帝的意志，就像他的仆人一样。这可不容易啊！这很辛苦，是上帝让我这么辛苦的。（停顿）这么多日子我一直是孤独的。我有过一个老婆，她生了西蒙和彼得。她是个好女人，干活从不怕苦。我们一起生活了二十年，她一直不了解我。她帮着我干活。可她一直不知道为的什么。我一直是孤独的。后来她死了，打那以后有一段时间我暂时不那么孤独了。（停顿）时间过得真快，不知不觉中就过去了。西蒙和彼得帮着干田里的活，田庄渐渐有了起色。整个田庄都是属于我的！当我想到这一点，我就不觉得孤独了。（停顿）可是你也不能没日没夜地头脑里老装着一件事。于是我又娶了个老婆——伊本他妈。她娘家的人老是为了田庄的所有权跟我打官司——那可是我的田庄呀！这就是为什么伊本老是说这是她妈的田庄。她生了伊本。她长得很漂亮，可是太软弱了。她想叫自己变得硬一点，可是不行。她从来没有了解过我，和她在一起我觉得比呆在地狱里还要孤单。过了大约有十六年，她死了。（停顿）我跟孩子们住在一起，他们恨我，因为我心肠硬，我也恨他们，因为他们软绵绵的不像个男子汉。他们都看中这块田庄，也不知道为什么看中它。这使我心里痛苦，比黄连还要苦，这使我变老了——他们竟然看中了我为自己创造的东西。于是，今年春天得到了神的召唤——神的声音在旷野里，在我孤独的心灵里向我呼唤——叫我离开田庄出去寻找！（用一种奇怪的激情转向她）我寻找你，我找到了你！你是我的玫瑰花！你的眼睛就像……（她那张毫无表情的脸转了过来，一双怨恨的眼睛望着他。他盯住她看了一会儿——粗声粗气地）我跟你讲了这么多，你该变得聪明一点了吧？

爱　碧　（迷惑不解地）也许。

凯勃特　（把她推开——生气地）你什么也不懂——永远也不会懂。要是你不能替我生个孩子来弥补……（话中有一股冷酷的威胁）

爱　碧　（怨恨地）我已经祷告过了，不是吗？

凯勃特　（愤愤地）再祷告——懂吗？

爱　碧　（语气中隐隐含有威胁）你会从我身上得一个儿子的，我向你保证。

凯勃特　你怎么能保证呢？

爱　碧　我有一种特殊的眼力，可以预见未来。（露出古怪的笑容）

凯勃特　我相信你。你有时叫我浑身发冷。（打了个寒战）这屋子里真冷，这儿不舒服。我总觉得暗中有什么东西在走来走去——在角落那里。（穿上裤子。将衬衣塞进裤腰，套上靴子）

爱　碧　（吃惊）你上哪儿去？

凯勃特　（古怪地）到下面安静点的——暖和点的地方去——到楼下饲养场去。（苦笑）我可以跟母牛谈谈。它们懂我的话，它们懂得这个田庄，也懂得我。它们会给我带来安宁。（转身出门）

爱　碧　（有点害怕地）你今晚不舒服吗，伊弗姆雷？

凯勃特　老了，果子越来越熟了。（转身走了，下了楼梯。隔壁伊本从床上猛地坐起。倾听。爱碧感觉到他的动作，凝视着墙壁。楼下凯勃特走出屋子，绕过屋角，伫立在大门口，望着天空。他痛苦万状地向天空伸出双臂）万能的上帝，向我说话呀！（他倾听着，似乎在等待回答。他放下手臂，摇摇头，朝饲养场方向走去）

〔楼上。伊本和爱碧透过墙互相凝视着。伊本重重地长叹一声，爱碧像回声一般也叹了口气。两人都异常地激动、烦躁，最后，爱碧站起。耳朵靠在墙上倾听。而他却站在那儿一动不动。仿佛能看到她的一举一动。她似乎下了决心——坚决地从后面那扇门走了出去。他的眼睛追随着她。接着，当他自己的门被轻轻推开时，他转过身，等待着，身体保持着紧张而僵直的姿势。爱碧立停片刻。注视着他，两眼燃烧着欲火。接着，她轻轻喊了一声，跑了过来。两臂搂住他的脖子，将他的头向后仰过来，在他的嘴上狂吻。起初，他无言地屈从了她。接着，也用手臂搂住她的脖子，吻起她来。可是，他终于突然意识到自己的仇恨，将她猛地推开，跳了起来。两人默默无言地站着，像两只动物般地喘着气）

爱　碧　（终于——痛苦地）你不该，伊本——你不该——我会使你快乐的！

伊　本　（粗暴地）我不想得到快乐——从你身上！

爱　碧　（无能为力地）你已经快乐了，伊本！你快乐了！你为什么要撒谎？

伊　本　（恨恨地）我不要你。我告诉你！我一看见你就恨！

爱　碧　（令人捉摸不定的笑声）好吧，不管怎样。我吻了你——你也吻了我——你的嘴唇还发烫呐。——你总不能抵赖吧！（激烈地）要是你不喜欢我，干吗要吻我——你嘴唇干吗要发烫？

伊　本　（擦了擦嘴）这上面有毒药。（挖苦地）我刚才吻你的时候，也许心里想着另一个人。

爱　碧　（疯了似的）敏妮？

伊　本　也许正是。

爱　碧　（痛苦万状）你去跟她碰头了？你真的去了？我还以为你不会去呢。这就是为什么你刚才要把我推开吧？

伊　本　（讥诮地）是又怎么样？

爱　碧　（大怒）那，你是个畜生，伊本·凯勃特！

伊　本　（威胁地）你不能这样对我说话！

爱　碧　（尖笑）我不能？你以为我爱上了你——这样一个软绵绵的东西？不！我只是为了满足自己的需要——我会叫你这样做的，因为我比你强！

伊　本　（恼羞）我知道这只是你计划中的一部分。你的计划是要吞掉这儿的一切。

爱　碧　（挖苦地）也许是的！

伊　本　（盛怒难消）你给我滚！

爱　碧　这儿是我的房间。你只是我出钱雇佣的一个帮手！

伊　本　（威吓）滚出去，要不我就杀死你！

爱　碧　（渐渐自信起来）我可一点也不怕，你需要我，不是吗？是的，你需要我！而且你爹的儿子决不会杀死他所要的人！看看你的眼睛！那儿有一股想占有我的欲火在燃烧！再看看你的嘴唇！它们在战栗，在渴望着吻我，要拼命地吻我。吻得把我的嘴唇都咬痛！（他望着她，眼里流露出可怕的、失魂落魄的神气。她发出一阵疯狂的、胜利的笑声）我要让这家里的一切都成为我的！有一个房间到现在还不是我的，但今晚我就要让它成为我的。我这就下去把灯点上！（向他嘲弄地鞠一躬）你不跟着我到客厅去向我献献殷勤吗，凯勃特先生？

伊　本　（望着她——大为迷惑——迟疑地）你敢！自从妈死后这个房间还没有打开过，难道你……（她灼热的目光盯住他的眼睛，使他的意志在她面前退缩了。他束手无策地站着，朝她摇晃着身体）

爱　碧　（盯住他的眼睛，退出门去，慢慢地、意味深长地）我希望不久会见到你的，伊本。

伊　本　（对着她的背影望着，向门外走去。底下客厅的窗口出现了亮光。他咕哝着）她进客厅了？（似乎唤起了好奇心，走回屋子，穿上白衬衣。戴上硬领。机械地草草系上领带。穿上外衣，拿起帽子。光着脚站在那儿。迷惘地看看自己周围，纳罕地嘀咕）妈！你在哪儿？（慢慢地向门外走去）

第三场

〔几分钟后。客厅内景。房间里一股冷冰冰的、压抑的气氛,好像一座坟墓一样。这儿,家庭的乐趣早已被埋葬了。爱碧坐在一张马毛呢的沙发的边沿。她已把屋内所有的蜡烛都点亮了。在烛光下,整个房间长期保存的简陋朴素的陈设一览无遗。此时爱碧的情绪起了变化。她显出畏惧恐慌的模样,想往外跑。门打开了。伊本出现在门口。一脸惊慌不安的神情,仿佛被魔鬼搜身一般。他站在那儿望着她,两手无力地从肩头垂下来。光着脚,帽子拿在手里。

爱 碧 （停顿——不安而有礼貌地）你坐吗?
伊 本 （迟钝地）好。（机械地将帽子轻轻放在门边地上,僵直地挨着她在沙发边坐下。停顿。两人都僵直地望着,眼睛充满恐惧地注视前方）
爱 碧 我刚进来时——在暗中好像觉得有什么东西。
伊 本 （简短地）是我妈。
爱 碧 我现在还能感觉得到——是有一样东西。
伊 本 这是妈。
爱 碧 起初我很怕。我想喊,想逃出去。现在——你来了——它好像温柔一点,好像对我和气一点了,（对着空无所有的客厅说——古怪地）谢谢你。
伊 本 妈一直爱着我。
爱 碧 也许她知道我也爱着你,也许是这个使她对我和气了。
伊 本 （迟钝地）我不知道。我想她是恨你的。
爱 碧 （肯定地）不,我感觉到她不恨我——现在不再恨我了。
伊 本 她恨你占了她的位子——这儿是她的家——你坐在她的客厅里。她死后在这个屋子里停留过——(突然停止。傻乎乎地直视前方)
爱 碧 你见到什么,伊本?
伊 本 （轻轻地）好像妈不愿意我向你提起这事。
爱 碧 （兴奋地）我明白,伊本! 它待我很好! 它能原谅我无意中不由自主而干的事!
伊 本 妈恨他。

爱　碧　嗯，我们都恨他。

伊　本　是啊。（激动）我恨他，上帝作证！

爱　碧　（抓住他的手，抚摸着）好啦！不要因为想起他而生气。想想你妈，她待我们多好。给我讲讲你妈的事，好吗，伊本。

伊　本　没有太多好讲的，她很和气，很温柔。

爱　碧　（将一只手臂搁在他肩上。他似乎并没觉察——充满激情地）我也应该对你和气、温柔。

伊　本　有时她还唱歌给我听。

爱　碧　我也会给你唱歌的！

伊　本　这儿是她的家。这儿是她的田庄。

爱　碧　这也是我的家，我的田庄！

伊　本　他娶了她，偷了她的田庄。她又温柔又随和，可他不喜欢她。

爱　碧　他也不喜欢我！

伊　本　他待她很凶，把她折磨死了。

爱　碧　他也在往死里折磨着我。

伊　本　她死了。（停顿）有时候她唱歌给我听。（压抑不住，呜咽了起来）

爱　碧　（搂住他——狂热地）我会给你唱歌的！我会为你死的！（举动和声音里已没有那股压倒一切的情欲，有的却是真诚的母爱——一种可怕的情欲和母爱的混合的感情）别哭了，伊本！我会代替你妈的！我会做她为你做的一切事情！让我吻你，伊本！（她把头拉过来。他迷惑地作出反抗的样子。她柔声地）别害怕！我会纯洁地吻你，伊本——就像母亲那样地吻你——你也吻我，像儿子那样地吻我——我的孩子——对我道声晚安！吻我，伊本。（两人拘谨地吻着。突然，一股狂热的冲动征服了她。她又贪婪地一遍又一遍地吻着他。他也用手臂钩住她，吻她。突然，就像刚才在楼上卧室里一样，他从她怀里挣脱，跳了起来。他浑身战栗，由于恐怖而脸色遽变。爱碧两手紧紧拉住他，痛苦地哀求）别离开我，伊本！你没见到这是不够的吗——像母亲那样地爱你——你没见到还应该更多一些——更多更多——一百倍地胜过母爱——这才能使我幸福——使你也幸福？

伊　本　（对着空洞洞的房间）妈！妈！你要什么？你要跟我说什么？

爱　碧　她要你喜欢我。她知道我爱你，我会待你好的。你感觉不到吗？你不知道吗？她要你喜欢我，伊本！

伊　本　是的，我感觉得到——也许她——可是——我弄不清——为什么——你

78

　　　　　占了她的位置——在这儿，她的房间里——在这个客厅——她曾经——
爱　碧　（热烈地）她知道我爱你！
伊　本　（脸上突然有了神采，露出一种恶狠狠的、胜利的笑容）我知道了！我知道什么原因了。这是她对他的报复——这样她就可以在坟墓里得到安息了！
爱　碧　（疯狂地）让上帝惩罚我们大家吧！现在这对我们还有什么要紧？我爱你，伊本！上帝知道我爱你！（向他伸出手）
伊　本　（倏地跪倒在沙发边上，搂住她——将郁积的感情全部爆发出来）我爱你，爱碧！——现在我可以说了！我想你想得发疯——自从你来后每个小时我都在想你！我爱你！（两人的嘴唇疯狂地、紧紧地贴在一起）

在社会变革中对自由生存的徒劳追寻
——田纳西·威廉斯《"欲望号"街车》评析

人，靠希望活着；人活着，不能没有希望！希望来自何方？可能许多人跟我一样未做过深入地思考，直到有一天我在阿瑟·米勒的剧本《堕落之后》中读到这么一句台词："我认为在自身之外寻找希望是错误的。"① 我再一次认识到西方人对自我的意识与重视。其实，我们的祖先早就告诫过我们："求人不如求自己。"东西方这两句话实际上是异曲同工，是至理名言，忠告我们要树立自救意识，否则就有可能丧失自我。

在西方社会，寻找自我不仅仅是一个人的问题，它已是人类共同的普遍的问题。西方现代悲剧给我们展示了这样的图景：荒谬的世界无意义，荒诞的人生无意义，人也无意义；人生活在一个再也不能用人的信念、希望和欲望解释的世界，甚至对信仰都产生质疑，正如阿瑟·米勒所说的"一个人怎么能肯定自己的信仰就是美好的呢？"② 而德国哲学家尼采（1844—1900）更加语出惊人，喊出"上帝死了"的骇世狂语。于是，现代悲剧家们便力图赋予"无意义"以"有意义"。他们认为只有坚持这种努力，人才能正视自己作为"人的存在"的真实性，才能体验作为人的价值与人的尊严。

---

① [美]阿瑟·米勒著，郭继德译，《外国当代剧作选4》，中国戏剧出版社1992年版，第513页。
② 同上，第503页。

一、作家作品简介

　　田纳西·威廉斯（1911—1983）是美国戏剧史上又一个里程碑式的人物，他创作的《玻璃动物园》（1945）、《"欲望号"街车》（1947）、《热铁皮屋顶上的猫》（1955）等，都是家喻户晓的经典名剧，它们都走上过中国舞台，《"欲望号"街车》和《热铁皮屋顶上的猫》这两部戏于1948年、1955年先后赢得过美国普利策戏剧奖；田纳西·威廉斯还四次获得纽约戏剧评论家协会奖（《玻璃动物园》（1945）、《"欲望号"街车》（1948）、《热铁皮屋顶上的猫》（1955）、《蜥蜴之夜》（1962））。1948年，他同时囊括了普利策戏剧奖、纽约戏剧评论家协会奖。在长达四十年的文学生涯中，田纳西·威廉斯总共创作了二十五部话剧、四十多部独幕剧、两部长篇小说、两本诗集和六十个短篇小说；他有十七部作品被搬上银幕，可谓名利双收，才华横溢，是美国剧坛上叱咤风云的人物。他的许多戏剧已经成为世界舞台上的保留剧目在各国上演，赢得广大观众与评论家的钟爱。1935年他第一部公开演出的戏剧《开罗！上海！孟买！》与中国上海牵扯在一起。1952年，田纳西·威廉斯被授予美国文理学院院士，并于1969年获得学院的金质奖章；1973年获得圣约翰百年勋章；1979年获得代表文化界最高荣誉的肯尼迪荣誉勋章。

　　田纳西·威廉斯的真名是托马斯·拉尼尔·威廉斯三世（Thomas Lanier Williams III），田纳西·威廉斯是他的笔名。1911年3月26日，他出生在美国密西西比州的哥伦布市，父亲是鞋子销售商，常年在外奔波。田纳西从小体弱多病，母亲经常带他在外公家生活。当牧师的外公家里有很多藏书，这对经常受人嘲笑为"娘娘腔"的田纳西·威廉斯来说，外公的书房成了他温暖的避难所，他的归隐地。他宁愿呆在外公的藏书屋里埋头阅读，也不愿意出去与小伙伴一起玩耍、运动。他的母亲是一位典型的南方淑女，是美国南方上流世家后裔，她经常对田纳西讲起南方的风情与故事，直到儿子对它们耳熟能详。有一年，母亲送了田纳西一台打字机作为生日礼物，他从此踏上了写作的生命之旅，那一年他13岁。田纳西·威廉斯在密西西比州念大学念到一半，便被父亲叫回家到制鞋工厂去打工，后来他又到爱奥华大学完成学业。

　　田纳西·威廉斯有一个姐姐叫罗丝，姐弟俩感情很好。美丽纤细的罗丝被诊断出患有精神分裂症，1942年，父母同意对她做前脑叶白质切除手术，因为手术失败，导致罗丝其余生在没有行为能力的状况下度过。这件事对田纳西·威廉斯是极大的打击，他不能原谅他的父母，这也可能是造成他日后酗酒的因素之一。田纳西·威廉斯的戏剧里出现许多偏执的女性角色，可能都与姐姐罗丝的影响有关，如《玻璃动物园》中的劳拉，《"欲望号"街车》里的布朗歇，以及《夏日痴魂》（1958）里出现的脑叶切除手术等。

　　田纳西·威廉斯是一个敏感而脆弱的人，他的同性恋人兼助理法兰克·梅洛在长达十六的时间里给了他很大的安慰。1963年梅洛因病去世之后，忧郁症便一直困扰着田纳西·威廉斯。1983年，田纳西因吞食药片导致窒息死亡，终年71岁。电影《"欲望号"街车》的导演艾利亚·卡赞指出："生命的一切是他的戏剧，而他戏剧里的一切就是他的生命。"

二、《"欲望号"街车》的社会反响

　　《"欲望号"街车》（A treetcar Named Desire，1947）是一部给田纳西·威廉斯带来巨大声誉的悲剧。剧本描写了一个叫布朗歇的美丽女子，从小受到过良好教育，她原本在南方祖传的庄园里生活得很精致，后来家道中落，父母相继去世，她所爱的丈夫艾伦又因绝望而自杀。丈夫的死对布朗歇来说无疑是雪上加霜，因为她无意中发现艾伦是个同性恋者，令丈夫难堪而羞愧，布朗歇自责自己未能拯救艾伦，因而在寻找刺激中来惩罚自己，一度沉沦。后来，布朗歇来到新奥尔良投靠妹妹斯泰拉，却被妹夫斯坦利·科瓦尔斯基所不容，他偷偷调查了布朗歇不光彩的过去，并告诉了准备娶布朗歇的米奇，破坏了布朗歇近在眼前的幸福。最后斯坦利在妻子住院分娩时强奸了布朗歇，导致她精神彻底崩溃，继而被送进了疯人院。

　　1947年《"欲望号"街车》在百老汇首演，纽约观众掌声如雷。田纳西·威廉斯亲自登台谢幕，观众用长时间的掌声向他致意，评论界也好评如涌。这次演出的成功，还要归功于导演伊利亚·卡赞（Elia Kazan），他后来还把这部舞台剧搬上了银幕，进一步扩大了《"欲望号"街车》和田纳西·威廉斯的知名度，著名影星费雯·丽为此赢得第二座奥斯卡金像奖；充满雄性魅力、粗犷健硕却名不见经传的马龙·白兰度因饰演斯坦利一角，也一举成名。该影片成为世界电影史上的经典之作，在全球广为流传。田纳西·威廉斯与伊利亚·卡赞从此成为终生合作者，生活中的知己与密友。

　　国外很多国家也看好这部戏，《"欲望号"街车》在美国大获成功后便越洋过海，登上了英国伦敦、意大利罗马等舞台。在伦敦，由英国舞台王子劳伦斯·奥立佛执导，首席女演员费雯·丽饰演布朗歇，演出盛况空前。罗马演出则由著名电影导演维斯康堤亲自出马，女主角是意大利戏剧、电影皇后安娜·麦兰妮主演。在法国、瑞典、俄国等也先后竞相上演《"欲望号"街车》，田纳西·威廉斯征服了欧洲观众。在中国，由于受各种因素制约，这部戏剧被搬演是在改革开放以后的事情，一些高等艺术学院，如上海戏剧学院、云南艺术学院等，将它作为学生的毕业公演剧目。田纳西·威廉斯的名字也因此红遍全球，成为著名美国现代戏剧家。

《"欲望号"街车》之所以被世界各国观众所接受，是因为这出悲剧涉及到田纳西·威廉斯作品中所反复出现的主题：人在现实社会中的不如意，向往美好却不得，那些心智敏感而又不想循规蹈矩的人身不由己地被迫走向毁灭。这一主题或多或少会与我们每一个人产生共鸣，当我们眼睁睁地看着举止优雅、心底纯真的女主人公布朗歇像飞蛾扑火一样，其精神一点一点地被摧毁，令人顿生怜悯，心痛不已。

田纳西·威廉斯的同行、美国著名戏剧家阿瑟·米勒说："这出戏本身就是不容贬损的杰作。"[①] 他高度赞扬了《"欲望号"街车》的剧本与演出，认为剧中人物的多姿多彩的对话"是从灵魂中流淌出来的语言。一位作家的灵魂，一个独一无二的声音几乎是奇迹般笼罩住了整个舞台。而不同凡响的是，每个角色的话语同是又神奇地像是只属于他自己，他们都像是在自由地揭示出他们相互矛盾的自我，而非被套上笼头，只为了满足讲故事的需要。"[②]《"欲望号"街车》在美国、在世界各地演出的成功，成为商业戏剧的一面旗帜，成为戏剧作品对人的命运深刻关注与探究的成功案例。

三、两性交战中现代人的生存困境

这部为田纳西·威廉斯带来世界声誉的《"欲望号"街车》（1947）与奥尼尔的《榆树下的欲望》有一点相似之处，那就是这两部美国戏剧都涉及到男女之间的两性交战。尽管有些学者把《"欲望号"街车》看作是一部社会历史戏剧，也有评论家认为这是一部现代性心理悲剧，而田纳西是借这种男女之间两性交战的模式，将其放在美国社会的背景下，多层面表现了现代人的生存困境。

剧中女主人公布朗歇是一个从优越舒适的生长环境中滑落到社会底层的不幸者，这一环境的巨大落差，造成她与新奥尔良贫民区的生存环境格格不入，

[①] 见《"欲望号"街车》，[美]田纳西·威廉斯著，冯涛译，上海译文出版社2010年版，第5页。

[②] 同上，第4页。

也给她心灵上带来巨大的压抑感。她的高贵、优雅在当工人的粗俗的妹夫斯坦利·科瓦乐斯基面前是行不通的，后者认为她完全是在装腔作势，是在阴谋行骗，是偷梁换柱抢走了他和斯泰拉的财产继承权。她的优雅是对他信奉的价值观的挑战，他甚至认为，所谓"美梦园岸"庄园破产，都是布朗歇编造的谎言，意在诈取原属斯泰拉名下的遗产。他们之间有着太多的差异，无论性格、修养、家庭背景等等。

面对布朗歇，工人出身的波兰裔美国人斯坦利·科瓦尔斯基在外形上就以一个强悍的情场老手姿态站在柔弱的布朗歇面前，首先在气势上占据上风。斯坦利"长得强壮结实；他生命中那种动物的快乐在他所有的动作和态度中都表现出来。他刚一成年，他生命的中心就是跟女人在一起的乐趣，可他并不放任无度，沉溺其间，而像母鸡群中一只羽毛丰满的公鸡那样满怀权威和骄傲，从这个让他心满意足的完整的中心生发开来。他的人生中还有一些辅助性的渠道，比如他对待哥儿们的热心，对粗俗笑话的欣赏，对美酒佳肴和体育比赛的热爱，他的汽车，他的收音机，他所有的一切，都带有他这种'有种男人'的俗艳色彩。他只要瞟一眼就能估摸出眼前的女人属于哪种性爱类型，脑际里马上就能呈现出赤裸裸的形象，他也就能立刻决定改对他们摆出哪一副笑脸。"①

在这两性对立中，布朗歇不是斯坦利的对手，她在他面前一直处在被动地位，她是柔弱而纤细的，同时也是有教养的。作者用了不少细节刻画了她的这一特点，比如，她专门去中国人的铺子里买了一个小巧玲珑的彩纸灯笼，因为她不喜欢光秃秃的灯泡，就像受不了一句粗话或是一个粗俗的举动一样；斯坦利竟然会对怀孕的妻子斯泰拉大打出手，这在布朗歇看来简直是疯了，是不可原谅的！

布朗歇也是敏感而脆弱的，她与斯坦利一交手，马上就知道这是一个既不欢迎她，又让她引以为耻的地方，她心里明白妹夫斯坦利恨她，在她刚刚客居的第一天，就背着她检查她的箱子，侵犯她的隐私。所以，布朗歇直截了当地告诉她所喜欢也被对方喜欢的米奇："我看到他的第一眼，我就对自己说，这个人就是我的刽子手！这个人会毁了我。"②

事实正是如此，斯坦利为了把她驱逐出他和斯泰拉的生活，不仅偷偷调查了布朗歇的过去，并假米奇之手狠狠地打击她，而且还无耻地强暴她，把她逼

---

① 见《"欲望号"街车》，[美] 田纳西·威廉斯著，冯涛译，上海译文出版社2010年版，第30页。
② 同上，第132页。

疯后送进疯人院。在布朗歇的眼里，斯坦利是一个地地道道的兽性男人，他的任何举止行为都显露出野兽的习气。布朗歇把斯坦利与朋友的扑克之夜，称之为"类人猿派对"！她不能理解出身高贵的妹妹斯泰拉怎么会爱上这么一个粗俗野蛮的波兰佬。寄人篱下的布朗歇的生存境遇是如此可怕，她再也无法忍受这个性格粗野、缺乏教养的妹夫，她选择了斯坦利的朋友、工厂同事米奇，是因为米奇颇具绅士风度，也喜欢自己，这样一来她就可以搬出对自己造成威胁的斯坦利的家开始自己的新生活，嫁人是她远离斯坦利的唯一出路。但是，斯坦利却没有放过她，残忍地破坏了她的美梦，把她逼进了绝境之中。布朗歇万万没有想到，斯坦利会在她人生最重要的时刻下了毒手。就在布朗歇生日的晚上，她精心打扮好自己，一心等着米奇上门来吃饭、求婚，结果米奇迟迟没有来，这使心神不安的布朗歇极度失望，直至米奇亲自向她宣布：我不想娶你了。你不够干净，我不能把你领回家跟我母亲住在一起。① 就像是上帝的宣判，布朗歇最后一线生的希望被残酷地掐断了。当她不得不要再一次被迫去面对那赤裸裸的过去和自我时，妹夫斯坦利怀着本能的仇恨彻底击碎了她的梦幻和希望，布朗歇最终身不由已地在残酷的现实中实践自己的悲剧性命运。

在这部悲剧里，唯一能给布朗歇一点心灵安慰的就是斯泰拉。善良的斯泰拉对布朗歇的到来充满了友善、同情和手足之情。但是在这个男性构筑的社会里，没有经济地位的斯泰拉是较量不过她粗鲁强悍的丈夫斯坦利·科瓦尔斯基的，她和千千万万的女人一样最终必须顺从男人。斯坦利把布朗歇看作是不速之客，斯泰拉则处处护着她、照顾她，在她深爱的丈夫与心爱的姐姐角力的过程中，她千方百计在他们之间制造平衡，客观公正地评判他们，她看到布朗歇的堕落与毁灭而心痛落泪，然而，她纵情的哭泣却抵御不住斯坦利肉感的呢喃，毕竟，她和刚出生的孩子需要依靠这个摧毁她姐姐的男人。

四、社会变革中人本体的悲剧

这是一部内涵深刻又充满艺术魅力的悲剧。布朗歇的悲剧性命运是令人扼腕的、叹息的，她纤细的美丽经不住强光的刺激，一如她伤害过她所爱的丈夫艾伦，现在她正在被无情的斯坦利所伤害。斯坦利不仅仅是一个粗俗的男人，而是代表了冷酷无情的社会现实，对布朗歇毫无恻隐之心。处在孤独与恐惧中

---

① 见《"欲望号"街车》，[美]田纳西·威廉斯著，冯涛译，上海译文出版社2010年版，第178页。

的布朗歇想把自己隐藏起来，把自己包裹起来，她试图用欺骗和酒精麻木自己受伤的心灵，这其实是她的一种想逃避残酷现实的表现。在经受了一连串的打击之后，她被彻底摧毁了。

在这个以男性为话语权的现代社会里，不会有人去指责斯坦利的纵欲、玩女人，也不会有人去指责艾伦的非正常的同性恋行为，却会大大责难布朗歇的不检点，并把荡妇的恶名扣在她的头上。是的，布朗歇曾以放纵自己来寻求精神上的安慰，但在内心深处她还是干净的、天真的，她不断地在进行自我谴责。她第一次出场是穿着一身白衣服，戴着白帽子白手套，她的这一身打扮，看起来好像是要去参加一个在花园里举行的夏季茶会或是鸡尾酒会似的，其实这是作者的良苦用心，以突出布朗歇与她周围那个又脏又乱的环境显得极其不协调。

出于女性的自我保护意识，还有女人的虚荣心，布朗歇来到新的栖身之地竭尽所能来掩盖自己。比如，不再年轻的她，从来不愿意在白天与男人约会，"我喜欢这里的黑，黑暗对我是一种抚慰。"她对米奇说道。她希望周围的男人都能对她众星捧月，她不能正确认识自己，也就不能正确看待他人，特别是对斯泰拉的丈夫斯坦利，这个如猛兽般的强壮的男人，布朗歇既害怕他，又为他所吸引。她掩盖了来到新奥尔良之前她所遭受到的屡屡挫败，那些她难以启齿的往事。布朗歇倾心相爱的丈夫艾伦竟然是同性恋者，就因为她没有去拯救他，艾伦开枪自杀了。这能怪布朗歇吗？布朗歇当时只有十六岁，为了艾伦她竟大胆地背着父母私奔，她第一次发现丈夫的秘密，她的震惊、失望和愤怒是可想而知的。为何到了这个难堪的时刻，女性在毫无思想准备的情境下就非要成为救世主吗？更可况布朗歇从小受到良好的家庭教育，她难以理解也不能容忍这种违背宗教道德的性行为，这也是整个社会的道德评判标准。年轻的布朗歇还没来得及从震惊与痛苦中解脱出来，她冲动下的拒绝是可以理解的。事实上，艾伦之死使布朗歇从此在心灵上背负起负罪的十字架，深陷其中不能自拔。她的亲人纷纷离她而去，她又完全不善理财，结果负债累累，不得不抵押了房产。她在中学当老师，但微薄的薪水使她在经济上捉襟见肘，日子过得很艰难，为追求精神的慰藉，她傻傻地陷落在与一个十七岁男学生的秘密交往里，结果东窗事发，她成为无耻的诱惑者，最后当她在学校里都呆不下去的时候，沦落为妓女成了她养活自己的唯一出路。布朗歇就像奥尼尔《奇异的插曲》里的女主角尼娜一样，不断寻找肉体刺激，以此来惩罚自己，反叛使她深感有罪的压制人的传统。最终她被镇长驱逐出自己的家乡劳雷尔，成为一个没有根的、心力交瘁的飘泊者。她从密西西比州来到工业化城市新奥尔良妹妹斯泰拉家里，期待在新的环境里重新燃起生活的希望。她说过谎，欺骗过米奇，欺骗过妹妹、妹夫，她这样做的目的是想寻求保护，她从来不认为她是存心在欺骗别人，不认为这是一种罪过。她在米奇面前坦白她与不少陌生人鬼混过，但她认为那是她填补内心空虚的唯一途径。因为她缺乏安全感，恐惧驱逐着她从一个地方到另一个地方，寻求一些保护。

布朗歇生活在美国社会剧烈的转型与变革时期，北方的工业化革命以不可阻挡的强大力量，冲击着南方以种植园为主体的经济体系与生活方式，一如粗俗的斯坦利与优雅的布朗歇之间的关系。代表南方庄园主贵族文化与生活方式的布朗歇，无力招架以斯坦利为代表的这股讲究实际与实利，不讲人性与道德的北方工业社会势力，在冲突与抗衡的过程中，布朗歇的个人悲剧就像历史的进程一样，不可扭转。她与斯坦利的对立，是现代文明的对立，两者的冲突，隐喻了女性的文雅、男性的粗鲁，是现代意义上的文明与野蛮的冲突。

作为代表传统文化价值体系的布朗歇在现代工业社会中命运多舛，然而，她没有放弃对自由生存的追求。只是面对生存危机，她不能作出有理性的选择，用自己的行动来确认自我的自由生存，而是把希望寄托在男性身上、他人身上，而不是自身身上。她错误地采取一种消极的逃避态度和梦幻态度，在妹妹家寻求庇护所，要求亲人和朋友接纳自己并特别对她；她努力为自己编织一段"可接受"的历史，用混淆虚实的求生术来寻求出路和自我释放。她曾经对米奇说："我不要现实主义。我要幻影，对，就是幻影。我努力把它展示在人们面前。我引导他们去看假象。我不告诉他们现实，我告诉他们理想中的真实。如果说这是一种罪孽，我甘受惩罚！"这位衰弱、传统的褪色美人努力挣扎着，竭力要维护体面和文雅，即便是她在被妹夫强行送到疯人院的最后一刻，她努力使自己镇静下来，保持住最后一丝尊严，优雅地挽着男医生的胳膊说"我总是相信陌生人"。这是她悲剧性的性格缺陷，她以绝望的努力进入自己的幻想世界。尽管如此，她却始终不能胜过残酷的现实。

剧作者田纳西·威廉斯形容布朗歇是一只蛾，这个意象与布朗歇的敏感柔弱的神经质形成了奇特的拼贴。蛾究竟不是蝴蝶，注定了要扑火而残破不全，布朗歇在虚幻中追求幸福与自由的结果也注定是镜中花水中月。人本体构成了荒诞处境的一部分，以失落、孤寂、无意义和生存恐惧等来整体否定荒诞处境和荒诞存在，从而唤起对自由而真实的生存的回忆、关注和向往。布朗歇的悲剧是人本体的悲剧之一。悲剧精神的核心是现代个人在多重生存困境中，对可望不可及的自由生存和理想人性的无尽地苦苦追求，或者说是对现代人所理解的人的生存的真实性的无尽地苦苦追求。《"欲望号"街车》这部美国悲剧唤起了我们对世界的荒诞感，对自身生存的危机感，以及对自身孤独的焦虑感。

其实，像布朗歇这样在理想与现实的对立中，乐意以虚假的身份、虚假的名声回避现实的失败，在记忆中重建幸福的过去，惯用成功的幻觉安慰自己的人并非个别现象，而是大有人在。比如：失意的推销员老威利·洛曼（阿瑟·米勒《推销员之死》）、霍普酒店里那群靠酒精和白日梦度日的酒鬼（尤金·奥尼尔《送冰的人来了》）、被丈夫遗弃的阿曼达（田纳西·威廉斯《玻璃动物园》）等等，精神上的断裂与缺失，促成了生存的危机与困境，于是他们懦弱地梦想一种美好的秩序与生活，从而带给他们一种虚假的安全感。他们的不幸似乎告诉我们：人类是脆弱的，人生充满了失败，生命注定是悲剧性的，他们的故事为现代人提供了直面自己生存环境的参照物。

德国哲学家伽达默尔（1900—2002）曾经指出：当今时代是一个乌托邦精神已经死亡的时代。这正是我们这个世界的悲剧。精神的建构来自我们在无限与有限、自由与必然、"生存还是毁灭"的选择中，选择生存和存在，选择承担一切的勇气。不要把全部希望寄托在他人身上，一个人必须立足自己懂得自救，因为人最终必须自己掌握自己的命运。真正至上的是我们人自身，人作为一种存在不能安于现状与虚幻，而要努力超越自己，重塑处于人类本性和世界处境的双重限制下的人的尊严与辉煌。

思考题：
1. 试评析布朗歇这个角色。
2. 你如何看待男主人公斯坦利这个人物？

"欲望号"街车（节选）[1]

[美国] 田纳西·威廉斯　著
马爱农　译

第七幕

〔九月中旬一天傍晚。
〔帘子敞开着；一张桌子上布置了生日晚餐，有蛋糕和鲜花。
〔斯泰拉正在做最后的装饰，斯坦利走进来。

斯坦利　搞这么些玩意儿做什么？
斯泰拉　亲爱的，今天是布朗歇的生日。
斯坦利　她在？
斯泰拉　在浴室呢。
斯坦利　（嘲笑地模仿）"洗洗东西"？
斯泰拉　我想是吧。
斯坦利　她在里面多久了？
斯泰拉　一个下午了。
斯坦利　（嘲笑地模仿）"泡个热水澡"？
斯泰拉　是啊。
斯坦利　温度正好一百度，她还在泡热水澡。

---

[1] 本剧选自《外国戏剧百年精华》（下），人民文学出版社2005年版。

斯泰拉　她说洗个澡晚上可以凉快点儿。
斯坦利　我想，你跑出去给她买可乐了，是吗？端去送给浴缸里的女王陛下？（斯泰拉耸耸肩）在这儿坐一会儿。
斯泰拉　斯坦利，我还有事儿要做呢。
斯坦利　坐下！我掌握了你大姐姐的一些情况，斯泰拉。
斯泰拉　斯坦利，别再跟布朗歇过不去了。
斯坦利　那女人说我粗俗！
斯泰拉　斯坦利，最近你总是想方设法地激怒她，布朗歇是很敏感的，你得明白，布朗歇和我成长的环境跟你很不一样。
斯坦利　这话我已经听过了。听过无数、无数遍了！你知道吗，她编了一大堆谎话来骗我们！
斯泰拉　不，不知道，我——
斯坦利　没错，她就是这么做的。可是现在狐狸尾巴露出来了！我摸清了一些情况！
斯泰拉　什么——情况？
斯坦利　这些情况我早就怀疑了。不过现在我得到了最可靠的证明——我已经调查过了！
〔布朗歇在浴室里唱一首甜得发腻的流行情歌，与斯坦利的话互相对应衬托。
斯泰拉　（对斯坦利）你声音放低点！
斯坦利　一只金丝雀，哼！
斯泰拉　现在你小声告诉我，你以为你发现我姐姐的什么事了？
斯坦利　第一条谎言：她装出来的那副一本正经的样子！你真应该听听她对米奇说的那套鬼话。米奇以为她这辈子只被一个男人吻过！可是布朗歇大姐不是一朵白兰花！哈—哈！她倒确实是朵花！
斯泰拉　你听说了什么，是听谁说的？
斯坦利　我们厂里跑材料的人这些年总去劳莱尔，对你姐姐知道得一清二楚，劳莱尔镇的每个人都对她知道得一清二楚，她在劳莱尔可出名了，就像美国总统，只是没有一个人尊敬她！这个跑材料的人住在一家名叫火烈鸟的旅馆。
布朗歇　（欢快地唱）"呵，这只是一个纸月亮，航行在硬纸板做的海面上——可是如果你相信我，它便不再虚幻渺茫！"
斯泰拉　怎么啦——"火烈鸟"？

斯坦利　你姐姐也住在那儿。
斯泰拉　我姐姐住在美梦园。
斯坦利　那是老宅从她洁白的手指缝里漏光之后的事！她搬到了"火烈鸟"！一家二流旅馆，好处是从来不干涉顾客的私人社交生活！"火烈鸟"被用来搞各种各样的勾当。可是就连"火烈鸟"的管理员也对布朗歇女士留下了深刻的印象！他们对布朗歇女士的印象太深刻了，结果就要求她交出房间钥匙——永远不许回去！这件事发生两星期后，她就在这儿露面了。
布朗歇　（唱）"这是一个花花世界，空有浮华的排场——可是如果你相信我，它便不再虚幻渺茫！"
斯泰拉　多么——无耻的——谎话！
斯坦利　是啊，我明白你听了这些肯定心烦意乱。她不仅骗了米奇，也骗了你！
斯泰拉　完全是无中生有！没有一个字是真的，如果我是个男人，这个家伙敢当着我的面编造这样的鬼话——
布朗歇　（唱）没有你的爱，"这是一个低级庸俗的所在！没有你的爱，这是廉价游乐场奏出的节拍……"
斯坦利　亲爱的，我告诉过你，这些话我都彻底调查过的！你听我把话说完。布朗歇女士的麻烦是，她的把戏在劳莱尔再也演不下去了！人们跟她约会两三次，就看透了她的真面目，跟她一刀两断，她就去再找一个，同样的把戏，同样的骗局，同样的鬼话！可是小镇很小，不可能让她永远折腾下去！一段时间过去，她成了小镇上的人物。人们不仅认为她古怪，而且认为她有病——是个疯子。
　　　　〔斯泰拉吃了一惊。
　　　　最近一两年，她的名声搞臭了，再也混不下去了。所以今年夏天她跑到这儿来了，像女王来视察，假模假式地摆出那副派头——因为镇长已经勒令她离开小镇！没错，你知道吗，劳莱尔附近有个军营，你姐姐就在一个被称为"逍遥处"的地方！
布朗歇　"这只是一个纸月亮，空空荡荡——可是如果你相信我，它就不再虚幻渺茫！"
斯坦利　她假装成这样一个文雅、考究的女人，关于这点我就不多说了。下面我们讲第二个谎言。
斯泰拉　我不想再听了。
斯坦利　她再也不会回学校教书了！实际上，我愿意跟你打赌，她压根儿没想过再回劳莱尔！她不是因为情绪问题而从学校暂时辞职的！不，先生，不！压根儿不是。春季学期还没结束，他们就把她从学校赶了出来——我真不愿意告诉你他们这么做的原因！一个十七岁的男孩——她居然跟他一起鬼混！

布朗歇　"这是一个花花世界，空有浮华的排场——"

〔浴室里水声很响；可听见一阵阵气喘吁吁的尖叫和大笑，就像一个孩子在浴缸里玩水。

斯泰拉　这真让我——恶心！

斯坦利　那男孩的父亲听说后，就跟学校的主管联系。天哪，哦，天哪，布朗歇女士被叫去训话时，我真希望我也在那个办公室里！我真想看看她是怎么花言巧语地给自己开脱的！可是那一次他们算是把她彻底看透了，她知道自己的把戏已经被拆穿！他们对她说，她最好另外再找地方。是啊。为了赶走她，镇上还专门颁布了一条法令呢！

〔浴室的门开了，布朗歇把头伸出来，用一条毛巾包住头发。

布朗歇　斯泰拉！

斯泰拉　（无力地）怎么啦，布朗歇？

布朗歇　再给我一条浴巾擦擦头发。我刚洗了头。

斯泰拉　好的，布朗歇。（她神情恍惚地拿着一条毛巾穿过厨房，走向浴室的门）

布朗歇　出什么事了，亲爱的？

斯泰拉　出事？为什么？

布朗歇　你脸上的表情很奇怪！

斯泰拉　噢——（努力想笑）我想我是有点儿累了！

布朗歇　你干吗不也洗个澡呢？我很快就出来。

斯坦利　（在厨房里喊）很快有多快？

布朗歇　不会太久的！让你的灵魂耐心等待！

斯坦利　我担心的不是我的灵魂，而是我的腰子！

〔布朗歇砰地把门关上。斯坦利粗声粗气地大笑。斯泰拉慢慢走回厨房。

斯坦利　怎么样，你听了有什么想法？

斯泰拉　我一点也不相信那些鬼话，我认为你们那个跑材料的人说出这样的话来，真是恶毒、卑鄙。当然，他说的有些事情或许多少符合一点实情。我姐姐有些事情我也不赞成——那些事情搞得家里很不愉快。她一直很——轻浮！
斯坦利　轻浮！
斯泰拉　可是，在她年轻的时候，很年轻的时候，嫁给了一个写诗的男孩……他长得漂亮极了。我觉得布朗歇不仅是爱他，简直崇拜他走过的每一寸土地！她崇拜他，认为他太美好了，简直不像凡人！可是后来她发现——
斯坦利　什么？
斯泰拉　这个美丽、有才气的年轻人是个精神变态者。你那个跑材料的人没有告诉你这个情况吗？
斯坦利　我们谈的都是最近的情况。那肯定是很久以前的事了。
斯泰拉　是啊，确实是——很久以前的事了……
　　〔斯坦利走上前，非常温和地搂住她的肩膀。她轻轻脱出身来，开始下意识地往生日蛋糕上插粉红色的小蜡烛。
斯坦利　你往那蛋糕上插多少根蜡烛？
斯泰拉　插到二十五根就不插了。
斯坦利　有人会来吗？
斯泰拉　我们请了米奇过来吃蛋糕和冰激凌。
　　〔斯坦利显得有点不安。他用刚抽完的烟又点着一根烟。
斯坦利　我觉得米奇今晚不会过来的。
　　〔斯泰拉停住插蜡烛的手，慢慢转过头来看着斯坦利。
斯泰拉　为什么？
斯坦利　米奇和我是老朋友了。我们在同一个连队——二四一技工连。又在同一家工厂上班，现在还是同一个保龄球队的。你说我将来拿什么脸去面对他，如果——
斯泰拉　斯坦利·科瓦尔斯基。难道你——你把那些话对他说了？
斯坦利　没错，我都告诉他了！如果我明明知道那些情况，还看看我的朋友往火坑里跳，找一辈子良心都不会安稳的！
斯泰拉　米奇跟她断了？
斯坦利　如果换了你，难道——？
斯泰拉　我问你，米奇跟她断了吗？
　　〔布朗歇的声音又响起来，像银铃一样清脆悦耳。她唱："可是如果你相信我，它就不再虚幻渺茫。"
斯坦利　不，我想他没必要跟她断——只是明白到底怎么回事了！

斯泰拉　斯坦利，她以为米奇会——会——会跟她结婚呢。我也希望这样。
斯坦利　得了，他不会跟她结婚的。也许他本来有这个打算，但他不会往一个游着一群鲨鱼的水池里跳的——好了！（站起身）布朗歇！哦，布朗歇！劳驾。我能不能进我的浴室了？
　　　　（停顿）
布朗歇　好了，好了，先生！你能不能再等一秒钟？我擦擦干就好。
斯坦利　已经等了一小时了，我想一秒钟应该一眨眼就过去。
斯泰拉　而且她还没有工作？噢，她该怎么办呢！
斯坦利　她只能在这儿待到星期二。你知道的，是不是？为了保险起见，我亲自给她买票。买一张公共汽车票！
斯泰拉　布朗歇根本就不愿意乘公共汽车。
斯坦利　她会乘公共汽车的，而且会喜欢的。
斯泰拉　不，她不会的，不，她不会的，斯坦利！
斯坦利　她必须走！没什么可说的。还有，必须星期二走！
斯泰拉　（慢慢地）她该——怎么办呢？她到底该——怎么办呢？
斯坦利　她的未来已经替她设计好了。
斯泰拉　你这是什么意思？
　　　　〔布朗歇唱歌。
斯坦利　喂，金丝雀！宝贝儿！快从浴室给我出来！
　　　　〔浴室的门一下子打开，布朗歇咯咯大笑着从里面出来，可是斯坦利从她身边走过后，她脸上显出惊惧的、几乎是恐慌的神色。他没有看她，一进浴室就把门重重地关上了。
布朗歇　（抓起一把发刷）哦，洗一个长长的热水澡，我觉得真舒服啊，我觉得真舒服，真清爽，真——轻松！
斯泰拉　（在厨房里悲哀、疑惑地说）真的吗，布朗歇？
布朗歇　（用力梳头发）是啊，真的，特别提神！（她弄得高玻璃杯叮当作响）泡一个热水澡，再慢慢喝一杯冰凉的饮料，使我对人生的态度都焕然一新呢！（她从帘子缝望着斯泰拉，站在帘子中间，慢慢停住了梳头的动作）出什么事了！——怎么回事？
斯泰拉　（赶紧转过去）咳，什么事儿也没有，布朗歇。
布朗歇　你撒谎！肯定出事了！
　　　　〔她害怕地盯着斯泰拉，斯泰拉假装忙着整理桌子。远处的钢琴声在狂热中戛然而止。

第八幕

〔三刻钟之后。

〔大窗户外面的景色逐渐转为一种静止的金色黄昏。一束阳光刺眼地照在空荡荡街区对面的一个大水罐或油桶的侧面，那边的商业区此刻点缀着无数亮灯的窗户和反射夕阳的窗户。三个人正在结束一顿索然无味的生日晚餐。斯坦利一脸阴沉。斯泰拉窘迫、悲哀。布朗歇僵硬的脸上挂着不自然的、紧张的微笑。桌旁的第四个座位一直空着。

布朗歇　（突然地）斯坦利，给我们讲个笑话吧。给我们讲个滑稽的故事，让我们大家都笑一笑。真不知道是怎么回事，我们一个个都这么沉重。就因为我的男朋友失约了？

〔斯泰拉无力地笑了两声。

　　　　要说我见识过的男人也不算少了，在我跟男人交往的这么多经历中，居然有人让我白等，这可是第一次！哈——哈！我不知道该作何反应……给我们讲个滑稽的小故事吧，斯坦利！讲点什么，让我们高兴高兴。

斯坦利　我想你不会喜欢我讲的故事，布朗歇。

布朗歇　只要它们有趣又不下流。我就喜欢。

斯坦利　符合你口味的文雅故事，我可一个都不会讲。

布朗歇　那我来讲一个吧。

斯泰拉　好啊，你讲一个吧，布朗歇。你以前会讲很多好故事呢。

〔音乐隐去。

布朗歇　那让我想想……我得看看我都有哪些故事！噢，对了——我喜欢鹦鹉的故事！你们都喜欢鹦鹉的故事吗？嗯，这个故事讲的是老处女和鹦鹉。这个老处女有一只鹦鹉，骂起人来像连珠炮似的，它会说的粗话脏话，比科瓦斯基先生还多！

斯坦利　哼。

布朗歇　要让这鹦鹉闭嘴，只有一个办法，就是把它笼子的罩布盖上，这样它就以为是天黑了，该睡觉了。后来，有一天早上，老处女刚把鹦鹉的罩布掀开——就在这时，她看见前面路上来了一个人，不是别人，正是牧师！她急忙跑回鹦鹉身边，把笼子的罩布赶紧又罩上了，然后才开门让牧师进来。一开始鹦鹉安稳极了，像老鼠一样一声不响，可是就在老处女问牧师咖啡里放多少糖时——鹦鹉突然打破沉默,大叫一声——(她吹了声口哨)——说道——"他妈的,这一天真他妈短!"
〔她脑袋住后一仰,哈哈大笑。斯泰拉也努力装出觉得很好笑的样子,但没有成功。斯坦利对这个故事充耳不闻,而是隔着桌子,用叉子扎住最后一块蛋糕,用手抓着吃了起来。

布朗歇　看来科瓦斯基先生并不觉得好笑。
斯泰拉　科瓦斯基先生正忙着狼吞虎咽,顾不上想别的!
斯坦利　说得不错,宝贝。
斯泰拉　你脸上手上都油腻腻的让人恶心。快去洗洗,然后来帮我收拾桌子。
　　　　〔他把一只盘子扔在地上。
斯坦利　我就这么收拾桌子!(一把抓住她的胳膊)不许你跟我这么说话!"猪——波兰鬼子——让人恶心——粗俗——油腻腻!"——最近你嘴里老念叨这些词儿,你姐姐在这里待的时间太长了!你们俩以为自己是谁?一对女王?别忘记胡伊·朗①是怎么说的——"每个男人都是个王!"我才是这里的王,你们可别忘了!(他又把一只杯子和杯托扔在地上)我这儿收拾好了!你还想让我收拾你们那儿吗?
　　　　〔斯泰拉开始小声哭泣。斯坦利大步走到长廊上,点燃一根香烟。
　　　　〔可听见拐角那边黑人演员的声音。
布朗歇　我洗澡的时候发生了什么事?他告诉你什么了,斯泰拉?
斯泰拉　没什么,没什么,没什么!
布朗歇　我想他肯定跟你说了米奇和我的什么事!你知道米奇为什么没来,但你不肯告诉我!(斯泰拉无助地摇着脑袋)我要给他打电话!
斯泰拉　换了我就不会给他打电话,布朗歇。
布朗歇　我要打,我要给他打电话。
斯泰拉　(难过地)我希望你别打。
布朗歇　我想要有人给我解释解释!
　　　　〔她冲到卧室的电话机旁。斯泰拉走到外面的长廊上,责备地盯着丈夫。他嘟囔了一句,转身避开她。
斯泰拉　希望你为你做的事感到得意。我这辈子吃东西从来没有这样难以下咽,看着她脸上的表情,还有那张空椅子!(她轻声哭泣)
布朗歇　(打电话)你好。请找米切尔先生……噢……如果可以的话,我想留

---

① 胡伊·朗(1893—1935),美国参议员(1932—1935),路易斯安那州州长。

一个号码。米兰花州① 9047，我有要紧事找他……是的，非常要紧……谢谢你。

〔她待在电话机旁没有动，脸上是一种失落、惊恐的表情。

〔斯坦利慢慢转过来面对妻子，笨拙地把她搂进怀里。

斯坦利　斯泰拉，只要她一走，孩子一生下来，一切都会好的。你和我之间又会像以前一样，什么事儿都没有了。你还记得以前有多好吗？我们在一起的那些晚上？上帝，亲爱的，我们可以像以前那样，在夜里弄出声音，把那些五光十色的灯打开，没有谁的姐姐在帘子后面偷听我们，那该多美啊！

〔可听见楼上的邻居为什么事大声狂笑。斯坦利轻轻笑了。

斯蒂夫和尤妮丝……

斯泰拉　快进来吧。（她回到厨房，开始点亮白蛋糕上的蜡烛）布朗歇？
布朗歇　来了。（从卧室回到厨房的桌子旁）哦，多么漂亮的小蜡烛！哦，别点它们，斯泰拉。
斯泰拉　当然要点。

〔斯坦利又走进来。

布朗歇　你应该留着它们，给宝宝庆祝生日。哦，我希望烛光在他的生命里闪烁，我希望他的眼睛像烛光一样明亮，像两朵蓝莹莹的烛光，在白色的蛋糕上点亮！
斯坦利　（坐下来）多美的诗！
布朗歇　（她沉思地顿了一会儿）我不该给他打电话的。
斯泰拉　谁知道发生了什么事呢。
布朗歇　没有借口可以解释，斯泰拉。我犯不着忍受别人的侮辱。我不能让别人把我不当回事儿。
斯坦利　妈的，浴室里冒出热气，弄得这里热得要死。
布朗歇　我已经说过三遍对不起了。（钢琴声隐去）我洗热水澡是为了让我神经稳定些。他们管这叫水疗法。你这个健康的波兰鬼子，身体里没有一根神经，当然也就不知道焦虑是什么滋味！
斯坦利　我不是波兰鬼子。从波兰来的人是波兰人，不是波兰鬼子。其实我是个百分之百的美国人，在地球上这个最伟大的国家出生、长大，并且为它感到特别骄傲，所以不许再叫我波兰鬼子。

---

① 美国密西西比州的别称。

〔电话铃响，布朗歇期待地站起来。
布朗歇　噢，是我的，我相信。
斯坦利　我可不相信。你坐着别动。（他懒洋洋地走到电话前）喂。噢，是啊，你好，麦克。
〔他靠在墙上，羞辱地盯着布朗歇。布朗歇跌坐进椅子里，神色惊惧。斯泰拉探过身子，碰了碰她的肩膀。
布朗歇　哦，你别碰我，斯泰拉。你到底是怎么了？为什么用那种同情的眼光看我？
斯坦利　（大吼）给我安静点！——家里来了个叽叽喳喳的女人！——说吧，麦克。在里莱那儿？不行，我不想在里莱那儿打保龄球。我上星期跟里莱闹了点小麻烦。我是队长，这没错吧？那就好，我们不在里莱那儿打球，得在西岸或迦拉打球！好，麦克。回见！
〔他挂上电话，回到桌边。布朗歇拼命控制自己，端着平底玻璃杯一口接一口地喝水。他没有看她，而是把手插进口袋。然后他慢慢地、假装很亲切地说。
布朗歇姐姐我要送你一个小小的纪念品，祝贺你的生日呢。
布朗歇　哦，真的，斯坦利？我真没想到，我——我不知道斯泰拉为什么要给我庆祝生日！我情愿把它忘掉——当你——到了二十七岁！唉——年龄这个话题，你情愿——不去谈它！
斯坦利　二十七岁？
布朗歇　（赶快地）是什么？是送给我的？
〔他递过来一个小信封。
斯坦利　是啊，真希望你喜欢！
布朗歇　哎呀，哎呀——哎呀，这是——
斯坦利　车票！回劳莱尔的车票！灰狗车！星期二！
〔华沙舞曲的音乐轻轻响起，逐渐变得清晰，并一直持续。斯泰拉突然站起，转过身去。布朗歇想挤出一个微笑。接着她又想发出大笑。最后她这两样都放弃了，猛地从桌旁跳起来，跑进隔壁的房间。她紧紧抓住喉咙，跑进了浴室。可听见咳嗽、干呕的声音。
斯坦利　哼！
斯泰拉　你没必要这么做。
斯坦利　别忘了她是怎么挤对我的。
斯泰拉　你没必要对她这么残忍，她这样孤单。

斯坦利　这样娇贵。
斯泰拉　对，她就是娇贵。你不知道布朗歇以前是个怎样的姑娘。没有一个人，没有一个人像她那样温柔和单纯。是你这样的人伤害了她，逼着她改变了。

〔他走进卧室，脱掉衬衫，换上一件色彩艳丽的丝质保龄球衬衫。她跟着他。

你现在还要去打保龄球？
斯坦利　当然。
斯泰拉　你不能去打球。（一把抓住他的衬衫）你为什么要对她那么做？
斯坦利　我什么也没做。放开我的衬衫。你把它撕破了。
斯泰拉　我想知道为什么。你告诉我。
斯坦利　我们俩第一次见面的时候，你觉得我是个粗人。没错，你是对的，宝贝。我就是个下三滥、大老粗。你给我看那张照片，那座带柱子的房子。我把你从那些柱子上拉下来，把那些彩色的灯都打开，你多么喜欢啊！我们在一起不是一直很开心，不是一直过得很好吗——在她来之前？

〔斯泰拉轻轻动了动。她的目光突然变得失神，仿佛内心有个声音在呼唤她。她开始慢慢地拖着双脚从卧室朝厨房走去，支撑着靠在椅子背上，然后又靠在桌子边上，脸上是茫然和倾听的神情。斯坦利只顾穿他的衬衫，对她的反应毫无察觉。

斯坦利　我们不是一直很开心吗？不是一直过得很好吗？结果她跑来了。嘀——哟！把我说成是个类人猿。（突然注意到斯泰拉的变化）喂，怎么啦，斯泰拉？

〔他跑向她身边。

斯泰拉　（轻声地）送我去医院。

〔他已经跑到她身边，用胳膊架住她。低声说着什么，两人一起朝外走去。

第九幕

〔那天晚上一段时间之后。布朗歇弓着身子，僵硬地坐在卧室的一把椅子上，她在这把椅子上又铺了一块绿白格子的条纹布。她换上了那件深红色的缎子长裙。椅子旁边的桌子上有一瓶酒一只玻璃杯。可听见快节奏的、狂热的波尔卡舞曲"华沙舞"。这音乐是在她的脑子里响；她喝酒就是为了摆脱它，摆脱那种逐渐包围她的大祸临头的感觉，她似乎在低声念出那首歌的歌词。一个电风扇对着她来回摆动。

〔米奇在拐角出现，身穿工作服：蓝色粗布衬衫和裤子。他没刮胡子。他上了楼梯，走到门口，按响门铃。布朗歇吓了一跳。

布朗歇　请问是谁？

米　奇　（粗哑地）我，米奇。

〔波尔卡舞曲停止。

布朗歇　米奇！——稍等一下。

〔她慌张地跑来跑去，把酒瓶藏进壁橱里，然后蹲在镜子前面，往脸上洒科隆香水，扑粉。她太激动了，当她忙乱奔跑时，可以听见她急促的呼吸声。最后，她冲到位于厨房里的正门前，开门让他进来。

米　奇　你知道吗，你今天晚上这么对待我，我真不该让你进来的！你太没有礼貌了！不过算啦，你好，太好了！

〔她伸出嘴唇给他吻，他没有理会，推开她径自走进套房。她担忧地望着他大步走进卧室的背影。

天哪，天哪，多么冷淡的态度！多么不雅观的穿着！唉呀。你连胡子都没有刮呢！这对一位女士来说是不可原谅的侮辱！但我原谅你。我原谅你，因为见到你我太欣慰了。你让纠缠在我脑子里的波尔卡舞曲停了下来。你有没有过什么东西纠缠在你脑子里？没有，当然没有，你这个可爱的小呆瓜，你从来没有什么可怕的东西纠缠在你脑子里！

〔她一边说话一边跟着他，他只是呆呆地望着她。显然，他在来这儿的路上喝了一些酒。

米　奇　我们非得让那电扇开着吗？

布朗歇　不是！

米　奇　我不喜欢电扇。

布朗歇　就把它关掉好了，亲爱的。我也不是特别喜欢！

〔她按了一下开关，电扇摇晃着脑袋慢慢停下。她不安地清清喉咙，米奇重重地坐在卧室的床上，点着一根香烟。

我不知道有什么可喝的。我——没有查看过。

米　奇　我不想喝斯坦的酒。

布朗歇　不是斯坦的。这儿的每件东西都不是斯坦的。这里里外外的有些东西实际上是我的！你妈妈怎么样了？你妈妈不好了吗？

米　奇　为什么？

布朗歇　今晚准是出了什么事，不过不去管它。我不会盘问证人的。我只是——（她含糊地用手碰碰前额。波尔卡舞曲又响了起来）假装没有注意到你有什么不对劲的！那个——音乐又来了……

米　奇　什么音乐？

布朗歇　"华沙舞"！当时他们正在演奏这支波尔卡舞曲。阿伦就——等等！
〔远处听见一声枪响。布朗歇似乎松了口气。
好了，枪响了！总是枪响之后就停了。
〔波尔卡音乐又消失了。
对，现在停了。

米　奇　你的脑子出毛病了吗？

布朗歇　我去看看能不能找到点儿——（走过去钻进壁橱，假装找那个酒瓶）哦，随便说一句，请原谅我没有换上像样的衣服。我以为你肯定不会来了！你忘记自己被邀请来吃晚饭吗？

米　奇　我本来不想再来见你的。

布朗歇　等等。我听不见你在说什么，你说话这么少，每当你说点什么的时候，我就一个字儿也不想漏掉……我在这里找什么来着？啊，对了——酒！今天晚上这儿让人激动的事情太多，我脑子确实出毛病了！（她假装突然发现酒瓶。他把一只脚抬到床上，鄙视地看着她）这儿有点东西。南方安慰！不知道这是什么。

米　奇　既然你不知道。那一定是斯坦的。

布朗歇　把你的脚从床上拿下来。上面铺的是浅色床单。当然啦，你们这些大小伙子是不会注意这类事情的。我来了之后，给这个地方出了不少力呢。

米　奇　这点我相信。

布朗歇　我见过我没来时的情况。你现在再看看这里！这个房间简直算得上——典雅！我想让它保持这种样子。不知道这玩意儿是不是要跟什么东西掺着喝？唔，真甜，太甜了！甜得要命，真要命！唉呀，这一定是甜酒吧，我想！没错，它准是一种甜酒！（米奇嘟囔一句什么）恐怕你不会喜欢的，不过试试吧，说不定会喜欢呢。

米　奇　我已经告诉过你，我不想喝他的酒，我不是开玩笑。你最好别动他的酒。他说，整个夏天你就像只野猫似的偷着喝它。

布朗歇　多么了不起的话！他能说出这样的话，真是了不起！你竟然重复这样的话，也很了不起！我不会降低层次，用下三滥的指责去回答这种问题！

米　奇　哼。

布朗歇　你脑子里在想什么？你的眼神有点不对劲！

米　奇　（站起来）这里真够黑暗的。

布朗歇　我喜欢黑暗。我觉得黑暗很舒服。

米　奇　我好像还从来没有在亮光下看见过你。（布朗歇笑得喘不过气来）真是这样！

布朗歇　是吗？

米　奇　我从来没在下午见过你。

布朗歇　这能怪谁呢？

米　奇　你下午从来不肯出去。

布朗歇　唉呀，米奇，下午你在厂里呢！

米　奇　星期天下午不在。有时候星期天我请你跟我一起出去，你总是找借口不去。你总要到六点钟以后才肯出去，而且总去一些光线不好的地方。

布朗歇　你这话里有些微妙的意思，但我不明白。

米　奇　我的意思是，我从来没有真正清清楚楚地看过你。布朗歇，我们把这里的灯打开吧。

布朗歇　（惊恐地）灯？什么灯？为什么？

米　奇　这盏罩着个纸玩意儿的灯。（他把纸罩子从灯泡上扯下来。她恐惧地倒抽一口冷气）

布朗歇　你为什么要这么做？

米　奇　这样我可以把你看个清清楚楚！

布朗歇　你肯定不是故意侮辱我吧！

米　奇　不是，只是为了现实一些。

布朗歇　我不想要现实。我想要魔法！（米奇笑出声）是的，是的，魔法！我总是想给别人魔法。我对他们说一些假话大话。我不说实话。我只说我觉得应该是实话的话。如果那就是罪过，那就让我受诅咒好了！——别把灯打开！

〔米奇走到开关前。他把灯打开，盯着她看。她大叫一声，用手捂住脸。他又把灯关上了。

米　奇　（缓慢而痛苦地）我倒不在乎你比我原来想的老。可是其他那些事情——天哪！你吹嘘说什么你的理想太过时了之类，还有你整个夏天念叨的那些糊弄人的话。哦，我早就知道你不再是十六岁的小姑娘。可是我真是太傻了，竟然相信你是诚实的。

布朗歇　谁告诉你我不——"诚实"了？我那个细心周到的妹夫。你相信了他。

米　奇　我起先说他撒谎。后来我调查了这件事。我先是问了我们厂到劳莱尔跑材料的人。后来我又直接打长途电话，跟那个商人谈了谈。

布朗歇　那个商人是谁？

米　奇　凯费伯。

布朗歇　劳莱尔的商人凯费伯！我知道这个人。他想调戏我，我给了他点颜色看看。现在他为了报复，就给我编排了这些鬼话。

米　奇　三个人，凯费伯、斯坦利和萧都证实了这些话。

布朗歇　荒唐荒唐真荒唐，三个男人一箩筐！而且是个肮脏透顶的箩筐！

米　奇　你不是住在一家名叫火烈鸟的旅馆里吗？

布朗歇　火烈鸟？不对！那名字是狼蛛！我住的那家旅馆叫狼蛛！

米　奇　（茫然地）狼蛛？

布朗歇　对，一种大蜘蛛！我就是把我的俘虏带到那里去的。（她又给自己倒了一杯酒）是啊，我跟许多陌生人发生过关系。自从阿伦死后——似乎只有跟陌生人亲热，才能填满我空虚的心。……我想是因为焦虑，就是因为焦虑，逼得我从一个人转向另一个人，寻找某种保护——这里那里地到处寻找，在最——不可能的地方——最后，甚至在一个十七岁男孩身上寻找，可是——有人写信把这事告诉了学校主管——"这个女人道德败坏，不适合担任教师职务！"

〔她仰起脑袋，爆发出神经质的、带着啜泣的大笑。然后她把那句话又说一遍，急促地喘息，喝酒。

对吗？不错，我想——确实不太适合……所以我就上这儿来了。我没有别的地方可去。我已经耗尽元气了。你知道什么是耗尽元气吗？我的青春被龙卷风突然卷走，后来——我遇见了你。你说你需要一个人。正好，我也需要一个人。我感谢上帝让你出现；因为你似乎很温和——是世界上岩石间的一道缝隙，可以让我在里面躲藏！可是我想我的要求、我的希望——是太高了！凯费伯、斯坦利和萧把一只旧罐头绑在风筝尾巴上了。

〔静默。米奇呆呆地望着她。

米　奇　你对我说了谎话，布朗歇。

布朗歇　别说我对你说了谎话。

米　奇　谎话，谎话，从里到外，都是谎话。

布朗歇　里面不是，我的心里没有说谎……

〔一个小贩在拐角出现。她是个双目失明的墨西哥女人，裹着黑披肩，怀里抱着下层墨西哥人在葬礼和其他节日里摆放的那种艳俗、廉价的假花。她的叫卖声勉强可以听到。她的身影在楼外只是隐约可见。

墨西哥女人　卖花，卖花，祭亡灵的花。卖花，卖花。①

布朗歇　什么？噢！外面有人……（走到门边，打开门望着墨西哥女人）

墨西哥女人　（站在门口，将几枝花递给布朗歇）要花吗？祭亡灵的花？

布朗歇　（惊恐地）不，不要！现在不要！现在不要！

〔她返身跑回套房，把门重重关上。

墨西哥女人　（转身下楼往街上走）祭亡灵的花。

〔波尔卡舞曲渐强。

布朗歇　（仿佛自言自语）破碎，凋谢，然后——悔恨——指责……"如果你这么做，会使我付出那样的代价！"

墨西哥女人　祭亡灵的花冠、花冠……

布朗歇　遗产！嗯……还有其他东西，比如血迹斑斑的枕套——"她的床单需要换了"——"好的，妈妈。可是我们为什么不请个黑人女佣来做这件事？"不，当然不能。什么都没有了，除了——

墨西哥女人　卖花。

布朗歇　死亡——我总是坐在这里，她坐在那里，死亡就像你这么近……我们甚至不敢承认听到了它的声音！

墨西哥女人　祭亡灵的花，卖花——卖花……

布朗歇　死亡的背面是欲望。你惊奇吗？你怎么可能惊奇呢！在离美梦园不远的地方，在我们还没有失去美梦园的时候，那里有一个军营，训练年轻的士兵。到了星期六晚上，他们就跑到镇上，喝个大醉——

墨西哥女人　（轻声地）花冠……

布朗歇　——回去的路上，总会跌跌撞撞地走到我家草坪上，喊道——"布朗歇！布朗歇！"——耳背的老太太一直没有怀疑到什么。可是有时候我听到他们叫我，就会偷偷溜出去……然后警车就会像摘菊花一样，把他们统统带走……送回很远的老家——

---

① 原文为西班牙文，下同。

〔墨西哥女人慢慢转过身，轻声发出悲戚的叫卖，飘然退出。

〔布朗歇走到五斗橱前，将身体靠在上面。过了片刻，米奇站起身，果断地跟了过来。波尔卡音乐隐去。他把双手放在她的腰际，想扳她转过身去。

布朗歇　你想要什么？

米　奇　（摸索着拥抱她）要这个夏天我一直想要的东西。

布朗歇　那就跟我结婚，米奇！

米　奇　我想我已经不愿跟你结婚了。

布朗歇　为什么？

米　奇　（双手从她腰上垂落）你不干净，不能领回家跟我妈妈一起生活。

布朗歇　那就走吧。（他呆呆望着她）快从这里滚开，不然我就喊救火！（她因歇斯底里而喉咙发紧）快从这里滚开，不然我就喊救火了。

〔他仍然待在那里望着她。她突然冲到大窗户前，窗口映着外面夏季柔和的光，呈一块方方的浅蓝色，她疯狂地大喊。

救火啊！救火啊！救火啊！

〔米奇吓得倒抽一口冷气，转身出了正门，笨手笨脚地跑下楼梯，转过拐角不见了。布朗歇跟跟跄跄地从窗口后退，扑通跪倒在地。远处的钢琴声缓慢而忧郁。

第十幕

〔那天晚上几个小时之后。

〔米奇走后，布朗歇一直不停地喝酒。她把衣箱拖到了卧室中央。箱子盖开着，里面扔着花花绿绿的衣服。她一边喝酒一边收拾东西，渐渐产生了一种歇斯底里的亢奋情绪，她给自己穿上了一件脏兮兮、皱巴巴的白缎子晚礼服和一双破旧的银色便鞋，鞋跟上镶着宝石。

〔此刻，她站在梳妆台的镜子前面，把那顶莱茵石的头饰往脑袋上戴，一边兴奋地念念有词，仿佛面对一群并不存在的崇拜者。

布朗歇　去游泳怎么样？到旧采石场，在月光下游泳？有谁脑子还算清醒。还能开车！哈——哈！这是让你脑子不发晕的最好办法！只是千万得留点儿神，要往水深的地方跳——如果撞到岩石上，就得到明天才能醒过来啦……

〔她颤抖地举起一面手镜，想更仔细地看看自己。她倒吸一口气，

"啪"的一下把镜子面朝下扔在梳妆台上，用力过猛，镜子碎裂了。她呻吟一声，挣扎着想站起来。

〔斯坦利在楼拐角出现。他仍然穿着那件艳绿色的丝质保龄球衬衫。当他转过拐角时，可听见低级娱乐场所的音乐。这低级的音乐声一直持续到这一幕结束。

〔他走进厨房，把门重重关上。当他看着屋里的布朗歇时，嘴里轻轻吹了声口哨。他路上喝了几杯酒，还把几瓶啤酒带回了家。

布朗歇　我妹妹怎么样了？
斯坦利　她没事儿。
布朗歇　孩子呢？
斯坦利　（和颜悦色地咧嘴笑）孩子要明天早上才能出来呢，所以他们叫我回来，稍微闭会儿眼睛。
布朗歇　你是说这儿只有我们两个人？
斯坦利　没错。只有你和我，布朗歇。除非你还把什么人藏在床底下。你打扮得这么花里胡哨的做什么？
布朗歇　噢，对了，你们离开后，我的电报就来了。
斯坦利　你收到电报了？
布朗歇　我收到了我以前的一个崇拜者发来的电报。
斯坦利　有什么好消息吗？
布朗歇　我想是吧。是一封邀请信。
斯坦利　请你去做什么？参加消防员的舞会？
布朗歇　（把头往后一仰）乘游艇在加勒比海航游！
斯坦利　嘀，嘀，真想不到！
布朗歇　我这辈子还没这么吃惊过呢。
斯坦利　我猜也是。
布朗歇　简直就像晴天霹雳！
斯坦利　你说电报是谁发来的？
布朗歇　我的一个旧情人。
斯坦利　就是送你白狐狸皮的那个？
布朗歇　谢普·亨特雷先生。大学最后一年，我是他的女朋友。后来我再没有见到他，直到去年圣诞节，我在比斯坎林荫道突然又碰到了他。后来——就在刚才——来了这封电报——邀请我去加勒比海航游！问题是穿什么衣服呢。我把箱子翻了个底朝天，想找一些适合热带的衣服！

斯坦利　结果找到了那个——漂亮的——钻石——头饰？
布朗歇　这个破东西吗？哈哈！只是莱茵石的。
斯坦利　哎呀，我还以为是蒂法尼①的钻石呢。(他解开衬衫的扣子)
布朗歇　反正，不管怎么说，我会受到高档次的款待。
斯坦利　嗯哼。等着瞧吧，谁知道会来什么事儿。
布朗歇　就在我以为我的运气已经开始走下坡路时——
斯坦利　突然蹦出了这个迈阿密的百万富翁。
布朗歇　这个人不是迈阿密的。这个人是达拉斯的。
斯坦利　这个人是达拉斯的？
布朗歇　是啊，这个人是达拉斯的，那里地底下会冒金子。
斯坦利　喔，看来他还有点来头！(开始脱去衬衫)
布朗歇　把帘子拉上再脱别的。
斯坦利　(和颜悦色地)我暂时只脱这些。(他扯去一瓶啤酒的包装纸)看见开瓶器了吗？
　　　　〔她慢慢走向五斗橱，交叉两手站在那里。
　　　　我以前有个表弟，会用牙齿咬开啤酒瓶。(在桌角撬瓶盖)他也只有那么点儿能耐——是一只人工开瓶器。后来有一次，在一个婚礼上，他把他的大门牙给磕掉了！后来，他觉得丢脸得要命，每次家里一来人，他就跑出去躲起来……
　　　　〔瓶盖被撬开了，一股泡沫喷出来。斯坦利开心地哈哈大笑，把瓶子举过头顶。
　　　　哈——哈！天上下雨啦！(他把瓶子朝她递来)我们讲和，一块儿喝一杯吧？嗯？
布朗歇　不，谢谢你。
斯坦利　你看，对我们俩来说，这都是一个值得纪念的夜晚。你得到了一个石油百万富翁，我得到了一个孩子。
　　　　〔他走向卧室里的五斗橱，俯身从最底下的抽屉里拿什么东西。
布朗歇　(后退)你在这里做什么？
斯坦利　这里有一件东西，每次遇到这样的特殊场合，我都要拿出来的。我结婚那天穿的丝绸睡衣！

---

① 蒂法尼(1812—1933)，美国珠宝商，在纽约开设蒂法尼珠宝商店，后组建蒂法尼公司，成为美国著名珠宝商之一。

布朗歇　噢。

斯坦利　等电话铃一响，他们说，"你有了个儿子！"我就把它撕掉，当一面旗子一样挥舞！（他抖出一件色彩鲜艳的睡衣）我想我们俩都有权利摆摆阔气了。（他胳膊上搭着睡衣回到厨房）

布朗歇　当我想到重新拥有私人空间将是多么美妙时——我简直要高兴得流下眼泪！

斯坦利　达拉斯的那个百万富翁永远不会干涉你的私人空间？

布朗歇　根本不是你脑子里想的那种事。这人是个绅士，他尊重我。（亢奋地即兴发挥）他只想要我陪陪他。拥有很多财富有时候会使人孤独！一个高雅的女人，一个有智慧、有教养的女人，能使一个男人的生活变得充实——无比充实！我可以提供这些东西，这些东西是拿不走的。容貌的美很快就会消失。就像昙花一现。可是精神的美，以及丰富的灵魂和敏感的心——这些东西我都有——不仅夺不走，还会不断增长！随着岁月增长！多么奇怪啊，我竟然被称为一个贫穷的女人！我的心里藏着所有这些财富呢。（她一阵哽咽）我认为自己是一个非常、非常富有的女人！可是我太傻了——竟然在畜生人面前抛洒我的珍珠！

斯坦利　畜生，嗯？

布朗歇　对，畜生！畜生！我说的不光是你，还有你的朋友，米切尔先生。他今天晚上来看我了。他竟敢穿着工作服上这儿来！还对我重复那些诽谤的话，那些从你这儿听到的恶毒的谣言！我叫他滚蛋了——

斯坦利　是吗，嗯？

布朗歇　可后来他又回来了。他抱着一盒子玫瑰花回来，求我原谅他！他乞求我的原谅。可是有些事情是不能原谅的。故意残忍就是不能原谅的。在我看来这是一件不能原谅的事，这种事情我自己是从来、从来没有做过的。所以我告诉他，我对他说，"谢谢你。"可是我真傻，还以为我们俩能够互相适应呢。我们的生活方式太不一样了。我们的想法和我们的经历完全不同。对这些事情我们必须实事求是。所以，别了，我的朋友！但愿他不要生气……

斯坦利　这是那个得克萨斯石油百万富翁拍电报来之前还是之后的事？

布朗歇　那个电报！不！不，之后！实际上，电报来的时候正好——

斯坦利　实际上，根本就没有什么电报！

布朗歇　哦，哦！

斯坦利　根本就没有什么百万富翁！米奇也没有抱着玫瑰花回来，因为我知道他在哪儿——
布朗歇　哦！
斯坦利　压根儿就没有这回事，只是想象！
布朗歇　哦！
斯坦利　还有谎言、欺骗和诡计！
布朗歇　哦！
斯坦利　你看看你自己！你看看你自己。穿着那件破破烂烂的狂欢节衣服，大概是花五毛钱从哪个捡破烂的人手里租来的吧！还戴着那顶莫名其妙的王冠！你以为自己是哪门子女王？
布朗歇　哦——上帝……
斯坦利　我从一开始就把你看透了！你一次都没能蒙骗过本人！你跑到这儿来，在屋里撒香粉，喷香水，还往灯泡上罩了个纸灯罩，你瞧啊，这地方变成了埃及，你就是尼罗河的女王！坐在你的宝座上，大口地偷喝我的酒！听着——哈！——哈！你听见我的话吗？哈——哈——哈！（他走进卧室）
布朗歇　别进来！
　　〔火红的反光出现在布朗歇周围的墙上。影子的形状咄咄逼人、狰狞可怖。她屏住呼吸，走到电话旁，摇动挂钩。斯坦利走进浴室，关上了门。
　　接线员，接线员！请给我接长途……我想跟达拉斯的谢普·亨特雷先生联系。他太有名了，不需要地址。随便问谁都行，只要——等等！！——不行，我现在找不到……请你理解，我——不！不，等等！……请稍等！有人在——没什么！请你别挂断！
　　〔她放下电话，警惕地走进厨房。夜色中充斥着野蛮的声音，像丛林中的喊叫。
　　〔影子和火红的反光像火苗一样在墙上蜿蜒移动。
　　〔透过已经变得透明的房间后墙，可以看见人行道。一个妓女偷了一个醉汉口袋里的东西。他一路追过来，赶上了她，两人扭打在一起。警察的哨声驱散了他们。两人消失不见了。
　　〔片刻之后，那个黑人妇女在拐角出现，手里拿着妓女刚才丢在路上的一个装饰着小亮片的小包。她兴奋地在里面翻找。
　　〔布朗歇将手指关节压在嘴唇上，慢慢回到电话前。她声音嘶哑地小声说。

布朗歇　接线员！接线员！不接长途了。请接西部联盟。没有时间了——西部——西部联盟——
〔她焦急地等待。
西部联盟吗？是的。我——我想——请记下这段口信！"情况危急，十分危急！救救我！我中了圈套。中了——"哦！
〔浴室的门被猛地推开，斯坦利穿着艳丽的丝绸睡衣走了出来。他一边系着带流苏的腰带，一边朝她咧嘴微笑。她倒抽冷气，从电话前连连后退。他盯着她有十秒钟，然后电话里传来咔哒咔哒的声音，持续不断，尖利刺耳。

斯坦利　你忘记挂断电话了。
〔他不慌不忙地走过去，把话筒挂了回去。然后，他又盯住了她，嘴巴慢慢咧出一个笑容，一边在布朗歇和正门之间迂回走动。
〔隐约可闻的"蓝调钢琴"开始激越地响起。这声音逐渐变成一辆火车驶近的轰鸣。布朗歇蹲下身子，用拳头堵住耳朵，直到声音消失。

布朗歇　（终于直起身）让我——让我过去！
斯坦利　过去！没问题。走吧。（他朝后门退后一步）
布朗歇　你——你站到那边去！（她指了一个较远的位置）
斯坦利　（咧嘴笑）这么大的地儿。够你从我身边走过的了。
布朗歇　你在那儿我没法走！可是我一定得出去！
斯坦利　你以为我会骚扰你吗？哈哈！
〔"蓝调钢琴"轻柔地响着。她困惑地转过身，无力地做了个动作。丛林里的野蛮声音响起。他朝她逼近一步，咬住从嘴唇间吐出来的舌头。

斯坦利　（轻声地）仔细想想——说不定骚扰骚扰你——倒也不坏呢……
〔布朗歇后退着穿过房门，进了卧室。

布朗歇　你别过来！你再过来一步，我就——
斯坦利　怎么样？
布朗歇　就会发生可怕的事情！肯定会的！
斯坦利　你现在又装什么假正经？
〔两人现在都在卧室里。

布朗歇　我警告你，不许过来，我有危险！
〔他又逼近一步。她把一个酒瓶在桌子上砸碎，抓住砸断的瓶颈对着他。

斯坦利　你干吗要这么做呢？

布朗歇　这样我就能用断茬扎你的脸！
斯坦利　我想你肯定会那么做的！
布朗歇　当然会！只要你敢——
斯坦利　哦！这么说，你想先打闹一会儿！好吧，我们就先打闹打闹吧！
　　〔他朝她扑来，掀翻了桌子。她大声尖叫，用瓶颈打他，可他一把抓住她的手腕。
　　母老虎——母老虎！把瓶子扔掉！扔掉！我们俩从一开始就定下了这个约会！
　　〔她呻吟。瓶颈掉在地上。她扑通跪倒在地。他抱起她毫无生气的身体，把她抱到床上。响亮、激越的号声和鼓声从四比四传来。

契诃夫戏剧中的悲剧因素与现代意识
——契诃夫《海鸥》评析

俄国伟大的文学家、戏剧家安东·巴甫洛维奇·契诃夫（Антон Павлович Чехов，1860—1904）在全世界的声誉，大凡从事戏剧专业或爱好文学的人都会知道他的名字。契诃夫后期从小说转向戏剧创作，主要作品有《伊凡诺夫》（1887）、《海鸥》（1896）、《万尼亚舅舅》（1896）、《三姊妹》（1901）、《樱桃园》（1903），这些剧作含有浓郁的抒情意味、丰富的潜台词和深刻的象征意蕴，令人回味无穷，从而赢得不同肤色的人们由衷的尊敬与喜爱。

一、作家作品简介

契诃夫 1860 年 1 月 29 日生于俄罗斯罗斯托夫省塔甘罗格市，祖父是赎身农奴，父亲曾开设杂货铺，1876 年破产，全家迁居莫斯科。契诃夫独自留在塔甘罗格继续求学，靠担任家庭教师以维持生计。1879 年进入莫斯科大学医学系。1884 年毕业后在兹威尼哥罗德等地行医，广泛接触平民，了解了社会各个不同阶层人们的生活，这对契诃夫日后的文学创作很有帮助。他一生创作了七八百篇短篇小说，以及一些中篇小说和剧本。高尔基和列夫·托尔斯泰都给契诃夫极高的评价，称他是"巨大的天才"、"无与伦比的艺术家"。他的《变色龙》（1884）等短篇小说以幽默诙谐的笔调为他赢得了广泛的声誉；此外给人印象深刻的中篇小说有《第六病房》（1892）、《套中人》（1898）等，契诃夫能在平凡的日常生活中，展示重要的社会内容，以其简练质朴的风格而跻身于世界文学之林。1904 年 7 月 15 日，契诃夫因肺结核死于德国。

中国人了解俄国契诃夫的戏剧是从1921年开始的，那一年郑振铎先生翻译了《海鸥》一剧，之后，契诃夫的剧作不断有中译本出现。而中国第一次上演这位俄国戏剧大师的作品则是在九年之后，1930年5月11日，上海辛酉剧社根据《万尼亚舅舅》改编的《文舅舅》首次在中国舞台上亮相，导演是朱穰丞，主演是袁牧之，这是中国观众与作为戏剧家的契诃夫第一次近距离接触。从此，随着契诃夫戏剧的不断出版与演出，如鲁迅艺术学院在延安演出了《蠢货》、《求婚》和《纪念日》。契诃夫的名字为越来越多的中国观众所熟悉。80多年过去了，契诃夫及其戏剧在中国依然拥有知音。

作为一位戏剧家，契诃夫创作过轻松幽默的独幕喜剧，如《求婚》（1888—1889）、《蠢货》（1888）、《在婚礼上》（1890）；而代表他最高戏剧成就的《海鸥》、《万尼亚舅舅》、《三姊妹》和《樱桃园》这几部戏剧，在内敛的幽默中，再现了人生的无奈与荒诞。难能可贵的是，他能将悲剧性的事件，以喜剧性的幽默加以观照。这四部戏剧对中国剧作家产生过不同程度的影响。如，曹禺的《北京人》，被认为是一部"契诃夫式"的剧作。

二、涅槃中的《海鸥》

四幕喜剧《海鸥》写于1896年，契诃夫把它标榜为"喜剧"。1991年的金秋，北京首都剧场上演了契诃夫的《海鸥》，来自莫斯科艺术剧院的著名导演奥列格·叶甫列莫夫，应北京人民艺术剧院的邀请，专门来京执导，为该团演员排演了斯坦尼和丹钦科执导的1898年版的《海鸥》。这是当年那个让《海鸥》重整雄风，展翅高飞的版本。俄国著名的斯坦尼与丹钦科这两位闻名遐迩的导演于1898年在莫斯科艺术剧院成就了，或者说是拯救了契诃夫的"海鸥"。该剧嘲讽了人的自私、虚荣、软弱与梦幻，以及事与愿违的无奈和自暴自弃的悲哀。

1. 一只在嘲笑声中被击落的"海鸥"

当契诃夫以戏剧革新者的姿态进行创作的初期，所遭受的重创还挺富有戏剧性的。他的《海鸥》于1896年第一次在圣彼得堡国家剧院亮相就惨遭失败，在整整三个小时的演出过程中，观众的反应一直是非同寻常，差不多可以用"横眉冷对"来形容。契诃夫在后台走来走去，紧张而不安，尽管他尽量装出无所谓的样子；可是只要有人从他身边走过，他就狼狈地避开。戏一演完，场内嘘声四起，这是多么可怕的打击啊！契诃夫可以说是落荒而逃，甚至忘了带行李箱。他独自在涅瓦河畔徘徊了许久，因此受到风寒加重了病情。《海鸥》首演的惨状，给契诃夫留下了沉痛的印象。不久，他写信给丹钦科说："我的《海鸥》在彼得堡第一场就遭遇了惨败，剧场里呼吸着辱蔑，空气受着恨的压榨，而我呢，遵循着物理的定律，就像炸弹似的飞开了彼得堡。你和宋巴托夫，是你们两个人劝我写戏的，我埋怨你们。""即或我活到七百岁，也永远不再写戏，永远不再让这些戏上演了。"① 契诃夫的此种沮丧的心情，还表达在他给家人的一封信里："这出戏轰然跌落了。剧场里有一种侮慢而沉重的紧张空气。演员们演得愚蠢的可憎。这次的教训是：一个人不应该写戏。"② 由此可见，契诃夫遭逢的厄运，受到的打击，致使他的心情是何等的败落！

对一个艺术家来说，最大的痛苦也许就是自己用心写成的作品不被人们所认可，特别是亲耳听到嘲笑与嘘声。这只被俄罗斯观众用轻慢的哄笑而枪杀的"海鸥"，令契诃夫无比难堪和难过。契诃夫在当时已经是誉满俄罗斯文坛的作家了，人们喜爱他的中短篇小说，可是人们却不理解他的这部戏剧。作为戏剧家的契诃夫在戏剧思维上太超前了，不仅仅是观众，就连敬重他的彼得堡国家剧院的艺术家们也难以跟上他的思绪。《海鸥》剧组是一班优秀的演员，但是他们在舞台上第一次缺乏自信，因为《海鸥》里没有他们熟悉的激烈的戏剧冲突与外部动作，他们不知道该怎样在舞台上行动，面对如同日常生活里的对话，他们找不到深藏在台词背后的那份热情。

就在那个令人揪心的夜晚，剧中的女主角妮娜那一段富有诗意、充满想象力的独白："人，狮子，鹰和鹧鸪，长着犄角的鹿……"落到观众的耳朵里，就像是一段没完没了莫名其妙的、怪诞的外来语。观众耸着肩膀，互相交换着会意的眼神，等到幕一落下，整个剧场连一个掌声都没有，喝倒彩的、谩骂的却连成一片。这一切正同《海鸥》中第一幕男主人公特里波列夫上演他新创作的戏剧时所发生的情景一样有着惊人的相似，戏里戏外的剧作家遭遇到了同样的不幸。剧中的特里波列夫对舞台上流行的戏剧特别反感，按他的话说"现代的舞台，只是一种例行公事和一种格式。……他们只是永远演给我看一种东西，永远是那一种东西，永远还是那一种东西"！③ 因此他要"寻找另外一些形式"，正如塑造他的作者契诃夫一样，特里波列夫第一次拿出他那与众不同的剧本给

---

① 丹钦科：《文艺·戏剧·生活》第一部第四章第59页。焦菊隐译，中国戏剧出版社1982年版。
② 同上，第一部第四章第58页。
③ 见契诃夫《海鸥》第一幕。

观众看时，多次遭遇到他的母亲———一个颇有点影响力的女演员阿尔卡基娜的当众讥讽，致使演出不得不中止。这位的女演员还颐指气使地指责剧作者、也是她的儿子特里勃列夫说："……仿佛他觉得自己写的是一个具有伟大价值的作品啦！嘿，你们就瞧瞧！难道这种表演……毫无疑问，他是想教我们该怎样写，该当怎样演。说实话，这种办法可讨厌呐。……结果会叫谁也忍耐不住的！""他不是自以为是在给艺术创立新形式、创立一个新纪元吗？这一点也谈不上新形式。我倒认为这是一种很坏的倾向。"

契诃夫像一个预言家一样，他在创作他的《海鸥》的时候，似乎已经在冥冥之中预感到不测，预感到观众的对立性反应了。在现实生活中，在彼得堡首演的舞台上，特里波列夫所遭遇的打击在契诃夫身上也痛心地发生了。当晚的那场观众也像舞台上的阿尔卡基娜那般无礼，他们无法忍受这出"违背所有的戏剧法则"、"动作很少，像部小说"的戏剧，不时发出哄笑声。在场的人一致同意，在俄罗斯舞台上，还从没有见过如此惨重的失败。"他为什么不满足于写点小说呢？"有人甚至幸灾乐祸地说。

戏剧的特性之一，就是现场的演员与观众的当面交流与互动。如果导演与编剧之间缺少默契，如果观众与舞台之间缺少默契，剧场里的戏剧气氛要营造起来，谈何容易！水能载舟，水也能覆舟。契诃夫的"海鸥"第一次飞翔就这样被枪杀了，被观众的轻慢的嘲笑声枪杀了。一只不幸的"海鸥"，一只悲剧性的海鸥。

2. 契诃夫的创作理念

西方戏剧经历了一个又一个的戏剧流派，已经培养起一代又一代的观众。今天我们重新审视契诃夫的《海鸥》，绝不会再出现1896年发生在圣彼得堡这样的可怕事件。一个世纪过去了，《海鸥》当年的遭遇在我们今天看来就像是天方夜谭。

但是，凭心而论，俄罗斯演剧史上这段难忘的故事，又怎能去责怪当时《海鸥》剧组的演员和现场的观众呢？他们看惯了、演惯了线形结构的戏剧，一条情节主线起、承、转、合，有鲜明激烈的冲突，有扣人心弦的悬念，有强烈的戏剧性，以及集中而统一的人物……现在这熟悉的一切在契诃夫的《海鸥》里突然消失了，无影无踪了，他们怎么会不晕头转向！契诃夫在《海鸥》中编织起的那纵横交错的人物关系网，以及散点式的网状结构，让从未见识过的人们一下子难以理出头绪。于是，习惯于传统的戏剧审美积累的观众反感了，抗拒了，他们在心理上拒绝接受。这种审美心理定势和戏剧思维定势有时候会像病菌一样在剧场里迅速传播，相互影响，从而使观众变得粗鲁而忘却了最起码的礼貌。

《海鸥》中多线头网状戏剧结构，是契诃夫对人们习以为常的纯戏剧式结构的反动。一群现实生活中的人和生活琐事被搬上了舞台，没有中心事件，没有外在的戏剧冲突，契诃夫把所有的注意力集中在剧中人物内在的矛盾冲突上，就如同我们日常生活一样，惊心动魄的事件毕竟不会天天发生，人与人相处更多的是心理的摩擦与情感的碰撞。契诃夫这部戏内在的戏剧性就隐藏在错综复杂的人物关系之中。通过对剧中人物心灵的剖析，给观众提供了一个视角，以观照人生。

从纵的方面来看，全剧里最富有戏剧性的是第一幕戏，年轻的特里勃列夫怀着激动的心情上演他新创作的剧本，他倾心爱恋的妮娜设法从家里偷偷溜出来扮演剧中的女主角，不料戏却被自己的母亲阿尔卡基娜破坏了，受到嘲笑的特里勃列夫痛苦之极；另外一个姑娘玛莎因单恋着特里勃列夫，内心的苦恼难以排解。第二幕着重描写少女妮娜和作家特里果林的对话，表现了少女对作家的崇拜。第三幕里为了特里果林，阿尔卡基娜与儿子特里勃列夫发生了公开的冲突；特里果林对乡村少女妮娜的迷恋，引起阿尔卡基娜的嫉妒，她施展手段对特里果林纠缠不放。第四幕表现特里勃列夫再次向被特里果林遗弃的妮娜求爱，未果而绝望自杀。后三幕戏是第一幕人物关系的发展，但各幕独立成篇，相互间并没有紧密的逻辑关系。

从横的方面来看，在错综复杂的人物关系中，你中有我，我中有你，他们相互纠缠在一起，有时就像旋转的木马一样一个追逐一个，每一个人都有自己内心的痛苦与无奈。他们以各自独特的个性、变化莫测的心理共同演绎着生活的本来面目。

我们先来分析一下四个年轻人如何为爱情而角逐，并迷失了自我：

有点才气的特里勃列夫全身心地爱上了妮娜，"没有她我就活不下去，就连她的脚步声我都爱听"，他把她称作"我的仙女，我的梦"。① 但是，他的心上人却被他妈妈的情人特里果林迷住了，甚至跟着他私奔去了莫斯科。特里勃列夫几乎要发疯，他自杀未遂，要与特里果林决斗拼命，他妈妈为此和他翻脸。尽管如此，特里勃列夫依然一往情深地爱着妮娜，他去莫斯科寻找她、追随她，却被妮娜一次次地堵在门外。直到倍受伤害与挫折的妮娜在一天夜里突然身心疲惫地偷偷回到家乡，他再次向她示爱又遭

---

① 见契诃夫《海鸥》第二幕。

拒绝时，他终于彻底绝望，选择了自杀。

妮娜是一个天真的、可爱的乡下少女，梦想成为一名演员，"为了得到作为一个作家或者演员的幸福，我情愿忍受我至亲骨肉的怀恨，情愿忍受贫穷和幻想的毁灭"①。她被外来的、小有名气的中年作家迷惑住了，拒绝了特里勃列夫的爱，情窦初开的她大胆地追随特里果林来到莫斯科，并为他生了一个儿子。后来她遭受到生活的双重惩罚，情人特里果林厌倦了她终于离她而去，他们的儿子又不幸夭折，孤独的她一个人到外省在演剧的路上艰难拼搏。然而，痴情的妮娜依然爱着那个负心的情郎，"我爱他！我甚至比以前还要爱他……这是一篇短篇小说的题材啊……我爱他，我狂热地爱着他，我爱他到不顾一切的程度！"②深陷在感情泥潭里的妮娜已经不能自拔了，她对深深眷恋她的特里勃列夫的这番自白，给了特里勃列夫最后致命的一击。

22岁的玛莎却苦苦恋着特里勃列夫，但是她的爱从未有过丝毫的回报或回应。于是，她以自虐的方式嫁给一个她根本不爱的小学教员麦德维坚科，为使自己不去做出糊涂事来，"我要把这个爱情从我的心上摘下来，我要把它连根拔掉"。③她对那个偶尔到他们乡下的中年作家特里果林说。找不到爱的归宿的玛莎其实同特里勃列夫和妮娜一样，无奈地饱受着感情的煎熬，个中的苦只有她自己知道。

麦德维坚科，这个大多数时候在抱怨钱少的微不足道的男人，为了讨他喜欢的玛莎的欢心，他会每天来回跑十二里路来看她，尽管他每次看到的总是玛莎冷冰冰的脸和冷漠的神态。这个可怜兮兮的小人物，像受气的低眉顺眼的小媳妇总是在忍气吞声，显得卑微和不自信。即便是结婚后，他对已经成为自己妻子的玛莎仍旧是唯唯诺诺，在岳父岳母面前低声下气，甚至眼瞅着玛莎不顾自己幼小的孩子而去服侍特里勃列夫的起居，也不敢吭气。他娶了她的身却没有娶回她的心。

另一个营垒是几位中老年人的故事，不仅他们之间相互关联，同时，与上面这几个年轻人之间也有着千丝万缕的关系。在不露声色的情场角逐与日常生活中，他们彼此牵连，时常还会有意无意地伤害对方。

特里勃列夫的母亲阿尔卡基娜是一个成熟的、有点名气又有点庸俗的女演员，她自私、吝啬、虚荣，有很强的占有欲，喜欢所有的人都围着她转，奉承她，喜欢让别人的意志服从自己。她嫉妒少女妮娜的美貌与青春，不顾儿子的感受，带着情夫特里果林来到乡下寻欢作乐。她对儿子特里勃列夫不能说不爱，

---

①②③　见契诃夫《海鸥》第四幕。

有时也带他出入名流聚会,却从不考虑儿子的感受,特里勃列夫在这种社交圈里显得非常尴尬和不自在。她把他扔在乡下,很少去关心他;难得母子见面,却去嘲笑儿子的新剧作,时不时对他进行挖苦和打击。这对母子之间的感情可以说是既爱又恨,爱恨交织。

习惯于舒适生活的作家特里果林身不由己地追随在年长他的、还有几分姿色的阿尔卡基娜左右,有这样一个颇为优雅的女演员做女伴,他感到满足。直到有一天他在景色优美的乡村遇见美丽单纯的少女妮娜,唤起了他对青春与纯真的渴望。他一边用他的光环去迷惑崇拜他的可爱少女,一边企图摆脱他身边那个老女人。但是经不住富有心计的阿尔卡基娜的眼泪,他又妥协了,只好偷偷地与妮娜幽会,让她有了身孕。最终,这个没有责任心的男人可耻地逃跑了,又心安理得地回到阿尔卡基娜身旁,出双入对,让痴情的姑娘把自己幻想成他笔下的一个短篇小说中的人物。美,被无辜地毁灭了,妮娜就像那只被打死的海鸥。遗憾的是特里果林竟然说"不记得"曾吩咐把特里波列夫以前打死的海鸥制成标本这件事,可就在前一幕,即第三幕开始的时候,他还款款情深地对妮娜说着非常动听的话:"我会想着您的。我会想着您,在一个星期以前,在阳光灿烂的那一天,记得吗?——您穿着鲜丽的衣裳……我们谈着话……在那椅子上,还躺着一只白色的海鸥。"但现在,仅仅时隔两年,他却说"不记得"!

年老、善良的索林,是阿尔卡基娜的哥哥,退休后他最大的心愿就是离开寂寞的乡下住到城里去。毫无变化的乡村生活让他感到单调、乏味,无聊,但他没有钱,富有的阿尔卡基娜拒绝帮助他。他这辈子总是不能如愿,用他自己的话说:"我年轻的时候想当作家,结果没有当成;我想把话说得流利,可是说得很糟;……我想结婚,结果也没有结成;我想永远住在城里,可是,我只有在乡下了此一生。"① 这些并非高不可及的愿望,却始终未能达到。他对与他同住在一起的外甥特里勃列夫怀着爱怜,想帮他摆脱眼前的处境,但心有余而力不足。

此外,还有自负的大夫多尔恩,他被玛莎的母亲波林娜暗中爱恋着,却不拒绝。波林娜的丈夫沙姆拉耶夫是索林的管家,一个对演戏也有点兴趣的中年男子。全剧中有名有姓的人物有十来个,彼此纵横交错在一起,构成了《海鸥》的网状戏剧结构,就像生活的本来面貌一样既自然朴实,又丰富多彩。

契诃夫没有像传统编剧那样在戏的结尾将各条矛盾线交织在一起,在高潮中加以解决,他只给特里勃列夫画上了一个句号,因绝望而自杀。其他的人物

---

① 见契诃夫《海鸥》第四幕。

境遇与内在矛盾依旧存在着，留给观众自己去思索、去补充。对这种新颖的编剧手法，契诃夫自己做了阐释：我的戏是以强音开始，而以弱音结束，这就违反了戏剧艺术的一切法则。……我在读我自己的新剧本时，不禁又一次深信，我根本不是一个剧作家。这段话说明了契诃夫在编剧形式与技巧上的创新与发展。

任何一个艺术流派或艺术观念诞生的时候都会遭受阻力，例如，浪漫主义兴起之时，法国古典主义保守派还大闹过剧场。因此，对看惯了传统戏剧的俄罗斯观众来说，第一次见识契诃夫这种全新的创作理念而排斥《海鸥》，是可以理解的。这种线索多而松散的网状结构和看似零碎的片断组合，仿佛和日常生活差不多，传统戏剧的观众还不能马上去适应契诃夫这类抒情的散文式戏剧。

伟大的契诃夫和他的《海鸥》经受住了严峻的考验。两年之后，情况改变了，不是契诃夫去迁就守旧的传统势力，而是守旧的传统势力退让给了契诃夫的剧作和全新的创作理念。《海鸥》在彼得堡的首演失败后，独具慧眼的聂米罗维奇-丹钦科却看中了它，他找到契诃夫，希望作家同意《海鸥》能够在新成立不久的莫斯科艺术剧院上演。经多次要求和再三保证，契诃夫终于同意了丹钦科的计划。

1898年12月17日，在斯坦尼斯拉夫斯基和丹钦科的联手执导下，《海鸥》在莫斯科艺术剧院获得了再生，从而使契诃夫戏剧在俄国戏剧史上翻开了崭新的一章。斯坦尼斯拉夫斯基曾这样描述当时的情景："《海鸥》上演时的情况是复杂而困难的，问题在于安东·巴甫洛维奇·契诃夫得了重病。他的肺结核病恶化了。因此，他的心情再也经受不起《海鸥》的再次失败，即像他在彼得堡第一次上演时的情况。演出的失败可能夺去作家的生命。他的妹妹玛丽亚·巴甫洛芙娜恳求延期演出时警告了我们这一点，她激动得都流出了眼泪。但是，这次演出对我们非常必须，因为剧院的经济情况很不好，为了获得收入，必须上演新戏。请读者想象一下，我们这些演员在上座寥落（收入只有600卢布）的情况下，首次上演这剧本时的心情。我们站在舞台上，倾听自己内心的声音，他向我们低语着：'要演好哟，要演得特别好，一定要得到成功，胜利。要是没有得到成功，你们知道，一接到电报，你们热爱的作家就会死去，是由你们亲手杀死的。你们就会成为他的刽子手了'。我不记得我们是怎样表演的。第一幕演完时，观众厅里像坟墓一样寂静。有一个女演员昏倒了，我自己由于绝望，也几乎站不住了。但是在长时间的沉默以后，从观众厅里突然发出了一片吼叫声和狂热的掌声。幕动了……拉开了……又合上了……可我们却站在那里发呆。接着又是一片吼叫声……幕又拉开了……我们还是一动不动地站着，竟没有想到应该向观众答谢。最后我们感到获得成功了,我们激动得无以复加,互相拥抱起来,就像在复活节夜晚那样拥抱……一幕比一幕成功,最后以胜利告终。"①

伟大的戏剧家"迫使"墨守陈规的艺术家和观众放弃了惯性的戏剧思维定势,"海鸥"张开翅膀,发出欢快的叫声,直冲云霄,那一刻,贺电和贺信像雪片般飞到了契诃夫的隐居地雅尔塔。一种新的表演方法和一种新的戏剧理念通过了考验,获得了人们的认可。此后,契诃夫的《海鸥》冲出俄罗斯,在世界各国飞翔。自莫斯科艺术剧院成功地上演了《海鸥》之后,契诃夫便同剧院结下了创作上的深情厚意。他的剧作使莫斯科艺术剧院的现实主义演剧艺术更加光彩夺目。无疑,这标志着契诃夫对俄国戏剧艺术所作的革新取得了光辉的胜利。

三、现代人的精神悲剧

《海鸥》给观众与读者的感受是沉重的,尽管契诃夫自称这是一部"喜剧"。

《海鸥》开场时的第一句台词,似乎就蕴涵着一种暗示,"我为我的生活戴孝"。这是玛莎回答她的追求者、小学穷教员麦德维坚科的疑问时说的话,麦德维坚科不明白一个年青青的姑娘为什么老是穿黑衣服。一个注脚为四幕喜剧的剧本以如此无奈与绝望的对白作为开头,令人心中一阵抽紧。

《海鸥》一剧强烈的现实与象征双重交叉的意味,带来的是剧中人物的多义性和复杂性。契诃夫用同时并列的多个人物生存故事的方式,将我们现代人生活中的困惑与不幸的真实——对应地投射到不同的角色身上,从而形成了《海鸥》这出戏剧的人物群落。如同剧本中那只不小心被特里勃列夫打死的海鸥,被作者赋予了象征意蕴,剧中的各个人物都可以被看成是那只不幸被射杀的海鸥,概括说来这是一群被生活欺骗和抛弃了的"海鸥"群体。

脆弱、敏感、具有诗人气质的年轻人特里勃列夫,为了爱情与事业的双重理想而苦苦追求,饱受痛苦的折磨。他的物质生活是极其贫乏的,他那明星母亲只顾自己打扮,享受生活,所以他说他宁愿要个普普通通的母亲,而不是一个名演员妈妈。他被抛弃在闭塞的乡下,唯一让他心灵充实的就是初恋情人和

---

① 斯坦尼斯拉夫斯基:《斯坦尼斯拉夫斯基全集》第一卷第266—267页,中国电影出版社1979年版,史敏徒译。

戏剧创作。他全身心地爱上了 17 岁的少女妮娜，但是美好的初恋却被妈妈带来的情人特里果林破坏了，他恨得提出了要与特里果林决斗；他的处女作第一次登台亮相，就遭到了妈妈的轻视与嘲笑。这两件事对于特里勃列夫是无比巨大的打击，他对妮娜的依恋和对真正艺术的探索，"是他心灵的两个顶峰。他的感情和行动都是不顾一切的，无条件的，不可妥协的。他的最后一声枪声也是不可妥协的！"①

而特里勃列夫热恋的妮娜过于心急地将她那纯洁的身心投入世俗生活，她想去大城市演戏，梦想爱情与成功，然而却遭到命运的嘲弄和生活的狠狠抛弃，她献身于她仰慕的作家特里果林，对方却是一个不敢负责的小男人；特里勃列夫的母亲，昔日辉煌一时的女演员阿尔卡基娜如今只是个抓着小情人特里果林死死不放的半老徐娘；小有才华的特里果林因自身的"懒散、脆弱、遇事百依百顺"毁坏了他自己的事业和生活；对特里勃列夫单相思的玛莎其爱情则痛苦、真切而又动人，可是她那种近乎自虐的"连根拔除"，把自己嫁给她根本不爱的男人，甚至想迁移他乡，事实上只拔除了她的自我；退休小职员索林一辈子平淡无奇，年轻时的所有理想无一实现，晚年又疾病缠身，向往搬到莫斯科居住，却永远不过是一个梦想而已。在剧中，只有海鸥是生活和艺术的精灵，可他们谁也不是，他们庸庸碌碌，事与愿违。对于他们身上的畏缩、软弱、自欺、空虚，以及不幸的脆弱心境，契诃夫一个都没有放过。这是一部现代西方精神悲剧。

这部戏剧的悲剧性是潜伏的，唯有管家沙姆拉耶夫适时的调笑和医生多尔恩自我满足的好心情喜剧性地漂浮在表面。即便像妮娜这样一个在很多人看来代表执著希望的人物身上，并不能找到多少鼓舞人心的力量。

妮娜在私生活上是完全失败的，在演剧事业上也毫无成就，她到处漂泊了两年多，是一个被生活完全毁掉而又无力自拔的女孩子。想起当年她为了追求所谓的作为一个演员的"光荣"和"赫赫声名"，情愿当一只被打死的"海鸥"而令人顿生怜悯。两年后她重新出现在我们面前，表面上看来成了一个经历了种种生活的磨难，终于找到了一条新的生活道路的坚强的女演员，是一个能够从生活的重荷下勇敢地站起来的人，是一只敢于向风暴挑战的"海鸥"。可是，当她从锁孔里偷窥特里果林时，她依旧是令人心痛地沉迷，如梦魇似地独语道："我是一只海鸥"、"我有信心，所以，这一切并不能令我伤心"、"我不害怕生

---

① Э·帕佩纳《契诃夫的劄记》，苏联作家出版社 1976 年版，第 166 页。

活了"。① 此时的妮娜还是那么的虚弱与不自信,特里果林和阿尔卡基娜的笑声依然在刺痛着她,这使她说起话来有点语无伦次。这是一个自我欺骗的白日梦患者,一个生活在悲剧中的乐观主义者。

人本质上是无法沟通的,妮娜一切看似掏心掏肺的剖白显得苍白而乏力,因此说剧中人物的言语可能无法确切地表现出人物的行动方向。妮娜在最后下场前的那一段话中,她追忆过去单纯明朗的美好生活,朗诵起当初那场戏里的台词,那种悲观的调子和神经质的表情,与先前她第一次以激动人心的、梦幻般的语音与神态相比,只能证明她是活在自欺与欺人的假象中。妮娜命运未卜的出走,谁又能肯定她能找到出路呢?

在不幸的真实面前,理智的人们有理由怀疑现实的可靠性,以及人可能驾驭生活的能力。看看阿尔卡基娜和特里勃列夫这一对关系紧张的母子,原本应该是温暖的亲情发生在他们两人的身上却是针针见血。他们相互叫骂,一个骂对方是"守财奴",一个骂儿子是"叫化子",伤害够了,又相拥而泣,其间透露的是两人内心的痛苦与无助。沉浸在旁人恭维中的阿尔卡基娜仍旧乐此不疲地卖弄她日薄西山的风情,起初她让人感到可笑;可是当她不顾尊严地苦苦哀求特里果林不要丢下她时,又让人顿生可怜。

失败会毁灭一个人,可成功也同样让人无法满意。年轻的特里勃列夫虽然在写作上成了名,生活却更加绝望了。因为他发觉他自己飞不起来,他所爱的人也飞不起来,他们只是些可怜巴巴地仰望海鸥翱翔的庸人。他对他的妈妈说:"你真不知道啊,我什么都失去了。她不爱我,我已经不能写作了,……所有的希望全完了……"② 他所深深眷恋的妮娜,也因为失去了特里果林的爱,"戏也演得坏透了","不知道怎样站在舞台上,也不能控制自己的声音"。③ 不仅如此,特里勃列夫竟羡慕起所谓成功作家的写作模式来——那些他曾万分鄙夷的陈规俗套。他知道,这种羡慕会逐渐地蒙住他的眼睛,直到再也没有能力仰视天空、仰望海鸥。那一夜,他举枪自杀。

还有那个同样在写作上小有声誉的特里果林,虽然是个懦弱的人,但是他对妮娜所向往的那个"奇妙世界"的真实情况的清醒认识,不得不令人表示欣赏。他真诚地对自己感到不满和忧虑:"又有什么特别美好的呢?","我生活在一种乌烟瘴气的环境中","我时常不懂自己所写的是什么"、"写得漂亮,有才

---

① 见契诃夫《海鸥》第四幕。
② 见契诃夫《海鸥》第三幕。
③ 见契诃夫《海鸥》第四幕。

气，但离托尔斯泰还差得远"。① 这种关于创作和生活的独白并非是成功后煽情的卖弄，而是对这种生存状态的悲剧性的真切体会。不过忧虑归忧虑，梦想归梦想，当他对妮娜的情感冲动化为乌有之后，他又可以恢复原状，依旧和阿尔卡基娜谈笑风生，还是那个有点才气但无甚作为的小作家、小情人。人们对生活的憧憬与幻想最终都化为了碎片。

带着幽默与同情，契诃夫坚持对人类的弱点进行挽歌式的描述。他的戏剧里有一份淡淡的忧伤与惆怅。生活本来就是这样平常，即便对当事者来说，他们各自心中的爱与恨是刻骨铭心的，但表现在舞台上却温和与平淡的，哪怕遗弃、自杀、死婴，也被契诃夫放在幕后进行。在平淡中他们的幸福形成了，或者他们的生活毁掉了，生活照常在进行，人们照常按照自己的方式生存下去，去寻找有限的快乐，或表面的快乐。从这一点来说，也许就是冷眼旁观看世界的契诃夫式的喜剧。

苏姗·朗格有过这样一段话："男人和女人的竞争——最普遍、最有人类特征的竞争，实际上也是文明的竞争……这些进程就是喜剧的节奏。"② 在《海鸥》里，"男人和女人"就是剧中的多元人物关系。在一个喜剧与悲剧不再对立冲突的时代，我们可以发现喜剧与悲剧在某种程度上的相似，喜剧能向我们揭示许多悲剧无法表现的关于我们所处环境的情景。契诃夫的《海鸥》也是这样一个看来令人悲喜交加的剧本。

不得不承认契诃夫以一种疏离的客观的眼光让我们从这些活在舞台上的人身上看到了我们自己的影子，看到了我们都是一群虚弱的人，我们对自己的生活叹息无奈，对自己的命运无从把握。所有这些让我们现代作家热衷于表现的主题与困惑，在100年前的契诃夫戏剧里已经存在了。当我们听到特里勃列夫自杀的枪声从幕后突然传来，而台前的人们照样在兴致勃勃地打牌，他的母亲阿尔卡基娜正在大声笑着，真以为是一只酒精瓶子爆了。契诃夫把这一悲一喜的戏剧因素集中在同一个场景里，这其中的荒诞与讽刺着实令人惊叹！一个微不足道的人去了，人们还照样过自己的生活，该调情的时候还会调情，该娱乐玩耍的时候还会悠闲自得，从平庸的生活里寻找快乐是人的本能吧。

从前，我们在古希腊舞台上看到的是神，而后是英雄，再后来我们看到了屹立不倒的人，痛苦痉挛的人，匍匐前行的人……而契诃夫让我们看到的是辗转辛苦、凄凄惶惶的像虫一样的人类。他没有给观众任何训诫，而是让观众自

---

① 见契诃夫《海鸥》第二幕。
② ［美］苏姗·朗格：《情感与形式》中国社会科学出版社1986年版，第400—401页。

己去思考舞台上所发生的一切。这也正是《海鸥》这部戏剧的恒久魅力之所在。

四、契诃夫戏剧中的现代意识与编剧法

世界上有许多伟大的戏剧家和艺术家通常是在不断的误解中被人逐渐理解和接受的。例如，法国残酷戏剧的创始人安托南·阿尔托（Antonin Artaud 1896—1948）就是这样，他活着的时候其残酷戏剧理论被法国人认为是疯人疯语，直到他去世后20多年才为世人所理解。契诃夫也是这样，"作为一个艺术家，他是在对19世纪80年代的环境注定论进行痛苦的抗拒之中形成的"。[①] 契诃夫离开俄国文坛已经整整100年了，然而，他戏剧创作的成就与经验，直到今天也并没有过时，关于这一点可以说已经得到人们的一致公认。

契诃夫之所以能够成为我们心中永远的契诃夫，其根本原因在于他的戏剧作品创造出了一种前所未有的戏剧美学观念和创作模式。

1. 以日常琐碎的生活片段结构戏剧

从古希腊以来的传统戏剧一直视戏剧性为其艺术的生命，认为戏剧性的关键在于叙事与动作，尤其是曾经风靡欧洲的情节剧、佳构剧将这种戏剧观发挥到了极致。契诃夫则抛弃了传统戏剧的模式，淡化戏剧情节和激烈的外部冲突，以日常琐碎的生活片段结构戏剧，对戏剧情节采取生活化处理。他从普通的生活中挑出这一点，那一点，外加一点细节，将它们排列组合，编织成一张微妙而错综复杂的人物关系网。他从不去表现所谓的惊心动魄、曲折生动的传奇事件，只是把一个个人们的日常生活处境搬上舞台，一幕幕戏剧如同一个个截取的生活片段，却智慧地勾画出了崭新的内容。契诃夫通过对充满浓郁生活气息的戏剧场景的艺术处理，努力揭示出埋藏在日常生活现象背后的人类命运的底蕴，发掘出一种更深刻的戏剧性。

《海鸥》的四幕戏看上去就像四段不同时间发生的生活横断面，而且大多是缺乏戏剧性的片断。其幕与幕之间没有逻辑上的连贯性，没有中心事件，也没有明显的转折和高潮。不仅如此，契诃夫还甚至有意淡化了剧中可能发生的戏剧性冲突。在一般的剧作家看来，特里果林、阿尔卡基娜、特里勃列夫和妮

---

① 转引自安·屠尔科夫：《安·巴·契诃夫和他的时代》，中国社会科学出版社1984年版，第84页。

娜之间存在着可以很好发挥的四角关系，但这四人之间的矛盾冲突却始终被契诃夫控制在一个临界点上，从未让他们将矛盾冲突如观众所期待的那样爆发出来。

这种具有哲理性的生活化处理，乍看起来似乎模糊不清。然而，正如我们的眼睛开始习惯了晦暗的光线，才能把放在房间里的东西一一认清一样，在反复阅读剧本之后，我们才能体会出契诃夫的良苦用心，以及这种戏剧创作理念和方法的伟大与深刻。

生活的琐碎、卑微与悲剧性因素，通过契诃夫的观察被客观地呈现出来。这种创作方法和审美模式，以及对生活高度的概括力和对人生深刻的认识，已经作为戏剧典范被人们肯定与继承。我们可以在20世纪50年代的荒诞派戏剧家尤耐斯库（Eugene Ionesco 1912—1994）的《秃头歌女》里得到印证该剧其表现的平庸琐碎日常生活内容和荒诞主题，从某种角度来看，与契诃夫戏剧有着异曲同工之处。而关于人类的荒诞、混乱、脆弱、悲喜交加的生活处境这一"现代性"的主题，也由契诃夫预见性地挖掘了出来。

2. 以停顿揭示人物的内心世界

契诃夫淡化处理外部情节因素的目的，是为了更多地表现人物其心灵不同的层面，揭示人物深层次的内心世界。从更高的意义上来说，契诃夫追求的是以人的内心活动作为主要的观照对象，追求内部的真实，追求情感和体验的真实，进而更加深入地揭示出生活的本质。

19世纪末，绝大多数戏剧家对人类深层次的心理研究与开掘，还没有充分的意识与行动，对外部动作的关注使他们忽略了人的最为丰富的内部心理动作。契诃夫可以说是开心理现实主义戏剧之先河。他剧中的人物弃绝当下和在现实中遇到的幸福，"弃绝当下就是生活在回忆和乌托邦之中。弃绝就是孤独。"[①]他描写人物内心的动态不仅是通过有声的对话，而且还通过大量的人物"无声的语言"，即"静止动作"——"停顿"表现出来。

"停顿"，在《海鸥》的人物对话中被契诃夫频繁使用，便是一种细致入微的心理刻画。这种"停顿"绝非是心理动作的空白，而是大量的人物心理潜台词衍生的时刻，它以虚带实，通过作用于观众的想象来达到此时无声胜有声的戏剧效果。

例如，在第一幕开始，麦德维坚科絮絮叨叨向玛莎表白自己的爱情，玛莎

---

① [德] 彼得·斯丛狄《现代戏剧理论》，王建译，北京大学出版社2006年版，第25页。

打断了他，在回绝他的感情时递给他鼻烟盒，以想缓和一下紧张的气氛。这之后是一个"停顿"，表示出两人此时此刻都有点尴尬，随后玛莎就换了一个话题。这一"停顿"用得自然，与现实生活非常贴近。又比如，在最后一幕，医生多尔恩和特里勃列夫谈论妮娜遭遇的一段戏，可以想见要由特里勃列夫亲自去讲述一个自己曾经深爱且至今仍然爱着的人的不幸遭遇是一件多么痛苦和残忍的事情，于是，作者在这里安排了几次含蓄而意味深长的"停顿"，这其间特里勃列夫表面的平静，却又难掩心中翻江倒海之势的情绪被很好地提炼了出来，给观众留有揣摩和回味的空间，同时也更符合现实生活的常态。契诃夫的真正目的在于在看似无戏的生活琐事中，揭示了日常生活现象及其细节后面更为深层次的悲剧，发掘出更为深刻的美和戏剧性。

3. 在诗意的戏剧中蕴涵深厚的哲理

在戏剧中散发出诗的抒情韵味并不是契诃夫首创的，莎士比亚喜剧就富有浓郁的诗情画意。但在契诃夫的戏剧中还蕴涵着一种前人所没有的哲理意味，从而使我们可以感受到契诃夫作品所独具的风格，他的那种深刻的抒情诗意和哲理底蕴。

不过，它们往往不是观众可以一下子就发现的。因为契诃夫从来不把生活的真谛直率地说出来，也不是在急遽发展的情节中把主题阐明出来。他常常是在剧中人探索生活中难解的题而激起的心灵波纹，并与另一人物同样的心灵波纹的交织中暗示出来的。契诃夫的目的在于打破旧的戏剧传统观念，认为戏剧应当更加客观、更加灵活，而不是蓄意去影响观众。他相信，观众通过自己的眼睛，可以认识和体会到生活的真实和生活中的虚伪。

比如，《海鸥》中特里果林与妮娜分别的那一场戏，他们很少谈到出走、离别，也没有相互表白的爱情，而是在谈关于作家的使命，以及关于一只被打死的海鸥。这里关于作家的使命的问题，正表明特里果林这个有才气但被庸俗裹挟的作家，虽然认识到艺术的真正生命力所在，但他本人却只能围绕在一个女人身边梦想光荣。关于那只被打死的海鸥，似乎更多地暗示了妮娜日后被爱情毁掉的生活。一种深刻的诗意和哲理性被契诃夫不露声色地发掘了出来。

契诃夫在表现这种诗意和哲理性时，或是用象征手法，或是用大段的独白，或是将它们与外部不联系的事件交织在一起。《海鸥》中那片美丽的"湖上景色"，它不是一般戏剧作品里舞台指示所要求的为戏剧事件营造的物质环境，这片湖水是有灵性的，是一个诗意的象征，契诃夫通过这片湖水把诗意引入了戏剧的机体。

例如，特里勃列夫一上场，情绪极高，因为他"一眼望去，看得见湖水和天边"；而他写的一出戏，即将以这一片湖水作背景来演出。妮娜不顾父亲和继母的阻挠，到湖边来与特里勃列夫相会，来登台演戏，是因为她"叫这片湖水牢牢地吸引着，像一只海鸥"。湖水是美丽的，是乐园的一角，亦是灵魂的栖息处。

第二幕阿尔卡基娜从侧幕催促特里果林收拾行李回城去，特里果林却心系妮娜，他凝望着湖水感慨说："真不想走啊！多美丽的风景！"但到了第四幕特里勃列夫的悲剧临近的时候，契诃夫却提供了一个月黑风高、萧瑟恐怖的湖景，玛莎见此情景马上不安起来："湖上起浪啦，好大的浪头。"她隐约感到有一种恶兆隐藏在里面。

通过"湖上景色"的前后变化，契诃夫把剧中人物和大自然联系在一起，以大自然的色彩、音响的变化，来衬托剧中人物精神状态的变化，暗示他们生活的坎坷。那蔚蓝的湖水、清冷的月光、破败的舞台等，在契诃夫剧作中都不是孤立出现的，它们烘托出剧中人物的种种情绪：或是憧憬，或是忧伤，或是孤独与无奈。"契诃夫的诗意"保持了俄罗斯文化的风韵，在他戏剧里那平缓的生活流程里，蕴含着浓郁的象征意味和哲理意味。

4. 悲剧因素与荒诞母题

《海鸥》从总是穿着黑衣裳的玛莎那一句台词"我给我的生活戴孝"开始，到全剧在特里波列夫自杀的枪声中落幕，契诃夫不动声色地给生活、给我们画了一个圆。让我们看到了作为人的困境，感受到了人类永远也无法摆脱的孤独与无助。无论是声名显赫的女演员，还是默默无闻的乡下人，剧中人物没有谁是幸福的，他们每一次叹息或歇斯底里的发作，都掩藏不住内心的焦虑。那一个个人物所流露出来的令人揪心的茫然若失，是人生的悲凉与揪心之痛。一个多世纪过去了，我们依旧能从契诃夫的《海鸥》中获得一种深刻的感悟。

该剧中那个贯穿全剧、背对湖水的简易舞台，到了最后一幕被风吹雨打，已经变得"有皮无肉，像个死人的骨头架子"，当幕布被风吹得哗哗作响时，就像有人在呜咽哭泣。这个破败的舞台，实际上是它的设计者特里波列夫生活状态与精神状态的象征。一如把自己比喻为海鸥的妮娜，被一个偶然闯入者所毁灭，而且这个人竟把这只海鸥完全忘得一干二净。随着那破旧的舞台被拆除，人们不久就会把它和它的主人特里波列夫遗忘掉。生活就是这样，它会在你毫无准备的情况下摧毁你青春的梦想，阻挠你美好的追求，直到你认命、麻木，或自暴自弃。

契诃夫戏剧中的这种诗意的、淡淡的悲剧因素，与现代派戏剧中的荒诞母题不谋而合。从一定角度来看，无论是契诃夫还是塞缪尔·贝克特（Samuel Beckett 1906—1989）、阿尔贝·加缪（Albert Camus 1913—1960）等作家在他们创作的戏剧背后，都有着一种对人永存不朽的向往和对理想主义的痛心疾首。他们以对传统戏剧的超越与反拨，以让人耳目一新的艺术手法，透视出人的存在的无意义，人生与世界的荒诞，以及人面对荒诞存在的痛苦。

作为公认的现代戏剧的奠基人，契诃夫是传统戏剧向现代戏剧转换过程中最关键的标志之一。他超越了传统戏剧，不仅对千百年来根深蒂固的传统戏剧美学观念，以及相应的创作模式、审美模式进行了历史性的挑战，而且对其同时代剧作家的戏剧革新作出了突破与发展，他从另一角度拓展了戏剧性的涵义，创造出了一种内在戏剧性极其丰富的戏剧范本，其剧作中的深刻涵义和独创价值将会一直带给我们以借鉴和启示。

参考书目

1. 《纪念契诃夫专集》，剧本月刊社编，人民文学出版社1954年版。
2. 《论契诃夫的戏剧创作》，[前苏]叶尔米洛夫著，中国戏剧出版社1985年版。
3. 《契诃夫传》，[前苏]格·别尔德尼科夫著，黑龙江人民出版社1988年版。
4. 《安·巴·契诃夫和他的时代》[前苏]安·屠尔科夫著，朱逸森译。
5. 《契诃夫的创作与十九世纪末现实主义问题》，[前苏]耶里扎罗瓦著，杜殿坤译，上海文艺出版社1962年版。

思考题：

1. 试从《海鸥》谈契诃夫戏剧的艺术特点。
2. 为何说《海鸥》是一部西方现代精神悲剧？

海　鸥（节选）

[俄] 契诃夫　著
焦菊隐　译

第一幕

〔索林庄园里的花园的一角。一条宽阔的园径，通向花园深处的湖泊。面对着观众。
〔一座草草搭成的业余舞台，横断着这条园径，把湖水全部遮住。台子的两旁是些丛林。
〔几张长凳，一张小桌子。
〔太阳刚刚西下。闭着的幕后，是雅科夫和其他工人。咳嗽声，锤击声。
〔幕开时，玛莎和麦德维坚科正散步回来，由左方上。

麦德维坚科　你为什么总是穿着黑衣裳？
玛　莎　我给我的生活戴孝啊。我很不幸。
麦德维坚科　这是为什么？（沉默）我不懂……你身体很好，你的父亲虽然没有很多财产，可也还富足。我的生活可就比你困难多了。我一个月只

---

① 选自《契诃夫戏剧集》，焦菊隐译，上海译文出版社1980年版。

进二十三个卢布，还要在里边扣去养老金。就是这种情形我也还不挂孝呢。（他们坐下）

玛　莎　金钱并不就是幸福。一个人即使贫穷也能幸福。

麦德维坚科　理论上是对的，而事实是这样，我得用我那二十三个卢布，养活我的母亲，我的两个妹妹和我的小弟弟。总得吃饱喝足呀！总得有茶有糖呀！也还得有烟草呀！你就拿这点钱去应付应付看吧。

玛　莎　（向舞台看了一眼）表演快开始了。

麦德维坚科　对了。表演的是扎烈奇娜雅。剧本是康斯坦丁·加夫里洛维奇写的。他们在恋爱，他们的灵魂也要在今天晚上共同创造一个艺术形象的努力中结合起来了。可是你我的灵魂呢，却没有可以接触之点。我爱你，由于苦恼，我在家里坐不住。我每天来回走十二里路，跑来看你，而我所遇到的只是你那种表示无能为力的冷淡。这是很可以理解的。我没有财产，家里人口又多……谁也不会嫁给一个连自己都没得吃的男人啊。

玛　莎　胡说！（闻鼻烟）你的爱情叫我感动，可是我不能回报，很简单。（向他递过烟盒去）请。

麦德维坚科　谢谢，我不喜欢这个。

〔停顿。

玛　莎　天气真闷！今天夜里准会有一场暴风雨。你只是高谈哲学，要不然就是钱。听你讲起来，贫穷仿佛是痛苦里面最大的痛苦啦。而我认为就是穿着破衣裳、去讨饭，都要好到万倍，总比……而且，你也不能理解的……

〔索林和特里波列夫从右方上。

索　林　（拄着一根手杖）我呀，你知道，住在乡下我可真不舒服，而且，我一辈子也习惯不了。昨天晚上，我十点钟就躺下了，睡到今天早晨九点钟，我一醒，就觉得睡得太多了，脑子仿佛粘在天灵盖上。（笑）吃完中饭，我不知怎么的又睡着了，我做着噩梦，浑身像散了架一样。归根结底……

特里波列夫　一点不错，你天生是该住在城里的。（看见玛莎和麦德维坚科）先生女士们，开幕以前，会去请你们。现在可不能待在这儿。我请你们离开这儿。

索　林　（向玛莎）玛丽亚·伊利尼奇娜，好不好请您费心跟你父亲说说，请他叫人把那条整天咆哮的狗，给解开链子……我妹妹又整整一夜没能合上眼。
玛　莎　你自己跟他说去吧，我呀，我受不了。不要叫我去。（向麦德维坚科）咱们走！
麦德维坚科　（向特里波列夫）那么，开戏以前你可得通知我们啊。
　　　　〔玛莎和麦德维坚科下。
索　林　这么说，那条狗照样得整夜地咆哮了。就瞧瞧吧！我在乡下从来没有过得称心过。从前，我赶上有好多次二十八天的休假，都是到这儿来，想好好休息一下的。可是一到这里，种种的烦恼就烦得我恨不得马上跑开。（笑）我每一次都是离开这儿最高兴……可是现在呢，我退休了，说真的，我没有哪儿可去了。不管你愿意不愿意，反正得住在这儿啦……
雅科夫　（向特里波列夫）康斯坦丁·加夫里洛维奇，我们洗个澡去。
特里波列夫　好，只有十分钟就得回来盯着。（看看表）快开幕了。
雅科夫　好吧。（下）
特里波列夫　（把舞台打量了一下）这个舞台真不算坏！前幕，第一道边幕，第二道边幕，再后边，是空的。没有布景。可以一眼望到湖上和天边。我们要在准八点半开幕，那时候月亮刚上来。
索　林　好极了。
特里波列夫　要是扎烈奇娜雅迟到了，一切效果可就毫无问题都要被破坏了。这时候她应该到了呀。她的父亲和她的后母把她监视得太紧，所以，她要从她家里跑出来，就跟在监狱里那么困难。（整整他舅舅的领结）你的头发和胡子乱蓬蓬的。实在应该找人给你剪剪了……
索　林　（用手理理胡子）这正是我的生活的悲剧呀。在我年轻的时候，我的外表看起来也像个整天喝得醉醺醺的人。我在女人身上，从来没有成功过。（坐下）我妹妹为什么心情不好哇？
特里波列夫　为什么？她不高兴啦。（坐在索林旁边）她嫉妒。你看她这不是已经反对起我，反对起这次演出，反对起我这个剧本来了吗，只因为演戏的不是她，而是扎烈奇娜雅。我这个剧本，她连看都没有看，就已经讨厌了。
索　林　（笑着）得啦，你这是打哪儿看出来的呀？……
特里波列夫　她一想到，连在这个小小的剧场里，受人欢呼的将是扎烈奇娜雅，而不是她，就已经生气了。（看表）我这个母亲呀，真是一个古怪的心理病例啊！毫无问题，她有才气，聪明，读一本小说能够读得落泪，能够背诵涅克拉索夫的全部诗篇，伺候病人也温柔得像一个天使；只是你可得好好当心，千万不要在她的面前称赞杜丝①。嘿，那呀，嘿！你们只能夸奖她，只能谈她；你们应当为她在《茶花女》或者在《生活的醉意》②里那种谁也比不上的表演而欢呼，而惊叹。然而，她既然在这乡下找不到这种陶醉，于是厌倦了，恼怒了，就把我们都看成了仇人了，觉得这些责任都该由我们来承担。而且，她是迷信的，她永远不同时点三支蜡烛③，她怕十三这个数目字。她是吝啬的。我确实知道她有七万卢布，存在敖德萨一家银行里。可是你试试看向她借一次钱，她准得哭穷。

索　林　这是你脑子里装着个成见，觉得你母亲不喜欢你的剧本，所以你才烦恼，就是这么回事。放心吧，你母亲爱你。

特里波列夫　（撕着花瓣④）爱我，不爱，爱我，不爱，爱我，不爱。（笑）你看，我母亲不爱我。啊！她要生活，要爱，要穿鲜艳的上衣。我已经二十五岁了，我经常提醒她，说她已经不年轻了。可是，我不在她面前，她只有三十二岁；在我面前，她就是四十三岁了，这也就是她恨我的原因。她也知道我是反对目前这样的戏剧的。她却爱它，她认为她是在给人类、给神圣的艺术服务。可是我呢，我觉得，现代的舞台，只是一种例行公事和一种格式。幕一拉开，脚光一亮，在一间缺一面墙的屋子里，这些伟大的人才，这些神圣艺术的祭司们，就都给我们表演起人是怎样吃、怎样喝、怎样恋爱、怎样走路、又怎样穿上衣来了；当他们从那些庸俗的画面和言语里，拼着命要挤出一点点浅薄的、谁都晓得的说教来，这种说教也只能适合家庭生活罢了；一千种不同的情形，他们只是永远演给我一种东西看，永远是那一种东西，永远还是那一种东西；——我一看见这些，就像莫泊桑躲开那座庸俗得把他的脑子都搅乱了的巴黎铁塔一样，拔腿就逃了。

索　林　然而咱们没有戏剧也不行啊。

特里波列夫　应当寻求另外一些形式。如果找不到新的形式，那么，倒不如什

---

① 意大利十九世纪末的著名女演员。——译者
② 俄罗斯作家马尔凯维奇的作品。——译者
③ 旧俄风俗，人死后，头前点两支蜡烛，脚下点一支。所以同时点三支蜡烛，是死亡的象征。——译者
④ 旧俄风俗，占算未可知的事情用以自慰时，撕一朵花的花瓣，每撕一瓣，更替地说一次是与否，看花朵上剩下最后一瓣落在什么话上，以断吉凶。——译者

么也没有好些。（看表）我爱我的母亲，我很爱她。可是她过的是一种荒谬的生活。她只跟那个小说家缠在一起，报纸上总是出现她的名字，人家议论纷纷——这都叫我难受。有时候，我觉得心里头有一个普通人的自私心在说话；我甚至因为我母亲是一个著名的女演员而感到遗憾，我觉得如果她是一个普通女人，我会幸福得多。你说说，舅舅，还有比我这种处境更绝望、更违背常情的吗？你设想一下，我母亲接待着各种各样的名流、演员、作家，而我呢，我是他们当中唯一的一个不算是什么的人，允许我跟他们待在一起，只因为我是她的儿子。我是谁呢？我是个什么样的人呢？一个像编辑们所常说的他们"无法负责"的情况，逼得我在三年级上离开了大学。我什么才干也没有，我一个小钱也没有，而且，根据我的护照，我不过是个基辅的乡下人①。因为我父亲虽然是个出名的演员，但他也是个基辅的乡下人。因此，她客厅里的那些演员和作家，每逢对我肯于垂青的时候，我就觉得他们只是在打量我有多么微不足道，我猜得出他们思想深处想的是什么，我感到受侮辱的痛苦……

索　林　顺便问一句，这个小说家是个什么样的人哪？请问？好个古怪的人！他总是默不作声的。

特里波列夫　他是一个聪明、简单、有一点忧郁的人；你知道，很文雅。他还没有四十岁，可是已经出了名，而且够富足的啦……至于他的作品，那……我可怎么对你说呢？漂亮，有才气……只是……读过了托尔斯泰和左拉的作品，我想谁也不愿意再看一点点特里果林的小说了。

索　林　我呀，你知道，我喜欢文人。当年，我有一阵热情地想望着两件事：结婚和成为作家，可是我哪一件也没有成功。是的，说真的，即使作一个小小的文学家，也够多乐呀。

特里波列夫　（倾听）我听见脚步声啦。（抱住他的舅舅）没有她我就活不下去……就连她的脚步声音，我都爱听……哈，我可真幸福啊。（急忙向着上场的妮娜·扎烈奇娜雅走去）我的仙女，我的梦啊……

妮　娜　（激动地）我没有来晚吧？……没有，是吧？……

特里波列夫　（吻她的两手）哪儿晚呀，没有，没有……

----

① 直译是"资产阶级"。在封建社会，居住在城市的富裕居民（最初都是地主，后来包括小资产阶级和自由职业者），凡不是贵族，或者在政治上、社会上没有地位，都被官方列为"乡下人"。——译者

妮　娜　我一整天都急得要命！我怕我父亲把我绊住……可是他和我后母出去了。刚才天空发红，月亮上来了，所以我就紧打我那几匹马，叫它们快跑！（笑）可是现在我满意了。（用力握索林的手）

索　林　（笑着）你的眼睛，我看是哭过了吧？……嘿！嘿！这可就不乖啦！

妮　娜　没有什么……您看我喘得多厉害。过半点钟以后我就得走，咱们得快着点。不能多待，不可能，不要叫我多耽搁，我求你。我父亲不知道我在这儿。

特里波列夫　真的，是该开始了。应当把大家都叫来了。

索　林　让我去吧。我这就去。（向右方走去，唱）"两个掷弹兵，回到了法兰西……"①（往四下里看看）有一回，我就像你们听见的这样唱，一个副检察官②跟我说："您的声音真有力量，大人……"说完，他思索了一下，添了一句："可就是……难听。"（笑，下）

妮　娜　我的父亲和他的女人不准我到这儿来。他们说你们全是行为放荡的人……他们怕我当上演员。可是我自己觉得像只海鸥似的叫这片湖水给吸引着……你已经占据了我的整个心房了。（往四下里望）

特里波列夫　这儿只有咱们两个。

妮　娜　我觉得那儿有个人……

特里波列夫　没有，一个人也没有。（接吻）

妮　娜　这叫什么树呀？

特里波列夫　榆树。

妮　娜　它的颜色为什么这么深哪？

特里波列夫　这是晚上啦，一切东西都显得昏暗了。不要那么早就走吧，我求你。

妮　娜　不可能。

特里波列夫　妮娜，我到你家里去怎么样？我要整夜都站在花园里，瞧着您的窗口。

妮　娜　不行，打更的会看见你。还有宝贝，它跟你还不太熟，会叫起来的。

特里波列夫　我爱你。

---

① 海涅的诗：《两个投弹兵》。——译者

② 旧俄司法部附设的检举顾问会，里边有检察官、副检察官和高级检察官。索林已经做到高级检察官，当时的名义是实职国家顾问；按照彼得大帝的官职表，相当于陆军少将和海军少将。——译者

妮　娜　嘘……

〔脚步声。

特里波列夫　那是谁？雅科夫啊，是你吗？

雅科夫　（舞台后）对啦，是我。

特里波列夫　你们都在自己的位子上准备着吧。是时候了。月亮上来了吗？

雅科夫　对啦，上来啦。

特里波列夫　你们预备好酒精了吗？还有硫磺呢？那对红眼睛出现的时候，应当有一股硫磺味。（向妮娜）来吧，一切都齐全了。你有点心慌吗？……

妮　娜　是的，慌得很。倒不是因为你妈妈，我不怕她，可是特里果林在这儿……我在他面前演戏觉得又害怕又难为情……这么一个著名的作家……他年纪轻吗？

特里波列夫　是的。

妮　娜　他写的小说妙极了！

特里波列夫　（冷冷地）这我不知道，我没有读过。

妮　娜　你的剧本很难演。人物都没有生活。

特里波列夫　人物没有生活！表现生活，不应当照着生活的样子，也不应该照着你觉得它应该怎样的样子，而应当按照着它在我们梦想中的那个样子……

妮　娜　您的剧本缺少动作，全是台词。还有，我觉得，剧本里总应该有些爱情……（他们走到台子后边去）

〔波琳娜·安德烈耶夫娜和多尔恩上。

波琳娜·安德烈耶夫娜　空气潮湿起来了。回去穿上你的套鞋吧。

多尔恩　我太热。

波琳娜·安德烈耶夫娜　您就不注意自己的身体。这简直是固执。你自己是个医生，你应当知道潮湿对您没有一点好处，可是你偏要叫我痛苦；昨天，你就成心在凉台上待了一整夜……

多尔恩　（低唱着）"不要说他的青春已经毁掉。"[1]

波琳娜·安德烈耶夫娜　您跟伊琳娜·尼古拉耶夫娜谈得那么入神，把你谈得连……连天气凉下来都不觉得了。承认吧，你喜欢她……

多尔恩　我五十岁了。

波琳娜·安德烈耶夫娜　那有什么关系！对一个男人，这还不算老。你还显得

---

[1]　涅克拉索夫的诗："他分担了沉痛的苦难……"里的句子。——译者

很年轻，照样儿招女人们喜欢。

多尔恩　你可要我怎么样呢？

波琳娜·安德烈耶夫娜　你们男人都一模一样，都是永远准备着趴在一个女演员脚底下的。没别的！

多尔恩　（低唱）"你看我，又来啦，来到你的面前。"① 如果社会上喜欢艺术家，而且对待他们和对待，比如说，和对待商人不同，那是很自然的事情。这属于理想主义。

波琳娜·安德烈耶夫娜　女人们总是对你钟情，总是想嫁给你。那也是理想主义吗？

多尔恩　（耸耸肩）可是呢？我承认，她们对我一向表示好感。她们爱我，最主要的是因为我有熟练的手术。十年或者十五年以前，全省里边，我是唯一的一个像样的产科医生。你还记得吗？而且，我一向是一规矩人。

波琳娜·安德烈耶夫娜　（拉起他的手）我的亲爱的！

多尔恩　当心。有人来了。

〔阿尔卡基娜挽着索林的手，特里果林、沙姆拉耶夫、麦德维坚科和玛莎同上。

沙姆拉耶夫　一八七三年，她在波尔塔瓦的博览会上演得可妙极啦！那真是了不起！嘿，你看她演的！还有，你碰巧能告诉我，那个演滑稽角色的恰金，就是巴维尔·谢苗诺维奇，他现在在什么地方啦？他演的那个拉斯普留耶夫②，演得真是盖世无双啊，甚至比萨多夫斯基③还高一筹呢，我敢跟你说，高贵的夫人。他如今在什么地方啦？

阿尔卡基娜　你总是关心洪水以前的古代人物。我怎么知道呢？（坐下）

沙姆拉耶夫　（叹息着）帕什卡·恰金啊！如今再也看不见像他那样的演员了！舞台正在衰落着呀，伊琳娜·尼古拉耶夫娜！再也看不见咱们当年那些粗壮的橡树了，如今剩下的全是些残桩子啦。

多尔恩　今天伟大的人才确是稀少了，这倒是实情，然而，从另外一方面看呢，一般演员的水平，却是大大地提高了。

沙姆拉耶夫　我不能同意你的话。再说，这是一个趣味问题呀。De gustibus aut

---

① 克拉斯诺夫《短句集》里的句子。——译者
② 俄国剧作家苏赫沃·科比林的剧本《克列琴斯基的婚礼》里的一个滑稽角色。——译者
③ 莫斯科的名演员。——译者

bene, aut nihil. （"趣味各有高低"——拉丁语）

〔特里波列夫由舞台后边走出。

阿尔卡基娜　（向她的儿子）怎么样啊，我亲爱的孩子，就要开始了吗？

特里波列夫　等一会儿。请您稍微忍耐一下。

阿尔卡基娜　（背诵《哈姆雷特》的一段台词）"啊，我的儿子！你叫我的眼睛看到了我的灵魂深处，我看见它流满了污血，生遍了致命的脓疮。我完了！"①

特里波列夫　（同剧台词）"你为什么向淫邪屈膝，为什么到罪恶的渊薮里去寻求爱情？"②

〔号声从舞台后边响起。

女士们先生们，开始了！注意！

〔停顿。

我开始。（用一根小木棍轻轻敲着，很高的声音）啊，你们，在苍茫的夜色里盘旋于湖上的这些可敬的古老阴影啊，催我们入睡吧，使我们在梦中得以见到二十万年以后的情景吧。

索　林　二十万年以后，那可就什么都没有了哇。

特里波列夫　好了，那就让他们把这种什么都没有的情景，给我们表现出来吧。

阿尔卡基娜　就算是这样吧。我们现在睡觉吧。

〔幕启；湖上的景色。月亮悬挂在天边，反映在水里；妮娜·扎烈奇娜雅周身白色的衣裳，坐在一块巨大的石头上。

妮　娜　人、狮子、鹰和鹧鸪，长着犄角的鹿、鹅、蜘蛛，居住在水中的无言的鱼、海盘车，和一切肉眼所看不见的生灵——总之，一切生命，一切，一切，都在完成它们凄惨的变化历程之后绝迹了……到现在，大地已经有千万年不再负荷着任何一个活的东西了，可怜的月亮徒然点着它的明灯。草地上，清晨不再扬起鹭鸶的长鸣，菩提树里再也听不见小金虫的低吟了。只有寒冷、空虚、凄凉。

〔停顿。

---

① 《哈姆莱特》中这段台词应是："啊，哈姆莱特！不要说下去了！你使我的眼睛看见了我自己灵魂的深处，看见我灵魂里那些洗拭不去的黑色的污点。"后两句是阿尔卡基娜改的。——编者

② 哈姆莱特回答他母亲的话是："嘿，生活在汗臭垢腻的眠床上，让淫邪熏没了心窍，在污秽的猪圈里调情弄爱——"英译本由于特里波列夫引用的这段台词与原文不符，便参考乔治·考尔德伦的英译本改为："让我扭你的心；你的心倘不是铁石打成的……"这段台词，现根据契诃夫原著俄文本译出。——编者

所有生灵的肉体都已经化成了尘埃；都已经被那个永恒的物质力量变成了石头、水和浮云；它们的灵魂，都融合在一起，化成了一个。这个宇宙的灵魂，就是我……我啊……我觉得亚历山大大帝，恺撒和莎士比亚，拿破仑和最后一只蚂蝗的灵魂，都集中在我的身上。人类的理性和禽兽的本能，在我的身上结为一体了。我记得一切，一切，一切，这些生灵的每一个生命都重新在我身上活着。

〔磷火出现。

阿尔卡基娜　（很小的声音）有点颓废派的味道。

特里波列夫　（请求地，带有指责的神色）妈妈！

妮　娜　我孤独啊。每隔一百年，我才张嘴说话一次。可是，我的声音在空漠中凄凉地回响着，没有人听……而你们呢，惨白的火光啊，也不听听我的声音……沼泽里的腐水，靠近黎明时分，就把你们分娩出来，你们于是没有思想地、没有意志地、没有生命的脉搏地一直飘泊到黄昏。那个不朽的物质力量之父，撒旦，生怕你们重新获得生命，立刻就对你们，像对顽石和流水一样，不断地进行着原子的点化，于是，你们就永无休止地变化着。整个的宇宙里，除了精神，没有一样是固定的、不变的。

〔停顿。

我，就像被投进空虚而深邃的井里的一个俘虏一般，不知道自己到了什么地方，也不知道会遭遇到什么。但是，只有一件事情我是很清楚的，就是，在和撒旦，一切物质力量之主的一场残酷的斗争中，我会战胜，而且，在我胜利以后，物质和精神将会融化成为完美和谐的一体，而宇宙的自由将会开始统治一切。但是那个情景的实现，只能是一点一点的，必须经过千千万万年，等到月亮、灿烂的天狼星和大地都化为尘埃以后啊……在那以前，一切将只有恐怖……

〔停顿；湖上出现两个红点。

看，我的劲敌，撒旦走来了！我看见它的眼睛了，紫红的，怕人啊……

阿尔卡基娜　有硫磺的味道。是需要这样的吗？

特里波列夫　是。

阿尔卡基娜　（笑着）哈，是为了制造舞台效果的。

特里波列夫　妈妈！

妮　娜　使它悲哀的，是人不存在了……

波琳娜·安德烈耶夫娜　（向多尔恩）你怎么把帽子摘下来啦？戴上，要不你会着凉的。

阿尔卡基娜　大夫是在向撒旦，那个永恒的物质之父脱帽致敬呢。

特里波列夫　（激怒，很高的声音）算了！够了！闭幕！

阿尔卡基娜　你为了什么生气呀？

特里波列夫　够了！闭幕！闭幕，听见了没有！（顿脚）闭幕！

　　　〔幕落。

　　　一百个对不住！是我忘记了，只有几个选民才有写剧本和上台表演的权利。我破坏了这个特权！……我呢……我……（还想说些话，却只做了几个失望的手势，就从左方下）。

阿尔卡基娜　他这是怎么啦？

索　林　哎呀，伊琳娜，我的朋友呀，可不能这样对待一个年轻人的自尊心哪。

阿尔卡基娜　可我并没有对他说什么呀！

索　林　你伤了他的心。

阿尔卡基娜　是他自己事先告诉我，说这全是闹着玩儿的，所以我才把他这个戏当做开玩笑的。

索　林　不错是不错，可……

阿尔卡基娜　可是现在呢，仿佛他又觉着自己写的是一个具有伟大价值的作品啦！嘿，你们就瞧瞧！难道这种表演，这种熏死人的硫磺，就不算是开玩笑，而算是示威啦……毫无疑问，他是想教教我们该当怎样写，该当怎样演。说实话，这种办法可讨厌哪。随你们想怎么说都行，反正我觉得像这种接连不断的攻击和揶揄，结果会叫谁也忍耐不住的！简直是一个逞强任性的孩子，满脑子都是自尊心。

索　林　他本想叫你高兴的。

阿尔卡基娜　真的吗？那他为什么不选一个普通的剧本，却勉强我们听这种颓废派的呓语呀？如果只是为了笑一笑，那我也很愿意听听，然而，他不是自以为是在给艺术创立新形式、创立一个新纪元吗？这一点也谈不上新形式。我倒认为这是一种很坏的倾向。

特里果林　无论谁，都得容他按照自己的意思和自己的能力写呀。

阿尔卡基娜　就让他按照他的意思和他的能力写去好啦，只有一样，他可不要来打搅我呀。

多尔恩　雷神啊，你发起雷霆来啦。

阿尔卡基娜　我是个女人，不是个雷神。（点起一支香烟）我不是生气，我是看见一个青年人用这么愚蠢的方法来消磨他的时间，确确实实感到痛心。我并没有想要伤他的心。

麦德维坚科　没有一个人有理由把精神和物质分开，因为精神本身可能就是许多物质原子的一个组合体。（向特里果林，热切地）你知道，恐怕应当创作一个描写我们小学教员生活的剧本，把它演一演；我们的生活可太苦啦，真的呀！

阿尔卡基娜　完全对，只是咱们别再谈什么剧本呀原子呀。夜色多么美呀。有人在唱歌。你们听见了吗？

〔大家倾听。

唱得多好哇！

波琳娜·安德烈耶夫娜　这是从对岸传过来的。

〔停顿。

阿尔卡基娜　（向特里果林）你坐到我旁边来。十年或者十五年以前，这片湖水上边，差不多每夜都缭绕着音乐和歌声；湖边有六座大庄园。永远是笑声、嘈杂声、枪声，还有，情侣呀，没有完的情侣……那个时候，这六座庄园的偶像，那位主角，（用手指着多尔恩）让我很荣幸地向你们介绍介绍吧，就是这儿这位叶甫盖尼·谢尔盖耶维奇医生。他今天还很漂亮，但是，在那个时候，他是令人倾倒的。咳，我有些后悔起来了。我为什么要伤我可怜孩子的心呢？我心里觉着不安。（叫）科斯佳，我的孩子啊！科斯佳！

玛　莎　我找他去。

阿尔卡基娜　就请费心吧，亲爱的。

玛　莎　（向左方走去）喂，康斯坦丁·加夫里洛维奇！喂！（下）

妮　娜　（从舞台后边出来）一定是到这儿打住啦，我可以出来了。你好呀！（拥抱阿尔卡基娜和波琳娜·安德烈耶夫娜）

索　林　好哇！好哇！

阿尔卡基娜　好哇！好哇！我们欣赏过了！有这么一副容貌和这么美妙的声音，绝不可以长久埋没在乡下，那可是犯罪呀。你确实有才能。你听见我的话了吗？你应当演戏！

妮　娜　啊！那是我的梦想啊。（叹一口气）然而这是永远不会实现的。

阿尔卡基娜　谁说得定呢？请允许我给你介绍介绍吧：特里果林，鲍里斯·阿列克塞耶维奇。

妮　娜　啊，我真幸运……（局促）你的作品我都读过……

阿尔卡基娜 （叫妮娜坐在她身旁）不要拘束，我的乖孩子。他虽是一位名人，心地却很单纯。你看，连他自己都害羞了呢。
多尔恩 我想现在该把大幕拉开了吧。再这样下去可受不了了。
沙姆拉耶夫 （高声）雅科夫，把大幕拉开吧！
〔幕起。
妮　娜 （向特里果林）这出戏可奇怪，你不觉得吗？
特里果林 我一个字也不懂。但是我很高兴地看了下去。你演得那么富于感情。而且布景也很美。
〔停顿。
这片湖水里，鱼一定很多的。
妮　娜 是的。
特里果林 我爱钓鱼。我认为在太阳落山的时候，一个人坐在水边，凝视着浮子，那种乐趣，是再也没有比那更大的了。
妮　娜 当然了，但我觉得，一个尝过创作愉快的人，一定不会感到有别的愉快的。
阿尔卡基娜 （笑着）别说了。谁一恭维他，就把他弄得很窘。
沙姆拉耶夫 我记得有一次在莫斯科的歌剧院里，那个著名的西尔瓦一开始就唱了个低音。好像有谁成心安排好了似的，有一个低音歌手，是圣西诺德圣诗班的一个唱圣诗的也正来看戏。你们想想看，我们可有多么吃惊吧！忽然从顶高的楼座里，冒出一声："好哇，西尔瓦！"整整低了八度……就像这样，你们听（用低音）："好哇，西尔瓦！"……全场的人都听愣了。
〔停顿。
多尔恩 一个天使飞过去了。
妮　娜 我可得走了。再见。
阿尔卡基娜 怎么？为什么这么早走呀？我们不放你走。
妮　娜 爸爸等着我呢。
阿尔卡基娜 他还是那么讨厌哪……（她们拥抱）可是，这也没有办法呀。你走了，这可真可惜。
妮　娜 你不知道我走开了自己有多么难受啊！
阿尔卡基娜 你应当找一个人送你回去呀，我的亲爱的。
妮　娜 （惊慌）啊！不要，不要！
索　林 （恳求地）不要走吧！

妮　娜　我不能不走，彼得·尼古拉耶维奇。

索　林　再待一个钟头，你再走。不要走，真的，可说……

妮　娜　（思索着，眼泪汪汪的）不行啊！（握握他的手，迅速走下）

阿尔卡基娜　真正是一个可怜的女孩子啊。听说她已故的母亲临死的时候，把她所有的财产，一笔很大的财产，都送给她丈夫了，一个子儿也没剩。可是现在呢，这个孩子什么也没有了，因为她父亲把所有的财产又都送给他这个续弦太太了。这真没廉耻。

多尔恩　是的，她那位好爸爸，说句公平话，是一个地道的大流氓。

索　林　（搓着有点冷的手）我们也该走了吧？天气又潮湿起来了。我的脚又疼了。

阿尔卡基娜　你那两只脚哇，得说是木头做的，用力气拖都拖不动。咱们走吧，不幸的老头子。（挽着他的一只胳膊）

沙姆拉耶夫　（把胳膊伸给他的太太）太太？

索　林　这条狗又嚎起来了。（向沙姆拉耶夫）伊利亚·阿法纳西耶维奇，我求你，叫人把它放开了吧。

沙姆拉耶夫　不行，彼得·尼古拉耶维奇，我怕小偷会钻进粮仓去。我那儿放着黍子。（向走在他身旁的麦德维坚科）是的，整整低了八度："好哇，西尔瓦！"可是，他还不是一个职业的声乐家，不过是一个普通唱诗班罢了。

麦德维坚科　他们赚多少钱哪，那些唱圣诗的？

〔除多尔恩外，全下。

多尔恩　（一个人）我不知道，也许我是完全外行，也许是我头脑错乱，但是，我确确实实喜欢这个剧本。这里边有些东西。在那个女孩子讲到她的寂寞，后来又等到魔鬼带着那两只红眼睛出现的时候，我就觉得手都感动得发颤了。这是清新的，天真的。我觉得这个来的人就是他……我打心里想对他说许多好听的话。

特里波列夫　（上）大家全走了。

多尔恩　我还在呢。

特里波列夫　那个小玛莎在花园里到处找我。多么叫人受不了！

多尔恩　康斯坦丁·加夫里洛维奇，我非常喜欢你的剧本。它有某种奇特的东西，我虽然没有听完，但是印象依然是很强的。你有才能，你应当继续努力下去。

〔特里波列夫热烈地握他的手，狂热地拥抱他。

看你多么神经质啊！他眼泪都要流出来了……刚才我想跟他说什么来着？你的题材是从抽象世界里选出来的，你做得很对，因为一个艺术作品，应当是一个伟大思想的表现。只有严肃的东西，才是美的东西。但是你的脸色怎么这样苍白呀！

特里波列夫　这样说，你是认为我应当坚持下去了？

多尔恩　是的……但是只应当去表现重要的和不朽的东西。你知道我以往的生活，是多种多样的，我有鉴别力。我很满足了。但是，如果能够叫我感受到艺术家在创作时的那种鼓舞着他的力量，我认为我会藐视我的物质生活，藐视一切与它有关的东西。我会抛开这个世界，去追求更高的高度。

特里波列夫　请你原谅，扎烈奇娜雅呢？

多尔恩　不但如此。一切艺术作品，都应当含有一个鲜明的、十分明确的思想。你应当知道你为什么要写作。因为，如果你顺着这条风景怡人的道路，毫无目的地走下去，你一定要迷路，而你的才能也一定会把你葬送掉。

特里波列夫　（不耐烦）扎烈奇娜雅到哪儿去啦？

多尔恩　她回家了。

特里波列夫　（心乱了）那可怎么办呢？我要见她……绝对要……我要到她那儿找她去……

〔玛莎上。

多尔恩　（向特里波列夫）镇静一下，我的朋友。

特里波列夫　我无论如何也要去。必须去。

玛　莎　康斯坦丁·加夫里洛维奇，到房子里去。你的母亲等着你呢。她很不放心你。

特里波列夫　告诉她我已经出去啦。还有，我求求你们大家，都不要缠着我！让我一个人安静点吧！你紧跟着我干什么呢！

多尔恩　得啦，得啦，我的孩子……瞧瞧……你说的这叫什么话！

特里波列夫　（含着眼泪）再见了，医生。还要谢谢你……（下）

多尔恩　（叹一口气）青年啊，青年啊！

玛　莎　人们一没有什么再可以说的时候，就都咕噜着：青年啊，青年啊……（闻鼻烟）

多尔恩　（把她的鼻烟盒拿过来，扔到丛林里去）这真讨厌。

〔停顿。

他们好像在房子里弹起琴来了。咱们去吧。

玛　莎　等一等。

多尔恩　什么事?

玛　莎　我想再跟你说一说……我很想告诉你……(激动)我不爱我的父亲……可是我对你有一种父女之情。我的整个灵魂都觉着你跟我很亲……帮助我。帮助我,不然我会做出糊涂事来的,我会毁灭我的生命,我会糟蹋它的……我再也支持不下去了……

多尔恩　我能帮你什么忙呢?

玛　莎　我痛苦。没有人、没有人知道我有多么痛苦啊!(把头轻轻地倚在多尔恩的胸上)我爱康斯坦丁。

多尔恩　怎么个个都是神经病呢!怎么到处都是恋爱呢……啊,迷人的湖水啊!(温柔地)可是这件事我能帮什么忙呢,我的孩子?你说,我能帮什么忙呢?

——幕落

第三幕(节选)

……

　　特里波列坶夫近来,应该说这几天,我又像儿童时代那么亲切地、一心一意地爱你了。我现在除了你没有别的亲人了。只是为什么,为什么你由着那个人左右呢?阿尔卡基娜,你不了解他,康斯坦丁。他是一个品德高尚的人物……

特里波列夫　是呀,然而当他听说我有意和他决斗的时候,他的高尚品格却没有拦住他的畏怯逃避。他要走了。可耻的脱逃!

阿尔卡基娜　你胡说!这是我请他离开的。

特里波列夫　好一个品格高尚的人!你看,我们这儿为了他差不多要吵起来了,可是他呢,他这时候正在客厅里或者花园里嘲笑我们呢……正在启发妮娜呢,正在拼命说服她,叫她相信她是一个天才呢。

阿尔卡基娜　你好像是存心要对我说些冒犯我的话来寻开心似的。我尊敬这个人,所以我请你不要在我面前说他一个字的坏话。

特里波列夫　我可不尊敬他。你想叫我也拿他当一个有天才的人,可是,原谅我吧,我不会说假话,他的作品使我厌恶。

阿尔卡基娜　嫉妒啊!没有才气而又自负的人,没有别的本事,只好指责真正有才气的人啦。那是他们唯一的自慰啦,真是的!

特里波列夫　(讽刺地)真正有才气的人!(激怒)如果这样说的话,那么,我的才气，比你们加在一起都还多！（把绷带扯下）你们，加在一起，你们这些死守着腐朽的成规的人，你们在艺术上垄断了头等地位，你们认为无论什么，凡不是你们自己所做出来的都不合法，都不真实，你们压制、践踏其余的一切！我不承认你们！我不承认你，也不承认他。

阿尔卡基娜　你简直是颓废派！……

特里波列夫　那你就回到你那个可爱的舞台上，在那儿去演你那些可怜的、没价值的戏去吧！

阿尔卡基娜　我从来就没有演过那种戏。不要打扰我！你连一出可怜的通俗戏都还没有能力写呢。基辅的乡下人！寄生虫！

特里波列夫　一钱如命的吝啬鬼！

阿尔卡基娜　穿破衣烂衫的！

〔特里波列夫坐下，不出声地哭。

一无所长的！（激动，在屋子里跨着大步子走）你别哭……不要哭……（自己也哭了）不要……（吻他的上额、两颊和头发）我的亲爱的，我的宝贝孩子，原谅我吧……原谅你这个坏母亲吧。你知道，我是很不幸的。

特里波列夫　（抱住她）你可真不知道啊！我什么都丢了。她不爱我了，我再也写不出什么来了……再也没有一点希望了……

阿尔卡基娜　不要灰心……一切都会顺当起来的。他就要走了；她会重新爱你的。（擦他的眼泪）得啦，够啦。跟妈妈讲和吧。

特里波列夫　（吻她的两手）是，妈妈。

阿尔卡基娜　（温柔地）也跟他讲和吧。用不着跟他决斗……不是吗？

特里波列夫　好……只是，答应我，再也不要叫我看见他，妈妈。看见他我就痛苦……我就忍受不住……

〔特里果林上。

他来啦……我得躲开。（把药品匆匆放在药橱里）绷带待会儿让大夫给我缠吧……

特里果林　（翻着一本书寻找）一百二十一面……第十一和第十二行……这儿啦……（读）"一旦你需要我的生命的话，来……就拿去吧。"

〔特里波列夫从地上拾起他的绷带，下。

阿尔卡基娜　（看了自己的表一眼）一会儿马就套好啦。

特里果林　（一旁）一旦你需要我的生命的话，来，就拿去吧。

阿尔卡基娜　我想，你的手提箱已经打点好了吧？

特里果林　（不耐烦）是的，是的……（梦想着）这么纯洁的一个灵魂的召唤，我怎么感到里边有一种悲哀的声音啊？我的心为什么沉重得这样痛苦呀？……一旦你需要我的生命的话，来，就拿去吧。（向阿尔卡基娜）咱们多留一天吧！

〔阿尔卡基娜摇摇头。

咱们留下！

阿尔卡基娜　我的亲爱的，我知道是谁使你舍不得走开。尽力收回自己的心来吧！你有一点迷醉了，清醒清醒吧。

特里果林　你自己也该清醒清醒了，我希望你做个聪明的、明白事理的人，请你以一个真正朋友的态度，来对待这件事情……（握她的手）你是善于牺牲自己的……作为我的朋友，还我的自由吧……

阿尔卡基娜　（激怒）你居然热恋到这种程度了吗？

特里果林　我觉得有一种力量在把我吸引到她那里去！也许这恰恰就是我所真正需要的……

阿尔卡基娜　需要一个乡下小丫头的爱吗？你可多么不认识你自己呀！

特里果林　我就跟那种走着路睡觉的人一样。就连我跟你说话的时候，都觉得自己是在睡觉，是在梦里看见了她……温柔而甜美的梦在支配着我……还我的自由吧……

阿尔卡基娜　（浑身颤抖）不行，不行……我是一个女人，也和任何普通女人一样，你不要跟我这样说话……鲍里斯，不要再折磨我了……这太可怕啦……

特里果林　只要你肯试试，你就能成为一个不普通的女人。只有甜美的、诗意的、青年的爱，那个把人领进梦的世界的爱，才能给人那样的幸福啊！这样的爱，我从来还没有尝受过呢……我年轻的时候，没有时间，我得在一个个编辑部的门外去彷徨等待，我得为我的生活去四下里奔波……到现在，终于来了这样的爱，在吸引着我……我要是跑开了岂不糊涂吗？

阿尔卡基娜　（大怒）你疯了！

特里果林　就算疯了吧。

阿尔卡基娜　今天你们都是串通好了一起来折磨我的呀！（泪如雨下）

特里果林　（两手抱着头）她不了解啊！她也不肯了解啊！

阿尔卡基娜　难道我就这么老这么丑，居然叫男人们跟我毫不顾忌地讲别的女人吗？（紧抱住他，吻他）啊！你疯啦！我的亲爱的，我的了不起的……你是我生命的最后一页！（跪下）我的愉快，我的骄傲，我的幸福……（紧抱住他的膝盖）如果你抛弃了我，哪怕只是一小时，我也活不下去，我就会疯的啊，我的超人，我的神明，我的主人和主宰呀。

特里果林　会有人进来的。（扶她起来）

阿尔卡基娜　管它去呢，我爱你，我并不觉得这是羞耻。（吻他的两手）我的宝贝，你可真是疯啦，你想做糊涂事，但是我不能让你做，我要阻止你……（笑）你是我的……整个是我的！……这个上额是我的，这对眼睛，还有这满头像丝一般柔软的黄发，都是我的……你整个是属于我的！什么样的才气啊，什么样的聪明啊，你是今天所有作家里边最优秀的一个，是俄罗斯的唯一的希望……你写得那么真诚，那么朴素，那么清新，幽默得恰到好处……你一笔就勾出一个人物或者一片风景的精华和性格来；你所写的人物，个个像活的一样。读你的作品，怎能不被热情所激动啊？你也许以为我这是在奉承你、谄媚你吧？那，你就直对着我看看……看看我……我的神色是一个说谎人的样子吗？你明白，只有我才真正知道你的价值，只有我；跟你说实话的，也只有我，我的亲爱的，我的宝贝……你肯走了吗？确确实实？你不抛弃我啦？……

特里果林　我没有自己的意志……我从来也没有过自己的意志……懒散、柔弱、永远顺从，我真的生来就是叫女人们讨厌的啊！那么，领着我走吧，带着我走吧，只是，千万不要叫我离开你一步……

阿尔卡基娜　（一旁）现在我可算把他抓住了。（从容不迫地，仿佛没有刚才那会事似的）这个，如果你喜欢，你可以留下来。我今天先走，一个星期以后，你再找我去。说起来，你何必要这么匆匆忙忙的呢？

特里果林　不，咱们一起走的好。

阿尔卡基娜　随你吧。那咱们就一起走吧。

〔停顿。
……

第四幕（节选）

〔索林家里的客厅之一，被康斯坦丁·特里波列夫改成书房。左右各有门通到邻室。正面，玻璃门，通凉台。除了客厅的普通家具外，右墙角，一张书桌；左门旁，一张美人榻，一个书架，窗台上和椅子上都是书。——晚上。只点着一盏带罩子的油灯。半明半暗。风在树枝间和烟囱里呼啸。巡夜的更夫敲着梆子。

……

〔更夫的打更声。

索　林　我的妹妹呢？

多尔恩　到火车站迎接特里果林去了。马上就回来。

索　林　你们既然断定需要把我妹妹找回来，那一定是我病得很严重了。（稍稍停顿）可这奇怪。我既然病成这个样子，可又什么药也不给我吃！

多尔恩　那么，你想吃什么药呢？来点缬草酊？来点苏打？还是来点奎宁？

索　林　看！哲学又来了。啊！多么苦恼哇！（用头点点美人榻）这是给我铺的床吗？

波琳娜·安德烈耶夫娜　是的，是给你铺的，彼得·尼古拉耶维奇。

索　林　谢谢你们。

多尔恩　（低唱）"明月飘荡在子夜的浮云中……"

索　林　你们知道，我要供给科斯佳一个小说题材。这篇小说应该叫作 L'homme, qui a voulu（"空想一场的人"——法语）。我年轻的时候，想当作家，结果没有当成；我想把话说得流利，可是说得很糟（学着自己的话）："诸如此类，如此而已，嗯这个，嗯那个……"有时候，想作结论，可是越往下说越乱，直弄得满头大汗；我想结婚，结果也没有结成；我想永远住在城里，可是，你们看见啦，我只有在乡下了此一生了，就这么回事。

多尔恩　你也想过当实职政府顾问，可是你当成了！

索　林　（笑着）那我可从来没有想干过。那是它自己来的。

多尔恩　一个人到了六十岁还表示对生活不满足，实在是丝毫不合情理，这你得承认。

索　林　多么固执的人哪！我要活下去，你不明白吗？

多尔恩　这叫轻佻。按照大自然的法则，每一个生命都得有到头的一天。

索　林　你这是一个饱汉的议论。是啊，你什么都够了，所以你才这样无所谓；你认为什么都没有关系。可是，提到死，你也会跟别人一样害怕。

多尔恩　单纯怕死是一种兽性的恐惧……应该把它克制下去。只有那些相信永生的人，才会怕死；他们怕死，是因为自觉有罪。可是你呢？第一，你不信神，其次呢，你又能造过多少罪孽呀？二十五年，你在法院里一直干了二十五年，还有什么呀？

索　林　（笑着）是二十八年……

〔特里波列夫上。他坐在索林脚下的小板凳上。玛莎的眼睛一直盯着他。

多尔恩　我们搅得康斯坦丁·加夫里利奇不能工作了。

特里波列夫　没有，没关系。

〔停顿。

麦德维坚科　大夫，请允许我问问你，你最喜欢外国的哪一个城市？

多尔恩　热那亚。

特里波列夫　热那亚？为什么呢？

多尔恩　我最爱的，是那儿街上的人群。到晚上，你出了旅馆，走到挤满了人的街上，你不要定什么目的，只夹在人群当中，挤来挤去，顺着曲曲弯弯的路线，漫游下去，你活在它的生活当中，你叫你的精神上和它紧紧地连在一起，于是，你就会相信，一种宇宙灵魂的存在确实是可能有的，就和那年妮娜·扎烈奇娜雅在你的剧本里所表演的一样。说真的，她目前在哪儿啦，扎烈奇娜雅？她近来怎么样了？

特里波列夫　她一定很好吧。

多尔恩　听说她过的是一种相当特殊的生活。究竟是怎么回事呢？

特里波列夫　说来话长了，大夫。

多尔恩　那么，简短地说点吧。

〔停顿。

特里波列夫　她从家里逃出去，就和特里果林混在一起了。这你知道吧？

多尔恩　知道。

特里波列夫　她生了一个孩子。孩子死了。正如所能预料的，特里果林厌倦了她，又去重温那些旧情去了。其实呢，那些旧情，他从来也没有断绝过；像他这样没有骨气的人，他是安排好了要到处兼顾的。就我从传闻里所能理解的，妮娜的私生活是很不幸的。

多尔恩　舞台生活呢？

特里波列夫　那就更坏，我想。她初次登台，是在莫斯科近郊的一个露天剧场，后来，她到内地去了。那时候，我一刻也忘不了她，有一阵，我到处跟着她跑。她总是演主角，可是她演得很粗糙，没有味道，尽在狂吼，尽做些粗率的姿势。有时，哭喊一声，或者死过去，倒也表现出一点才气来，然而这却少见得很。

多尔恩　这么说，她究竟还是有点才气喽？

特里波列夫　很难断定。当然，总该有的吧。我去看过她，可是她不肯接见我，她的女仆不让我进她屋子。我了解她的心情，我也没有坚持。

〔停顿。

我还有什么可告诉你们的呢？后来，我回到家里，接到过她的几封信，几封写得很聪明的信，句句话都是诚恳的、有趣味的。她并没有抱怨，然而却能感觉到她是无限地不幸。每一行都叫我发现她的神经是紧张的、受了伤害的。她的想象力也有一点混乱。她自己签名为"海鸥"。在《美人鱼》①里，那个磨面粉的人说他自己是一只乌鸦；她呢，在所有信件里，屡次都跟我说自己是一只海鸥。现在她就在这里。

多尔恩　什么，在这里？

特里波列夫　在城里，住在一家小旅店。她在那儿住了有五天了。我去过，玛丽雅·伊利尼奇娜也去过，可是她谁也不见。谢苗·谢苗诺维奇肯定说昨天午饭后，看见她在离这里两里的田野上。

麦德维坚科　是的，我看见她了。她从这边往城里走。我向她鞠躬，问她为什么不来看看我们。她说她要来的。

特里波列夫　她不会来的。

〔停顿。

她的父亲和后母不承认她。他们到处都派上了更夫，连房子都不叫她走近。（和医生向书桌走去）大夫，在纸上高谈哲学够多么容易，但是一遇到实际问题，可又多么难啊！

索　林　当初她多可爱呀。

多尔恩　什么？

索　林　我说的是，当初她多可爱。实职政府顾问索林有一阵子确实爱上她了。

多尔恩　你这个老唐璜②！

〔沙姆拉耶夫的笑声。

波琳娜·安德烈耶夫娜　我想咱们那些人打车站回来了……

特里波列夫　是的，我听见妈妈的声音了。

---

① 《美人鱼》是普希金的诗，后由达尔戈梅斯基改编成歌剧。——译者
② 唐璜，西班牙传说里的人物，不信神，放荡，淫乱。用在这里，是"色鬼"的意思。——译者

〔阿尔卡基娜、特里果林上，后边跟着沙姆拉耶夫。

沙姆拉耶夫 （一进门）我们一个劲儿地显老，我们叫风吹雨打得都憔悴下去了，可是你呢，亲爱的夫人，你却永远那么年轻……衣裳鲜艳，精神活泼……体面……

阿尔卡基娜 你又想咒我哪，你这讨厌的人！

特里果林 （向索林）你好呀，彼得·尼古拉耶维奇！怎么样，一直在生病啊？这可不好，这！（看见了玛莎，愉快地）玛丽雅·伊利尼奇娜！

玛 莎 你还认识我呀？（握手）

特里果林 结婚了吗？

玛 莎 老早结啦。

特里果林 幸福吗？（向多尔恩和麦德维坚科鞠躬，然后，迟疑不决地，向特里波列夫走去）伊琳娜·尼古拉耶夫娜告诉我，说你已经把过去忘记了，不再生气了。

〔特里波列夫向他伸出手来。

阿尔卡基娜 （向她的儿子）你看，鲍里斯·阿列克塞耶维奇带来了一本杂志，上边有你最近写的小说。

特里波列夫 （接过杂志，向特里果林）谢谢你。你太好啦。

〔他们坐下。

特里果林 我给你带来了你的崇拜者们的问候……在彼得堡和莫斯科，大家都对你本人发生兴趣，都不断地向我打听你的情形：他是什么样子呀？多大年纪啊？棕头发还是黄头发呀？我也不知道为什么，大家都揣想你不太年轻了。谁也不知道你的真姓名，因为你用的是笔名。你就跟 Masque de fer（"蒙着铁面具的人"——法语）一样。

特里波列夫 你要跟我们住很久吗？

特里果林 不，我明天就想回莫斯科去。不得不走啊。我得赶快把那篇长篇小说写完，另外，我还答应给一个文集写点短篇。一句话，还是那种老套子啊。

〔他们谈话的时候，阿尔卡基娜和波琳娜·安德烈耶夫娜把牌桌摆在屋子当中，把它打开；沙姆拉耶夫点起几支蜡烛，搬过几把椅子来。大家从橱里拿出一套抓彩牌①来。

---

① 欧洲流行的一种赌博，每人把自己所抓到的牌，记下号码来，谁先排起了号码，谁就赢钱。——译者

你们这儿的天气可真不欢迎我。刮这么凶的风。明天早晨要是平和下来，我就钓鱼去。想起来了，我得去看一下花园，还有那个地方，你记得吗？——演过你的剧本的地方。我有一个构思，已经成熟了，需要的只是，我得把故事的环境在我记忆里重温一下。

玛　莎　（向她父亲）爸爸，让我丈夫牵匹马去吧！他得回家去。

沙姆拉耶夫　（嘲弄地）马……回家……（严肃起来）你亲眼看得很清楚，马是刚打车站上回来的。可我不能叫它们这样接着跑。

玛　莎　还有别的马呢……（她父亲的沉默，使她作了一个失望的手势）想跟你商量一点事情啊……

麦德维坚科　听我说，玛莎，我走回去。真的我……

波琳娜·安德烈耶夫娜　（叹气）在这样的天气里走啊……（坐在牌桌旁边）先生太太们，请来吧。

麦德维坚科　也不过六里路……再见吧……（吻他太太的手）再见，妈妈。

〔岳母不情愿地伸出手来给他吻。

要不是为了那个小东西，我谁也不会麻烦的……（向大家鞠躬）再见……（像被人抓住错处似地走下）

沙姆拉耶夫　他本来就可以走着回去的嘛！又不是将军！

波琳娜·安德烈耶夫娜　（轻轻拍着桌子）太太们，先生们，请吧。不要耽误时间啦，一会就到吃晚饭的时候啦。

〔沙姆拉耶夫、玛莎和多尔恩围着牌桌坐下。

阿尔卡基娜　（向特里果林）我们这儿一到秋天总是玩玩抓彩牌，来消磨这漫长的夜晚。看看！这还是我们做小孩子的时候，我死去的妈妈玩的那副呢。你也跟我们玩一会儿，玩到吃晚饭好吗？（和特里果林一同坐在牌桌旁）这是一种没味道的游戏，可是只要一玩惯了，也就觉得不错了。（分配给每人三张牌）

特里波列夫　（翻着杂志）他看过他自己那篇小说了，可是我的这篇，他连裁都没有裁开。（把杂志放在书桌上，向左门走去；走过他母亲身旁时，捧着她的头，吻吻）

阿尔卡基娜　你呢，科斯佳，不玩玩吗？

特里波列夫　原谅我吧，我不想玩……我出去走走去。（下）

阿尔卡基娜　押十个戈比。大夫，替我押上。

多尔恩　遵命。

玛　莎　大家都押好了吗？我开始了……二十二！

阿尔卡基娜 噢！

玛　莎 三！……

多尔恩 好。

玛　莎 三，记好啦？八！八十一！十！

沙姆拉耶夫 别这么快。

阿尔卡基娜 你们可没有看见，哈尔科夫是怎么欢迎我呀！我的脑袋到现在还在转呢！

玛　莎 三十四！

〔后台，忧郁的圆舞曲的声音。

阿尔卡基娜 学生们向我大大的欢呼……三个花篮，两个花冠，还有这个……（把胸针解下来，扔在桌子上）

沙姆拉耶夫 这呀，这可不简单……

玛　莎 五十！

多尔恩 整五十呀？

阿尔卡基娜 我穿的是一身特别好看的衣服……哼！要讲打扮呀，这我可不笨。

波琳娜·安德烈耶夫娜 科斯佳在弹琴呢。他真苦闷哪，这可怜的孩子。

沙姆拉耶夫 报纸上把他批评得真够瞧的。

玛　莎 七十七！

阿尔卡基娜 报纸，多么漂亮的行当啊！

特里果林 他不走运哪。他没碰巧找对他的路数。他的作品都是古怪的，空洞的，有时候甚至像狂言乱语。也没有一个人物是活的。

玛　莎 十一！

阿尔卡基娜 （看着索林）彼得鲁沙！你厌烦了吗？

〔停顿。

他睡着了。

多尔恩 实职政府顾问睡着了。

玛　莎 七！九十！

特里果林 如果我住在像这样靠近湖边的一座房子里，你们想我还会写得出东西吗？我会战胜写作的热情，整天都去钓鱼的。

玛　莎 二十八！

特里果林 钓上一条小鲤鱼或者是鲈鱼来，是什么也比不上的快乐呀！

多尔恩 要问我，我可相信康斯坦丁·加夫里利奇。他有点儿玩意儿，这我敢说。他用形象来思想，他的描写是生动的，有色彩的，能够深刻地感动我。可惜的,只是他没有确定一个清楚明确的目标。他只给人一个印象,就打住啦。然而光给人一个印象,那是没有力量的。告诉告诉我,伊琳娜·尼古拉耶夫娜,有一个当作家的儿子,你感到幸福吗?

阿尔卡基娜　你自己想一想吧,他的东西我还一点也没有读过呢。我总是没有时间呀!

玛　莎　二十六!

〔特里波列夫轻轻地走进来,走到他的书桌前。

沙姆拉耶夫　(向特里果林)鲍里斯·阿列克塞耶维奇,我们这儿还有你的一样东西呢。

特里果林　什么呀?

沙姆拉耶夫　康斯坦丁·加夫里利奇打死的那只海鸥;是你叫我们把它塞上草的呀。

特里果林　这我不记得。(默想)不记得啦!

玛　莎　六十六!一!

特里波列夫　(把窗子大大打开,倾听)多么黑呀!我不知道我心里为什么这样不安宁。

阿尔卡基娜　科斯佳,关上窗子,你放进一阵阵的过堂风来了。

〔特里波列夫关上窗子。

玛　莎　八十八!

特里果林　我赢了,太太先生们!

阿尔卡基娜　(高兴地)好哇!好哇!

沙姆拉耶夫　好哇!

阿尔卡基娜　他这个人,到处、随时都走好运。(站起来)现在咱们吃点东西吧。我们的名人今天还没有吃中饭呢。吃完晚饭咱再接着玩。(向她的儿子)科斯佳,放下你的稿子,咱们吃饭去。

特里波列夫　我不饿,妈妈。

阿尔卡基娜　随你便吧。(叫醒索林)彼得鲁沙,吃晚饭啦!(挽着沙姆拉耶夫的胳膊)我来跟你讲讲我在哈尔科夫是怎样受人欢迎的……

〔波琳娜·安德烈耶夫娜吹灭桌子上的蜡烛;然后和多尔恩推那张椅子。大家都由左门下;留下特里波列夫,坐在他的书桌前。

特里波列夫　(准备写,迅速地看了一遍已经写过的稿子)我讲过那么多的新形式,可是我觉得自己现在却一点一点地掉到老套子里去了。(读)"围墙上的布告宣传着……黑头发衬托出一张苍白的脸。"

……宣传，衬托……这多平凡啊。（涂去）开头的地方，我要表现出主角被雨声惊醒，把其余的都删掉。描写月光那段太长，也太做作。在特里果林，写作是很方便的，他有一定的格式……在他的作品里，河堤上，一个碎瓶颈在闪光，磨坊风轮抛下一道昏黑的影子，那么月亮就算写好了。而在我的作品里，却又是颤动的光亮，又是繁星在轻轻地闪烁着，又是远远钢琴的声音消失在清香的空气里……多么苦恼啊！

〔停顿。

是的，我一天比一天更了解，问题不在形式是旧的还是新的；重要的是，完全不是为想到任何形式才写，而只是为了叫心里的东西自然流露出来才写。

〔有人轻敲离着书桌最近的那个窗子。

这是什么？（看窗子外边）什么也看不见……（打开那扇玻璃门，往花园里望）有个人刚刚跑下台阶去。（喊）是谁？（走出去；传来沿着凉台的迅速脚步声；过了一会儿，他和妮娜·扎烈奇娜雅一同回来）妮娜！妮娜！

〔妮娜把脸伏在特里波列夫的怀中，轻声地抽泣。

（激动地）妮娜！妮娜！是你呀……真是你呀……我早就有了预感，今天一整天，我的心都是紧得可怕。（把她的帽子和披风脱下来）她来了，我的最珍贵的，我的最可爱的！我们不要哭，我们不要哭吧！

妮　　娜　　这儿有人。

特里波列夫　　没有人。

妮　　娜　　把门锁上！会有人进来的。

特里波列夫　　不会有人进来。

妮　　娜　　伊琳娜·尼古拉耶夫娜在这儿，我知道。锁上门……

特里波列夫　　（把右门锁上，向左门走去）这扇门没有锁。我来顶上一把椅子吧。（用一把椅子顶上门）什么也不用怕，不会有人进来。

妮　　娜　　（眼睛紧盯着他）让我看看你。（往四下看一看）这里很暖和，很舒服……从前，这是会客室。我变得很厉害吗？

特里波列夫　　嗯……你瘦了些，你的眼睛大了些。妮娜，我觉得这回看见你是很奇怪的。你为什么关上门不见我？你为什么到这儿这么久都不来一趟？我知道你来了差不多一个星期了……我每天都到你那儿去好几次，我像个乞丐似的在你的窗子外边等着。

妮　娜　我怕你一定会恨我。我每夜都梦见你在看着我，可是不认识我了。你可真不知道啊！自从我回来，我每天都走到这里来……围着湖边转。我有那么多次走近了你的房子，但是每次都下不了决心进来。我们坐下好不好？（他们坐下）现在让咱们坐下来，谈一谈，多谈一谈吧。这屋里多好哇，又温暖又舒服……你听见这风声了吗？屠格涅夫写过这样的一段："在这样的夜里，有避风雨的屋顶、有取暖的炉火的人，是幸福的。"我是一只海鸥……不对，我说错了。（摸她的上额）刚才我跟你说什么？……啊，对了……屠格涅夫……"但愿上帝帮助所有那些无家可归的流浪者吧！……"① 这也没关系。（啜泣）

特里波列夫　妮娜，看你又哭起来了……妮娜！

妮　娜　不要紧，这样我倒好过一些。我两年没有哭过了。昨天晚上，很晚了，我到这花园里来，看看咱们那座舞台是不是还在那儿。它仍旧在那儿。我于是两年来第一次哭了，我的心里也就舒服了些，精神也开朗些了。你看，我不再哭了。（拉起他的手来）现在你果然是一个作家了……你是一个作家，我是一个演员……我们两个也都被牵进生活的漩涡里来了……我从前那样快活地生活着，像一个孩子似的；每天早晨，一醒来嘴里就唱着歌。那时候，我爱你，我梦想着光荣，然而现在呢？明天一大早我就得到耶列次去了，三等车厢……混在农民们中间。到了耶列次，我还得忍受着那些有文化的商人们的种种殷勤。多么下贱的生活啊！

特里波列夫　为什么到耶列次去呢？

妮　娜　我签了整一个冬季的合同。我必须去。

特里波列夫　妮娜，我骂过你，恨过你；我撕过你的信和照片，然而我时刻都知道我的心灵是和你永远连在一起的。我没有能力叫自己忘记你，妮娜。自从我失去了你，自从我把小说开始发表出去，我的生活一直就是不能忍受的，我痛苦……我的青春好像突然被夺走了，我觉得自己仿佛已经活过了九十岁一样。我呼唤着你，我吻你走过的土地；不论我的眼睛往哪儿看，我都看见你的脸，看见你那么温柔的微笑，在我一生最愉快的时候照耀着我的微笑……

妮　娜　（慌乱地）他为什么说这个，哎呀，他为什么说这个呀？

---

① 引自屠格涅夫的《罗亭》。——译者

特里波列夫　我是孤独的，没有任何感情温暖我的心，我像住在地牢里那么寒冷；所有我写出来的东西，都是枯燥的，无情的，暗淡的。留下来吧，妮娜，我恳求你，不然就让我跟你走！

〔妮娜迅速地戴她的帽子，披她的披风。

妮娜，这是为什么！妮娜，看在上帝的份上……

（看着她穿戴好）

〔停顿。

妮　娜　我的马车就停在花园门口。不要送我，我一个人走……（流着泪）给我一点水喝……

特里波列夫　（给她水）你现在到哪儿去？

妮　娜　进城。

〔停顿。

伊琳娜·尼古拉耶夫娜在这儿吗？

特里波列夫　在……上星期四，我舅舅病得厉害，我们打电报把她叫来的。

妮　娜　你为什么说你吻我走过的土地呢？你应该杀掉我。（倚在桌子上）我可真疲倦呀。休息休息……我多么需要休息休息呀！（抬起头来）我是一只海鸥……不，我说错了……是一个演员。不，是一只海鸥！（听见阿尔卡基娜和特里果林的笑声，她静听了一下，向左门跑去，扒着锁眼看）他也在这儿啦……（向特里波列夫走回来）好，好……这没关系……他不相信演戏，他总是嘲笑我的梦想，于是我自己也就一点一点地不相信它了，结果我失去了勇气……除此以外，再加上爱情，嫉妒，对孩子日夜提心吊胆……我就变得庸俗、浅薄了，我的戏也演得坏极了……我不知道这两只手往哪儿放，我不知道怎样在舞台上站，我的声音也由不得我自己做主。你可不知道，一个人明知自己演得很坏，那是怎样一种感觉啊。我是一只海鸥。不，我说错了……你还记得你打死过一只海鸥吗？一个人偶然走来，看见了它，因为无事可做，就毁灭了它……这是一篇短篇小说的题材啊……不，我要说的不是这个……（用手摸自己的上额）刚才我谈到什么？……啊，对了，谈到演戏。现在我可不是那样了……我是一个真正的演员了，我在演戏的时候，感到一种巨大的快乐，我兴奋，我陶醉，我觉得自己伟大。自从我来到这里以后，在我这些天漫长的散步中，我思想着、思想着，于是感到自己的精神力量一天比一天坚强了……现在，我可知道了，我可懂得了，科斯佳，在我们这种职业里——不论是在舞台上演戏，或者是写作——主要的不是光荣，也不是名声，也不是我所梦想过的那些东西，而是要有耐心。要懂得背起十字架来，要有信心。我有信心，所以我就不那么痛苦了，而每当我一想到我的使命，我就不再害怕生活了。

特里波列夫　（悲哀地）你已经找到了你的道路，你知道了向着哪个方向走了；可是我呢，我依然在一些梦幻和形象的混沌世界里挣扎着，不知道自己为什么写，为谁写。我没有信心，我不知道我的使命是什么。

妮　娜　（倾听）嘘……我得走了。再见啦。等我成为一个伟大的演员的时候，来看看我吧。答应吗？但是现在……（握他的手）天已经晚了。我简直站不住了……我累极了，我饿……

特里波列夫　留下，我给你弄点晚饭吃……

妮　娜　不，不……不要送我，我一个人走……我的马车就在这旁边……敢情她把他带来了吗？好哇，左右是一样。你见着特里果林的时候，什么也不要跟他说……我爱他！我甚至比以前还要爱他……这是一篇短篇小说的题材啊……我爱他，我狂热地爱他，我爱他到不顾一切的程度。从前的日子是多么快乐呀，科斯佳！你还记得吗？咱们从前的生活是多么明朗，多么温暖，多么愉快又多么纯洁呀——而咱们从前的感情又多么像优美甜蜜的花朵呀……你还记得吗？……（背诵）"人，狮子，鹰和鹧鸪，长着犄角的鹿，鹅，蜘蛛，居住在水中的无言的鱼，海盘车，和一切肉眼所看不见的生灵——总之，一切生命，一切，一切，都在完成它们凄惨的变化历程之后绝迹了……到现在，大地已经有千万年不再负荷着任何一个活的东西了，可怜的月亮徒然点着它的明灯。草地上，早晨不再扬起鹭鸶的长鸣，菩提树里再也听不见小金虫的低吟了……"（冲动地拥抱特里波列夫，然后从玻璃门跑出去）

特里波列夫　（一阵停顿之后）如果有人在花园里碰见她，去告诉妈妈，可怎么好呢？那会叫妈妈苦恼的……（两分钟之间，他一句话也没有说，只在那里把所有稿子撕碎，扔到桌子底下；然后，打开右门，下）

多尔恩　（想用力推开左门）这真奇怪……门好像锁上了……（上场，把椅子放回原处）简直成了障碍赛跑了。

〔阿尔卡基娜、波琳娜·安德烈耶夫娜上，后边跟着上来的是玛莎和雅科夫——拿这些酒瓶子；再后边，是沙姆拉耶夫和特里果林。

阿尔卡基娜　给鲍里斯·阿列克塞耶维奇把红葡萄酒和啤酒放在这桌子上。我们来一边玩着一边喝着。都坐下吧，大家。

波琳娜·安德烈耶夫娜　（向雅科夫）把茶一块儿端上来。（点起蜡烛，坐在牌桌旁边）

沙姆拉耶夫　（领着特里果林向立橱走去）我刚才跟你说的那个东西就在这儿啦……（从橱里取出那只填了草的海鸥）这是你吩咐我们做的。

特里果林　（注视着那只海鸥）我不记得了！（思索）不，我不记得了！

〔后台，右方一声枪响；大家都吓得跳起来。

阿尔卡基娜　（大惊）怎么回事？

多尔恩　没什么。一定是我药箱子里什么东西爆了。不要慌。（由右门下，跟着就回来）我说得一点也没错。我的一瓶乙醚刚刚炸了。（低唱）"终于，我又见到你了，迷人的女人……"

阿尔卡基娜　（在牌桌旁坐下去）可把我吓坏了！这叫我想起了那一回，他……（两手蒙上脸）那种样子叫我的眼睛都发黑啊。

多尔恩　（翻着杂志，向特里果林）大约两个月以前，这份杂志上发表过一篇文章……一封美国来信；关于这个，我想问问你……（搂着特里果林的腰，把他拉向脚光）这个问题叫人极其发生兴趣……（低声）想个法子把伊琳娜·尼古拉耶夫娜领走。康斯坦丁·加夫里洛维奇刚刚自杀了……

——幕落

自由生存困境中的囚徒
——易卜生《约翰·盖勃吕尔·博克曼》评析

一、作家作品简介

有现代戏剧之父美誉的挪威戏剧家易卜生（Henrik Johan Ibsen，1826—1906）及其戏剧，曾经给中国早期话剧带来过深刻的启迪，也曾影响过世界许多国家的戏剧家，他的戏剧博大而精深，许多艺术流派——自然主义、新浪漫主义、象征主义、表现主义等——都想把易卜生作为自己的先驱，直至今日，易卜生的戏剧还在世界各国上演。

1828年3月28日，易卜生诞生于挪威希恩一个木材商人家庭，8岁时家道中落。1844年到格里姆斯达特一家药店当学徒，1850年闯荡首都奥斯陆，先后在卑尔根剧院和首都国家剧院当编剧。但无论是他的戏剧创作还是个人生活都很艰难。1864年春天，易卜生携家忧愤离国，先后在意大利和德国居住，一别就是27年，直到1891年载誉回到祖国。在青年时代，易卜生满怀民族浪漫主义激情，创作了《英格夫人》（1854）、《布朗德》（1866）和《培尔·金特》（1867）等诗剧。中期创作则以散文体戏剧问世，其中最具影响力的《社会支柱》（1877）、《玩偶之家》（1879）、《群鬼》（1881）和《人民公敌》（1883）四部戏，被称为现实主义社会问题剧，它们无论就创作内容的广度和深度而言，都是易卜生同时代的欧洲作家所不能媲美的。不过，由于这些戏剧对现实社会弊端的尖锐批判与揭露，使易卜生饱受非议。1884年，从《野鸭》开始，易卜生转向对人的内心世界的探索，开始大量运用象征手法，发表了如《海达·高布勒》（1890）、《建筑师》（1892）等八部剧作。

易卜生从不同的视角提出了人生、人性、人本的问题，着重表现了理想和现实之间的矛盾，他作品的思想深度，来自他对人生的认真思考和深刻体验。他的大胆革新精神，诸如用接近日常生活口语的散文体，来取代传统戏剧的诗体语言；用中小资产阶级及其生活来取代传统戏剧以帝王将相、王公贵族或传奇英雄为主人公；改造了陈旧俗套的编剧手法，摒弃了当时舞台上流行的乔装、误会、谋杀、决斗等惊险场面，而以深刻的生活内容、坚实的、符合逻辑的人物性格代之；在戏剧情节发展中着意安排"舞台讨论"；设计开放式的结尾，以展示追寻的徒劳，这种对传统戏剧结尾的颠覆，反映了易卜生对现代人生存状态的深刻思考，以及人在各种力量面前的无能为力的担忧。"奇迹不会发生"已经是现代戏剧家的共识。易卜生的这些戏剧革新大大拉近了观众与舞台的距离，改变了19世纪下半期西方戏剧的审美心理与审美情趣，从而为戏剧艺术开辟了一个新的天地，拉开了西方现代悲剧的序幕。

易卜生的家庭戏剧《玩偶之家》、《群鬼》、《野鸭》、《罗斯莫庄》等剧中人物，往往都是在一个封闭式的客厅里生存、活动，而他们过去的"前史"，又往往是现时当下人物决心行动的推动力，"前史"深藏在他们的内心深处，而现在发生巨大变化的动因就来自于过去，因为过去无法使他们"绕道而行"。特别是自《野鸭》之后的后期戏剧里，易卜生开始转换视角，其戏剧的重心逐渐从社会批评移向内心活动的描写和精神生活的分析，他的人物大多是陷入于心灵的深渊里，在与世隔绝的孤独中，靠幻想来麻痹自己，欺骗自己，直至把自己的生活和他人的生活彻底摧毁。这种自我封闭、自我囚禁的人生态度，最具典型的就是《约翰·盖勃吕尔·博克曼》中同名主人公。

二、《博克曼》的叙事结构

四幕悲剧《约翰·盖勃吕尔·博克曼》[①] 是易卜生后期戏剧中一部非常独特的作品，观众或读者能在每一幕戏里感受到一种深刻的孤独感，一种空有壮志的无奈，一种为维护个人尊严而自我欺骗的悲哀。戏剧主人公约翰·盖勃吕尔·博克曼是个矿工的儿子，凭着他的聪明和才干，终于成了一名采矿工程师，并且爬上了银行总经理的宝座。他野心勃勃，想要开采庞大的矿山，掌管全国的商业和铁路、轮船航线。就在他马上要当选为国会议员的时候，他冒险挪用

---

① 潘家洵译《易卜生文集》第七卷，人民出版社1995年版。

了银行的公款，结果东窗事发，博克曼身败名裂，好像"初次出兵就受了重伤的拿破仑"，他为此付出了五年牢狱生活的沉重代价。出狱后，博克曼年复一年地把自己关在楼上的房间里，天天等待银行请他出山复职，在想象中重新确定自己的价值，就像半个世纪后出现在法国舞台上的荒诞派戏剧家塞缪尔·贝克特笔下的流浪汉一样，苦苦等待着那个永远也不会出现的"戈多"。用博克曼的情人、博克曼太太的妹妹艾勒·瑞替姆的话说："整整一生过去了，一生白糟蹋了。"

剧情发生在首都附近的瑞替姆府邸，时间是冬日的黄昏。这个时间设置颇具有象征意味，象征三位主人公博克曼、博克曼的妻子耿希尔德、博克曼的情人和妻妹艾勒已经走到了人生的黄昏，来日不多了。重病在身的艾勒为了让养子遏哈特，即博克曼和耿希尔德的儿子能陪伴她所剩无几的最后日子，她的到来打破了死水般的平静。易卜生在这个悲剧情境中，把真正的情节置放在遥远的往昔，在戏剧中则巧妙地安排了三个彼此怨恨的孤独的老人的"久别重逢"场面，使这里死气沉沉的生活变得生动紧张起来，从而导致人物心理上的巨大冲击。

第一幕艾勒对耿希尔德说："从咱们上次见面以来到现在已经八年了。"第二幕是艾勒与情人博克曼之间的交谈："博克曼，咱们俩好像不知多少年没有见了。"[①] 在第三幕中夫妻相遇，博克曼的台词则是："我们最后一次面对面站着——那是我被传到法庭上提供证词的时候。"[②] "他们由于过去的往事像被锁链铐到了一起，"[③] 激起了新一轮的矛盾冲突与信任危机，这三个人之间的对话揭示出这三个人之间过去的真实关系，于是，过去的往事与回忆在当下被唤醒了，被再现了出来。

艾勒与博克曼相爱，博克曼却娶了她的姐姐，无耻地要求她嫁给能成就他大业的亨克尔律师。感情深受伤害的艾勒拒绝像玩偶一样被转手，于是博克曼认为自己被告发是亨克尔的报复，他为此也迁怒于艾勒。艾勒收养了博克曼的儿子遏哈特并视为己出，直到他长大后被母亲耿希尔德接走。博克曼夫妇之间则只有冷漠与怨恨，耿希尔德也认为博克曼毁了自己的一生，辱没了家庭声誉。其实抱怨"一生都被糟蹋了"是这三个人共识，只是他们谁也不愿意跨越过去

[①] 潘家洵译《易卜生文集》第七卷，人民出版社 1995 年版，第 128 页。
[②] 同上，第 144 页。
[③] [德] 彼得·斯丛狄《现代戏剧理论 1880—1950》，王建译，北京大学出版社 2006 年 3 月版。

与现在的鸿沟，事实上也是不可能跨越的。"过去"在这里并不是事件，而是"时间"，这与古希腊悲剧《俄狄浦斯王》不一样，俄狄浦斯王在不知情的状况下杀父娶母是客观存在的事实，"他走向真相之路构成了悲剧性的情节。反之，在易卜生那里真相是内心的真相"。[①] 这就是易卜生这部悲剧的叙事结构特点。

为了博克曼这个男人，姐妹俩成了情敌，多年来一直没有见过面。出于对过去情人的爱，艾勒在博克曼破产之后，不但出资为他们夫妻提供住所，而且全身心地扶养他们的儿子遏哈特，体验了当母亲的欢乐。可是博克曼出狱之后耿希尔德就把儿子接走，艾勒再次失去了精神寄托。她内心的痛苦与幽怨伴随着孤独感与日俱增，身体也一日不如一日。为了使自己在离开人世的时候有个人陪伴，她在一个风雪的黄昏来到博克曼家实际是自己的府邸里，打算把遏哈特带走，于是便出现了艾勒要遏哈特以娱晚年和耿希尔德要遏哈特重振门庭声誉的冲突。姐妹俩各揣心事，和从前一样，为了一个男人——遏哈特，她们又准备开战了。"当你自作主张，替我把遏哈特拉扯大——你究竟是什么居心？"耿希尔德责问妹妹艾勒，毫无感恩之心。

在情人重逢的这场戏里，艾勒同博克曼再次相会，步入暮年的艾勒激动地斥责博克曼出卖了爱情，杀害了她的灵魂，毁灭了她的生趣。她做梦也没想到博克曼竟然反过来觉得他蒙受了巨大的委屈，责怪她当年不助他一臂之力，那时他距离成功仅一步之遥。好在到了知命之年的艾勒已不想再清算这笔感情孽债了，她只有一个要求，把她扶养过八年的遏哈特带走，做她的儿子，改用她的姓，继承她的遗产，来作为博克曼赎罪的代价。博克曼从来就只爱他自己，儿子跟谁的姓他并不太在乎，何况还有经济上的好处，他答应了艾勒的请求。

夫妻重逢也同样带出了过去的细节。八年多来，虽然同住在一个屋顶之下，夫妻间却从不照面，博克曼住在楼上耿希尔德住在楼下，相互回避，相互憎恨，他们各自守住自己的小天地，从不越雷池半步。耿希尔德只是从楼上传来的脚步声中，判断她的丈夫是否还活着。现在出于女人的妒嫉心，耿希尔德暗中上楼偷听博克曼和艾勒的谈话。当听到博克曼同意艾勒把儿子带走时，她忍不住跳了出来。于是出现了夫妻相逢这一幕。易卜生用"唇枪舌剑"，将这对夫妻间隐藏了多年的矛盾激化出来，遏哈特是耿希尔德全部的希望，而博克曼却要把他拱手相让，这对她来说无疑是毁灭性的打击。因此，她不仅对丈夫不依不饶，同时迁怒于她的妹妹艾勒·瑞替姆。

---

① ［德］彼得·斯丛狄《现代戏剧理论 1880—1950》，王建译，北京大学出版社 2006 年 3 月版，第 22 页。

这三个精心设计的重逢场面相继出现在舞台上，处理得自然流畅，相得益彰。整个剧情仅仅发生在从黄昏到黑夜来临的短暂的时间里，主要事件从开始到终结也仅仅限制在瑞替姆府邸（注：艾勒·瑞替姆在博克曼银铛入狱、宣布破产之后，买下了博克曼的这座住宅，并让原主人长期居住）；只有最后一幕发生在雪山上。易卜生在如此有限的时空条件下，运用其擅长的回溯法，包容了对这些主要角色漫长生活历程的多方位的追忆，揭示过去的往事在他们内心深处最真实的感受，尤其凸现了博克曼的生活轨迹，以及他所经历的一个严酷的心理厮杀过程，撕肝裂胆，哀怨悲凉，易卜生让那些沉溺于过去和梦幻、退居到内心、陷于沉默和被动中的人物构成戏剧的中心内容，从而使该剧具有相当丰富的内涵。

三、博克曼的"超人"悲剧

如果说八年牢狱的囚禁是法律对一个敢于挪用公款罪犯的惩罚，那么，刑满释放后博克曼自我囚禁了八年则是他的个人选择，为了维护他那所谓的做人的尊严与价值。这又是一个白日梦患者，一如易卜生《野鸭》（1884）中的白日梦患者雅尔马。不过相比之下，雅尔马在他家的楼上搭建的阁楼"森林"里，在他幻想当照相术发明者的幻觉里还过得有滋有味，乐在其中；博克曼则沉浸在最彻底的孤独之中，八年来他不接触任何人，包括他的妻子耿希尔德和过去的情人艾勒·瑞替姆。他的偏执与自私，使他具有不可动摇的意志。博克曼的悲剧，揭示了现代人在现实社会中自我的失落和自由意志的失落，这种失落使人不敢直面自己的生存，因而更难以实现自我。

人，总是在希望与失望中度过自己的一生。戏开始时，博克曼在这种希望和失望中已经整整生活了八年，也徒然等待了八年。长期与世隔绝的生活，使他变成了一个妄想狂："等我复职的时辰一到——等他们觉得没有我办不成事儿的时候——等他们亲自上楼来找我，爬在我脚边，求我再出去当银行总经理的时候——就是那家新银行，就是他们设立了而办不下去的那家银行——到那时候，我就站在这儿，接见他们！并且要让远近的人——全国的人——都知道约翰·盖勃吕尔·博克曼要逼他们接受了条件才肯——"他的狂妄与野心，使他不能清醒地意识到自己被社会所抛弃的现实，或者说他不敢正视自己的现实。易卜生在刻画这个人物时所运用的细节：每当听到敲门声，博克曼马上会装腔作势，一手按在写字台上，一手插在前胸衣襟里，准备接待等待已久的代表团。在这里，我们好像看到又一个雅尔马在制造生活的骗局，博克曼把自己囚禁在屋子里，从不下楼半步，这使人想起了《野鸭》一剧中的那间小阁楼，他就像一只受了重伤的狼，他的意志、他的野心、他的刚愎自用，以及为达到目的而不择手段和攻击性，足以使他称得上"狼"而不是一只"野鸭"。

这是一个自我意识十分强烈的人物，博克曼曾坚定不移地认为，他是"特选的出类拔萃的人"，负有解放地下深处亿万吨矿藏的神圣使命。这个使命对博克曼来说是自觉的，是不可抗拒的，也是与生俱来的。他仿佛能听到地下的宝藏在向他呼喊，在向他歌唱，能看到它们在向他招手。他整个儿被迷惑住了，他全身心地爱它们，爱随之而来的权力，这使他变得狂妄，变得野心勃勃，变得不可一世，变得非理性直至神经错乱。

由此可见对地下宝藏的开掘，对更大荣耀和权力的追求，是博克曼的生命激流之源。易卜生在这个剧本里用了隐喻法，隐喻博克曼就像那埋在黑暗中的煤矿、金子，纵然有着极大的能量，因开采手段的不合法而不能在光明中显露出来。博克曼的错误和悲剧就在于，他经历了一次惨败之后，不能正确地对待自己，也不能正确地对待他人。他自始至终只追求他个人的权力，而从未承认过别人的权力。他奉行的是尼采的超人哲学，认为其他所有的人，都是他实现自我野心的工具。"要么全有，要么全无"，这种自我中心主义的无限扩张，致使他狂妄自大，自我封闭，孤立无助。

易卜生笔下这一类意志如钢的人都有一个特点，就是一旦目标已定就会去积极行动，不计后果和亲情，更不会去顾及女人的感情与心理。比如，牧师布朗德、建筑师索尔尼斯、雕塑家鲁贝克等等。博克曼也同样不能抑制自己对权力的强烈渴望和对行动的迫切要求，在他心目中，其他的一切都应该为他做出牺牲。他可以毫无愧色地拿爱情作交易，把自己所爱的女人，那个也钟情于他的艾勒小姐，像商品一样出让给能够使他谋取个人权力、进一步腾达的律师亨克尔先生，自己则跟拥有遗产的艾勒的姐姐耿希尔德结婚。从这点上来看，博克曼同《社会支柱》中的主人公博尼克一脉相承，女人、婚姻不过是他们向上爬的交易筹码。博克曼用实际行动实现了布朗德的箴言："一个人有一样属于他的东西，他不能给，那就是他的内在的自我，他不敢束缚它，禁锢它，堵塞他的使命的河流。它必须不停地奔流，归入大海。"因此，易卜生的女人们在很多时候都会成为男人们的所谓宏伟事业的牺牲品，她们是没有选择的自由的。

"自我"在易卜生心中是人的正当权利，"这个世界要容许人不折不扣地实现他的自我"。对"自我"的呼吁，反映出易卜生对现代人生存困境的形而上的思考。他为人的自由生存困境和精神困境而产生的焦虑和痛苦，恰是现当代戏剧一再涉及的问题。例如，在让—保尔·萨特（Jean—Paul Sartre,

1905—1980）和阿尔贝·加缪（Albert Camus，1913——1960）的戏剧里，他们都提出了个人的自由选择的问题。

从博克曼的许多言行中我们可以看出，这个人物是易卜生当年所谓的"社会支柱"博尼克的后代，也是尼采的信徒。他信奉超人哲学，鼓吹权力斗争，提倡唯意志论，为追求目的而不择手段。如果再向上追溯，博克曼比他的祖宗培尔·金特的野心更大，决计要建立他的强大的博克曼王国。八年的牢狱生活没有使他反省忏悔，相反，他只恨自己被朋友出卖，"友谊就是欺骗！"他咬牙切齿地说道。对剧中那个没有出过场的欣克尔，他怀有铭心刻骨的仇恨；他甚至把怨恨从个人扩展到整个社会，认为社会不认识他的行动价值及其自身的价值。他日复一日、月复一月、年复一年地等待着东山再起的那一天，实现那个诱惑他的梦想。希望是人性的一部分，人活着，就有希望。博克曼虽然没有等到未来，但是在他长期独自幽禁的时间里，他没有停止过思考生存的答案，这使他的内心保存着超越生存困境的那一面，从而使他的毁灭具有一种悲剧精神。

因此，当博克曼的英雄梦破灭之后，当他的人生与事业的挫败之后，他失去的不仅是他的金钱和地位，更致命的是使他失去了重新站立起来、面对社会和生活的勇气，他只能用自我封闭来逃避现实，用幻想、用白日梦来编织往昔未竟的宏图大业。这种自欺欺人的白日梦后来成为许多剧作家所效仿的手法，如，美国剧作家尤金·奥尼尔的《送冰的人来了》。

博克曼一向自认为自己是上帝"特选的出类拔萃的人"，对社会负有坚定不移的"使命感"。他之所以要以身试法作出冒险的事情，按照他的说法：不单单是为他自己创造权力和财富，更是为了让成千上万的人富裕起来，这就是他可以高踞于芸芸众生之上的理由，只是没有人意识到他的力量。因此，面对因为他而遭受破产厄运的人们，他不必愧疚，反倒认为都是天下的人负了他，是所谓的朋友欣克尔出卖了他，也包括他的情人艾勒小姐，她不肯用自己的身体为他做出牺牲。

伟人、超人的自我意识与不可遏止的野心，使他如此自负而狂妄，即便是在他触犯法律身败名裂以后。当艾勒小姐指责他出卖爱情，犯了谋杀灵魂的罪孽时，博克曼毫无廉耻地说道："对，我做了交易，艾勒！我无法遏制爱权力的欲望。"他还振振有词地为自己辩解：因为"我是男人！因为我胸怀大志，所以连这事我都能够忍受！"[①] 博克曼甚至倒过来抱怨艾勒不肯助他一臂之力，如果她肯嫁给那个大权在握的亨克尔，他就不会遭殃了！每每想到这儿，博克曼

[①] 潘家洵译《易卜生文集》第七卷，人民出版社1995年版，《博克曼》第二幕。

就会情绪激动,歇斯底里地指责艾勒毁了他的前途,毁了他自由发展和实现自我的最后希望。如今孑然一身、病入膏肓的艾勒落到这般地步,按照博克曼的话来说是自找的:"你只能埋怨你自己。"面对情人的眼泪和幽怨,博克曼丝毫不受良心的谴责,反而把责任和道义推卸得一干二净。

对一个极端自私的野心家和个人主义者来说博克曼是毫无道德可言的。易卜生塑造这种类型的男人,都是只重功利和权力,他们让女人、爱情无可商量地服从于男人的权力欲。为了他们的伟大事业和理想,在万不得已的时候,"一个女人总可以代替另外一个"(见《博克曼》第二幕)。在博克曼看来,那些没有任何职责的人,包括女人,只有一种职责,就是牺牲自己。在这里,我们似乎又听到了海尔茂对他太太娜拉说过的一句话:男人不能为他爱的女人牺牲自己的名誉。

由此可见,博克曼这种对女性的态度,完全继承了博尼克的衣钵,与海尔茂也从本质上如出一辙。不过,易卜生对博尼克还是非常温和的,让他在忏悔之后,重新赢得"社会支柱"的称号;而现在,他对博克曼这类个人野心家,在否定中又包含着对他的同情。博克曼不仅在事业上因损人利己而一败涂地,而且在个人生活上既毁灭了别人的幸福,也造成了自己的不幸。从这方面看,易卜生对博克曼是持否定和批判态度的。

然而,易卜生又认为博克曼能够从一个卑微的矿工,经过自己的奋斗,步步高升到银行总经理的职位是很了不起的,很赞赏他这种自我奋斗精神,这正如易卜生本人的自我奋斗。易卜生强调:人生的价值,就是"要奋斗到末了一天,牺牲到最高程度,绝对不要调和,完全做自己意志的主人"。因此,他的博克曼为了其煤矿王国不惜赤裸裸地拿爱情做交易,去干违法乱纪的勾当。易卜生认为这些道德缺陷是可以被宽容的,因为这个人物是"特选的出类拔萃的人"。这种特殊的人物是资产阶级社会的精神贵族,是尼采大加赞扬的"超人",为求自我发展,当然可以为所欲为,做出超越常规的例外。

对于这类"特选的出类拔萃的人",早在易卜生的精神儿子布朗德身上就流露出他对人民人众的轻视。布朗德和他所生存的那个狭隘而窒息的环境,屡屡发生冲突,他为了他的"精神反抗"和崇高理想而独行其是。现在,博克曼也同样自视在各方面都高人一等,唯有他才能完成辉煌大业,因此他在精神上绝不肯服输。醉心于人们对他的个人崇拜,往往是这类"特殊人物"在资产阶级社会里,处于孤立地位的主要原因之一。

然而,布朗德追求的是精神,博克曼追求的是物质;前者是抽象的,后者是具体的。他们都以超人的意志,体现了愿望与可能之间的对立,这种对立的本身也是现代生存困境的产物。博克曼临死之前发出的由衷的感叹：那从前的梦想，那广大无边、开发不尽的、眼看就要征服的王国，"始终只是一场梦"。

自我的实现是何等之难！哪怕他已经付出了昂贵的代价——个人爱情与家庭幸福。易卜生几乎所有的戏剧都少有圆满的结局，悲剧精神是易卜生戏剧的品格。虽然这个过于自负、坚毅的博克曼并不可爱，但是在人生的最后一幕，也是该剧的最后一幕里，当他终于在绝望中逃出那个囚禁的家庭牢笼，颤颤巍巍地站在白雪皑皑的、寂静的高原上，俯瞰大地，回首往事的时候，不由得悲从中来，发出那天不从人愿的叹息，那一个戏剧场面是令人感动的。在茫茫天地之间，人是何等的渺小、何等的卑微，那冰天雪地的大自然正是冷酷无情的命运的象征，哪怕你是所谓的强大的超人、伟人，或是上帝的宠儿。雪山、高处、形单影孤的人，类似这样的画面我们在易卜生的戏剧里并不陌生，人生如梦，人生是空。望着这位白发苍苍的疯癫老人，我们的怜悯之情会油然而起。

四、易卜生的哲学观与现代悲剧母题

受黑格尔所倡导、布伦退尔所发展、强调的"意志论"戏剧冲突规律的影响，易卜生也以自觉意志作为他的哲学与写作的基础。但在他的后期剧作中，"他发现人的意志和他所生活其中的世界有着那么大的脱节而吃了一惊，不能在早期的宗教学说中找到安慰，便不得不自己创造了一个解决方法以满足自己的需要。由于这种需要发源于他的纷乱的心理，所以他所创造的神秘主义必然是他自己的精神状态的造像。"[①] 美国电影戏剧理论家约翰·爱华德·劳逊的这段话说得颇为中肯。这里所说的"神秘主义"是指人不可能完全逃避现实，因此不能不靠"一种实现希望的憧憬——一个在其中情绪具有无边的力量，可以自己解放自己的梦幻世界"。博克曼就是在这种梦幻世界里，保持着个人的优越感。由于个人与现实之间的失调与脱节，博克曼富有想象力的、清醒的自我是病态的，是自我欺骗的。博克曼视个人命运的二元论，表现了易卜生对理想和现实的看法：理想具有强大的力量，足以使没有理想的生活失去一切价值；而现实却已把理想的随心所欲，以专横力量主宰一切的威力击得粉碎，以至它的一切胜利在刚刚取得时便不可避免地转化为失败，胜利者不得不永远怀念他胜利前的情景。易卜生在这部戏剧里，再一次探讨了个人和社会中真实和虚幻的实质。

---

① 约翰·霍华德·劳逊《戏剧与电影剧作理论与技巧》，中国电影出版社1961年版。

人的孤独，人与他人的无法沟通，人与社会的脱节，人生的荒诞，这些现代派戏剧中一再涉及到的主题，在易卜生的戏剧中已经被关注到了，他笔下的这些人物都是"彼此异化的孤独的人"①。在易卜生后期戏剧里，夫妻之间总是存在着隔阂，男女之间存在着深刻的不平等。在妻子耿希尔德眼中，博克曼早已死了，而她也等于做了活死人的妻子；早年倾心于博克曼的艾勒，因博克曼背叛了她，扼杀了她的恋爱生活而从此心如死灰，形影相吊。博克曼自己也是孤独与绝望中虚度了十六年的宝贵光阴。

在这同一个晚上，易卜生还设置了一对次要矛盾冲突：与博克曼持续了多年友谊的老友弗尔达尔和博克曼闹崩了。这个可怜的小办事员，也是一个生活在白日梦阴影里的人物，为了自己的梦想——成为一个诗人和剧作家——而贻误了一生。弗尔达尔与博克曼不同，博克曼从来都毫不怀疑自己的才能，弗尔达尔则对自己能否成为一个诗人始终没有把握，他需要从别人的肯定中确认自己的价值。因此，一旦博克曼对他说"你到底不是诗人"时，弗尔达尔决不能原谅他，不能原谅这个当年挪用他的存款去搞投机事业而使他破了产他都不曾抱怨过的博克曼，因为博克曼粉碎了使他保持个人价值和荣誉感的虚幻世界。

其实，在易卜生后期戏剧里，像博克曼、弗尔达尔这类人物并不少见。《小艾友夫》的男主人公艾尔富吕·沃尔茂的精神生活，靠的是计划写一部论人的责任的巨著所支撑。《野鸭》中的雅尔马则认为自己有可能在照像技术上有重大发明而生活得有滋有味。这些人物无一不是在幻想中虚度一生；他们渴求梦想成真，摆脱掉失意的处境，却又害怕走出他们自己给自己营造的、与世隔绝的小天地；他们的思想大于行动，唯有在虚幻中才能得到安慰，保持住人的尊严和体面。易卜生既同情这类人物的不幸，洞察入微地对他们进行心理分析，又蔑视他们那种虚假的生活态度和生活方式，批评他们像受伤的野鸭，在狭隘平庸的天地里，在至关重要的谎言里，寻求心理平衡。

在《约翰·盖勃吕尔·博克曼》这部剧里，以博克曼为中心的四位老人，他们的灵魂都是极其孤独的，他们的心扉早已被生活的尘土封闭死了。孤寂和怨恨使这些老人彼此隔离，每个人都独自生活在冷冰冰的小世界里，被生活、幸福、光明和一切美好的东西所抛弃。

于是，年轻的、富有生命力的遏哈特便理所当然地成了他们晚年的最后希望和安慰，成为他们争夺的对象。当遏哈特的母亲和姨妈千方百计地想控制他，

---

① ［德］彼德·斯丛狄《现代戏剧理论（1880—1950）》，王建译，北京大学出版社2006年版，第22页。

要把他拉入自己的怀抱而遭到拒绝时，冷眼观战的博克曼突然意识到他的机会来了，他要求儿子同他一块儿干，帮助他一起挽回他的失败。三位老人从各自的利益出发，向遏哈特发出了急切的呼唤。

易卜生在描写这个争夺场面时，将每个人的心理和神态都刻画得维妙维肖。那是一场灵魂与灵魂的短兵相接，往日的恩恩怨怨在这一刻全都暴露无遗。博克曼太太自以为能左右儿子遏哈特，所以在艾勒面前显得洋洋得意，对丈夫则不加掩饰她的傲慢与蔑视；博克曼在听到妻子的挖苦之后，立即勃然大怒，艾勒·瑞替姆在意识到彻底失去遏哈特的现实时，有意向耿希尔德作对，煽风点火地鼓动遏哈特帮助父亲重创事业。易卜生把这场心理争夺战写得入木三分，戏剧冲突波澜迭起，三个长辈包围着遏哈特：

博克曼　遏哈特，你愿意不愿意跟我合作，帮我创造这新生活？

艾　勒　你不能破费两三个月工夫，让一个不久于人世的苦命人，在临死之前畅畅心胸吗？

博克曼太太　难道你忘了自己许过愿要做的那桩事业吗？

六道期待的目光，三条利剑般的舌头，同时逼向遏哈特，逼他当场做出选择。富有戏剧性的是，遏哈特这个一向唯唯诺诺、温顺听话的儿子，突然以叛逆者的姿态出现在长辈面前，他生平第一次拒绝父母和养母的要求："我不能贡献自己的生命给别人赎罪——不管那人是谁。""也不想陪伴一个快死的人，更不愿意工作！因为我是年轻人，这股滋味我从前没体会过，现在却在我浑身血管里跳动。我只想生活，生活，生活！"遏哈特的句句答复掷地有声，似阵阵惊雷在老一代人那乌云密布的心灵里轰然炸响，炸得他们惊慌失措，无论是母亲的权威、养母的哀求，还是父亲的威严，都不能改变遏哈特已经拿定的主意。他下定决心要逃出这个令人窒息的地方，远离这个极端自私的爱的围城，他要自由要寻找属于自己的快乐，这个快乐他已经找到了。当他把他所爱的女人唤进屋子同家里人见面时，空气仿佛凝固了一样。易卜生以片刻的沉默来突出博克曼一家人在毫无心理准备的情况下所经受的惊讶和震动。

老人们无论如何也想不到，遏哈特竟然爱上了一个当过博克曼情妇的女人威尔敦太太，而且马上就跟她一起远走高飞。遏哈特的态度是如此坚决，义无反顾。跟这对情侣一起去国外的还有佛尔达尔的小女儿，这位可怜的姑娘不过是被他们用来作为掩人耳目的工具。佛尔达尔却因为女儿坐着一辆漂亮的带有银铃和篷子的雪橇而眉开眼笑，"这么看起来，天把我生成个诗人，究竟不冤枉，因为小富吕达就要走进我从前一心向往的那个广大的世界了"。这位一生不得志的老人竟然在被雪橇撞倒后，还能激发起这一点可怜的诗情，更给那三位被抛弃的老人增添了一分苦涩，给这座孤零零的老宅陡添了一种凄凉感。

易卜生笔下的这几个人物，几乎都固定在一种运动方式里。他们都没有决定自己命运的可能性，他们被一种诱惑，一种自己编织的希望所欺骗。这种情况正如20世纪的卡夫卡所说的，是"原地踏步的行进"。他们躲藏在黑暗中，一心盼望着奇迹的出现。

然而，在易卜生的笔下，奇迹永远是不可能发生的。年轻的遏哈特的出走，意味着老一代人梦想的彻底幻灭。那追求自由的远去的银铃声在老人们听来仿佛是送丧的钟声，他们被无情地遗弃在冬日的黑夜里，眼前一片茫然。铃声渐渐消失之后，易卜生又以一个小小的停顿，制造出一种令人窒息的舞台气氛，一种可怕的孤寂感更加沉重地压在博克曼一家三位老人的心上。生活下去的神话消失了，它不能不影响到他们今后的命运。

易卜生戏剧中所表现的凭意志就能够取胜的主调，在最后遭到了否定。那位曾经显赫一时的、有着坚强意志的博克曼先生在儿子走后终于神经迷乱，他疯疯癫癫地唱起了解放宝藏之歌，终于走出家的囚笼，走入了冰冷漆黑的王国，再也没能站立起来。

在《约翰·盖勃吕尔·博克曼》的整个剧中，我们深深感受到一种挥之不去的孤寂和无奈。易卜生就好像一个矿工，深入地挖掘出人物内心深处最隐秘的宝藏，哪怕是最细微的感觉。然而，他虽然能理解他们、同情他们，却不能够帮助他们，为他们指点迷津，把他们从困境中解救出来。

在易卜生后期戏剧里，斯多克芒式的那种斗争精神消失了，曾经震惊过西方社会的那句"世界上最有力量的人是最孤立的人！"在这里显得滑稽可笑，一种虚幻的悲观主义和神秘主义日渐明显地弥漫在他的作品之中。博克曼的悲剧，再次反映出易卜生思想上的困惑。无论是卑微的小人物雅尔马、佛尔达尔，还是充满雄心大志的所谓特殊人物博克曼，都不能不被生活所困扰，只能无奈地在自己制造的虚幻的梦的阴影里求生存。

被囚禁难道是人类的共同命运？

最后值得一提的是这部戏剧在表现方法上有一个引人注意的特点，即一种浓烈情绪的展现。易卜生在这里表达了一个总体情绪：天不遂人愿的愤怒与焦虑，以及被隔离的孤独。最突出的体现者当然是博克曼。博尼克临死前唱的那首出自他心灵感应的富有诗情的解放宝藏之歌，给《约翰·盖勃吕尔·博克曼》增加了独特的艺术魅力。情绪的依据是心理的过程。易卜生淡化了情节，抓住过去生活在人物心灵中的投影，抓住人物内心深处涌动着的对社会、对生活的强烈不满的心理情绪，高度概括后提供给观众，启发观众去思考。这种类型的戏剧由于内在的意蕴藏得很深，它已经"进而描写到因深层心理变态而分裂的心灵内部的荒诞世界"①，因而大大启发了后来的现代派剧作家，萨缪尔·贝克特的《等待戈多》就属于这类表现情绪的戏剧。

思考题：
1. 试分析易卜生戏剧中过去的生活与现在的关系。
2. 试分析博克曼这一人物特点。

---

① ［日］河竹登志夫《戏剧概论》，中国戏剧出版社1983年2月第1版，第16页。

约翰·盖勃吕尔·博克曼（节选）[1]

（1896）

[挪威] 易卜生著

潘家洵 译

第二幕

〔瑞替姆府邸楼上的大走廊。墙上挂着旧壁衣，上面织着行围打猎、牧童、牧女等等景物，颜色却都黯淡了。左边有一扇合页门，再往前，有一架钢琴。后方左角有一门，嵌在壁衣里，就用壁衣遮着，没有门框子。紧贴右墙中央，摆着一张雕花橡木大写字台，上头堆着许多书籍纸张。再往前来，也在右首，有一张沙发，前面有一张桌子和几把椅子。全部家具都是呆板的帝国式样。两张桌上都有点着的灯。

〔约翰·普勃吕尔·博克曼背着两手，站在钢琴旁边，听富吕达·佛尔达尔弹奏《死之舞曲》的最后一节。

〔博克曼是个中等身材、结实魁伟、六十好几岁的男人。他相貌出众，侧影佳美，目光锐利，须发鬈曲而灰白。他穿一件式样略微过时的黑上衣，打着白领带。富吕达·佛尔达尔是个面目姣好、颜色苍白、十五岁的女孩子，有脸上带着几分紧张疲劳的神情。她穿着价钱不贵的浅色衣服。

---

[1] 选自《易卜生文集》第 7 卷，[挪威] 易卜生著，人民文学出版社 1995 年版。

......
〔博克曼默默出神，走近钢琴，正想把钢琴盖好，忽又停手。他对这间空洞的大屋子四面一望，开始在摆钢琴的角落与后方右首角落之间踱来踱去，心神不宁地走个不停。最后，他走到写字台前，顺着合页门方向细听，慌忙抓起一面手镜，照了一照，整整领带。

〔合页门上有人敲了一下。博克曼听见以后，急忙瞧着门口，然而并不作声。过不多时，门上又敲了一下，这次声音更响了些。

博克曼 （站在写字台旁，左手按在写字台上，右手插在前胸衣襟里）进来！

〔威廉·佛尔达尔轻轻走进来。他是个瘦弱弯背的人，长着两只温和的蓝眼睛，稀疏灰白的长头发披散在衣领上。胳臂底下挟着个纸夹子，头上戴着软呢帽，一副玳瑁边大眼镜推在前额上。

博克曼 （改变态度，半失望半高兴地瞧着佛尔达尔）哦，原来是你？

......

佛尔达尔　我好久没把剧本念给你听了，也许你喜欢听我念一两幕。

博克曼　（站起来，拒绝的姿势）不，不，留着改天再听吧。

佛尔达尔　好，好，随你高兴。

〔博克曼踱来踱去。佛尔达尔把稿子收起来。

博克曼　（在他面前站住）刚才你说的话一点儿都不错——你没干出什么事业来。可是我跟你预先约定，威廉，只要我复职的时辰一到——

佛尔达尔　（想要站起来的样子）噢，谢谢，谢谢！

博克曼　（把手一挥）不必，请坐。（越来越兴奋）等我复职的时辰一到——等他们觉得没有我办不成事的时候——等他们亲自上楼来找我，趴在我脚边，求我再出去当银行总经理的时候——就是那家新银行，就是他们设立了而办不下去的那家银行——（照刚才的样子站在写字台旁边，拍拍胸膛）到那时候，我就站在这儿，接见他们！并且要让远近的人——全国的人——都知道约翰·盖勃吕尔·博克曼要逼他们接受了条件才肯——（突然中止，瞪着佛尔达尔）你在怀疑我的话！莫非你不信他们会来找我？你不信他们早晚一定、一定、一定会来找我？你不信会有这种事？

佛尔达尔　我信，我当然信，约翰·盖勃吕尔。

博克曼　（又在沙发上坐下）我一点儿都不怀疑，我确确实实相信他们有一天会来。如果我不是十分有把握，我早就一枪把自己打死了。

佛尔达尔　（担心）哦，使不得！

博克曼　（高兴）可是他们会来！他们一定会来！你瞧着吧！他们哪天都会来，随时都会来。你看，我随时准备接见他们。

佛尔达尔　（叹一口气）但愿他们快点来才好。

博克曼　（烦躁）是啊，光阴似箭，岁月像流水一样，人生——唉，罢了，我不敢往下想！（瞧着他）你知道不知道有时候我自己觉得像什么？

佛尔达尔　像什么？

博克曼　我觉得像个初次出兵就受重伤的拿破仑。

……

艾勒·瑞替姆　博克曼，咱们俩好像不知多少年没见面了。

博克曼　（伤心）好久好久了。可怕的事情也经历过不少了。

艾勒·瑞替姆　整整一生过去了——一生白糟蹋了。

博克曼　（仔细瞧她）白糟蹋了？

艾勒·瑞替姆　对了，白糟蹋了——咱们俩都一样。

博克曼　（冷静而认真的口气）目前我还不能说我的一生是白糟蹋了。

艾勒·瑞替姆　那么我的呢？

博克曼　你只能埋怨自己，艾勒。

艾勒·瑞替姆　（吃了一惊）你居然会说这句话？

博克曼　没有我，你本来也可以很快活。

艾勒·瑞替姆　这是你的真心话吗？

博克曼　只要当初你有决心。

艾勒·瑞替姆　（伤心）嗯，不错，我知道那时候另外有个人愿意跟我结婚。

博克曼　可是你不要他。

艾勒·瑞替姆　对了，我不要他。

博克曼　你一次一次地拒绝他。一年一年地——

艾勒·瑞替姆　（鄙夷地）我一年一年地把幸福推出去，你大概是这意思吧？

博克曼　你跟他过日子可以很快活，并且我也可以不遭殃了。

艾勒·瑞替姆　你？

博克曼　对了，艾勒，那么一来，你就可以保全我了。

艾勒·瑞替姆　你这话什么意思？

博克曼　他以为你执意不答应，再三拒绝他，都是我在背后撺掇的。因此他要报复。他要报复很容易，我的机密信件都在他手里。他把那些材料随便摆布了一下，我就垮台了——只是暂时垮台，这就是说。你看，这都是你闹出来的，艾勒！

艾勒·瑞替姆　嗯，真的，博克曼。如果咱们仔细想一下，好像我应该对你赔偿损失。

博克曼　那也在乎怎么看法。你替我们出的力我都知道。拍卖的时候，你把这所房子以及全部财产都买到了手里。你把这所房子交给我——和你姐姐——自由处置。你还抚养遏哈特，尽心照管他。

艾勒·瑞替姆　只要别人许我这样做一天——

博克曼　你是指你姐姐说。我从来不过问这些家务事。我刚说过，你在我和你姐姐身上出的那些力我都知道。可是你有那份力量，艾勒。并且你别忘了，给你那份力量的人就是我。

艾勒·瑞替姆　（生气）博克曼，这话你完全说错了！我肯那么出力是因为我真心爱遏哈特——并且也真心爱你。

博克曼　（打断她的话）我的好艾勒，咱们别牵扯感情问题什么的。当然，我的意思是，你能那么慷慨，那是我给你的力量。

艾勒·瑞替姆　（微笑）哼！你给我的力量！

博克曼　（兴奋）是啊，我给你的力量！在那场大决战快要开始的时候——那时候亲戚朋友我一概顾不得啦——那时候我只能挪用，并且确实挪用了别人托付给我的几百万产业，然而凡是你的产业我一概没动，一个钱也没动，虽然我也可以挪用，像我挪用别人的产业一样！

艾勒·瑞替姆　（冷静地）这话不假，博克曼。

博克曼　确是真的。所以他们来抓我的时候，发现你的证券在银行保险库里丝毫没动。

艾勒·瑞替姆　（瞧着他）我时常纳闷，你保全我那份产业究竟是什么理由？为什么单单保全我那一份？

博克曼　我的理由？

艾勒·瑞替姆　对了，你的理由。告诉我。

博克曼　（态度轻慢、粗暴）也许你以为我想给自己留个退步，万一事情不妙的话？

艾勒·瑞替姆　噢，那倒不是，我确实知道那时候你想不到这上头。

博克曼　绝对想不到！我拿得稳一定会成功。

艾勒·瑞替姆　那么你为什么——？

博克曼　（耸耸肩膀）说老实话，艾勒，要记住二十年前做事的动机可不容易啊。我只知道，每逢独自静静地盘算我那些大计划的时候，我心里的滋味好像是个正要坐着气球出去旅行的人。夜里睡不着觉的时候，我把气球打足了气，准备飞到危险荒凉、没人知道的地区。

艾勒·瑞替姆　（含笑）你不是素来抱着必胜之心吗？

博克曼　（不耐烦）男人生来就这样，艾勒。他们有信心，同时也怀疑。（眼睛瞧着前面）我不愿意把你和你的产业带上气球去，大概就为这理由。

艾勒·瑞替姆　（急切地）为什么？我问你。快说！

博克曼　（眼睛不瞧她）一个人在这样冒险旅行的时候，不能不顾惜他最宝贵的东西。

艾勒·瑞替姆　在那次旅行的时候，你并没顾惜你最宝贵的东西。你的未来的全部生命——

博克曼　生命不一定总是最宝贵的东西。

艾勒·瑞替姆　（屏住呼吸）这是你在那时候的想法吗？

博克曼　大概是吧。

艾勒·瑞替姆　那时候我是你世界上最宝贵的东西？

博克曼　我仿佛记得是这样。

艾勒·瑞替姆　然而多少年前你就把我甩掉了——娶了——娶了另外一个人！

博克曼　我把你甩掉了，你说？你心里一定明白，那时候有更远大的打算——有别的打算逼着我那么办。如果没有他的支持，我什么事都做不成。

艾勒·瑞替姆　（勉强隐忍）所以你甩掉我，是为了——更远大的打算。

博克曼　没有他的帮助，我的事业没法进行。他要求我把你作为帮助我的代价。

艾勒·瑞替姆　你就付了代价。全数付出，也不还价。

博克曼　我没有第二条路。我不成功；就得失败。

艾勒·瑞替姆　（声音发颤，眼睛盯着他）你说我是你世界上最宝贵的东西——这话是不是真的？

博克曼　在当时，在后来——在后来许多许多年里，都是真的。

艾勒·瑞替姆　可是你仍然把我出卖了，用你的爱情去跟别人做交易。你出卖我对你的爱情，去换一个——一个总经理的职位。

博克曼　（伤心，低头）我实在是万不得已，艾勒。

艾勒·瑞替姆　（从沙发上站起来，气得发抖）罪人！

博克曼　（吃惊，可是隐忍着）这个字眼我从前听见过。

艾勒·瑞替姆　你不要以为我说的是你那些违犯法律的行为！你在账单、证券、还有别的事情上头搞的把戏——都丝毫不在我心上！如果乱子发作的时候，我能在你身边的话——

博克曼　（急切地）怎么样，艾勒？

艾勒·瑞替姆　我一定会高高兴兴跟你一同担当。那番耻辱，那次破产——我都愿意帮你担当——全部担当！

博克曼　你有那种意志，那种魄力吗？

艾勒·瑞替姆　意志，魄力，两样都有，因为那时候我还不知道你犯下了弥天大罪。

博克曼　什么罪？你指什么说？

艾勒·瑞替姆　我指的是那桩万恶不赦的罪恶。

博克曼　（瞪眼瞧她）你一定是疯了。

艾勒·瑞替姆　（走近）你是个杀人的凶犯！你犯了独一无二的大罪！

博克曼　（向钢琴倒退）你在说胡话，艾勒！

艾勒·瑞替姆　你杀害了我心里的恋爱生活。（更走近些）你懂不懂这句话的意思？《圣经》里说过一桩神秘而不可饶恕的罪恶。我一直不懂那是怎么回事，可是现在我明白了。那桩不可饶恕的大罪就是杀害一个人的恋爱生活。

博克曼　你说我犯了这桩大罪？

艾勒·瑞替姆　是。到了今天晚上，我才确实了解我的真正遭遇。你把我甩掉，去找耿希尔德——这件事我从前以为只是你的三心二意——像平常男人一样——和她的无耻诡计的结果。不管怎么样，那时候我几乎有点瞧不起你。可是现在我看清楚了！你甩掉了你爱的女人！那个女人就是我，我，我！你愿意用你世界上最宝贵的东西去换取利益。你犯的是双重谋杀罪！你残害了自己的灵魂，还残害了我的灵魂！

博克曼　（冷静地控制自己）我很了解你的无法控制的热情，艾勒。你用这种眼光看事情，是不足为奇的。你是女人，所以你当然觉得只有自己的一颗心是世界上你最了解也最关切的东西。

艾勒·瑞替姆　不错，不错，正是这样。

博克曼　你觉得，你自己的一颗心是唯一存在的东西。

艾勒·瑞替姆　唯一的东西！唯一的东西！你这话说对了。

博克曼　然而你别忘了，我是男人。把你当做女人看待，你是我世界上最宝贵的东西。可是事情到了没有办法的时候，一个女人总可以代替另外一个。

艾勒·瑞替姆　（对他一笑）这就是你跟耿希尔德结婚时的经验吗？

博克曼　不是。然而因为我胸中怀着大志，所以连这事我都能忍受。我想支配全国的资源。蕴藏在土地里、岩石里、森林里和海洋里的一切财富，我都想掌握在自己手里，都归我支配，为千千万万人谋幸福。

艾勒·瑞替姆　（回忆，出神）我知道。你该记得，从前咱们常常整个晚上谈论你那些计划。

博克曼　对了，我可以跟你谈，艾勒。

艾勒·瑞替姆　我还取笑你的计划，并且问你是不是打算把在矿山里睡觉的一切精怪全都唤醒。

博克曼　（点头）我记得那句话。（慢慢地）在矿山里睡觉的一切精怪。

艾勒·瑞替姆　然而你并不把它当笑话。你说："对，对，艾勒，这正是我的心愿。"

博克曼　正是如此。只要我的脚能踩上马镫——。这事的成败关键全在那一个人身上。他不但能够，并且愿意把银行职权全部替我弄到手——只要我——

艾勒·瑞替姆　对，一点都不错！只要你肯舍弃一个你最心爱并且也非常爱你的女人。

博克曼　我知道他对你的火炽的热情。我知道没有别的条件能使他——

艾勒·瑞替姆　因此你就跟他做了交易。

博克曼　（激动）对，我做了交易，艾勒！我无法遏制爱权力的欲望，你要知道。所以我就跟他做了交易，我不得不如此。他帮助我朝着我一心向往、对我招手的高山走了一半。我越走越高，一年年越走越高。

艾勒·瑞替姆　我这人就好像从你的生命里抹掉了一样。

博克曼　然而后来他还是把我推进了无底洞。这都是为了你，艾勒。

艾勒·瑞替姆　（静静地想了一想）博克曼，你是不是觉得，咱们的一段缘分好像始终摆不脱灾殃？

博克曼　（瞧她）灾殃？

艾勒·瑞替姆　你说是不是灾殃？

博克曼　（不安）是。然而不知为什么？（一阵激动）啊，艾勒，我有点掌不稳了，不知究竟是你对，还是我对！

艾勒·瑞替姆　造孽的是你，你把我的生趣毁灭了。

博克曼　（着急）别说这话，艾勒！

艾勒·瑞替姆　总之，你毁灭了一个女人的全部生趣。自从你的形象在我心里逐渐模糊以后，我就好像在黑影子底下过日子。这些年来，要我爱一件活的东西，越来越不容易了——最后，简直做不到了。无论是人、是动物、是植物，我都怕接近——除了一个人之外——

博克曼　哪一个？

艾勒·瑞替姆　当然是遏哈特喽。

博克曼　遏哈特？

艾勒·瑞替姆　正是遏哈特——你的儿子，博克曼。

博克曼　你当真这么爱他吗？

艾勒·瑞替姆　否则我为什么要把他带在身边，能不撒手总不撒手呢？我为的是什么？

博克曼　我以为你是看他可怜，像你可怜别人一样。

艾勒·瑞替姆　（内心激烈震动）可怜！哈哈！自从你把我甩掉以后，我不知道什么叫可怜！我不会可怜别人。如果有个挨饿的苦孩子走进我的厨房，身上打颤，嘴里哭喊，向我讨点东西吃，我会让佣人去照料。我决不想把孩子带在自己身边，叫他在我的火炉旁边取暖，瞧他吃东西，并且吃得饱饱的。然而我年轻时候却并不这样，我记得清清楚楚！你在我心里——并且在我周围——铺设了一片空旷荒凉的沙漠！

博克曼　遏哈特是例外。

艾勒·瑞替姆　对了，你儿子是例外。然而对于一切别的活东西我的心肠都变硬了。我被你骗掉了做母亲的快乐和做人的乐趣——以及做母亲的悲哀和眼泪。这也许是我最大的损失。

博克曼　你为什么说这话，艾勒？

艾勒·瑞替姆　谁知道？也许做母亲的悲哀和眼泪是我最需要的东西。（越发伤心）然而那时候我不甘心受损失，所以我就把遏哈特带在身边。他全心全意地爱我，他的热烈天真的童心整个儿都在我身上——一直到——

博克曼　一直到什么时候？

艾勒·瑞替姆　一直到他的母亲——他的生身母亲——从我手里把他要回去的时候为止。

博克曼　反正他总得离开你，他不能不进城。

艾勒·瑞替姆　（绞弄两手）不错，可是我受不了那种寂寞——空虚！他对我变心，我不能忍受！

博克曼　（眼睛里有恶意）唔——我看他并没对你变心。楼下那个人不容易叫人喜欢。

艾勒·瑞替姆　遏哈特已经不在我手里了，她又把他拉回去了。如果不是她，那就是别人。从遏哈特屡次给我的信里，这件事可以看得很清楚。

博克曼　这么说，你上这儿来，为的是想把他带回去？

艾勒·瑞替姆　对了，假使做得到的话。

博克曼　很容易做到，如果你决意要做的话，因为你在他身上有最优先、最有力的权利。

艾勒·瑞替姆　哼，权利！权利！权利有什么用？如果他不是自愿做我的孩子，他就根本不是我的孩子。我一定要这孩子！我要他整个儿的心——一点也不分散！

博克曼　你要记着，遏哈特已经是二十好几岁的人了。你想长久抓住他的心，像你说的，一点也不分散，恐怕不容易。

艾勒·瑞替姆　（惨然一笑）无需很长久。

博克曼　真的么？我还以为你要一件东西就要一辈子呢。

艾勒·瑞替姆　我是要一辈子。可是那也用不了多少日子。

博克曼　（吃惊）这话什么意思？

艾勒·瑞替姆　我想你大概知道这几年我身体坏得很吧？

博克曼　是吗？

艾勒·瑞替姆　你不知道吗？

博克曼　我没法说我知道。

艾勒·瑞替姆　（瞧着他，诧异）遏哈特没告诉过你吗？

博克曼　我一时实在不记得了。

艾勒·瑞替姆　也许他没提过我吧？

博克曼　哦，他倒提过。可是我实在难得跟他见面——几乎见不着。楼下有个人不让他见我。不让他见我，你明白不明白？

艾勒·瑞替姆　你拿得稳是这么回事吗？

博克曼　绝对拿得稳。（改变声调）哦，这几年你身体不好，艾勒？

艾勒·瑞替姆　对了，不好，今年秋天更坏，所以我只好进城找几个好大夫看看。

博克曼　你已经找过大夫了？

艾勒·瑞替姆　找过了，今天早晨。

博克曼　他们对你说些什么？

艾勒·瑞替姆　他们把我疑惑了好久的事完全证实了。

博克曼　唔？

艾勒·瑞替姆　（从容安静地）我的病治不好了，博克曼。

博克曼　啊，这话信不得，艾勒。

艾勒·瑞替姆 这是一种没法治的病。大夫们一点儿办法都没有。他们只能听其自然。他们没法阻止它发展。他们至多只能给我减少些痛苦。这当然也是好事情。

博克曼 啊,即使听其自然,也得好些日子呢。我知道,一定是这样。

艾勒·瑞替姆 他们说,我也许能挨过这个冬天。

博克曼 (不假思索)嗯,冬天长得很呢。

艾勒·瑞替姆 (静静地)反正在我是够长的。

博克曼 (热切地,换题目)真怪,你怎么会得这种病?像你这么个一向讲卫生、生活有规律的人怎么会得这种病?

艾勒·瑞替姆 (瞧着他)医生说,也许我生平有一段时间感情上受过大压抑。

博克曼 (勃然大怒)感情!啊哈,我明白了!你的意思是说这是我的过失,是不是?

艾勒·瑞替姆 (心情越发纷乱)现在再算这笔账已经太迟了!可是在我死之前,我一定要把我心窝里的孩子拉回来!如果在我离开所谓生命的时候,离开太阳、光明、空气的时候,不能留下一个想念我的人——一个像儿子想念去世的母亲那么怀想悼念我的人,我心里该多么难受啊。

博克曼 (沉默了一下)尽管把他带走,艾勒,只要你有本事抓住他。

艾勒·瑞替姆 (高兴)你同意吗?你肯吗?

博克曼 (伤心)肯。这也算不了什么大牺牲,反正他不是我的人。

艾勒·瑞替姆 谢谢,我照样得谢谢你为我牺牲!可是我还得求你一件事——在我是件大事情,博克曼。

博克曼 什么事?

艾勒·瑞替姆 也许你会笑我孩子气——你不能了解——

博克曼 快说,究竟是什么事?

艾勒·瑞替姆 我死的时候——我一定活不长了——我有一份不算小的财产留下来。

博克曼 大概是吧。

艾勒·瑞替姆 我想把它都给遏哈特。

博克曼 真是,你没有比他更亲近的人了。

艾勒·瑞替姆 (热烈地)对,我没有比他更亲近的人了。

博克曼 你自己家里也没人了。你是最后一个。

艾勒·瑞替姆 (慢慢地点头)对,一点儿都不错。我一死,瑞替姆这个姓跟着就消灭了。一想起来,心里好像刀子扎。死了还不算,连自己的姓都保不住——

博克曼　（勃然大怒）啊，我明白你的用意了！

艾勒·瑞替姆　（激动）别把这事当做我的大功德，我死后要让遏哈特姓我的姓！

博克曼　（粗暴地瞧着她）我很明白你的用意。为的是免得我儿子必须姓他父亲的姓，这是你的用意。

艾勒·瑞替姆　不是，不是！假使我能姓你的姓，我得意高兴还来不及呢！然而在一个不久于人世的母亲看起来——博克曼，一个姓所包含的作用比你想象的或是了解的大得多。

博克曼　（冷淡而傲慢地）好吧，艾勒。我有勇气独自姓我自己的姓。

艾勒·瑞替姆　（一把抓紧他的手，）谢谢，谢谢！咱们的意见完全一致了！好，好，就这么办吧！你已经尽力赎了你的罪，因为这么一来，我死了还留下一个遏哈特·瑞替姆！

〔壁衣门突然敞开。博克曼太太头上蒙着大围巾，站在门道里。

博克曼太太　（非常激动）遏哈特到死也不准姓那个姓！

艾勒·瑞替姆　（退缩）耿希尔德！

博克曼　（粗暴威胁的姿势）我不许别人进我的屋子！

博克曼太太　（前进一步）我无需请求你许可。

博克曼　（走近她）你对我有什么要求？

博克曼太太　我要用全副力量为你斗争，我要保护你不受恶势力侵害。

艾勒·瑞替姆　耿希尔德，最大的"恶势力"就在你自己身上！

博克曼太太　（粗暴地）就算是吧。（伸出胳臂，威吓她）可是我要告诉你这两句话：遏哈特一定得姓他父亲的姓！将来他还要恢复家门的光荣！我要做他的母亲！只许我一个人做！我儿子的心必须属于我——属于我，不属于别人。

〔她从壁衣门下，随手带上门。

艾勒·瑞替姆　（心神惊慌纷乱）博克曼，遏哈特的一生会断送在这场风波里。你和耿希尔德必须把事情说清楚才行，咱们得马上到楼下去找她。

博克曼　（瞧着她）咱们？你是说，我也得去？

艾勒·瑞替姆　你跟我一齐去。

博克曼　（摇头）她心肠硬，我告诉你。她的心像我从前梦想从岩石里凿出来的金属那么硬。

艾勒·瑞替姆　现在咱们姑且试一试！

〔博克曼不答话，只是怀疑地站着瞧她。

第三幕

〔博克曼太太的会客室。前面沙发旁边桌上的灯依然点着。后面贴花园那间屋子一片漆黑。

……

〔艾勒·瑞替姆在前，博克曼在后，一同进屋。女仆从他们后面侧身走到门口，关门出去。

〔片刻无声。

博克曼太太　（已经恢复了自制力，向艾勒）他下楼到我这儿来干什么？

艾勒·瑞替姆　他想跟你把事情说说清楚，耿希尔德。

博克曼太太　他从前一向没打算这么做。

艾勒·瑞替姆　今晚他想这么做。

博克曼太太　我跟他最后一次面对面站着——那是在我被传到法庭上招供的时候——

博克曼　（走近）今晚我要招供自己的事。

博克曼太太　（瞧着他）你？

博克曼　不是招供我做错的事，那些事谁都知道。

博克曼太太　（叹气）对了，那些事谁都知道。

博克曼　然而人家不知道我为什么要做那些事，为什么非做不可。人家不明白，我非做不可的理由是因为我是约翰·盖勃吕尔·博克曼——我是我自己，不是别人。所以我想对你解释一下。

博克曼太太　（摇头）解释没用处。诱惑和煽动这两个理由不能开脱人的罪名。

博克曼　在本人看来，它们可以开脱罪名。

博克曼太太　（厌恶的姿势）噢，算了吧！你那件丑事我已经想得足够了。

博克曼　我也想够了。在监狱里那漫长的五年中间——并且在别处——我有的是细想的工夫。还有在楼上的八年，我更有工夫细想这件事。我把这案子整个儿复审了一遍——自己一个人审。审了一遍又一遍。我自己当原告，也当被告，并且还当审判官。我比任何人都公正——这句话我敢说。我在楼上走来走去，把我做过的事一件一件翻来覆去从头到尾地细想，像律师似的，丝毫不留情、一步不放松地从各方面审问。我得到的最后判决是这样：我对不起的只有一个人——那就是我自己。

博克曼太太　那么我呢？你儿子呢？

博克曼　我说我对不起自己的时候，你们俩也包括在内了。

博克曼太太　还有那几百个大家都说是害在你手里的人呢？

博克曼　（更加激昂）那时候我手里有权力！我心里觉得有一个无法拒绝的使命！全国各处，囚禁在地底下的几百万财富在高声叫我！它们高声喊叫，求我把它们放出来！别人都听不见它们喊叫——只有我一个人听得见。

博克曼太太　对了，结果是玷辱了博克曼的家门。

博克曼　如果别人也有这权力，你以为他们不会完全照着我的方式去干吗？

博克曼太太　不会，除了你，谁都不会干那件事。

博克曼　也许不会。如果不会，那是因为他们没有我的脑子。并且，即使他们真干的话，他们的目的也不会跟我的一样。他们干出来的必定是另外一回事。总而言之，我开脱了自己的罪名。

艾勒·瑞替姆　（低声恳求）啊，你能说这么有把握的话吗，博克曼？

博克曼　（点头）在这件事上头，我开脱了自己的罪名。然而后来我又严重地控诉了自己。

博克曼太太　什么事？

博克曼　我在楼上躲着，糟蹋了八年的宝贵光阴！从我出狱那天起，我就应该迈步向前，走进那生硬无情、没有幻梦的现实世界！我应该从头做起，重新爬上高峰——爬得比从前更高——不顾中途的一切阻碍。

博克曼太太　那无非是照样再来一次而已。我这话绝不会错。

博克曼　（摇头，神气十足地瞧她）诚然不会发生新鲜事，然而已经发生过的事也不会再重复一遍。眼光可以改变行动，新眼光可以改变旧行动。（把话截住）然而你不了解这道理。

博克曼太太　（不客气）对，我不了解。

博克曼　唉，倒霉就在这上头——我从来没碰见过一个了解我的人。

艾勒·瑞替姆　（瞧他）从来没有吗，博克曼？

博克曼　只有一个人——也许。那是好久好久以前的事了，在我还没想到需要别人了解的时候。从那以后，反正没有人了解过我！没有人能充分体会我的需要，动手唤醒我，给我敲晨钟，叫我起来，再干大事业，并且使我感觉不曾犯过不能补偿的错误。

博克曼太太　（一声嘲笑）这么说，你到底要借重外力才能使你有这种感觉？

博克曼　（越来越生气）是。全世界异口同声地嘲笑我倒下去以后不会再翻身，

　　　　　有时候连我自己都几乎信以为真。（抬起头来）然而我藏在内部的自信心终究占了上风，所以我就开脱了自己的罪名。
博克曼太太　（粗暴地瞧着他）为什么你始终不来找我，在我身上觅取你所需要的了解？
博克曼　找你有什么用？
博克曼太太　（厌恶的姿势）你从来没爱过自身以外的东西；你的秘诀都在这里面。
博克曼　（得意地）我爱过权力。
博克曼太太　对，权力！
博克曼　给我周围的广大人群创造幸福的权力！
博克曼太太　从前你有权力可以使我过幸福日子。可是你用你的权力为我谋过幸福没有？
博克曼　（眼睛不瞧她）翻船的时候总有人要遭殃。
博克曼太太　还有你自己的儿子！你用你的权力为他谋过幸福没有？你在他身上操过心、出过力没有？
博克曼　我不认识他是怎么一等人。
博克曼太太　这倒是真话。你连认识他都说不上。
博克曼　（粗暴地）这事是你，他的母亲，操心布置的！
博克曼太太　（高傲地瞧着他）你不知道我为什么事操心！
博克曼　你？
博克曼太太　是，是我一个人操的心。
博克曼　那么，告诉我，你这是为什么。
博克曼太太　我操心的是人家对你的回忆。
博克曼　（半声冷笑）对我的回忆？哦，是了！几乎好像我已经死了！
博克曼太太　（着重地）你是死了。
博克曼　（慢慢地）你这话也许不错。（勃然大怒）不，不！我还没死呢！我曾经离死不远了。然而现在我又醒过来了。我又活了。在我前面还有整个的生命，我看见它光明灿烂、生气蓬勃的在等我。你——你一定也会看见。
博克曼太太　（举起手来）别再梦想生命了！安安静静地躺着吧。
艾勒·瑞替姆　（吃惊）耿希尔德！耿希尔德！你怎么——！
博克曼太太　（不理她）我要给你立一座墓碑。
博克曼　立一座耻辱的纪念碑，你大概是这意思吧？

博克曼太太　（越来越兴奋）啊，不是，不是金属或是石头做的碑。我也不许人家在我立的碑上雕刻嘲笑的文字。我要在你坟墓周围，像一道树篱似的，密密层层栽上许多高高矮矮的树，把从前的黑暗全部遮住。不让人家再看见、再想到约翰·盖勃吕尔·博克曼！

博克曼　（声音嘶哑，语气尖刻）这事你愿意效劳？

博克曼太太　不是用我自己的力气。我自己办不到。可是我已经养大了一个帮手，他活在世上只为这一件事。他的生命必须如此纯洁、高尚、光明，可以把你的见不得人的行为洗刷得好像不曾有过一样。

博克曼　（恶意威胁）如果你是指遏哈特，赶紧说出来！

博克曼太太　（正眼瞧他）不错，我是指我儿子遏哈特。为了抵偿你自己的过失，你情愿把遏哈特舍给别人。

博克曼　（眼睛瞧着艾勒）为了抵偿我那桩最不可恕的罪孽。

博克曼太太　（不承认这话）那只是你对于一个陌生人的罪孽！你别忘了你在我身上造的罪孽！（得意扬扬地瞧着他们俩）可是遏哈特不会听你们的话！只要我在需用他的时候一叫他，他马上就会来！他永远会跟着我！跟着我，绝不会跟着别人。（突然细听，嘴里喊）我听见他的声音了！他来了，他来了！遏哈特！

〔遏哈特慌慌张张推开厅门冲进来。他穿着外套，戴着帽子。

遏哈特　（脸色苍白，神情焦急）妈妈！究竟是怎么——！（看见博克曼站在通到后屋的门道旁边，吃了一惊，赶紧摘帽子。等了会儿，他又问）妈妈，你叫我回来干什么？家里出了什么事？

博克曼太太　（展开两臂向着他）我要看看你，遏哈特！我要你跟我在一块儿，永远不离开！

遏哈特　（结结巴巴地）要我——？永远不离开？你这话什么意思？

博克曼太太　我要你，我说！有人想把你从我手里抢过去！

遏哈特　（倒退一步）哦——你知道这件事了？

博克曼太太　我知道。你是不是也知道？

遏哈特　（惊讶，瞧着她）我是不是知道？不用说，当然知道。

博克曼太太　啊哈，原来你们瞒着我把计策都定好了！遏哈特！遏哈特！

遏哈特　（急忙地）妈妈，快告诉我，你知道的是什么！

博克曼太太　我什么都知道。我知道，你姨妈上这儿来，是要把你从我手里带走。

遏哈特　艾勒姨妈！

艾勒·瑞替姆　听我说几句话，遏哈特！

博克曼太太　（继续说）她要我把你交给她。她想占据你母亲的地位，遏哈特！她要你从今以后做她的儿子，不再做我的儿子！她要你继承她的全部财产，扔掉你自己的姓，改姓她的姓！

遏哈特　艾勒姨妈，这话是真的吗？

艾勒·瑞替姆　是真的。

遏哈特　这事我一点儿都不知道。为什么你又想跟我在一块儿？

艾勒·瑞替姆　因为我觉得，在这儿你跟我越来越疏远了。

博克曼太太　（冷酷地）对了——他跟我越来越亲近了。这是正当的道理。

艾勒·瑞替姆　（对他央告的神气）遏哈特，我不能撇下你。你要知道，我是个孤零零——快死的女人。

遏哈特　快死的——？

艾勒·瑞替姆　是，快死了。你愿意不愿意跟我在一块儿，陪到我死？全心全意地对待我，好像是我的亲生儿子——

博克曼太太　（插嘴）你故意扔下你母亲，也许还要扔下你做人的使命？你愿意不愿意，遏哈特？

艾勒·瑞替姆　我的死期已经判定了。答复我，遏哈特。

遏哈特　（有热情，心里感动）艾勒姨妈，你一向待我的好处真是说不尽。我在你手里长大成人，过的日子像个最幸福的孩子——

博克曼太太　遏哈特，遏哈特！

艾勒·瑞替姆　啊，你居然还能说这话，我心里真快活！

遏哈特　然而现在我不能为了你牺牲我自己。我不能把全副精神都用在给你做儿子这件事上头。

博克曼太太　（得意起来）啊，我早就知道！他不会落到你手里！他不会落到你手里，艾勒！

艾勒·瑞替姆　（伤心）我明白了，你又把他抢回去了。

博克曼太太　对，对！他是我的儿子，永远是我的儿子！遏哈特，宝贝，你说：正是这样。咱们俩做伴儿的日子还长着呢，是不是？

遏哈特　（跟自己挣扎）妈妈，我还是老实告诉你吧——

博克曼太太　（急切地）什么事？

遏哈特　咱们做伴儿的日子恐怕很有限了。

博克曼太太　（好像吓呆了）你这话什么意思？

遏哈特　（放开胆子）哎呀，妈妈，我究竟是个年轻人！我觉得这屋子里的闷气最后准会把我憋死。

博克曼太太　闷气？在这儿——跟我在一块儿？

遏哈特　对了，跟你在一块儿，妈妈。

艾勒·瑞替姆　那么，跟我走吧，遏哈特。

遏哈特　啊，艾勒姨妈，你那儿一点儿都不比这儿好。情形确实不一样，可是并不更好——对于我并不更好。你那儿也有玫瑰花瓣和辣温草的气味，跟这儿一样地不透气。

博克曼太太　（惊慌，然而努力安定自己的心神）你说你母亲的屋子不透气！

遏哈特　（越来越不耐烦）是，我不知道该用什么别的字眼。你这么神志失常地监视我，崇拜我，或者不拘叫它什么吧——这些事儿我不能再忍受了！

博克曼太太　（庄严地瞧着他）遏哈特，难道你忘了自己许过愿要做的那桩事业吗？

遏哈特　（忍耐不住）噢，还不如说是你代我许的愿。你一向代我做主。你从来不许我自己做一点儿主。可是现在我不能再忍受这种束缚了。妈妈，你别忘了，我是个年轻人。（用恭敬体贴的眼光瞧着博克曼）我不能贡献自己的生命给别人赎罪——不管那人是谁。

博克曼太太　（越来越着急）谁把你改变了，遏哈特？

遏哈特　（吃惊）谁？是我自己，你看不出来吗？

博克曼太太　不是，不是，不是！有一股奇怪的力量在控制你。你母亲不能控制你了，你的——你的姨妈也不能控制你了。

遏哈特　（抗拒，可是态度不自然）我自己控制自己，妈妈！我运用我自己的意志！

博克曼　（向遏哈特走去）这么说，也许我的时机终于到了。

遏哈特　（敬而远之的态度）怎么见得？你这话什么意思，父亲？

博克曼太太　（鄙薄的口气）对了，你可以这么问。

博克曼　（不动声色，说下去）听着，遏哈特——你愿意不愿意跟你父亲合作？一个跌倒的人借着别人的力量是爬不起来的。你在这间不透气的屋子里听见的都是些无稽之谈。即使你立志做人，像所有的圣徒那么圣洁，对于我一点好处都没有。

遏哈特　（带着有分寸的敬意）这话很对。

博克曼　确是如此。如果我甘心把自己消磨在低头忏悔的生活里，对于我也没好处。这些年我曾经努力用希望和梦想来安慰自己。然而我不是个这样就可以满足的人。现在我决定不再梦想了。

遏哈特　（微微鞠躬）那么你想干——干什么呢，父亲？

博克曼　我要挽救自己，这是我想干的事。我要从头做起。一个人只有用他的现在和将来才能挽救他的过去。我要工作，孜孜不倦地工作，因为我在年轻时候就觉得生命的意义是工作，现在看起来，工作的意义比那时候大一千倍。遏哈特，你愿意不愿意跟我合作，帮我创造这新生活？

博克曼太太　（举手警告）别干那件事，遏哈特！

艾勒·瑞替姆　（热烈地）要干，要干！遏哈特，你帮着他干！

博克曼太太　你劝他干？你这孤零零快死的女人！

艾勒·瑞替姆　我自己不在乎。

博克曼太太　你自己不在乎，只要从你手里把他抢走的人不是我。

艾勒·瑞替姆　一点儿都不错，耿希尔德。

博克曼　你愿意不愿意，遏哈特？

遏哈特　（非常痛苦）现在我办不到，完全办不到。

博克曼　那么你想干什么？

遏哈特　（突然兴奋）我是年轻人！我也要像别人似的痛痛快快地过几年！我要过自己的生活。

艾勒·瑞替姆　你不能破费两三个月工夫让一个不久于人世的苦命人在临死之前畅畅心胸吗？

遏哈特　姨妈，尽管我愿意，我也做不到？

艾勒·瑞替姆　即使为了一个那么爱你的人也做不到吗？

遏哈特　我正经告诉你，艾勒姨妈，我做不到。

博克曼太太　（仔细打量他）连你母亲都管不住你了吗？

遏哈特　我永远会爱你，妈妈，然而我不能老为你一个人活着。这不能算我的生活。

博克曼　那么，还是跟我一块儿过日子吧！生活，生活就是工作，遏哈特。来吧，咱们俩一块儿生活、一块儿工作吧！

遏哈特　（热烈地）对，可是现在我不愿意工作！因为我是年轻人！这股滋味我从前没体会过，现在却在我浑身血管里跳动。我不愿意工作！我只想生活，生活，生活！

博克曼太太　（好像猜透了他的心事，高声）遏哈特，你想为了什么而生活？

遏哈特　（两眼闪耀发光）为了快乐，妈妈！

博克曼太太　你觉得什么地方可以找得着快乐？

遏哈特　我已经找着了！

博克曼太太　（尖声喊叫）遏哈特！（遏哈特快步走到厅门口，把门推开）

遏哈特　（向外呼唤）范尼，现在你可以进来了！

（威尔敦太太穿着出门衣服，在门口出现）

博克曼太太　（拳起双手）威尔敦太太！

威尔敦太太　（犹豫了一下，用眼色向遏哈特探问）你是不是叫我——？

遏哈特　是，现在你可以进来了。我把话都告诉他们了。

〔威尔敦太太走进屋子，遏哈特把门带上。她规规矩矩地向博克曼施礼，他默默还礼。片刻沉寂。

威尔敦太太　（声音低沉而坚决）话已经说出来了——大概你们都以为我给你们惹了一场大祸，是不是？

博克曼太太　（仔细瞧她，慢吞吞地）你把我最后一点生趣都摧毁了。（忍耐不住）然而这件——这件事绝对做不到！

威尔敦太太　我很明白，你看起来，好像一定做不到，博克曼太太。

博克曼太太　你自己一定也看得出这件事做不到。否则你为什么——？

威尔敦太太　我觉得不如说这件事好像很难做到。然而到底做到了。

博克曼太太　（转身）遏哈特，你是不是当真要这样做？

遏哈特　妈妈，这是我的快乐——人生的一切美丽和快乐。我可以对你说的话尽在于此了。

博克曼太太　（两手紧握，向威尔敦太太）噢，你引诱、你欺骗我这倒霉儿子的手段真厉害！

威尔敦太太　（昂然把头一抬）我并没干这种事。

博克曼太太　你说，你没干！

威尔敦太太　我没干。我并没引诱他，也没欺骗他。遏哈特自愿来找我，我也是自愿迎上去。

博克曼太太　（用鄙视的眼光打量她）对了！这话我倒容易信。

威尔敦太太　（耐着性子）博克曼人人，人生有一股力量你似乎不大能了解。

博克曼太太　请问是什么力量？

威尔敦太太　把两个人分不开地——并且毫无顾虑地结合在一起的力量。

博克曼太太　（一笑）我以为你已经跟另外一个人分不开地结合在一起了。

威尔敦太太　（尖峭地）那人把我遗弃了。

博克曼太太　可是他还活着呢，人家说。

威尔敦太太　我只当他死了。

遏哈特　（坚决地）是的，妈妈，范尼只当他死了。再说，那人跟我不相干！

博克曼太太　（严厉地瞧着他）这么说，那个——那个人的事你都知道。

遏哈特　知道，妈妈，我知道得很清楚——很详细！

博克曼太太　那么，你还能说他跟你不相干吗？

遏哈特　（发脾气，顶撞）妈妈，我对你只有一句话：我需要快乐！我是年轻人！我要生活，生活，生活！

博克曼太太　对了，你是年轻人，这事还太早。

威尔敦太太　（坚决而恳切）博克曼太太，你不要以为我没对他说过这番话。我把我的历史全都告诉过他。我几次三番提醒他，我比他大七岁——

遏哈特　（插嘴）噢，废话，范尼，这事我一向知道。

威尔敦太太　然而我说什么都不中用。

博克曼太太　真的吗？什么都不中用？那么，你为什么不干脆把他打发开？关上门不理他？你应该那么办，并且早就应该那么办！

威尔敦太太　（瞧着她，低声）这事我办不到，博克曼太太。

博克曼太太　你为什么办不到？

威尔敦太太　因为，在我这方面，这也是快乐。

博克曼太太　（鄙视地）哼，快乐，快乐！

威尔敦太太　从前我没尝过人生的快乐滋味。我不能只因为快乐来迟了，就把它推出去。

博克曼太太　你看这种快乐能维持多久？

遏哈特　（插嘴）妈妈，不管它长得了，还是长不了，反正现在没关系！

博克曼太太　（发怒）你这瞎眼的孩子！难道你看不出这件事的结局吗？

遏哈特　我不想研究将来的情况，我不想考察周围的形势，我只是打定主意要过自己的生活——好容易有这么个机会！

博克曼太太　（非常痛苦）你把这个叫做生活，遏哈特！

遏哈特　她多可爱，你看不出来吗？

博克曼太太　（两手紧握）我还得忍受这份耻辱！

博克曼　（在后方，粗暴尖刻地）哼——好在你是受惯了那种耻辱的人，耿希尔德！

艾勒·瑞替姆　（求他别说）博克曼！

遏哈特　（也求他别说）父亲！

博克曼太太　将来我每天眼睁睁地看我儿子勾紧了一个——一个——

遏哈特　（粗暴地截断她的话）妈妈，你不会看见这种事，这一层你可以放心，我不想在这儿待下去。

威尔敦太太　（快而坚决）我们就要走，博克曼太太。

博克曼太太　（脸色发白）你也要走？一定是一块儿走喽？

威尔敦太太　（点头）是，我要到南欧去。我要带一位小姑娘去，遏哈特也跟我们一块儿走。

博克曼太太　他跟你一块儿走——还有一位小姑娘？

威尔敦太太　对了，就是住在我家的那个富吕达·佛尔达尔。我要带她到国外去多学点音乐。

博克曼太太　所以你带她一同走？

威尔敦太太　对了，我不能让她一个人到外头去。

博克曼太太　（忍住一声笑）你的意思怎么样？遏哈特？

遏哈特　（有点为难，耸耸肩膀）唔，妈妈，既然范尼要这么办——

博克曼太太　（冷冰冰地）请问这批贵客什么时候动身？

威尔敦太太　我们马上就走——今晚就走。我的带篷雪橇在欣克尔家门口等着呢。

博克曼太太　（从头到脚打量她）啊哈！你们说有约会，原来是这么回事啊？

威尔敦太太　（含笑）对了，一共只有遏哈特和我两个人，当然还有小富吕达。

博克曼太太　她现在在什么地方？

威尔敦太太　她坐在雪橇里等我们。

遏哈特　（十分狼狈）妈妈，你一定明白这意思吧？我本打算把这事瞒着你——连你和别人一起瞒。

博克曼太太　（瞧着他，心里非常难过）是不是你本打算不辞而别？

遏哈特　是，我觉得那么办最相宜，对于咱们都相宜。我们的箱子已经装好了，一切都齐备了。可是你既然打发人来叫我，我当然——（把两手伸给她）妈妈，再见。

博克曼太太　（拒绝的姿势）别碰我！

遏哈特　（温和地）这是你最后的一句话？

博克曼太太　（严厉地）是。

遏哈特　（转身）那么，艾勒姨妈，再见。

艾勒·瑞替姆　（紧紧抓住他两只手）再见，遏哈特！去过你的日子吧——尽量地快乐——能怎么快乐就怎么快乐。

遏哈特　谢谢你，姨妈。（向博克曼鞠躬）再见，父亲。（向威尔敦太太耳语）咱们走吧，越快越好。

威尔敦太太　（低声）对，咱们走吧。

博克曼太太　（恶意地一笑）威尔敦太太，你觉着带着那位小姑娘一同走是很聪明的办法吗？

威尔敦太太　（回她一笑，半讽刺，半认真）男人没有常性，博克曼太太。女人也一样。等到遏哈特厌倦了我——我也厌倦了他的时候，那么，要是另外有个女人给他做伴儿，对于他这可怜的家伙和我自己，都有好处。

博克曼太太　那么，你自己怎么办呢？

威尔敦太太　啊，你放心，我自有办法。诸位，再见！

〔她鞠躬，从厅门下。遏哈特站了会儿，好像拿不定主意，随后，转身跟她往外走。）

博克曼太太　（把盘着的两只手放下来）我没有孩子了。

博克曼　（好像下了决心）那么，让我一个人去冲风冒雪吧！我的帽子呢！我的外套呢！

〔他急急忙忙地向门口走。

艾勒·瑞替姆　（害怕，拦住他）约翰·盖勃吕尔，你上哪儿去？

博克曼　到生活的风浪里去，我告诉你。别拦着我，艾勒！

艾勒·瑞替姆　（把他拉住）不行，不行，我不让你出去！你病了。从你脸上我看得出！

博克曼　别拉着我，听见没有！

〔他挣脱身子，从外厅下。

艾勒·瑞替姆　（在门口）帮我拉住他，耿希尔德！

博克曼太太　（站在屋子当中，冷淡而严峻地）世界上的人我谁都不想拉住。让他们都走吧——一个跟着一个走！他们爱走多远就走多远。（突然尖声叫起来）遏哈特，你别离开我！

〔她伸开两手，向门口冲过去。艾勒·瑞替姆把她拦住。

沃伊采克：一个小人物的悲剧
——毕希纳《沃伊采克》评析

  在西方悲剧史上，悲剧的主人公都是那些有社会地位的人。最早可溯源到古希腊悲剧，古希腊悲剧表现的是神是英雄的悲壮故事，比如俄狄浦斯王、普罗米修斯、俄瑞斯特斯、美狄亚；在莎士比亚悲剧中则是王公贵族是帝王将相，如哈姆雷特、李尔王、奥赛罗、麦克白、安东尼与克里奥佩屈拉；到了19世纪初，悲剧主人公则为传奇英雄，如雨果笔下的欧纳尼；而到了19世纪中下叶，悲剧主人公的地位开始有所下降，资产阶级取代了以往悲剧中主人公的贵族身份，表现的是现当代中产阶级的悲剧性故事，例如，易卜生的《布朗德》、《约翰·盖勃吕尔·博克曼》、《海达·高布勒》、《罗斯马庄》、《建筑师》；斯特林堡的《父亲》、《朱丽小姐》、《鬼魂奏鸣曲》等戏剧，主人公多是中产阶级或没落贵族，他们的精神困境往往是剧作家所关注的。易卜生和斯特林堡作为现代悲剧的先驱，他们的创作对现代悲剧的影响是深远的，尤其在主题的开掘方面作出了重大贡献。

  而德国剧作家格奥尔格·毕希纳则把目光投向了现实生活中最底层的人们，第一个开始创作了无产阶级小人物的悲剧，从而开拓了现代社会悲剧的一个重要特点。小人物是现代社会中最具有普遍性的人物，毕希纳的杰作《沃伊采克》(1836—1913) 就是第一部描写小人物的现代社会悲剧。

一、作家作品简介

　　格奥尔格·毕希纳（Georg Büchner，1813—1837）德国19世纪重要的现实主义作家、戏剧家，德国现代文学的先行者。1813年10月17日诞生于德国黑森州一个医生世家。1834年受欧洲革命思潮影响，毕希纳加入秘密革命团体"人权协会"。同年7月他起草第一份传单，即"黑森快报"，用充满激情的笔调号召农民拿起武器，推翻封建贵族统治，他的"把和平给茅屋、把战争给宫殿"的口号传诵一时，开创了"传单文学"之先例。结果有人告密，受到警方通缉，毕希纳不得不逃亡斯特拉斯堡。1835年他创作戏剧《丹东之死》，小说《棱茨》。1836年9月因为他的学术论文《论鲤鱼的神经系统》，被瑞士苏黎世大学授予哲学博士学位。同年10月18日，毕希纳应聘前往苏黎世，1837年2月2日，就在他准备讲授"从笛卡尔到斯宾诺莎的哲学史"的时候，得了伤寒而不幸去世，年仅24岁。

　　才华横溢的毕希纳短暂的一生总共写过三部戏剧一部小说：以法国大革命为题材的历史剧《丹东之死》、政治讽刺剧《雷昂采和雷娜》、悲剧《沃伊采克》，以及中篇小说《棱茨》。这位不到24岁的作家在德国文学史上产生了重要的影响，他被奉为德国表现主义运动的先驱；德国最重要的文学奖以"毕希纳"命名，"毕希纳文学奖"在德国成了"诺贝尔文学奖的风向标"。匈牙利著名的哲学家、文学批评家格奥尔格·卢卡契（Georg Lukaes，1885—1971）评价毕希纳"在伟大的现实主义中，他是莎士比亚和歌德的后继者"。德国著名诗人格奥尔格·赫尔威格说他"本应成为我们的指路明星"，可是过早的陨落了。但是他的作品却"像一块宝石，里面闪耀着永恒的光芒"。[①]

　　1921年毕希纳的《沃伊采克》被奥地利音乐家阿尔班·贝尔格（Alban Berg，1885—1935）改编为歌剧《沃采克》，成为无调性歌剧的代表作品。中国观众了解这部作品，最早由林兆华和尤尔根·弗里姆一起以片段的形式搬演于北京舞台，那是1989年的事情；2001年，北京理工大学硕士生顾雷导演《沃伊采克》全本剧，成为当年校园戏剧最受瞩目的演出之一，第二年该剧在上海话剧艺术中心连演四场，拉开了"2002年大学生戏剧展演"活动的序幕。2009年10月，《沃伊采克》由上海友缘剧社在徐汇区"下河迷仓"剧场公演；2009年夏天，毕希纳的《雷昂采与雷娜》被搬上中国辽宁大剧院舞台，导演王延松。

[①] 《毕希纳文集》，李士勋、傅惟慈译，人民文学出版社1986年版，第3页。

二、现代社会小人物的悲剧

毕希纳的《沃伊采克》是第一部西方现代社会悲剧。此剧写于1836—1837年，未完成。1879年收入毕希纳著作的第一个版本弗兰佐斯版；1967年又运用现代照相技术出了文字上准确的版本汉堡版。第一个版本的问世，立即引起德国著名戏剧家、1912年诺贝尔文学奖得主霍普特曼（Gerhart Johann Robert Hauptmann，1862—1946，）的注意，认为此剧非同一般，在他的推动下，后来又在弗兰克·魏德金德（Frank Wedekind 1864—1918）的影响下，《沃伊采克》于1913年首次被搬上德国舞台。

《沃伊采克》剧中的主人公沃伊采克在历史上实有其人，而且同姓，是一个杀人犯。现实生活中的沃伊采克生于1780年，13岁成了孤儿，不得不到处流浪，靠给人打工养活自己。为了生存，他当过理发师，制作过假发，当过兵，参加过各种军队。25岁那年，沃伊采克在加入瑞典军队时爱上了一个姑娘，与她生了一个孩子，因为证明文件不足，未能去教堂结婚。后来沃伊采克遗弃了她们母子，不过这件事让他非常后悔。1818年沃伊采克回到莱比锡，38岁的他还是光棍一条，这时42岁的寡妇伍斯特太太走进了他寂寞的生活，可是好景不长，这位太太又与别的士兵来往。沃伊采克又嫉妒又愤恨，可他连自己都养不活，有的时候甚至到了乞讨的地步，他靠什么来挽回与伍斯特太太的关系呢？生存困境中的沃伊采克最后把一腔怒气发泄在这个女人身上，当他得知伍斯特太太没有践约是因为她跟一个大兵出去时，他一怒之下，于1821年6月3日，在莱比锡桑德加斯的一家门厅用刀刺死了与他相好过的伍斯特太太。

毕希纳就是根据德国1821年这一谋杀事件为蓝本，创作出《沃伊采克》这部杰出的现代社会悲剧。

这部悲剧的主人公沃伊采克从一开始就被社会边缘化了，尽管他想做一个有尊严的堂堂男子汉，他却是有钱人使唤、支配、嘲笑取乐的对象，他甚至连与自己的女人、孩子在一起的时间都被剥夺了。为了能养活他所爱的贫民女子玛丽和他们的一个孩子，沃伊采克一直在想方设法打工挣钱，他一面兼任军队里一个上尉的理发师，还要为上尉割荆条；与此同时，他又出卖自己的身体供一个医生作实验。医生的实验十分苛刻，规定沃伊采克每天只准吃豌豆，不能吃粮食和其他任何食物。这场人体实验的结果导致沃伊采克的身体日益虚弱，经常会头晕目眩，产生幻觉。当他与士兵安德列斯一起在丛林里割荆条的时候，沃伊采克眼前充满了可怕的幻觉，一会儿看到地上长出了蘑菇，一会儿看到天上有火球在燃烧，一会儿又觉得有人在背后追他，还有骷髅头在滚动，沃伊采克显得极度的紧张，精神上都有点失常了。而他的实验医生非但毫无怜悯之心，反而很高兴地看到吃了三个多月豌豆之后沃伊采克在生理上、精神上的变化，让他赤身裸体站在学生们面前，当做有趣的病例向他的学生们展览。这时候沃伊采克是一个完全没有自我的供医学实验用的"小白鼠"。

医　生　你们来看，这个人，三个月来他一直在吃豌豆，除了豌豆别的什么都不吃，您们仔细观察一下，这对他有没有影响，您们摸摸他的脉：他的脉跳得多么不均匀啊！还有这只、这两只眼睛！

沃伊采克　大夫先生，我觉得眼前一片漆黑。

医　生　勇敢些！沃伊采克，还有几天实验就结束了。先生们，您们来摸一摸，摸摸他的脉。（大学生们过来摸沃伊采克的太阳穴、脉搏和胸部）沃伊采克，把你的耳朵动一动给这些先生们瞧瞧！先生们，我早就想让您们开开眼了，他身上有两块肌肉会动。开始吧，打起精神来！

沃伊采克　唉，大夫先生！

医　生　畜生，想让我来揪你的耳朵吗？你打算像那只猫似的溜走吗？看，先生们，人就是这样慢慢地变成愚蠢的驴子的，这往往是女人教育的结果。你老娘为了留作纪念温柔地拔去了你多少根头发？这几天你的头发越来越稀了。对了，先生们，这可能都是吃豌豆的结果。①

医生的职业是崇高的令人尊敬的，在造福人类的前提下他做科学的人体实验本来无可厚非。但是，我们从这位对学生们侃侃而谈的医生的言语中，分明看到了他是在当众侮辱沃伊采克，把他当做动物而不是一个人看待，毫无职业道德。其中一个细节就是让沃伊采克动一动他的耳朵，逼他做与医学实验无关的事情，将他当猴耍，当众侮辱他。而那些受到高等教育的医学院大学生们竟对此无动于衷，对穷人的鄙视，使他们变得麻木、冷酷无情。

作为一个小人物，沃伊采克同时还要受到来自上尉的嘲讽。就因为沃伊采克和玛丽没有钱到教堂去登记结婚，他在上尉眼里就是个不道德的人，他的孩子因此成为被人耻笑的私生子。他一边享受沃伊采克为他剃须刮脸的服务，一边向他大谈关于时间的哲理以及道德问题。这就跟那位医生在街上碰见一时憋不住尿偶尔对墙撒尿的沃伊采克，结果对他大谈自由意志一样，肆意践踏穷人的尊严。

---

①《毕希纳文集》，李士勋、傅惟慈译，人民文学出版社1986年版，第250页。

  上　尉　沃伊采克，你真缺德，你不是一个有道德的人。你说什么血和肉吗？好，如果下过雨以后，我躺在窗前，目不转睛地看着那些穿白色丝袜的女人，看着她们怎样跳过小巷——该死呀，沃伊采克——那时候我的心里也会产生爱情。我也是有血有肉的人。但是，沃伊采克，别忘了道德，道德！以后，我该怎样消磨时光呢？我总是对自己说：你是个有道德的人，（动感情地）一个好人，一个好人。

  沃伊采克　是的，上尉先生，道德！我没听说过这样的道德。您认为我们是下贱的人，干那种事是不道德的，而且这种人生来就是这样。但是，假如我是一位先生，有一顶礼帽、一块怀表和一件大礼服；假如我还会说几句文绉绉的话，那我早就成为有道德的人啦。在道德周围必须有些漂亮玩意儿，上尉先生。然而，我却是一个穷光蛋啊！①

  在这段对话里，毕希纳告诉我们，按照现代社会法则钱就是身份，钱就是道德，钱就是地位，钱能够拥有最高的话语权。沃伊采克是个穷人，他一无所有，那么他在有钱人眼里就什么也不是了。不过，沃伊采克告诉上尉他是缺钱但不缺道德与尊严，他的反击是认真、激烈的，他严肃地向上尉指出体面的外表与内在的道德没有根本的联系。这是全剧中沃伊采克作为小人物、无产者的代表，为维护人的尊严最质朴最铿锵有力的话。

  当医生指责沃伊采克像狗一样随地撒尿，而尿也是他的实验品时，他也认为沃伊采克没有信誉、没有道德。然而，难道是沃伊采克自愿落到现在这个地步吗？毕希纳对这个为生存而不得不出卖苦力的沃伊采克充满了同情，他在1834年2月给父母的信中写道："我不藐视任何人，尤其不因为某人的智力和教育而藐视他，因为在任何人身上都有成为一个傻瓜或者犯罪的因素，——因为在相同的环境里，我们大家都将会一样；因为环境是客观存在的。现在，理智仅仅是我们的精神本质的一个极小的侧面，而教育只不过是这种本质的很偶然的形式。"②

  生存的压力、难挨的饥饿和医学实验后身体的损伤，沃伊采克还能够忍受，但是，外部世界对他精神上的侵犯是他不能承受的。正在沃伊采克为养家糊口而四处奔波的时候，有人在觊觎他的女人玛丽。一个鼓手长在经过玛丽窗口时为玛

---

① 《毕希纳文集》，李士勋、傅惟慈译，人民文学出版社1986年版，第225页。
② 同上，第272页。

丽的美貌与性感动了心,一心要把她勾上手。而玛丽也被鼓手长健壮的身材所吸引,和鼓手长相比,她的瘦骨伶仃的男人沃伊采克实在太可怜了,用上尉的话说沃伊采克的"影子细得像一条蜘蛛腿似的"!这两个男人的反差是如此之大,搅乱了这年轻贫女的心绪。后来,鼓手长在一个中士的帮忙下,真的如愿以偿把玛丽勾引上了手。

而沃伊采克被蒙在鼓里,他曾对玛丽有一对闪闪发亮的耳环起过疑心,但玛丽说是捡到的,他就没有追究下去。直到有一天在大街上,他被上尉和医生拦住了去路,又一次成为他们取笑的对象。"沃伊采克,你在饭碗里没有发现过一根胡子吗?""你也许还能在那两片嘴唇上找到一根。"① 上尉幸灾乐祸地说道。这个伊阿古式的男人一次次煽阴风点鬼火,在沃伊采克心里播下举世男人最痛恨的种子——女人的不忠实。本来就心绪不宁的沃伊采克简直紧张极了,他脸色苍白地说道:"上尉,我是个穷人——在这世界上除了她以外,我什么也没有了,上尉先生,您要是开玩笑——"② 这消息对他来说如同是五雷轰顶,他不愿意相信,"我们打赌吧!这是不可能的!他妈的,他妈的,不可能的!"他掩饰不住他的愤怒与疑虑,大声叫道,在对玛丽是该怀疑还是该相信的痛苦纠结中沃依采克难以自拔,"是与不是,到底哪个正确?是'不是'欠'是'的呢?还是'是'欠'不是'的呢?这个问题我得好好想一想。"③ 沃伊采克像哈姆雷特一样反复在"to be or not to be"中困扰。他想保持冷静慢慢地离开,实际上却是控制不住自己的情绪,大步流星越走越快。而那位毫无恻隐之心的医生却在有滋有味地评述沃伊采克在受了刺激以后的各种细微的外部表现。

如果说沃伊采克先前是因为吃了几个月的豌豆而产生出的眩晕与幻觉,是一种生理上的反应,而这件事给予他的刺激所造成的结果则是心理上的焦虑与变异。沃伊采克开始以怀疑的目光观察玛丽的一举一动,"奥赛罗"在他身上复活了,他望着玛丽说:"多么深重的罪孽啊!……再见吧,玛丽,你美得像罪恶——死罪会有这么美吗?"④ 这个社会最最底层的"奥赛罗"本该在军营警卫室里值夜班,因为心里不放心玛丽,他赶到一家酒馆,亲眼看到鼓手长正紧搂着玛丽旋转飞舞,他感到一阵天旋地转,随即疯狂地冲出酒馆,跑到树林边,疯狂地叫喊,"刺死她!死,死——死!!"他向苍天向大自然独自宣泄着他的愤怒。第二天,处处遭人鄙视的沃伊采克鼓起勇气去找鼓手长算账,结果他根本不是鼓手长的对手,反

---

①② 《毕希纳文集》,李士勋、傅惟慈译,人民文学出版社 1986 年版,第 241 页。
③ 同上,第 242 页。
④ 同上,第 243 页。

而挨了一顿揍,这使他更加郁闷。男人的尊严使他憋不下这口恶气,他不能够忍气吞声,即便是最卑微的动物也有自己的尊严。沃伊采克开始时常梦见刀子,这意味着他起了杀心,杀死自己的情人玛丽,这是他在受了侮辱之后唯一可以做得到的,这个被社会逼得走投无路的沃伊采克终于以自己的方式向社会作出反击。在一个月色血红的夜晚,沃伊采克将玛丽带到林子里,用刀把她捅死了。他本人也在一片池塘里得到了解脱。

《沃伊采克》是一部小人物的生存悲剧。与古典悲剧相比,他一文不名,出身卑微,没有悲天悯人的英雄事迹,也没有回肠荡气的爱情故事。但是,沃伊采克却是现代社会中千千万万为生存而挣扎、拼搏的小人物中的一个,是人类的一个代表。贫穷,不是他的自主选择,他被现实社会、被命运无情地抛在这种不幸的生存困境里,他不得不去面对。贫穷让他成为医生的只准吃豌豆的"小白鼠",贫穷剥夺了他自由撒尿的权力,贫穷让他无法与心爱的女人到教堂规规矩矩地正式结婚,贫穷让他的儿子成为世人鄙视的私生子,贫穷让他扣上了一顶"没有道德"的帽子,贫穷让他成为上尉、医生等有钱人嘲笑取乐子的对象,贫穷剥夺了他与自己的女人厮守的家庭生活而不得不去军营值班守夜、白天干活挣钱;贫穷让可怜的玛丽经不住诱惑,贫穷剥夺了沃伊采克在世界上唯一属于自己的女人,贫穷让他备受屈辱反而挨了偷他女人的鼓手长的揍,贫穷剥夺了这个小人物的一切自由,带给他巨大的灾难。沃伊采克无法与强大的社会抗衡,剩下的唯一的自由就是向背叛自己女人复仇。在这个弱肉强食的现代社会里,沃伊采克将尖刀刺向了比他更弱小的女人。不幸啊,不平等的现实社会,造成了这部小人物的悲剧!

三、《沃伊采克》的现代性与艺术特点

在毕希纳这部以沃伊采克为悲剧中心的作品里,还保留着一点传统戏剧的故事情节线,沃伊采克与玛丽的爱情故事从铺垫、转折到灾难还基本上算清晰可见。不过,毕希纳没有刻意去渲染它们,而是用一反传统戏剧的表现手法,来揭示变得越来越焦躁不安的沃伊采克最终走上这条犯罪道路后面深层次的社会原因。其独特的艺术手段对后来的现代派、后现代派戏剧家的启迪是深刻的。

1. 荒诞与异化

《沃伊采克》的同名主人公从一个守法公民,依靠自己的劳动挣钱养家的有责任感的公民沦为一个杀人罪犯,谋杀的对象是他曾爱过的女人。毫无疑问,这是一场情杀。然而,像沃伊采克这样一个老实人,他连投机取巧都不会,当他为

生活所迫成为医生手中的实验对象，天天只能吃豌豆时，他宁肯忍受生理上的痛苦反应，也不弄虚作假。那么，他怎么会成为杀人犯呢？这是一个引人思考的问题。

沃伊采克的遭遇告诉我们，身处资本主义现代社会的生存困境里，金钱的威力是如此强大，它衡量着人的高低贵贱，掌握着人们的命运，它堂而皇之地对人性进行腐蚀、对家庭进行破坏。就连像沃伊采克这样一个善良本分的人，其天性都能被金钱构筑起来的现实社会所异化，这是多么触目惊心啊！

作为一个女人，可怜的玛丽只是顺从了自己的天性。她第一眼看到雄赳赳气昂昂走过窗口的鼓手长时还没有动了芳心，只是欣赏他，赞他"像一头雄狮"。鼓手长为她的性感、美貌所吸引，送她一对金灿灿的耳环欲勾引她时，玛丽没有拒绝，在小镜子面前喜滋滋地左顾右盼，很自然地流露出女人爱美的天性。然而，当她从沃伊采克手里接过军饷看着他又匆匆离去时，她觉得自己有愧于他，恨自己经不住诱惑，"我真是一个坏女人啊！我要是能把自己刺死多好啊。——唉！这是什么世道！让一切人，不论男人还是女人，通通都见鬼去吧！"① 这番独白表明玛丽并不是一个水性杨花的女人，她体贴她的男人，绝对不想伤害辛辛苦苦在外挣钱养家的沃伊采克，在感情与理性的内心冲突中，理性最初是占上风的。

但是，玛丽毕竟是女人，她的感情是自然的随心而动。她被孤零零地抛在空荡荡的小屋子里守着孩子，等待着沃伊采克回来，生活单调而乏味，困窘而寂寞。充满阳刚之气的鼓手长的突然出现，她不由自主地被吸引，对方的热情点亮了她无趣乏味的生活，她背着沃伊采克跟鼓手长去酒店跳舞，感到了前所未有的兴奋与激动。但是，当两个男人厮打起来时，玛丽害怕了，她毕竟不是"卡门"，她是个从属于男人而不是自己的女人，她不想让沃伊采克受到伤害，更害怕自己成为男人愤怒的牺牲品。玛丽读着《圣经》向上帝忏悔，然而，这并不能阻止灾难向她逼近。在这个以男人为中心的男权社会里，玛丽不可能把握自己的命运，她的命运是男人操纵的。在一个月亮如血的晚上，她跟着沃伊采克到树林里散步，她从沃伊采克的暗藏杀机的只言片语里意识到死亡的阴影，她想往回走，她的救命声刚刚响起，但是一切都来不及了，脸色苍白的沃伊采克拔出刀刺向她，随后又割断了她的喉咙。玛丽的鲜血与月光的血色互相照应，融为一体，这个与沃伊采克相爱了两年的女人就这样回归于大自然的怀抱，回归于大自然的宁静。玛丽的死是荒诞的，在这个弱肉强食的社会里，她不过是男人口中的一块肉，当弱小的一方得不到她时宁可把她毁灭掉。

---

① 《毕希纳文集》，李士勋、傅惟慈译，人民文学出版社1986年版，第235页。

玛丽之死，满足了沃伊采克的报复欲望，他的野性像脱了缰绳的马变得更加疯狂了。他跑回到酒馆开始跳舞，像鼓手长一样搂着一个女人疯狂地旋转，又唱又跳，尽情作乐，他想在癫狂中麻醉自己，让自己暂时不去回想那场血腥的残杀。直到他身上的血迹被人发现后，他惊慌地跑回树林里，找到躺在血泊中的冰冷的玛丽，对着尸体诉说自己的心绪，爱与死融为一体，其间竟深藏着如此荒谬的同一性。沃伊采克知道自己触犯了法律，他又去找他那把作案工具——带血的尖刀，并把刀扔进了池塘，他想到要掩盖罪责，要把刀子藏到别人摸不着的更远的地方，还要洗净身上的污血，于是，沃伊采克一步一步向池塘深处走去，并消失在那里，黑暗与寂静掩埋了他和不幸的玛丽。

　　在这部悲剧里，我们感受到了荒诞。感情本没有高低贵贱，对生活在社会最底层的沃伊采克与玛丽来说，在充满金钱的现实生活里，感情是抵御不过物质的诱惑的，男人狭隘的自尊心却能泯灭人性。沃伊采克丧失了自己的人性，走向其反面，人因此变成非人。毕希纳探索社会与人性异化的过程是严肃的，指出沃伊采克异化的根源主要是来自于现实社会，他由于受到鼓手长、医生、上尉等社会因素的刺激而表现出异化倾向，变得敏感、神经质，发展到最后变得残酷无情。他在物质世界面前一直是充满着敌视，深感自己的渺小与无所适从，从而走向极端，走向悲剧。毕希纳怀着对这类小人物的巨大同情，把沃伊采克上升为世界戏剧中第一个小人物的悲剧形象。

2. 具有表现主义特征的编剧法

　　这是一部非线型的戏剧，在编剧上毕希纳抛开了传统的编剧手法，采用了插曲式多场次的叙述戏剧的表现手段，地点与场景不断地转换，上下场之间并无逻辑上的关联。根据李士勋的译本，人民文学出版社1986年版的《沃伊采克》看，全剧共分24场：

1. 在上尉的住处
2. 旷野。城市在远方
3. 城市
4. 货摊、灯火、人群
5. 灯火辉煌的货摊内部
6. 玛丽的小屋
7. 在医生家里
8. 玛丽的小屋
9. 大街上

10. 玛丽的小屋

11. 值班室

12. 酒店

13. 旷野

14. 兵营里的一个房间

15. 医生的院子里

16. 兵营大院

17. 酒店

18. 杂货店

19. 玛丽的小屋

20. 兵营

21. 街道

22. 靠近池塘的树林边

23. 酒店

24. 池塘边

　　从上面对场景地点的梳理中我们可以发现，毕希纳这部戏剧从城市到旷野，从上尉的住所到杂耍场，从贫女玛丽的小屋到高高在上的医生家的庭院，从兵营大院到值班室，从马路街道到嘈杂的集市货摊，从酒店到小杂货店……非常的随性。这种地点的切换是电影蒙太奇式的，晚于这部《沃伊采克》很多年出现的表现主义戏剧就呈现出这一编剧上的特点，没有场与场之间逻辑关系，观众必须参与其中，紧紧追随着剧中主人公沃伊采克越来越焦虑不安的心理变化，去感受他那仅存的自尊心被践踏后的愤怒，在爱恨之中撕扯，直至起了杀念。

　　与此相关的是时间上的跳跃性。《沃伊采克》在时间上没有明晰的前后逻辑，只有一种内在的动力，就像他的地点不断转换一样。可以说，场与场之间的随性转换，出自主人公心境心情的起伏变化，事件与时间的前后逻辑关系就可以忽略不计了。

　　此外，除了沃伊采克、玛丽、安德列斯等有名字的人物外，剧中其他人都不过是符号，如上尉、医生、鼓手长、叫卖商人、货摊老板、祖母、帮工甲乙、酒店老板等，这种符号化人物是现代派戏剧的特点之一。毕希纳的人物不再是传统戏剧中个性化的人物，他的这些符号化人物往往呼之即来，挥之即去。比如那位给孩子们讲黑色童话的老祖母，她的出现就很突兀，不过她的故事却值得琢磨，颇具意蕴。

　　由此我们可以说《沃伊采克》这部戏剧既是现实主义的，也是表现主义的。

它真实地再现了社会底层的小人物的悲剧为了生存而努力挣扎、最后在社会的歧视和虐待下犯下杀人之罪。在编剧手法上，它开创了德国表现主义戏剧的全新的编剧手法。毕希纳被公认为表现主义戏剧的先驱是名副其实、当之无愧的。

3. 隐喻与象征

在《沃伊采克》这部戏剧中，有一个插曲式的人物讲着奇怪的童话故事，这个人就是老奶奶。毕希纳没有交代这位老奶奶与剧中任何一个人物之间的关系，她就这么突然出现了。一群小姑娘本来要玛丽给她们唱歌，心事重重的玛丽拒绝了，于是老奶奶就给这群小姑娘讲了这么一个故事：

> 从前，有一个可怜的孩子，他没有爸爸，也没有妈妈，亲人都死了，世界上一个人也没有了，都死光了，他走啊走啊，白天黑夜地哭啊哭啊，因为世界上一个人也没有了。后来呀，他就想到天上去，月亮那么亲切地望着他，后来，他果真到了月亮上，可是他发现月亮原来是一块烂木头。于是他又朝太阳走去，他终于来到太阳上，可是太阳原来是一朵开败了的向日葵花。他又来到星星上，星星原来是一群金蚊子，它们都躲起来了，就像会唱歌的鸟儿藏进树林里似的。这个孩子又回到地上，他发现地球变成了一个打翻的罐子，他感到孤独极了，这时候，他就坐在那只罐子上又哭起来，直到现在，他还坐在那儿哭，孤零零的，十分可怜。[①]

这是一个黑色童话，具有很强的隐喻性与象征性，它想告诉我们：人在现实社会中的孤苦无依，根本没有一丝希望。那看起来温柔的月亮、热情的太阳、闪闪烁烁的美丽的星星，其实是我们这个浮华的、色彩斑斓的丰富的物质世界的象征，外表非常吸引人，但是真正走进去却是令人痛心的失望，因为它们是腐朽的、空洞的、衰败的，真正是金玉其外，败絮其中。故事中那个失去父母的孤儿，则隐喻失去了宗教信仰的西方人，圣父圣母不存在了，精神寄托空虚了，人，不知道该往何处去？天上、人间，整个世界就没有 块干净的、安全的地方，正如故事里描绘的月亮是一块烂木头，太阳是一朵开败的向日葵，星星原来是一群金蚊子，既孤独又害怕的小男孩哭泣着又回到地球上，却发现地球是一只打翻的罐子，乱七八糟，根本没有立足之处。更可怕的是孩子看不到一个人影，孤零零的，这一意蕴就是人与人之间的严重的隔阂，孩子的哭泣是发自他彻底绝望的心底。这

[①]《毕希纳文集》，李士勋、傅惟慈译，人民文学出版社1986年版，第256页。

个黑色童话的意蕴非常清晰地传递出现代人就像那个孩子一样感到彻头彻尾的绝望与孤独。这个黑色的童话故事，印证了酒店里的帮工甲先前说过的一句富有哲理内涵的话："地球上的一切东西都是虚幻的。"①

作为西方戏剧史上第一部表现小人物的社会悲剧，《沃伊采克》涉及到人与自我、人与社会、人与自然的关系。小人物在现代社会里被剥夺了自己的自由意志，不过，在饱受摧残之后他依然能够拥有人的尊严，沃伊采克因此会沦为一个谋杀犯。毕希纳给沃伊采克安排的凶杀地点从真实事件的门厅改换在室外，在一片没有人影的树林子里，在大自然里进行，这给人更多的想象的空间。那高悬在漆黑夜空中的月亮"像一块血红的铁"（玛丽语），寓意一场可怕的流血悲剧即将发生。当人的兽性在大自然里像动物一样发作的时候，老实、胆小、善良的沃伊采克完全走向了他自己的反面，为了他那仅存的男人的尊严，成为了失去人性的凶犯。

全剧是在灰色的雾霭中结束的。当沃伊采克杀害了玛丽，最后自杀后，舞台上完全被雾笼罩起来，越来越浓，什么都看不见了。这神秘的雾霭也是一种象征，象征迷雾般的人生，人在生存困境和精神困境中，难辨方向，丧失自我，丧失理性。那树林里虫子鸣叫的声音"嗡嗡的像一口破钟"，令人恐惧，这一音响效果隐喻人在大自然中的渺小，直至被强大的大自然所吞噬，一如池塘里的水悄无声息地淹死了沃伊采克一样，彻底消声灭迹。沃伊采克不能适应于喧嚣的现代社会生活，只能抽身逃离出来，把自己融入于大自然中，以自身的独特力量解除灵魂的枷锁，为了维护自己的尊严而拒绝去适应异化，可见人对自由生存和完整个性的热切期望与无尽追求，正是建立在个体的分裂、挣扎、痛苦之上，这最后的意象耐人寻味。

思考题：

1. 为何说《沃伊采克》是一部社会悲剧？
2. 试述《沃伊采克》在编剧艺术上的特点。

---

① 《毕希纳文集》，李士勋、傅惟慈译，人民文学出版社1986年版，第247页。

沃伊采克（全选）[1]

[德国] 格奥尔格·毕希纳
李士勋译

在上尉的住处

〔上尉坐在一把椅子上；沃伊采克正在给他刮脸。

上　尉　慢一点，沃伊采克，慢一点；一刀一刀地刮嘛！你都把我弄晕了。如果这么早就刮完了，那剩下的十分钟，你让我干什么去呢？沃伊采克，你想到了没有？你还要足足活三十年！三十年哪！也就是说，还要活三百六十个月，那是多少天、多少小时、多少分钟啊！如此漫长的时间，你到底打算怎么过呢？安排一下吧，沃伊采克！

沃伊采克　是，上尉先生。

上　尉　当我想到永远[2]这个词儿的时候，我非常担心这个世界。忙忙碌碌，沃伊采克，忙忙碌碌啊！永远，这就是永远，这就是永远——这你也看出来了；可是如今又不是永远了，它变成了一瞬间，是的，变成一瞬间了——沃伊采克，当我想到世界一天之内就旋转一周时，我就感到不寒

---

① 剧本选自《毕希纳文集》，[德] 毕希纳著，李士勋、傅惟慈译，人民文学出版社 1986 年 6 月版。
② 这里作者间接地提出了"存在的意义"这样一个问题。毕希纳在他的其他作品中也提出过同样的问题。

而栗。多么浪费时间啊！这可如何是好？沃伊采克，我再也看不到磨坊的水车了，说不定，我将变得忧郁起来。

沃伊采克　是，上尉先生。

上　尉　沃伊采克，你怎么老是显得这样焦躁不安！一个好人①可不是这样，一个好人，一个问心无愧的人可不是这样。——你怎么不说话呀，沃伊采克！今儿天气怎么样？

沃伊采克　很糟，上尉先生，今儿天气不好，有风。

上　尉　外面是有点小风，我早就感觉到了；不过对我来说，这点小风顶多像一只老鼠那样，太微不足道了。（狡黠地）我看，今天的风是北南风，是吗？

沃伊采克　是，上尉先生。

上　尉　哈！哈！哈！北南风！哈哈哈！喔呀呀，你真笨，笨得十分讨厌！——（动感情地）沃伊采克，你是一个好人，——但是（又庄重地），沃伊采克，你可真够缺德的！道德嘛，就是说，如果你是个有道德的人，你就懂了。那是一个很好的词儿。你没有领受过教会的祝福就有了一个孩子，就像我们营房里的那个十分令人尊敬的牧师说的那样，——没有领受过祝福，这话不是我说的。

沃伊采克　上尉先生，在那个可怜的小东西被造出来之前，亲爱的上帝是不会来过问是否为他说过"阿门"的。主说过：让小孩子们到我这里来吧②。

上　尉　你在那儿说什么呀？你的回答为什么这样古怪？你简直把我弄糊涂了。当我说"你"的时候，就是说我指的是你，你——

沃伊采克　我们穷苦人——您瞧，上尉先生：钱，钱哪！谁没有钱——那么谁在这个世界上就只能指望道德了！大家都一样是有血有肉的人。可是，我们这样的人，不论是在这个世界上还是在另一个世界上，都是不幸的，我相信，我们一旦来到天上，那我们就一定会帮助打雷③。

上　尉　沃伊采克，你真缺德，你不是一个有道德的人。你说什么血和肉吗？好，

---

① 在克拉鲁斯的病情鉴定之二中，有这样的话："当人们说他是一个好人的时候，他也会生气，因为他感到自己不是一个好人。"

② 见《新约全书》中《马可福音》第十章、《路加福音》第十八章和《马太福音》第十九章："耶稣说，让小孩子到我这里来，不要禁止他们。因为在神的国里，正是这样的人。我实在告诉你们，凡要承受神国的，若不像小孩子，断不能进去。……骆驼穿过针的眼，比财主进神的国，还容易呢。"

③ 高特利高·康拉德·普费夫尔有两句诗："也许我们穷苦的农民/在天上将不得不被迫打雷。"在当时成为一句广为传播的政治口号。作者借用诗人的名句在这里强化了社会批判的主题。

如果下过雨以后，我躺在窗前，目不转睛地看着那些穿白色丝袜的女人，看着她们怎样跳过小巷——该死呀，沃伊采克——那时候我的心里也会产生爱情。我也是有血有肉的人。但是，沃伊采克，别忘了道德，道德！以后，我该怎样消磨时光呢？我总是对自己说：你是个有道德的人，（动感情地）一个好人，一个好人。

沃伊采克　是的，上尉先生，道德！我没听说过这样的道德。您认为我们是下贱的人，干那种事是不道德的，而且这种人生来就是这样，但是，假如我是一位先生，有一顶礼帽、一块怀表和一件大礼服；假如我还会说几句文绉绉的话，那我早就成为有道德的人啦。在道德周围必须有些漂亮玩意儿，上尉先生。然而，我却是一个穷光蛋啊！

上　尉　行了，沃伊采克。你是个好人，一个好人。不过你想得太多了，这会使人消瘦的；你总是显得好像是受了别人煽动似的。——你的这一通高谈阔论完全把我吸引住了。现在，你可以走啦，别那么慌张，慢慢地、慢慢地走到街上去。

旷野。城市在远方

〔沃伊采克和安德列斯在丛林里割荆条。

安德列斯　（吹着口哨）。

沃伊采克　对了，安德列斯，这可是个该诅咒的地方。你看见这片草地后边的那一段明亮的空地了吗？那里现在长满了蘑菇。那时候，那儿一到晚上就会有人头滚动。有一次，一个人捡起一颗人头，他还以为是一只刺猬：过了三天三夜，他也躺在刨花[①]上了。（小声地）安德列斯，那人是共济会[②]会员！我听人家说过，那就是共济会会员！

安德列斯　（唱）

　　　　两只小兔蹲在那儿

　　　　吃青草，吃青草……[③]

[①] 暗指人们为那人做棺材。

[②] 共济会，18世纪初建立的一个资产阶级的超越国家的国际性组织，它的目标是实现高尚的人道主义理想。其主要成员是石匠和泥水匠，也有一些政界和文化界的人士参加。它的第一个组织1917年成立于伦敦，在德国，第一个组织1937成立于汉堡。

[③] 民歌中的一节，1820年以后，这首民歌曾广为流传，它的第一句是："在山岗与深深的山谷之间……"

沃伊采克　安静！你听见了吗，安德列斯？你听见了吗？什么东西在走动！
安德列斯　（继续唱）
　　　　　吃青草，吃青草，
　　　　　一直吃到草地上。
沃伊采克　有人在我的身后，在我的脚下①，（用脚顿地）空的，你听见了吗？这下面是空的。共济会会员！
安德列斯　我害怕。
沃伊采克　静得这么奇怪。安静得让人喘不过气来。——安德列斯！
安德列斯　什么？
沃伊采克　别说话！（呆呆地凝视着一个方向）安德列斯！瞧那边多么明亮呀！一团火焰在绕着天空迅速地移动，还可以听见一阵长号声似的轰鸣。那火焰上升得多快呀！走吧！别往后面看！（拉着他进入丛林）
安德列斯　（歇了一会儿之后）沃伊采克，你还听得见吗？
沃伊采克　听不见了，一切都安静下来了，这个世界好像死了似的。
安德列斯　你听见了吗？他们在里面擂鼓呢！我们得走了。

城　市

〔玛丽抱着孩子站在窗前。玛格蕾特。归营号吹过，鼓手长走到前面。

玛　丽　（孩子在怀里不安地动着）喂，孩子！嚓、嚓、嚓、嚓！听见了吗？瞧，他们走过来了！
玛格蕾特　好一个男子汉，就像一棵树！
玛　丽　他站立着像一头雄狮。（鼓手长敬礼）
玛格蕾特　嘿，多亲热的眼神呀，邻家太太！可是有人对这种眼神还不习惯。
玛　丽　（唱）士兵们都是漂亮的青年……②
玛格蕾特　您的眼睛还在闪光哪！——
玛　丽　闪光又怎么样！谁像您似的，眼睛就盯着犹太人。把您的眼睛擦拭一下吧！也许它们还能放出光来，有的人为了两个纽扣就能把它们出卖。
玛格蕾特　什么，您，您？不要脸的丫头！我可是个规规矩矩的女人，可是您呢，谁不知道您能看穿七条皮裤子！

---

① 这里，连同下面提到的火焰，都是指沃伊采克产生的幻觉。
② 引自民歌《士兵们是他的快乐的兄弟》。

玛　丽　浪娘们儿！（猛地关上窗户）走，孩子！人家爱怎么说就怎么说吧。你不过就是个可怜的私生子罢了，用你那不光彩的脸蛋儿让妈妈高兴高兴吧！沙！沙！
　　　（唱）
　　　大姑娘呀，你现在怎么办？
　　　还没出嫁，你就有了个小孩。
　　　唉，我问这个干什么？
　　　只管整夜地唱呀唱。
　　　海依欧，波拍依欧，我的孩子，哟嘿！
　　　总会有人替我说句公道话。[①]
　　　〔有人敲窗。

玛　丽　谁呀？是你吗，弗朗茨？进来！
沃伊采克　不行，要点名啦。
玛　丽　上尉要的荆条你割了吗？
沃伊采克　割了，玛丽。
玛　丽　你怎么啦，弗朗茨？你显得那么神情不安。
沃伊采克　（神秘地）玛丽，又出了怪事了，好多好多——都是书上没有的：你看见那边从地面升起一股烟了吗？像从炉子里冒出来的一样。
玛　丽　瞎说！
沃伊采克　不知是什么东西在后面跟着我，一直跟到城门口。那种东西抓不住摸不着，我不知道它会把我们怎么样。这到底是什么呢？
玛　丽　弗朗茨！
沃伊采克　我得走了。——今天晚上去做弥撒吧！我又省下一点钱。（下）
玛　丽　这个人！被吓成这个样子。他连自己的孩子都不看一眼。他头脑里还是那么颠三倒四的。——你怎么不吭声，孩子？你害怕吗？天都这么黑了，我还以为自己的眼睛瞎了呢。平常这时候路灯也该点上了。我受不了啦。我害怕。（下）

[①] 引自民歌《一只美丽的小鸟》。

货摊、灯火、人群①

老　人　（唱着歌）和小孩（在八音琴伴奏下跳着舞）。
　　　　世界上没有长生不老，
　　　　我们大家都会死掉。
　　　　这个道理人人知晓！
沃伊采克　好啊，跳吧！——穷苦的人，年老的人啊！穷苦的孩子，年幼的孩子啊！忧愁伴着节日！
玛　丽　只有当失去理智的傻瓜也成为人的时候，然后大家自己才能成为傻瓜②。——滑稽的世界！美丽的世界！
叫卖商人　（和他的妻子一起站在货摊前面，牵一只化了装的猴子，妻子穿裤子）先生们！先生们！您们看这个畜生，像不像上帝造出来的，不，根本不像。现在，您们欣赏它的艺术③吧，它会直立行走，它穿着衣服和裤子，还佩带一把弯刀！喂！敬礼！好样的，真像一位男爵！给我一个吻！（他做出吹喇叭的样子）这小东西还有点音乐细胞！先生们，太太们！里面有一匹高头大马和许多小丑。它们都是全欧洲的王公贵族以及整个学者社会最心爱的玩意儿。它们无所不知，比如你们多大岁数啦，有几个孩子啦，有什么疾病啦，等等。它们还会打手枪，会玩金鸡独立。这一切都是教育的结果。那虽然是一种畜生的理智，或者更确切地说，只是一种充满了理智的兽性，但它并不愚蠢，像许多人那样，当然，在座的尊敬的观众们不在此列。进来吧！体面的社交活动就要开始了！Commencement vom commencement④，马上就要开始了。您们来看一看文明的进步吧！一切都在前进，不论是一匹马还是一只猴子，或者一个小丑！瞧这猴子已经成为一个士兵啦，不过它进步得还不够，仍然处在人类的最低阶段！体面的社交活动就要开始了！这只是一个开场白。马上就要Com-

---

①　从德国文学的"狂飚突进"运动以来，许多德国作家都把熙来攘往、热闹非凡的集市景象写进自己的作品，这种生动的现实生活也激励了毕希纳。

②　见《新约全书·歌林多前书》第三章："人不可自欺。你们中间若有人在这世界上自以为有智慧，倒不如变作愚拙，好成为有智慧的。"

③　这里指的是自然与艺术的对立，作者通过动物的人格化和某些表示人的地位的外部特征，如衣、裤和弯刀等等，来讽刺兽性化的上流社会及蔑视人性的贵族主义态度。从这里可以看出，毕希纳很早就已触及到阶级的对立和人的异化这样的问题。

④　法语，开始的意思。

mencement von commencement。

沃伊采克　你想看看吗？

玛　丽　想看，一定挺好看的。瞧这个男人身上挂着什么样的绒球！他老婆穿着裤子！（两个人一起走进货摊）

鼓手长　站住，站住！你看见她了吗？多漂亮的娘们！

军　士　见鬼！应该让她给重骑兵团传宗接代！

鼓手长　应该给鼓手长生儿育女！

军　士　她的头多好看哪，有人说她那漆黑的头发会像重力一样把她往下拉，她的眼睛那么黑……

鼓手长　就像人们向一口很深的井里或者向一根烟囱里看似的。走，跟进去！

灯火辉煌的货摊内部

玛　丽　多亮的灯光啊！

沃伊采克　是的，玛丽，黑猫长着火红的眼睛！嘿，多么美的一个晚上啊！

叫卖商人　（牵上一匹马）显示一下你的才能吧！表演一下你畜生的理性①吧！让人类社会②感到羞愧吧！先生们，这头畜生，您们看见的这个动物，身上长着一条尾巴，四个蹄子，它也是整个学者社会③里的成员，是我们大学里的教授，在那些大学里，大学生们在它旁边学习奔跑和踢跳④。这些只是单一的理智。现在我要你用双重的理智来思考。你在干什么呀，你什么时候用双重的理智来思考呢？现在那个学者社会里还有驴子吗？（马摇了摇头）怎么样，您们看见双重的理智了吧！这就叫做菲塞欧诺米克⑤。是的，它不单是一头愚蠢的动物，它也是一个人物。是一个人，一个兽性的人，同时它又确实是一头畜生，一个 bete⑥。（那匹马又不适当地表演了一下）人类社会应该感到惭愧了吧。您们看到的这头畜生尽管自然，但还不是理想的自然⑦！您们向它学学吧。您们请医生看病吗？

---

① 这里对有产阶级理智水平的挖苦。参见《毕希纳书简》之十五。
② 这里指的是贵族的上流社会，作者辛辣地嘲讽了当时受过高等教育的人们。
③ 这里指当时的科学院。
④ 这里对那些人云亦云者的讽刺，与下面"有没有驴子"的问题相呼应。
⑤ Viehsionnomik 即希腊语：Physionomik（观相术），这里，作者用 Vieh（牲畜）代替了发音相同的第一个音节 Phy－，充满了幽默的戏谑成分，意为：动物的观相术。
⑥ 法文：动物。
⑦ 毕希纳认为：理想与自然是对立的，理想主义是贵族阶级所提倡的，是对自然的一种贬低。

那是最有害的。有人曾经说过：人啊，自然一点吧！你本来是用灰尘、沙子和泥土制造出来的，你还想成为比灰尘、沙子和泥土更多的东西吗①？您们看见什么是理智了吧：它会计算，但不会掰手指，为什么呢？它只是不会说话，不能解释罢了，它是一个变了形的人！告诉这些先生们，现在几点钟了！诸位先生们，女士们，您们谁有表②？谁有一块表？

军　士　表？（他装模作样地、慢慢腾腾地从口袋里掏出一块表）这里有，先生！
玛　丽　我一定要看看。（她跨到第一个座位上去，军士扶了她一把）
鼓手长　真是一个漂亮的娘们儿！

玛丽的小屋

玛　丽　（坐着，孩子躺在她怀里。玛丽手中拿一块小镜子）人家命令他，他不得不走了！——（照镜子）多亮的一块宝石③啊！这是为什么呢？他是怎么说的来着？——睡吧，孩子！把眼闭上，闭紧点！（孩子把眼睛藏在两只小手后面）再闭紧点！对了，就这样，别吭声，要不睡觉小鬼儿会来抓你。（唱）

小女孩呀快关门，

那边来了个小吉卜赛人，

他会拉着你的手

朝吉卜赛人的国里走。④

（又照镜子）这一定是金的！唉，在这个世界上，我们这种人只有一个小小的角落和一小块镜子⑤，而那些阔太太们，不但有大穿衣镜，能从头照到脚，还有许多漂亮的男人吻她们的手。但是，我和她们一样，也有一张红红的嘴。我不过就是一个穷人家的女儿罢了！（孩子坐了起来）安静！宝贝儿，闭上眼睛！瞧，那个管睡觉的小天使来了！他正在墙上

---

①　见《旧经全书·约伯记》第十章："求祢记念，制造我如搏泥一般，你还要使我归于尘土吗？"

②　表在当时是一种社会地位的标志。

③　这里提到的宝石和下面提到的耳环，是诱饵，给玛丽带来了不幸，与《浮士德》悲剧中的甘泪卿在屋里发现的首饰匣颇相似。玛丽和甘泪卿这两个艺术形象，她们的经济状况的和命运结局也有很多共同的地方。

④　这是根据一首亚尔萨斯民歌改写的。

⑤　这里作者用"一块小镜子"和"大穿衣镜"进行强烈的对比，显示出阶级的差异，突出了社会批判的主题。

跑哪！（用镜子把光反射到墙上）快闭眼，要不然，小天使一看见你的眼睛，你的眼睛就要瞎了！

〔沃伊采克走进小屋，站在玛丽身后。她猛地站起来，用两只手捂住耳朵。

沃伊采克　你手里拿的什么？

玛　丽　什么也没有。

沃伊采克　那你手指缝里怎么在闪闪发光？

玛　丽　一颗小耳环，我捡来的。

沃伊采克　我怎么从来没有捡到过这样的东西，而且一下子就捡到两个！

玛　丽　难道是偷来的不成？

沃伊采克　好吧，玛丽。——孩子就这么睡着了。把他小胳膊托起来，椅子挤着他啦。瞧他脑门上全是亮晶晶的汗珠；天下的事情真是没有一件是轻松的啊，甚至睡觉也得流汗。我们这些穷苦的人啊！玛丽，又有钱了，这是军饷①，这是上尉给的一点报酬。

玛　丽　感谢上帝，弗朗茨。

沃伊采克　我得走了。今天晚上，玛丽！再见！

玛　丽　（一个人，过了一会儿）我真是一个坏女人啊！我要是能把自己刺死多好啊。——唉！这是什么世道！让一切人，不论男人还是女人，通通都见鬼去吧！

在医生家里

〔沃伊采克。医生。

医　生　你知道我看见了什么，沃伊采克？好一个守信用的人啊！

沃伊采克　您到底看见了什么，大夫先生？

医　生　我看见了，沃伊采克，我看见你在大街上撒尿了，你像一条狗似的对着墙撒尿！——可是，你别忘了每天给你的三个格罗申②，还有食物！沃伊采克，这可不好啊；世道变坏了③，变坏了。

---

① 这里指的是他在连队里应得的一份伙食费。他为了养活一家三口，已经把自己的身体卖给一个医生作实验，每天吃豌豆，省下伙食费。

② 一个格罗申等于十芬尼。

③ 这里毕希纳给后期理想主义的模仿者披上了假道学的愤怒外衣。

沃伊采克　可是，大夫先生，有尿自然是要撒出来的。

医　生　自然要撒出来，自然要撒出来！好一个自然！我不是证明过膀胱肌肉的收缩受意志支配吗？自然！沃伊采克，要知道，人是自由的，人们为了自由可以使个性焕发出光辉。——连一泡尿都憋不住！（摇摇头，倒背着手走来走去）沃伊采克，豌豆都吃了吗？除了豌豆，别的什么都不许吃，记住了吗？现在科学界发生了一场革命，我要把它轰到天上去。用百分之十的尿素，盐酸铵，过氧化物①——沃伊采克，你现在有没有尿？到里面去试试看！

沃伊采克　没有，大夫先生。

医　生　（情绪激动地）有尿你往墙上撒！我记下这一回，我严格按照合同规定办事，尿一次给一次钱。——我看见你在街上撒尿了，我亲眼看见的；当时我正好把鼻子对着窗外，为的是让阳光射进来，以便观察打喷嚏时的情形。（向沃伊采克走去）不，沃伊采克，我不生气，生气不利于身体健康，也是不科学的。我是冷静的，十分冷静；我的脉搏是正常的，正好六十次，我告诉你那件事的时候，态度是极其冷静的。上帝保佑，谁会为一个人生气呢，为一个人！即使一条蝾螈②死了，也不值得生气！可是，不管怎么说，你也不该对着墙撒尿——

沃伊采克　大夫先生，您看，人有时候就是有那么一种特性，那么一种构造——但是，它和自然完全是两码事，您看，它和自然（他把手指折得噼啪响），它是这样一种东西，我该怎样形容它呢？比如说……

医　生　沃伊采克，你又讲起哲学来了。

沃伊采克　（亲密地）大夫先生，您见过双重自然的东西吗？一到中午烈日当空的时候，我就觉得，世界好像是从火中升起来的一样，同时还会听到一个声音对我讲话！

医　生　沃伊采克，你的神经错乱了吧。

沃伊采克　（把手指放在鼻子旁边）蘑菇，大夫先生。那儿，就在那儿。您看见地板上的蘑菇长成什么形状了吗？谁会把它捡起来呢？

医　生　沃伊采克，你得的这种病叫做 aberratio mentalis partialis，即第二种类型

---

　　① 所谓的化合指的是："吃下去的化学成分与分解出来的元素之间有一种精确的平衡。"据文献记载，有一个名叫里比希的医生就在黑森士兵身上做过这种试验。

　　② 这里作者通过医生对待人和做试验用的动物的不同态度，充分揭露了医生这类伪科学家的所谓"冷静"，实际是对被压迫阶级表现的冷酷无情。

的神经错乱症。沃伊采克,你可以拿到附加津贴了!第二种类型的神经错乱症的表现是:在一般神志清醒的状况下,有一种固定的观念。你还能像平时一样做各种事情吗?还给你的上尉刮脸吗?

沃伊采克　是的,是的。

医　生　吃过豌豆了吗?

沃伊采克　一直按时吃的,大夫先生,买豌豆的钱我妻子已经收到了。

医　生　还干你的老行当吗?

沃伊采克　是的。

医　生　你是一个有趣的病例。沃伊采克,你这家伙,这下子你可以拿到附加津贴了。你要勇敢地坚持下去。来摸摸你的脉!就这样。

玛丽的小屋

〔玛丽。鼓手长。

鼓手长　玛丽!

玛　丽　(看着他,富于表情地)走你的吧——胸脯像头公牛,胡子像头狮子——谁像你这个样子!——我在所有的女人面前都感到自豪[1]。

鼓手长　礼拜天我第一次戴上了羽毛帽和白手套,嘿,玛丽,你猜王子看了说什么,他说:家伙,你真是好样的。

玛　丽　(嘲弄地)那有什么?(走到他面前)真是个男子汉!

鼓手长　你也是一个真正的女人!妈的,让我们来种下鼓手长的种子吧。嗯?(他搂住她)

玛　丽　(不高兴地)放开我!

鼓手长　撒野!

玛　丽　(激烈地)你碰我!

鼓手长　难道那个鬼东西从你眼睛里看出什么啦?

玛　丽　为了我,你走吧!他看没看出都一样!

---

[1] 古犹太女英雄尤蒂特曾经杀死了驻扎在她们城里的敌军首领,拯救了城市和人民,因而受到人民的尊敬,成为许多艺术家歌颂的题材。这里的玛丽把自己与女英雄相比,有大不敬的意思。

大街上

〔上尉。医生。上尉气喘吁吁地落在后面，停下来，一边喘着粗气一边环顾四周。

上　尉　大夫先生，您别这么急急忙忙的！别把您的手杖在空中这么画呀画的！您这是在拼命地追赶死亡吧。一个好人，一个心地善良的人是不会走这么快的。一个好人——（他抓住大夫的外衣）大夫先生，请您让我拯救一条人命吧！

医　生　我有急事，上尉先生，有急事！

上　尉　大夫先生，我感到非常忧伤①，我有这么一件事十分放心不下，我一看见我自己挂在那边墙上的大衣，就感到非痛哭一场不可。

医　生　嗯！瞧你那肿胀的、肥胖的、短粗的脖子，这可是中风的前兆。对了，上尉先生，您可能要中风；不过，您可能只是半边得这种病，那么您就要半身不遂了，即使在最好的情况下，您的神经也会瘫痪，那您就只能十分困难地生活下去了，四个礼拜之内，您的情况看来还不那么危险。不过我可以向您保证，您将会成为最有趣的病例之一，如果上帝愿意的话，您的舌头也将只瘫痪一部分，好吧，让我们到时候做一次最不朽的实验吧。

上　尉　大夫先生，您别吓唬我了，已经有不少人被您吓死了，他们仅仅是由于害怕。——我已经看见人们手里拿着的柠檬了②，但是，人们将会说：他本来是一个好人，一个好人——您这魔鬼，您这颗棺材钉！

医　生　（把帽子举起来）这是什么，上尉先生？——这叫空脑壳。最尊敬的兵油子先生！

上　尉　（皱了皱眉）什么，大夫先生？——那叫糊涂蛋，最善良的棺材钉先生！嘿嘿嘿！不过请别生气！我是个老实人，但我也会开玩笑，如果我愿意的话，大夫先生，嘿嘿嘿，如果我愿意的话……（沃伊采克走过来，想从他们身边溜过去）喂，沃伊采克，你干吗这样匆忙，想从我们身边溜过去吗？站住，沃伊采克，你像一把打开的剃头刀似的跑过这个世界，

---

① 这是对当时颇为流行的一种所谓"世界的痛苦"情绪的嘲笑。
② 源出于德国作家让·保尔（1763—1825）的小说《提旦》第四章，其中写道："人们在举行葬礼时，不但死者的手里要放一个柠檬，牧师和死者教堂勤杂人员手里也都拿着一个柠檬。"

谁靠近你谁倒霉；你跑得那么快，就像有一个团的哥萨克兵等着你去刮胡子似的，好像最后一根毛不刮掉你会在那上面吊死似的——但是，关于长胡子——我想说什么来着？沃伊采克——长胡子……

医　生　就是下巴底下的长胡子，普利尼乌斯①早就说过：必须戒掉士兵们的这种习惯……

上　尉　（接着说）哎？长胡子？对了，沃伊采克，你在饭碗里没有发现过一根胡子②吗？喂，我的话你听懂了没有？人的一根毛，那根毛是一个工兵的呢？还是一个军士的？会不会是——是一个鼓手长的呢？嗯，沃伊采克？不过，你老婆是个规矩的女人，但你的身体不如那个人。

沃伊采克　是的！您想说什么，上尉先生？

上　尉　瞧你这副德性！……也许现在不会在汤里找到了，可是，如果你赶快走，拐过墙角，你也许还能在那两片嘴唇上找到一根。两片嘴唇，沃伊采克，我也体验过爱的滋味，沃伊采克。喂，你的脸色怎么像石灰一样白。

沃伊采克　先生，上尉先生，我是个穷光蛋，——在这个世界上除了她以外，我什么也没有了，上尉先生，您要是开玩笑——

上　尉　我开玩笑，开你的玩笑，傻瓜蛋！

医　生　来，让我摸一下脉，沃伊采克，脉！——脉细而且紧，有间歇，脉律不齐。

沃伊采克　上尉先生，世界热得像地狱一样——而我却感到冰冷，冰冷——地狱是寒冷的，我们打赌吧。——不可能啊！他妈的，他妈的！这不可能。

上　尉　好家伙，你，你想找死吗？你的脑瓜子想吃几颗子弹，是不是？你想用你的眼睛杀死我吗？我认为咱们俩还不错，因为你是个好人，沃伊采克，一个好人。

医　生　他的面部肌肉发僵，紧绷绷的，有时抽搐，情绪很激动，紧张。

沃伊采克　我要走了。那是很可能的。那个坏蛋！那很可能是真的。——今天天气真好呀，上尉先生。您看，这是一个美丽、牢固、灰色的天空；有的人可能会觉得有趣，先把一根木橛子楔到天上去，然后在那上面上吊，仅仅是因为他的思想在是与不是之间打架。先生，上尉先生，是与不是，

---

① 根据雅科布斯的注解，不是普利尼乌斯（Plinius）而是普鲁塔克（Plutarch，约公元45—125）。流传下来的说法是：亚历山大大帝在打仗之前命令他的士兵刮掉胡子，因为在短兵相接时，胡子碍事。

② 这里暗示玛丽不忠。

到底哪个正确？是"不是"欠"是"的呢？还是"是"欠"不是"的呢？这个问题我得好好想一想。（大步走去，开始时较慢，然后越走越快）

医　生　（在他后面紧跟着）不平常的人！沃伊采克，给你增加津贴！

上　尉　我完全被他们俩个搞晕了，多么快！那高个子的坏蛋大步流星地走着，影子细得像一条蜘蛛腿似的，那矮个子跟在后面——慢吞吞的。大个子像闪电，矮个子像雷霆。哈哈，……奇怪！奇怪！

玛丽的小屋

〔玛丽。沃伊采克。

沃伊采克　（呆呆地凝视着她，摇着头）嗯！我什么也没有看见，我什么也没看见。噢，一定有人看见了，一定可以用手抓住他们！

玛　丽　（胆怯地）你怎么啦，弗朗茨？你疯了吗，弗朗茨？

沃伊采克　多么深重的罪孽啊！——它发出臭气，这种臭气简直能把小天使熏到天上去！你有一张通红的嘴唇，玛丽。那上面还有泡沫吗？再见吧，玛丽，你美得像罪恶——死罪①会有这么美吗？

玛　丽　弗朗茨，你在胡说些什么呀。

沃伊采克　鬼东西！——他在这儿站过吗？这样？这样？

玛　丽　世界这么古老，天长日久，许多人一个接一个地站在同一个地方是可能的。

沃伊采克　我看见他了。

玛　丽　只要长两只眼，不瞎，大白天谁都会看见许多东西。

沃伊采克　他妈的！（向她冲去）

玛　丽　你动我，弗朗茨！我宁肯自己用刀子扎死自己也不许你的手抓我。我十岁的时候，我两眼瞪着我父亲，他都不敢来碰我。

沃伊采克　臭娘们！——不，一定是什么鬼附在你身上了！每个人都是一个深渊，当人们往下看的时候，会觉得头晕目眩。——也许是！她走路像一个清白无辜的女人。那么，清白在你身上总该有一种记号。我知道那记号吗？我知道吗？谁知道呢？（下）

---

① 根据天主教的教义，死罪有三个标志：1. 在一件重要的事情上犯罪；2. 知罪犯罪；3. 完全自觉自愿地犯罪。

值班室

〔沃伊采克。安德列斯。

安德列斯　（唱）

　　　　　老板娘有个好姑娘，

　　　　　她坐在花园里朝思暮想，

　　　　　她坐在自己的花园里……①

沃伊采克　安德列斯！

安德列斯　什么事？

沃伊采克　天气真好。

安德列斯　是的，少有的好天气。——城门口已经奏起音乐。刚才女人们都出去了，大家都出去了，好啊！

沃伊采克　（不安地）跳舞，安德列斯，她在跳舞！

安德列斯　在小马酒店和明星酒店。

沃伊采克　跳吧，跳吧！

安德列斯　我不反对。（唱）

　　　　　她坐在自己的花园里，

　　　　　等到钟打十二点

　　　　　她就目不转睛地瞧士兵。

沃伊采克　安德列斯，我觉得心慌。

安德列斯　傻瓜！

沃伊采克　我得出去。我觉得眼前天旋地转。跳舞，跳舞。她的两手将要发烫！该死呀，安德列斯！

安德列斯　你要干什么？

沃伊采克　我要出去，我得去看看。

安德列斯　你这个不安宁的人呀！为了那个家伙吗？

沃伊采克　我非出去不可，这里面太热了。

---

① 根据民歌《拉恩河畔有一家酒店》第四节歌词改写。

酒 店

〔窗户全敞开着，里面有人跳舞。门口有几条长凳。许多帮工。

帮工甲　我穿着一件别人的小白褂，我的灵魂散发着烧酒的臭味儿……

帮工乙　老兄，要不要我看在朋友的份儿上，为你在自然中打一个窟窿？向前！我要在自然中打一个洞。老子也是一条好汉，你知道，我要把他身上的跳蚤统统打死。

帮工甲　我的灵魂，我的灵魂散发着烧酒的臭味。金钱总有一天也会腐烂变质。勿忘我花呀，这个世界像你一样美丽！老弟，我要把痛苦的眼泪装满接雨的桶。但愿我们的鼻子是两只酒瓶，那么我们就可以一个接一个地把它们灌到嗓子眼里去。

其他人　（合唱）

　　有一位猎人来自普法尔茨，

　　他骑着马穿过一片绿林。

　　哈哩，哈罗，哈，在绿色的原野上

　　打猎真开心。

　　打猎真开心。①

〔沃伊采克靠近窗户。玛丽和鼓手长跳着舞从窗口经过，但没有发现他。

沃伊采克　他！还有她！讨厌！

玛　丽　（在跳舞经过的时候）继续转，继续转——

沃伊采克　（气得要窒息了）继续——继续！（猛地跳起来，一屁股坐在凳子上）继续转，继续转！（交叉着双手）你们转吧，你们翻滚吧。上帝为什么不把太阳吹灭②，让这所有的男男女女，人和禽兽都一起在淫乱中上下翻滚呢？让他们在光天化日之下干吧，就像蚊子在大白天咬人的手一样。——娘儿们！这个娘儿们是热情的，热情的！——继续转，继续转！（猛地跳起来）这个混蛋，他是怎样地搂着她，搂着她的腰啊，他，他就像我开始的时候那样把她弄到手了。（他慢慢地晕倒）

---

① 这里根据达姆施塔特地区广为流传的一首民歌改写的。

② 参见《新约全书·启示录》第八、第十二章。其中写道："第四位天使吹号，日头的三分之一，月亮的三分之一，星辰的三分之一，都被击打。以致日、月、星的三分之一黑暗了，白昼的三分之一没有光……"

帮工甲　（坐在桌子上说教）是的，假如一个流浪者靠着某一个东西站在时间的长河边，他也许会回答智慧的上帝提出的问题，并且主动地与之攀谈。人为什么活着？人活着为了什么？——还是让我老实告诉你们吧！假如上帝不创造人，那么农民、油匠、鞋匠和医生，都靠什么生活呢？假如上帝不教人懂得羞耻，那么裁缝去干什么呢？假如上帝不找借口把士兵们武装起来，那么当兵的都干什么去？所以说，你们用不着怀疑，是的，是的，这种事情又玄又妙，不过，地球上的一切东西都是虚幻的，即使金钱也会慢慢地腐烂变质。——最后，我亲爱的听众们，为了让一个犹太人死去，让我们再一次往那个十字架上撒泡尿吧。（在大家的欢呼声中，沃伊采克清醒过来，急忙走开）

旷　野

沃伊采克　继续转！继续转！——吱嘎，吱嘎！提琴在不停地拉，笛子在不停地吹！——继续转！继续转！——停止了，音乐！什么东西在这下面讲话！（他趴在地上）啊，什么，你们说什么？大声点，大声点！——刺，刺死那只吃羊的母狼？刺，刺死那只吃羊的母狼！——我应该？我必须？在这里我也听见了吗？——风也在这么说吗？——我不断地听见人们在说：刺死，死。

兵营里的一个房间

〔夜晚。安德列斯和沃伊采克躺在一张床上。

沃伊采克　（轻声地）安德列斯！

安德列斯　（在睡梦中嘟嚷着什么）

沃伊采克　（摇晃安德列斯）喂，安德列斯！安德列斯！

安德列斯　啊，什么事？

沃伊采克　我睡不着！一闭上眼睛，我就觉得天旋地转，就会听见有人在拉提琴，有人在说继续转，继续转。然后又听见墙里有人在说话。你什么也没听见吗？

安德列斯　听见了——让他们跳去吧！我累了，上帝保佑我们，阿门。

沃伊采克　一个声音在不断地说着：刺！刺！我觉得两眼之间好像有一把刀子在晃来晃去——

安德列斯　睡吧，傻瓜！（他又睡着了）
沃伊采克　继续转吧！继续转吧！

医生的院子里

〔大学生们和沃伊采克在下面，医生站在天窗旁边。

医　生　先生们，我站在屋顶上，就像大卫看见拔示巴①的时候那样；可是，除了花园里晾着的姑娘们裙子上的软垫②之外，别的我什么也没有看见。先生们，我们现在学的主要是关于主体与客体的关系。如果我从主体和客体当中只取其一，这时候神的有机体的自我肯定就会在一个这么高的立足点上显示出来，如果我们研究它们同空间、地球和行星的关系，先生们，如果我把这只猫从窗口扔出去，那么这头畜生在地心引力和它的本能之间将会处于一种什么样的状态呢？③喂，沃伊采克，（大声吼叫）沃伊采克！

沃伊采克　（接住猫）大夫先生，它咬人！

医　生　傻家伙，那么温存地抱着它，好像它是你祖母似的。（下来）

沃伊采克　大夫先生，我浑身直哆嗦！

医　生　（十分兴奋地）啊，啊！好啊，沃伊采克！（他搓了搓手，把猫接过去）先生们，您们猜一猜我发现了什么？我发现毛皮动物身上有一种新的虱子，这是一种很好看的虱子……（他掏出一个放大镜，这时候，猫趁机溜走）先生们，这头动物没有科学的本能……也好，您们来看一看别的东西吧。您们来看，这个人，三个月来他一直在吃豌豆，除了豌豆别的什么都不吃，您们仔细观察一下，这对他有没有影响，您们摸摸他的脉：他的脉跳得多么不均匀啊！还有这只、这两只眼睛！

沃伊采克　大夫先生，我觉得眼前一片漆黑。（坐下）

医　生　勇敢些！沃伊采克，还有几天实验就结束了。先生们，您们来摸一摸，

---

① 见《旧约全书·撒母耳记》下篇，第二章：拔示巴是以色列王大卫麾下的军事首领乌利亚之妻，非常美丽。有一天，大卫站在王宫的平顶上看见她正在洗澡，心为之动。为了占有她，大卫借机杀了她的丈夫。

② 十八、十九世纪，欧洲妇女流行在裙子里面加臀部软垫。

③ 据说这里讽刺的模特儿可能是吉森大学的教授维尔布兰德，他曾边行医边授课，毕希纳听过他的课。当时德国有不少这样的人。同时这也是对参与调查真实的沃伊采克事件并充当法医的克拉鲁斯博士的嘲讽，他们自以为学识渊博，但对事件却不能做出恰当的正确的判断。

摸摸他的脉。（大学生们过来摸沃伊采克的太阳穴、脉搏和胸部）Apropos①，沃伊采克，把你的耳朵动一动给这些先生们瞧瞧！先生们，我早就想让您们开开眼了，他身上有两块肌肉会动。开始吧，打起精神来！

沃伊采克　唉，大夫先生！

医　　生　畜生，想让我来揪你的耳朵吗？你打算像那只猫似的溜走吗？看，先生们，人就是这样慢慢地变成愚蠢的驴子的，这往往是女人教育的结果。你老娘为了留作纪念温柔地拔去了你多少根头发？这几天你的头发越来越稀了。对了，先生们，这可能都是吃豌豆的结果。

兵营大院

沃伊采克　你什么也没听见吗？
安德列斯　他在那儿，还有一个伙伴。
沃伊采克　他说了不少话吧。
安德列斯　你怎么知道的？我该说什么呢？好吧，他笑了一阵，然后说：一个很有魅力的女人！她的大腿和浑身都是热的！
沃伊采克　（十分冷淡地）原来如此，他说的是这种话？今天夜里我都做了些什么梦？不是梦见一把刀子吗？多么愚蠢的梦呀！
安德列斯　你到哪儿去，伙计？
沃伊采克　给当官的买酒去。——可是，安德列斯，她可是一个天下少有的姑娘。
安德列斯　谁呀？
沃伊采克　没什么。再见！（下）

酒　店

〔鼓手长。沃伊采克。众人。

鼓手长　老子是个堂堂男子汉、大丈夫！（拍着自己的胸膛）谁能把我怎么样？谁要不喝得醉醺醺的，谁就给我滚蛋。我要把他的鼻子揍进屁股眼里去！我要——（向沃伊采克走去）家伙，是你呀，喝吧！我希望这个世界变成烧酒，烧酒——是男子汉就得会狂饮！（沃伊采克吹了声口哨）混蛋，想要我把你的舌头从嗓子眼里揪出来，缠在你身上吗？（两人扭打起来，

---

① 法语：另外。

沃伊采克失败）还是给留一口气吧，这口气比老太太的屁还多一点，好不好？（沃伊采克精疲力竭地坐在一张凳子上，浑身上下直哆嗦）你这个家伙应该喝点酒壮壮胆子再吹口哨。

　　烧酒，你是我的生命，
　　烧酒使我勇气倍增！

一个女人　瞧他这一身膘。

另一个女人　他流血了。

沃伊采克　一个接着一个。

杂货店

〔沃伊采克。犹太人。

沃伊采克　这把小手枪太贵了。

犹太人　喂喂，怎么回事，你到底买不买？

沃伊采克　这把刀多少钱？

犹太人　这把刀快极了。你想用它来割自己的脖子吗？嗯，是不是？这儿的价钱和别的地方一样便宜。你想死得便宜点，那是可以的，但也不能白送给你呀。要不要？死也节省点吧。

沃伊采克　除了切面包，这把刀还可以干点别的用场——

犹太人　两个格罗申。

沃伊采克　给！（下）

犹太人　给！这钱好像不是真的！哦，是真的，是真的——这狗东西！

玛丽的小屋

〔玛丽。傻子。

傻　子　（躺着，掰着手指头自言自语地讲述着一个童话）这个戴金冠的人，是国王先生……明天我去替王后夫人接孩子……布鲁特乌尔斯特说：来吧，莱伯尔乌尔斯特……

玛　丽　（翻着《圣经》）"他的口中也没有诡诈"[①]——上帝啊！上帝！不要盯着我！（继续翻阅《圣经》）"但是，法利赛人带着一个行淫时被拿的妇

[①] 见《旧约全书·以赛亚书》第五十三章。

人来,叫她站在当中。——耶稣说:我也不定你的罪,去吧,从此不要再犯罪了!"①(拍手)上帝啊!上帝!我不能呀!——上帝,我求求你,把我所祈求的那一点儿东西给我吧!(孩子挤到她身旁)这孩子像针一样刺痛了我的心。卡尔!你在太阳地里胡扯些什么呢。(傻子接过孩子不吭声了)弗朗茨昨天没有回来,怎么今天还不回来。这儿热死了!(打开窗户,又读起《圣经》)"她站在耶稣背后,挨着他的脚哭,眼泪湿了耶稣的脚,就用自己的头发擦干,又用嘴连连亲他的脚,把香膏抹上。"②(她捶打自己的胸膛)一切都完了!救世主啊!救世主,我要把香膏涂在你的脚上。

兵　营

〔安德列斯。沃伊采克在翻腾他自己的东西。

沃伊采克　安德列斯,这件衬衣不能穿了,也许你会用得着它,安德列斯。

安德列斯　(呆呆地站着,只应着)是!

沃伊采克　这个十字架和这个小戒指是我姐姐留下的。

安德列斯　是的!

沃伊采克　另外,我还有一个圣像,两个心形项链坠子,金灿灿的,很好看——它们夹在我母亲的那本《圣经》里,那个地方写着:

主啊!你的伤势那样重,身躯被血染红,

让我的心也永远像你的身躯一样。

只要太阳还能晒着我母亲的手,她的知觉就不会消失——那就不大要紧。

安德列斯　是的。

沃伊采克　(抽出一张纸)弗里德里希·约翰·弗朗茨·沃伊采克,军人,二团二营四连步兵,生于玛利亚宣告日③,七月二十日。——今天,我正好是三十岁七个月零十二天。

安德列斯　弗朗次,你得到军医院去。可怜的人,你得喝点烧酒,酒里放点药,那东西可以退烧。

沃伊采克　是的,安德列斯,当木匠收集刨花的时候,谁也不知道什么人会把他

---

① 见《新约全书·约翰福章》第八章。
② 见《新约全书·路加福音》第七章。说有一个有罪的女人因诚心悔过,得到耶稣的宽恕。
③ 即宣告玛利亚怀孕的日子。

的脑袋放在那上面。

街 道

〔玛丽和小姑娘们坐在家门口。老祖母；沃伊采克后上。

小姑娘们 （齐唱）

弥撒日①的阳光多么灿烂，
绿油油的庄稼望不到边。
他们愉快地走在草地上，
成双成对齐向前。
吹笛的人儿前边走，
拉琴的人儿跟后面。
红红的袜子真好看……

小姑娘甲　这支歌儿不好听。
小姑娘乙　那你到底要唱什么呀！
小姑娘甲　玛丽，你给我们唱一个！
玛　丽　我不想唱。
小姑娘甲　为什么？
玛　丽　不为什么。
小姑娘乙　什么是不为什么？
小姑娘丙　奶奶，讲个故事！
奶　奶　过来吧，你们这些毛丫头！——从前，有一个可怜的孩子，他没有爸爸，也没有妈妈，亲人都死了，世界上一个人也没有了，都死光了，他走啊走啊，白天黑夜地哭啊哭啊，因为世界上一个人也没有了。后来呀，他就想到天上去，月亮那么亲切地望着他，后来，他果真到了月亮上，可是他发现月亮原来是一块烂木头。于是他又朝太阳走去，他终于来到太阳上，可是太阳原来是一朵开败了的向日葵花。他又来到星星上，星星原来是一群金蚊子，它们都躲起来了，就像会唱歌的鸟儿藏进树林子里似的。这个孩子又回到地上，他发现地球变成了一个打翻的罐子，他感

---

① 弥撒日为每年二月二日。

到孤独极了，这时候，他就坐在那只罐子上又哭起来，直到现在，他还坐在那儿哭，孤零零的，十分可怜。

沃伊采克　（出现）玛丽！

玛　丽　（吓了一跳）什么事？

沃伊采克　玛丽，我们出去走走吧。天不早了。

玛　丽　到哪儿去？

沃伊采克　我知道去哪儿吗？

靠近池塘的树林边

〔玛丽和沃伊采克。

玛　丽　喂，从那边出去就是城市。天已经黑了。

沃伊采克　再待一会儿。来，坐下。

玛　丽　我得走了。

沃伊采克　忙什么，别把脚磨破了。

玛　丽　你怎么变得这样！

沃伊采克　你还记得咱们的事吗？玛丽，到现在多长时间了？

玛　丽　到圣灵降临节①那天整好两年。

沃伊采克　我们的事还能持续多久，你也知道吗？

玛　丽　我得走了，我得回去做晚饭。

沃伊采克　你冷吗，玛丽？不过，我觉得你身上挺热的。你的嘴唇多么烫呀！滚烫，滚烫！和娼妇的嘴唇一样！我真想把她交给上帝，再吻她一次——你冷吗？如果人死了，那他就再也不会感到寒冷了。你不会被早晨的露水冻僵的。

玛　丽　你胡说些什么？

沃伊采克　没说什么。（沉默）

玛　丽　瞧，月亮升起来了，多么红呀！

沃伊采克　像一块血红的铁。

玛　丽　你要干什么？弗朗茨，你的脸多么苍白呀。——（沃伊采克拔出刀子）弗朗茨，住手！看在上帝的份儿上，救命，救命呀！

沃伊采克　（刺下去）吃一刀，再吃一刀！看你还会不死？好了！好了！——怎

---

① 每年复活节后的第五十天为圣灵降临节。

么?她还在动,还没有死?还没死?还没死?(又刺下去)你死了吗?死了!死了!(松开手让刀子掉在地上,跑开)

酒 店

沃伊采克　你们跳吧,继续转吧!跳得汗流浃背、浑身发臭吧!总有一天你们都会见鬼去的!(唱)
　　　　唉,女儿啊,亲爱的女儿,
　　　　你都想了些什么?
　　　　当你想着马车夫时,
　　　　人们已经把他吊死。
　　　　(他跳舞)好了,凯特!你坐下!我热了,热了!(他脱下外衣)从前有一个魔鬼,他抓走了一个女人,却让另一个女人跑了。凯特,你是热情的!这到底是为什么?凯特,你将来也会变冷的。清醒一点儿吧。——你不是会唱歌吗?
凯　特　(唱)
　　　　我不愿意去施瓦本兰,
　　　　长裙子我不爱穿,
　　　　因为长裙和尖鞋
　　　　女仆穿了太难看。
沃伊采克　对,不要穿鞋,没有鞋也可以进地狱。
凯　特　(边跳边唱)
　　　　啊,呸,这可不好,我的宝贝儿,
　　　　你舍不得花钱那就只好一个人睡。[①]
沃伊采克　对,真的,我不想沾自己一身血。
凯　特　可是你手上沾的是什么?
沃伊采克　我?我吗?
凯　特　红的,是血!(众人把他们俩围起来)
沃伊采克　是血吗?是血吗?
老　板　哎呀,真的是血!
沃伊采克　我想是我把自己的手割破了,瞧,这右边的手破了。

[①] 德国民歌。

老　板　那它怎么会跑到胳臂上去呢？
沃伊采克　我擦拭的时候蹭上去的。
老　板　什么？用右手擦到右肘上去？你倒灵巧啊！
傻　子　恶魔在那边早就说过了：我闻到，我闻到，我闻到人肉味儿啦①。呸！它已经臭了！
沃伊采克　见鬼，你们想干什么？这和你们有什么相干？让开，谁不让开我就叫谁头一个——见鬼去！你们以为我杀了人是不是？我是杀人犯吗？你们傻瞪着眼睛看什么？瞧瞧你们自己身上吧！让开！（跑出去）

池塘边

〔沃伊采克独自一人。

沃伊采克　刀子呢？刀子在哪儿？我把它丢在这儿了。它会把我泄露出去的！往前，还得往前！这是什么地方呢？我听见什么了？什么东西在动。安静了。——就在这附近。玛丽？哈，是玛丽！安静了。一切都安静了！你为什么这样苍白，玛丽？你脖子上为什么系着一根红绳呀？你这是在谁那儿犯罪挣来的这根项链？你被它玷污了，玷污了！我使你变白了吗？你的头发为什么这样疯狂地披散着？你今天没有梳头编辫子吗？……刀子，刀子！我找到它了吗？是的！（他跑到池塘边）就这样，把它扔到那下面去！（把刀子扔进水中）它像一块石头似的沉到漆黑的水中去了。——不行，得把它扔到更远的地方去，不然他们洗澡时会发现的。（他走进池塘，把它扔到更远的地方）就这样，现在——可是，夏天里，如果孩子们潜水摸贝壳怎么办？——没关系，到那时刀子早生锈了，谁还能认出来。——我要是把它折断就好了！——我身上还有血吗？我得洗一洗。这儿有一块，这儿还有一块……

〔有人来。

第一人　站住！
第二人　你听见了吗？安静！那边！
第一人　啊！那边！那是什么声音！
第二人　那是水的声音，它呼喊着：已经很久没有淹死人啦！快走！听见这种声音不吉利。

---

① 引自格林童话《七只乌鸦》。

第一人　啊！那声音又响起来了！——像一个临死的人！

第二人　真叫人害怕！这么大的雾，一切都灰蒙蒙的——甲虫的嗡嗡声像一口破钟。快走吧！

第一人　不，太清楚了，声音太大了！到上面去，跟我来。①

---

① 另一种结尾是沃伊采克从池塘回到家中，还有一场法庭上的戏，但只是一个草稿。

超越时空的"女巫"
——阿瑟·米勒《萨勒姆的女巫》评析

人类戏剧史上关于对生存的思考与选择,最著名的大概就属莎士比亚塑造的丹麦王子哈姆雷特,他的那一段"生存还是毁灭……"的台词曾打动过无数的观众,激起人们对生命的思考。哈姆雷特替父复仇、重整乾坤的使命感是他自己存在的必要根据和自我设计的精神支柱。生存问题与人类生活是如此密切相关,以至于古今中外有数不清的艺术家用不同的艺术形式,诸如戏剧、音乐、绘画、影视、小说、诗歌等,来表现对它的认识与感悟。美国当代戏剧中有数部我们中国观众熟知的作品莫不如此。

在我们的人生旅途中,在你所料不及的时候,忽然间,会有一种你自己无法掌控的事件不期而至,打乱你正常平稳的生活,甚至可能威胁到你的生命,在这种时候你必须像哈姆雷特一样做出你自己的选择。美国剧作家阿瑟·米勒的《萨勒姆的女巫》就属于这一类戏剧。

一、阿瑟·米勒:具有社会责任感的剧作家

我们对阿瑟·米勒(Arthur Miller, 1915—2005)这个名字并不陌生。1978年,阿瑟·米勒夫妇访问了刚刚迎来改革开放曙光的中国戏剧界;1981年,上海人民艺术剧院黄佐临老院长导演了由这位美国戏剧家亲自推荐的《萨勒姆的女巫》;1983年,阿瑟·米勒第二次访华,并亲自导演了他的《推销员之死》,由北京人民艺术剧院在首都剧场上演,获得了巨大成功,引起社会广泛的关注。之后,他的剧作更多地被搬上中国舞台。那么,这个举世瞩目的阿瑟·米勒究竟是怎样

一个人物呢？让我们一起走近他。

阿瑟·米勒（Arthur Miller, 1915—2005），1915年出生于纽约一个中产阶级家庭，父亲是一个犹太裔妇女时装商人。米勒在中学毕业以后工作了两年，积攒些钱后进入密执安大学新闻系和英文系学习，开始戏剧创作，写了4部剧本，并两次获奖。他第一部在百老汇上演的剧作是《鸿运高照的人》（1944）；成名作是1947年创作的《全是我的儿子》，该剧获当年度的纽约戏剧评论奖。1949年创作《推销员之死》获得了当年的纽约戏剧评论奖和普利策戏剧奖，在百老汇连续上演了742场。这部戏表现一个老推销员威利·洛曼的悲剧性遭遇，他勤奋工作一生，年老体衰时却被老板炒了鱿鱼，两个儿子也一事无成，威利的美国梦成了泡影，最后他用车祸和自己的生命为妻儿换回一笔人寿保险金。在创作手法上，这部现实主义戏剧里包容着表现主义创作元素，在回忆倒序的过程中，时空转换随意，相互交错。该剧为作者带来了世界声誉。

1953年，在美国非美活动调查委员会活动猖獗的背景下，阿瑟·米勒创作了反映北美殖民地时代新英格兰地区逐巫冤案的剧作《萨勒姆的女巫》（又名《炼狱》、《严峻的考验》），以影射当时的美国现实。1955年，他创作了《两个星期一的回忆》和《桥头眺望》。1956年，他与著名女星玛丽莲·梦露结婚，1960年离异，1964年他据此经历创作了《堕落之后》以及电影《不合时宜的人》（1961）；同年还发表了以"二战"为背景的《维希事件》，此后他还不断创作剧本，但成就平平，如《代价》（1968）、《创世纪和其他》（1972）、《大主教宅邸的顶棚》（1977）、《美国时钟》（1980）、《往事如烟》（1987）、《克拉拉》（1987）和《完成画面》（2004）等。

阿瑟·米勒怀着对社会的高度的责任感，勤奋创作一生笔耕不辍，曾连任两届国际笔会主席（1965—1969），直到去世前一年还在发表作品。他的戏剧紧扣社会现实问题，有些是直接取材于历史或真实生活，这位具有非凡洞察力的美国作家怀着人道主义精神，关注于生存困境中的人，以及信仰与道德、尊严与梦想、虚伪与欲望之间人性的弱点与自我的迷失，深刻地揭示出西方现代文明高度发展下的人的精神危机。作为一位新现实主义剧作家，阿瑟·米勒更多地继承了现代戏剧之父、挪威人易卜生的创作传统，强调剧作家要有切中时弊的判断，他说"舞台是一个传播思想和哲学、认真探讨人的命运的场所"。[①] 他反对那种一味追求娱乐化、商业化的戏剧，坚信戏剧是一项严肃的事业。美国著名的剧评家马丁·哥特弗里德认为：《推销员之死》、《萨勒姆的女巫》和《桥头眺望》，世界上

---

① 见《外国当代剧作选4》，梅绍武译，中国戏剧出版社1992年版，第748页。

只要还有舞台存在，这三部戏就会上演，并传之不朽，他称赞"它们是三部气势宏伟的剧本，具有显示人性的广泛内涵，却又高于现实生活，因为它们诗意盎然并具有崇高的道德力量。毫无疑问，阿瑟·米勒是美国戏剧的良心"。在表现形式上他汲取了现实主义、表现主义、意识流的技巧，致力于在舞台上构筑美国社会的真实形象。

二、超越时空的"女巫"阴影

《萨勒姆的女巫》（*The Crucible*，又译《炼狱》，《严峻的考验》，1953）是阿瑟·米勒根据1692年在北美马萨诸塞州萨勒姆镇发生的一桩诬告株连数百人的"逐巫案"而创作的。在政教合一的严酷统治之下，清教主义在17世纪那个封闭落后的小镇上盛行，他们设置种种清规戒律，严令禁止任何娱乐活动，排斥异教徒。在这样的生存环境中这些清教徒们变得狭隘、自私、迷信而冷酷。当几位少女在夜色的掩护下相约在树林子里跳舞时，被当地牧师巴里斯发现，他的女儿受到惊吓昏迷不醒，于是，巴里斯牧师请来别的教区的"驱巫"高手赫尔牧师来到萨勒姆来调查。为了保护自己，阿碧格首先诬陷女黑奴蒂图芭，接着这群姑娘跟着阿碧格一起装神弄鬼、诬陷他人。人们在刑讯之下互相指责，结果竟然造成了四百多人被株连入狱，七十二人被绞死的可怕局面。男主人公普洛克托为了解救妻子伊丽莎白，冒死揭露了阿碧格的阴谋，并交代自己曾与阿碧格有淫乱之事。但是，这并没有阻止宗教裁判所以上帝的名义进行的这场杀戮。最后，普洛克托为了维护自己的人格尊严，毅然走上了绞刑架。

《萨勒姆的女巫》是美国文学史上极为罕见的影射作品。阿瑟·米勒借古喻今，抨击了当时美国高压政治的代表麦卡锡主义的猖獗。米勒本人曾多次受到非美活动调查委员会的传讯，限制其出国，他认为这是一场对无辜公民的政治迫害；与此同时，他看到了他的朋友中有人抵不住政治高压而导致了道德信念的瓦解。所以，这部悲剧的指涉是非常鲜明的，在恶势力面前伸张正义，保持人的良心与尊严是作者的根本用意。

该剧先后三次在中国公演，这并不包括在上海戏剧学院这类艺术院校的学生演出。《萨勒姆的女巫》首演是在1981年的上海，由上海人民艺术剧院演出，导演黄佐临，这部戏是米勒先生亲自推荐给中国观众的作品。对于刚经历过那场长达10年"文革"政治运动的中国观众来说，这出戏剧真的是意味深长。面对异国的一桩历史冤案，在令人窒息的严峻考验面前，我们怎能不深刻地反思我们自己，不反省我们自己人性的自私、怯懦与丑恶？在这部揭露人性丑恶的道德悲剧面前，我们深感痛心和震撼。后面两次的公演分别是由王晓鹰导演、国家话剧院演出（2003）和郑大圣导演、上海话剧艺术中心演出的《萨勒姆的女巫》（2006）。

　　人被社会异化与反异化是西方现代文明的基本关系。人被自己创造的文明所异化的主题也是西方现代主义文学艺术所表现的核心。人性异化是现代西方悲剧之源。正如阿瑟·米勒在《萨勒姆的女巫》的序幕中所写道："在萨勒姆发生的诬陷迫害是一个期待已久的机会，它使每个希望公开吐露自己罪行的人得以借助谴责别人来满足自己的这个愿望。""邻里间的旧仇宿怨现在可以公开发泄，报复仇雠也可以不必遮掩，圣经教人慈悲为怀的戒律已经失去效验。对于土地的贪欲以前表现在为了地界和文契而争执不休，现在却可以升华为捍卫道德的争斗，人们能对邻居诬蔑陷害，同时却又感到完全心安理得。明明是对旧仇宿怨的报复清算，却被说成是天国里上帝与撒旦的斗争，在这场进行报复的混战之中，相互间的猜疑，不幸者对于幸运儿的妒嫉，不但有可能突然爆发，而且事实上也的确得到了恣意发泄。"① 阿瑟·米勒不仅揭露了一些卑鄙小人在一定的政治气候下为满足个人私欲而耍尽流氓，同时也揭示了普通人身处生存困境时的可怕的趋恶心理。

　　一如观赏一次灵魂的圣餐、灵魂的对话和灵魂的博弈。舞台上充满了形形色色的欲望，关于贪婪、关于情欲、关于权势、关于虚荣的扭曲的欲望，以及由此而生的畸形的怨恨、疯狂的宣泄，疯狂的诬陷，在这个名为"萨勒姆"的小镇中左右着人们的生死，左右着人们的善恶，左右着人们的灵魂的飞升与沉沦。当个人的生命面临死亡的逼迫，只有选择谎言才能得救，人们往往会毫不犹豫。年轻的女主人公阿碧格违反了教规，玩了一出青春禁忌游戏，她率领几个少女偷偷地跳舞寻乐，念咒喝血，眼看着会受到视作女巫被绞死的危险，她情急之中把危险推给了黑奴蒂图芭，使可怜的蒂图芭受到了审讯与关押，自己则获得了解脱。

　　为了保全自己，阿碧格第一个开始诬陷他人，她压根儿想不到在这个愚昧落后的小镇上，她已经打开了潘多拉的盒子，全镇的人有的借此机会对旧仇宿怨进行报复清算，毫无愧疚地诬陷左邻右舍，有的则为了活命，违背良心用伤害别人来保全自己。这种黑色的、恐怖的、疯狂的局面是年轻的阿碧格根本无法控制的，她身不由己地在这浑浊险恶的旋涡里越陷越深，就如同她无法控制住自己的欲望，与有妇之夫的普罗克托通奸后，激起她内心深处强烈的爱和占有欲。

　　一个还不满20岁的姑娘愚弄了宗教裁判所和掌握着生杀大权的成年男人，形成了一桩举世震惊的围剿"女巫"的案件，实属荒诞且匪夷所思。但是，真正的凶手和迫害狂事实上不是这个叫阿碧格的小人物，尽管她受情欲的驱使，想借机

---

① 阿瑟·米勒《萨勒姆的女巫》，序幕，中国戏剧出版社1992年版，第151页。

害死普罗克托的妻子，以取代她的位置和床榻，阿碧格灵魂的堕落、残忍与扭曲，除了她自身的原因外，很大部分是来自于社会的压力，这就是封建教会的禁欲主义对人性的扼杀和对人的自由的绝对控制。那些掌握着教民生存命运的神职人员、法官等大人物们，他们在普洛克托冒死揭露真相的情况下，坚持宁可信其有、不可信其无，一意孤行地采取疯狂而残酷的迫害行径，真正的目的是为了维护教会的权威与统治。在教诲人们与人为善、不可杀戮的背后，他们的手上却占满了无辜者的鲜血。因此说，阿瑟·米勒的《萨勒姆的女巫》不仅是一部道德悲剧，也是一部政治剧。

三、在生存困境中的自我选择

在这场由教会主持的"逐巫"恶浪面前，阿瑟·米勒刻画的群像中最令人难忘的是男主人公约翰·普洛克托。作为人，约翰·普洛科托有过过失，犯了"十戒"里的奸淫罪，和年轻貌美的女仆阿碧格有过私通，后来他一直处在忏悔中，没有再跟阿碧格有过往来。当萨勒姆被所谓的"女巫"所肆虐，要进行围剿斗争时，普洛克托赶到巴里斯牧师家里，遇到了久违的巴里斯牧师的侄女和他有过一夜情的阿碧格，他抵御住了这位年轻女人的诱惑。

　　普洛克托　阿碧，我也许有时会温柔地想到你。可是我宁愿剁掉我的手也不会再去挨近你了。别再想入非非，咱俩压根儿就没有接近过，阿碧。
　　阿碧格　不，咱俩接近过。
　　普洛克托　没有，没有接近过。
　　阿碧格　（挺生气地）唉，我真不懂这样一条硬汉子怎么会让那么一个病病歪歪的老婆管得——
　　普洛克托　（被激怒了——也生自己的气）不许你胡说伊丽莎白的坏话！

作为一个健康的活生生的中年男人，面对一个产后身体虚弱、性情刻板的清教徒妻子，他曾为充满青春活力的、性感的女仆阿碧格所吸引，一念之差犯了错。但是，普洛克托从心底不想伤害自己的妻子，他爱自己的家，自己的三个孩子，他辛勤劳作就是为了他们。对自己的失足他一直在忏悔，小心翼翼地对待伊丽莎白，有时候他也为妻子心存芥蒂很恼火。因此，面对外面传说纷纭的女巫案和越来越多的清白无辜的人蒙受牢狱之灾，到底该不该去揭穿事实真相，又该如何解释清楚，他一度非常犹豫不决，因为很显然这会把他与阿碧格的隐私暴露出来，那将会给他们带来杀身之祸。面对站在道德制高点上的妻子伊丽莎白，他彷徨而苦恼。一旦关乎到名誉乃至生命谁不首先为自己考虑呢？

然而，当像吕贝卡这样受人尊敬的圣洁老人都被投进了监狱，有的乡亲已被处死的严峻时刻，普洛克托再也坐不住了他挺身出来说了真话。如果说他和阿碧格的私通是一念之差，那么，现在他是经过内心斗争的，是深思熟虑的，是无私无畏的。这个有责任感的成熟的男人，一向爱憎分明，为人正直。他能质疑巴里斯牧师的贪欲，用教徒的钱做金蜡烛台并占为已有，因此，他很少去教堂，"我抬头仰望天国，看到我的血汗钱在他的胳膊肘儿那儿闪闪发光——这就触伤了我做祷告的情绪，触伤了我做祷告的感情。我有时觉得这个人向往的是华丽的大教堂，而不是护墙板做的简朴会堂。"所以他敢于顶撞巴里斯牧师不让他为他的小儿子洗礼，他认为这样的牧师不能传递主的光辉。然而，在逐巫案开始以后，这件事竟成为普洛克托不敬上帝的检举材料。他对巴里斯牧师的抵触情绪让后者耿耿于怀，遭受了赫尔牧师的调查。不过，正直的普洛克托不仅不隐藏自己对那个自私的巴里斯牧师的看法，而且向赫尔牧师质疑宗教裁判所把虔诚的女教徒吕贝卡老太太视为女巫抓捕的不当做法。但是，普洛克托万万没有想到是他的妻子伊丽莎白这样一个诚实正派的女人，竟然也成为被怀疑、拘捕的对象，他再一次震惊了、愤怒了。为了拯救善良无辜的好人，普洛克托不再顾及自己，他说出了事实真相和阿碧格的名字，告诉赫尔牧师许多人"招供"，是因为害怕受到绞刑。普洛克托还动员了他家的女仆、跟在阿碧格后面装神弄鬼的玛丽·沃伦，一起到法庭上去澄清真相。然而，普洛克托不过是个区区小人物，一个靠土地为生的农民，玛丽·沃伦在强大的邪恶势力面前还是动摇了，害怕自己被指认为女巫而绞死，她重新站到了阿碧格这一边。孤独的普洛克托的愤怒触动了高高在上不可侵犯的宗教裁判所，他因此被打入了地牢，受尽了酷刑的折磨。

为了即将出生的孩子，普洛克托软弱过，在临刑之前，他对妻子说："我不能像圣徒那样登上绞刑架。这是一场骗局。我不是那种人。我的诚实到了尽头，伊丽莎白，我并不是个十全十美的人。"他在忏悔书上违心地签了字。但他内心深处是不情愿的，所以他恨他所身处的这个黑暗而冷酷的生存环境，正如他对宗教裁判所的大法官说的，"我只能交待自己的罪恶，我不能瞎咬别人。（愤怒地喊道）我不会血口喷人！"当他看到对方要把他的忏悔书张贴在教堂的大门口时，他愤怒到了极点，把那张所谓的忏悔书撕得粉碎，"因为这是我的名声！"他激昂地说道，"因为我一生不可能再有别的名声！因为我撒了谎，还在谎言书上签了字。因为我在那些登上绞刑架视死如归的人面前连粪土都不如。我怎么能名誉扫地地活下去？我已经把灵魂交给了你，别再碰我的名声！"在生存危机面前，在"活着还是不活"的思考与选择中，普洛克托放弃了前者，他以生命的代价换取了人格的尊严，昭示了人的正直、诚实终会彰显人间，他最终在荒诞的世界里找到了自我。

阿瑟·米勒称现代悲剧要维护人的尊严，因为人的尊严的权利是决定人的价值的权利。在普洛克托这个人物身上，我们看到了作为人的尊严的权利。他不能算是通常意义上的英雄，但是他有勇气找回了迷失的自我，保全了他那正直的美德，坚信自己"我确实认为我在普洛克托身上看到了一点点正直的品德，虽然它不够织成一面旗帜，却清白得足以不跟那些狗杂种狼狈为奸，同流合污"。因此，当他搀扶着年迈、虔诚的女教徒吕贝卡走上绞刑架时，所有在场的观众都对他肃然起敬。对于经历过各种政治运动和思想运动的中国读者和观众来说，《萨勒姆的女巫》是一部超越具体政治事件的永恒的作品，在阿瑟·米勒透过历史所反映出来的对人性的关注中，我们有着太多的感触。

四、艺术特点与思想内涵

《萨勒姆的女巫》是一部现代悲剧。与阿瑟·米勒其他的著名戏剧如《推销员之死》、《都是我的儿子》等剧不同，《萨勒姆的女巫》在叙事手法上不是那种我们熟悉的回忆剧，对过去的回忆往往是人物心理活动的重要揭示。这部戏剧在艺术表现手法上，运用了传统的现实主义创作方法，以开放式的戏剧结构，展开矛盾冲突的起承转合，情节跌宕起伏，扣人心弦，结构布局非常匀称。为了让读者了解这部悲剧的历史背景与现实意义，阿瑟·米勒在文本中写下了大量的舞台指示，这与挪威以写社会问题剧著称的易卜生非常相似，而且甚于易卜生。全剧人物众多，有名有姓者就有二十一人。除了普洛克托之外，剧中还有一些人物也被刻画得真实生动，个性鲜明，给人印象深刻。

例如：阿碧格，这是一个有着和她年龄不相称的胆识与心计的姑娘。她是个孤儿，舅舅巴里斯牧师收养了她，寄人篱下的生活，使阿碧格要比同龄姑娘成熟、世故。为了自食其力，她到普洛克托家当女佣，虽然她只有17岁，但是她面对充满男性魅力的强壮的普洛克托，阿碧格大胆地迎了上去，完全不顾教规戒律。当她被女主人伊丽莎白赶出来以后，她一直怀恨在心。她召集了一群姑娘夜晚到树林子里跳舞，央求女黑奴蒂图芭用非洲古老的仪式吟咒招魂，让每个姑娘说出隐藏在心底的秘密，期待实现各自的心愿。表面上看，这不过是清教主义压制下的少女们一场游戏，实际上是阿碧格借此来诅咒伊丽莎白早死，好让自己取代她的床榻，与普洛克托同床共眠。黑夜、坩埚、喝鸡血，姑娘们欢乐的笑声被阿碧格的毒誓吓退了，而巴里斯牧师的突然闯入，更让大家魂飞魄散。以这场"女巫案"悲剧为起因的跳舞事件，阿碧格起了主导作用，如果说一开始她只是为了保护自己而把责任推向了地位比如低下的蒂图芭，而后来她变得一发而不可收拾，在宗教裁判所里，当着众人的面率领姑娘们装神弄鬼。这个邪恶地年轻女人还在暗中威胁姑娘们，谁要不听她的话她就让谁死。她主动去撩拨疏远她的普洛克托，为了达到占有这个男人的目的，诡计多端的阿碧格不动声色地在玛丽·沃伦做的布娃娃里暗藏着一根针，然后让宗教裁判所去普洛克托家搜查，诬陷伊丽莎白就是绵里藏针的"女巫"。阿碧格在小镇上兴风作浪，俨然成为女英雄、女法官，把这塘混水越搅越大，把许许多多无辜的人投进监狱，送上绞刑架。她的心的狠毒的、坚硬的，她就像是古希暗悲剧里复仇女神美狄亚的后裔，愚弄了那些大权在握的男人，然后悄悄溜走，逃离了萨勒姆，不知去向，最后沦落为妓女。事实上，这个抓所谓女巫的人阿碧格自己就是"女巫"，魔鬼在她心里，使她人性丧失。

赫尔牧师在全剧里则有个变化过程。一开始他被巴里斯牧师请到萨勒姆，为民除害抓"女巫"，人们敬畏他，这使他自我感觉很好，踌躇满志，自以为她那渊博的知识终于有了用武之地。他不做任何调查，完全轻信了阿碧格的拙劣表演，一声"叫警长带手铐来！"从此，把萨勒姆推进了灾难之中。他在普洛克托家里，面对普洛克托对巴里斯牧师"金蜡烛台"的质问，他还是站在教会的立场上，振振有词地回应："这不是由您来决定的事，那人既然被委任为牧师，他身上就有主的光辉。"他以让普洛克托背"十诫"，想借此抓住把柄，在势头上占据上风，教导对方"基督教好比一个堡垒，堡垒上出现任何一个细小的裂缝都不能认为是小的"。在这种思想的指导下，赫尔牧师认为能在萨勒姆查办"女巫"案，就是为上帝开战。因此，他更加精神抖擞，干劲十足，他会在别人的只字片语中发现端倪，捕风捉影。比如，当伊丽莎白坦然地宣称"您要是认为我是其中一个，那我就要说根本没有什么巫师"时，赫尔牧师马上反问："您当然不至于强烈反对福音吧？"他话里有话，彬彬有礼之中透出一种威慑，这里面还隐约有一丝掌握他人命运的满足感，这使他更加"敬业"。

然而，随着普洛克托等教民越来越多的申诉和反抗，随着乡镇里人心惶惶的局面，这个亲手签署了七十二张死刑判决书的赫尔牧师在心理上不再那么坚定了，他为在当地有威望的吕贝克签绞刑书时，那签字的手就像受了伤似地索索发抖。他对宗教裁判所一系列的所作所为开始产生了怀疑，他动摇了，并站出来决定制止杀戮，"我们可不能再不顾事实啦！""凭上帝的名义，先生，就到此为止吧；放他（普洛克托）回家。""我是上帝的一名牧师，除非有确凿的证据，否则我不能草菅人命啦。"赫尔牧师意识到那些"犯人"个个清白无辜，他甚至就法律程序上的问题试图阻止事态进一步恶化，防止越来越多的人叛乱。到了后来，这位

"逐巫"干将甚至不顾大法官丹弗斯的威胁，公布了萨勒姆已经处在严峻的危乱边缘的真相："现在到处是挨家流窜的孤儿，没有人喂养的牲口在公路上吼叫，处处弥漫庄稼腐烂的臭味儿；谁也不知道婊子什么时候一叫唤就会叫他丧命——而您还在怀疑是不是有人在谈造反？您真应该纳闷他们怎么没有放火烧掉您的州府！"这位觉醒了的牧师也像普洛克托一样，不顾自身安危发出了正义的呐喊。

然而，在威严的宗教法庭面前，以丹弗斯为代表的大法官和神职人员面前，赫尔牧师的谏言没能改变一切，他的行动如同螳臂当车。为了挽回正直的、敢说真话的普洛克托的生命，以及对其他屈死的人负责，赫尔牧师不得不想出最后一招，让伊丽莎白劝说即将临刑的丈夫。他恳求伊丽莎白："普洛克托大嫂，我恳求您救您的丈夫，因为他要处决了，我就把自己看成是谋杀他的一名凶手。"这个忠于职守的牧师在严酷的现实面前，终于认识到披着法律外衣的宗教裁判所的虚伪与残酷，丹弗斯等人的铁石心肠。赫尔牧师成了教会的叛逆者，公然对伊丽莎白说道："我来到这个乡镇，就像一个新郎来到他最心爱的人儿家里一样，带来的礼物是至高无上的宗教，还带来了神圣法律的真正光环；可是我满怀信心地抚摸什么，什么就立刻死去；我那虔诚的目光转向哪里，哪里就鲜血横流。警惕啊，信仰如果带来了鲜血，就不要再坚信那种信仰。""一个劝人撒谎的牧师，主会加倍惩罚他的。"这是多么深刻的反省！从这番话里，我们可以看到赫尔牧师的觉悟，正义感、道德感从他心里升华出来，使他变得可爱起来，他真诚地劝告伊丽莎白作出这种牺牲是不值得的。他的抗争行动也把巴里斯牧师争取过来，和他站在一起去劝说伊丽莎白。

然而，对于真正的主的信仰者来说，死亡并不能吓倒他们。伊丽莎白一直把选择权留给自己丈夫，让普洛克托在生与死的困境中自由选择。当行刑的鼓声擂响时，伊丽莎白高声喊道："他现在保全他那正直的美德啦。主不容许我剥夺他这种美德啊！"普洛克托为保持人的尊严而对死亡的无畏，以及伊丽莎对信仰的坚定，对赫尔牧师来说是个震撼，他跪了下来，痛苦不已。这一悲剧性的结局激起了观众对神权统治反人性的思考。

神权统治者在萨拉姆要的是秩序，通过逐巫事件，建立起牢固的社会规范，以致不惜威胁并残害教民的生命。在这种生存境遇里，与维护整个社会的稳定这个目的相比，个体的生命是微不足道的。在《萨拉姆的女巫》这部悲剧里，我们感受到了人的卑鄙、堕落，也感受到了崇高、坚贞；在形形色色的人物中，我们看到了人性的自私、软弱、偏执和残忍，以及忠诚、坚定、隐忍和牺牲。阿瑟·米勒刻画的人物是真实、生动的，那些替天行道的神职人员或者被掌握生杀大权的权力欲而陶醉，或者被物欲所吞没，因此完全无视正义力量的呐喊。历史上的萨拉姆"逐巫案"后来在1712年得到了平反，侥幸活下来的人得到了补偿。而现实生活里，类似这种在一定气候和条件下，或者身处非常事件之中，肆虐的阴谋、诬陷、无中生有、报复至今还在发生着。魔鬼与上帝在我们每个人的心里，真正的审判者是我们自己，就像古希腊悲剧中俄狄浦斯王一样。法国哲学家让-保尔·萨特强调人在一定境遇里的自由选择，每个人对自己的选择负责，这位20世纪著名的存在主义哲学大师、文学家、戏剧家在1957年把《萨拉姆的女巫》改编成电影。许多国家的戏剧家也都纷纷上演此剧。因为历史的悲剧不能重演，这是每个善良的、有正义感的人的共同愿望，这也是阿瑟·米勒这个剧本能持久上演的一个重要原因。在这部伸张正义、充满激情而又气势恢弘的悲剧里，它所散发出来的对抗邪恶势力的自由意志与正直精神，以及崇高的道德力量，毫无疑问地证明了阿瑟·米勒是美国戏剧的良心。

思考题：
1. 试对普洛克托这个人物做出自己的分析。
2. 你如何看待这部悲剧的现实意义与思想内涵？

萨勒姆的女巫（节选）

[美国] 阿瑟·米勒 著
梅绍武 译

第三幕

〔萨勒姆教友会堂的事务室，现在作为普通法院的接待室。

〔幕启时，室内无人，阳光通过后墙上的两扇高窗户洒进来。这间房间挺庄严，甚至令人生畏。沉重的房梁突了出来，墙是零七八碎的宽木板拼凑起来的。右边有两扇通往会堂大厅的门，法官正在里面审案。左边有一扇通向户外的门。

〔左右两边各有一条普通的长板凳。舞台中间有一张挺长的会议桌，四周围着一些矮凳和一把相当大的扶手椅。

〔通过右边的隔墙，我们可以听见哈桑法官正在审讯的声音。

……

〔詹理斯·考莱从左边上。众人都转身瞧着他把玛丽·沃伦和普洛克托领进来。玛丽一直低头瞧地，普洛克托搀着她，仿佛她快要瘫倒似的。

巴里斯　（一看到她，吃了一惊）玛丽·沃伦！（他径直朝她走去，紧盯着她的脸）你来这儿干什么？

普洛克托　（轻轻而袒护她把巴里斯从她身边推开）她有话要跟副总督说。

---

① 原名《炼狱》。选自《外国当代剧作选4》，梅绍武译，中国戏剧出版社1992年版。

丹佛斯　（对此感到惊讶，转向哈里克）你不是跟我说她卧病在床吗？
哈里克　没错儿大人。上礼拜我去接她来法庭，她说她病了。
詹理斯　整整一个礼拜一直在跟她的良心斗，拿不定重意大人；现在她想通了，前来跟您说明事实真相。
丹佛斯　这人是谁
普洛克托　我叫约翰·普洛克托，先生。伊丽莎白是我的老婆。
巴里斯　对这个家伙可要当心，先生，他是个捣蛋鬼。
赫　尔　（激动地）我认为您应该听一听这个姑娘要说的话，先生，她——
丹佛斯　（变得对玛丽·沃伦很感兴趣，朝赫尔只扬了一下手）安静。你要跟我说什么啊，玛丽·沃伦？
　　　　〔普洛克托瞧着她，可她说不出话来。
普洛克托　她压根儿也没见过什么妖魔鬼怪，先生。
丹佛斯　（大为惊讶地对玛丽说）压根儿也没见过妖魔鬼怪！
詹理斯　（带劲地）压根儿也没见过。
普洛克托　（一只手伸进他的外衣口袋）她在一张作证书上签了名，先生——
丹佛斯　（当即）不，不，我不接受什么作证书。（他心里马上在合计这件事；他撇开玛丽，转向普洛克托）告诉我。普洛克托先生，你有没有在乡镇里宣扬这件事？
普洛克托　没有。
巴里斯　他们是来颠覆这个法庭的，先生！这个家伙是——
丹佛斯　请不要插嘴，巴里斯先生。普洛克托先生，政府在这场审判当中所依据的整个论点就是上帝的声音正通过孩子们的嘴发出来，这你知道吗？
普洛克托　这我知道，先生。
丹佛斯　（一边思索，一边盯视着普洛克托，接着转向玛丽·沃伦）还有你，玛丽·沃伦，那你当初为什么指控有人撒出精灵鬼怪威胁过你呢？
玛丽·沃伦　那是装着玩儿的，先生。
丹佛斯　什么？我没听清楚。
普洛克托　她说那是装着玩儿的，先生。
丹佛斯　啊？那别的姑娘呢？苏珊娜，瓦尔考特，还有别的姑娘？难道她们都是装着玩儿吗？
玛丽·沃伦　都是的，先生。
丹佛斯　（张大两眼）这可怪了！（停顿。他困窘不堪。他转身仔细端详普洛克托的脸）

巴里斯　（冒汗）阁下，您当然不至于让这种恶毒的谎言在法庭上传播吧！

丹佛斯　当然不会，但是这个丫头胆敢来这里讲这种骗人的鬼话，确实叫我吃惊不小。现在，普洛克托先生，我在决定是否听你申诉之前，有责任要跟你先讲清楚。我们这儿点着熊熊烈火，一切假话都会给熔化掉的，经不住考验的。

普洛克托　这我知道，先生。

丹佛斯　听我往下说。我很了解作丈夫的为了维护自己的妻子，他那股深情会叫他什么事都干得出来的。先生，你良心上确实相信你的证据真实可靠吗？

普洛克托　没错儿。您也肯定会理解的。

丹佛斯　你想把这料想不到的事在法庭上当众宣布吗？

普洛克托　我倒有这种打算——如果您同意的话。

丹佛斯　（眯起眼睛）嗯，先生，你这样做，目的何在呢？

普洛克托　唔，我——我想救出我的老婆，先生。

丹佛斯　在你心里没有潜伏着，灵魂里没有隐藏着，任何想破坏本法庭的念头吗？

普洛克托　（有点支支吾吾）怎么，当然没有，先生。

契　佛　（清清嗓子，提醒道）我——阁下。

丹佛斯　契佛先生。

契　佛　我觉得我有责任向您说明一下，先生——（客客气气地对普洛克托说）你不会赖掉吧，约翰。（对丹佛斯说）我们去抓他老婆的时候，他诅咒法庭，而且还把您的拘捕令撕得粉粉碎。

巴里斯　您听见了没有！

丹佛斯　好大的胆子，他真那样干了吗，赫尔先生？

赫　尔　（叹口气）唉，他干了。

普洛克托　那是出于一时气愤，先生。我也闹不清自己干了什么。

丹佛斯　（仔细打量他）普洛克托先生。

普洛克托　是，先生。

丹佛斯　（紧盯着他的眼睛）你有没有见过魔鬼？

普洛克托　没有，先生。

丹佛斯　你处处表现自己是个信福音的基督徒吗？

普洛克托　是的，先生。

巴里斯　这样的教徒，一个月难得去一次教堂！

丹佛斯　（克制而好奇地）不去教堂？

普洛克托　我——我不喜欢巴里斯先生。这不是什么秘密。可我当然敬爱上帝。

契　佛　他礼拜天安息日也种地，先生。

丹佛斯　礼拜天也种地！

契　佛　（辩解地）我认为这是个证据，约翰。我是法庭的官儿，不能隐瞒这件事。

普洛克托　我——我有过那么一两次礼拜天也种种地。我有三个孩子要养活，我的那块地直到去年都歉收。

詹理斯　要是追究起来，您会发现好多别的基督徒也都在礼拜天种地。

赫　尔　阁下，我觉得您不能拿这种证据来判断这个人。

丹佛斯　我并没有在做什么判断。（停顿。他一直端详着普洛克托，后者也尽量在跟他面面相觑）恕我直言，先生——我在这个法庭见到不少稀奇古怪的事。我亲眼看到精灵鬼怪掐人的脖子；我看到他们遭到针扎，匕首砍伤。我直到眼前没有一丁点理由怀疑那些孩子会在欺骗我。你明白我的意思吗？

普洛克托　阁下，这些女人当中有那么多位久享正直的名声，这一点难道您就没想到过吗，而且——

巴里斯　普洛克托先生，你读不读福音书？

普洛克托　当然读。

巴里斯　我认为你根本就没读，要不然你准会知道该隐①也是个正直的人，可他把他的弟弟亚伯真的杀死了。

普洛克托　对，主告诉过我们那件事。（对丹佛斯）可谁告诉我们吕蓓卡·诺斯放出她的精灵鬼怪谋害了七个娃娃呢？只有那些姑娘在那样胡说八道，现在这个姑娘愿意发誓她向您撒了谎。

〔丹佛斯考虑了一下，然后招手叫哈桑过来。哈桑凑过去，丹佛斯跟他咬耳朵，后者点点头。

哈　桑　是，就是那个女人。

丹佛斯　普洛克托先生，今天早晨，你的老婆递上来一份申请书，说她怀孕了。

普洛克托　我老婆怀孕了！

丹佛斯　眼下从外表上还看不出来——我们已经叫大夫给她作了检查。

普洛克托　可她要是说怀孕了，那肯定是真的！那女人从来也不会撒谎，丹佛斯先生。

丹佛斯　她从来也不会吗？

---

① 该隐，《圣经》中亚当的长子，曾杀害他的弟弟亚伯。

普洛克托　从来也不会，先生，从来也不会。

丹佛斯　我们认为这件事未免太凑巧了，叫人难以相信。不过，我可以告诉你，我准备对她缓刑一个月，到时候她露出苗头确实怀孕了，就可以再多活一年，等她把孩子养下来——你对这样做还有什么话可说？（约翰·普洛克托激动得说不出话来）好啦，你说你就是为了救你老婆。那么，好吧，她至少可以再多活一年，一年的日子也不算短嘛。怎么样，先生？就这样说定了。（普洛克托内心斗争激烈，朝法兰西斯和詹理斯瞥一眼）你能不能就此放弃这项申诉？

普洛克托　我——我想我不能放弃。

丹佛斯　（声调略显严厉）那想必你还有更大的企图喽。

巴里斯　他是来颠覆这个法庭的，阁下。

普洛克托　这些人都是我的朋友。他们的老婆也被控——

丹佛斯　（突然爽快地）好啦，我不责备你，先生。我准备听你的申诉。

普洛克托　我不是来危害法庭，我只是——

丹佛斯　（打断他的话）警长，去法庭请斯图顿法官和赛维尔法官宣布休庭一个小时。如果他们愿意的话，就让他们去饭馆吃饭。证人和犯人全部留下，一个也不许离开。

哈里克　是，大人。（十分恭敬地）恕我多一句嘴，大人。我一向很了解这个人。他是个好人，大人。

丹佛斯　（厌烦别人提醒他）这我晓得，警长。（哈里克点点头退下）好吧，普洛克托先生，你要向我们提供什么证据？请说得简洁些，而且要坦率诚实。

普洛克托　（一边掏出几张纸，一边说）我不是律师，所以我——

丹佛斯　一个人心地纯洁就用不着律师。请说吧。

普洛克托　（交给丹佛斯一张纸）这个请您先过一下目，先生。一份作证之类的声明书。大家在上面签了名，声明他们对吕蓓卡啦，我老婆啦，还有玛丽·考莱评价都很好。（丹佛斯低头看那张纸）

巴里斯　（想招丹佛斯嘲笑）哼，评价都很好！（可是丹佛斯没有答理他，继续往下看，普洛克托受到了鼓舞）

普洛克托　这些都是家有田产的庄稼人，个个信仰基督教。（敏感地，尽量想指出其中一段话）请您注意，先生——他们认识这些女人已经有好多年了，从来也没见过她们跟魔鬼打过交道。

〔巴里斯神经紧张地走过去，站在丹佛斯身后瞧那张纸。

丹佛斯　（看一张挺长的名单）这里一共有多少人的名字？

法兰西斯　九十一位，大人。

巴里斯　（出汗）应该把这些人都传来。（丹佛斯疑惑地抬头瞧他）审问一下。

法兰西斯　（气得直哆嗦）丹佛斯先生，我向他们保证过签这个不会给他们招来什么麻烦。

巴里斯　这是对法庭的一次明目张胆的攻击！

赫　尔　（尽量克制自己，对巴里斯）难道每一次辩护都是对法庭一次攻击吗？难道不许人——？

巴里斯　凡是清白的基督徒个个都对萨勒姆法庭的审判感到高兴！单单这些人却感到忧虑。（直截了当地对丹佛斯说）我认为您应该挨个儿审问他们到底有什么地方对您不满！

哈　桑　我也认为应该审查他们，先生。

丹佛斯　我觉得这未必是一次攻击。不过嘛——

法兰西斯　这些人都是奉守戒律的基督徒，先生。

丹佛斯　那么，我相信他们大概都无所畏惧啦。（把那张纸交给契佛）契佛先生，给他们人人下一张拘捕令——统统给我抓起来听候审查。（对普洛克托）现在，先生，您还有什么情况要讲给我们听吗？（法兰西斯惊恐万分，依然站在那里）诺斯先生，你可以坐下。

法兰西斯　我给这些乡亲招来了麻烦；我给——

丹佛斯　哪里哪里，老头儿，这些人要是扪心无愧，你就没有伤害他们。不过，你应该明白，先生，一个人要么站在维护法庭这一边，要么就必然给算在反对派那一边，中间道路是没有的。当前是个斗争尖锐的时刻，一个严守教规的时刻——我们不再是生活在那种恶掺混在善里迷惑世人的暗淡黄昏时刻。现在，蒙上帝的恩赐，灿烂的太阳升起来了，不畏惧光辉的人肯定都会赞颂它。我希望你也是这样的一位。（玛丽·沃伦突然哽咽起来）我看她好像不大舒服。

普洛克托　对，她是有点不大舒服，先生。（弯腰拉住玛丽的手，轻声说）记住拉裴尔天使对小伙子陶比亚斯说的话。记住。

玛丽·沃伦　（声音很低地）嗯。

普洛克托　"多行善事，于你无害。"①

玛丽·沃伦　嗯。

丹佛斯　还有什么事，说吧，我们等着呐。

————————
① 出自基督教伪经。

〔哈里克警长返回，站在门口他的岗位上。

詹理斯　约翰，把你的作证书交给他吧。

普洛克托　好。（他把另一张纸交给丹佛斯）这是考莱先生的作证书。

丹佛斯　哦？（他低头看。哈桑走到他身后，跟他一块儿看）

哈　桑　（疑惑地）哪位律师写的，考莱？

詹理斯　你分明知道我这一辈子从来也没雇用过律师，哈桑。

丹佛斯　（阅毕）词儿用得很不赖嘛。我祝贺你。巴里斯先生，去看看普特南先生要是在法庭里，就请把他领进来，好吗？（哈桑接过那张纸，走向窗前。巴里斯走进法庭）你没有受过法律训练，考莱先生？

詹理斯　（很得意）我啊，受过最好的训练，大人——一辈子进了三十三趟法院，而且每次都是原告。

丹佛斯　哦，那你上了别人不少次当喽。

詹理斯　我从来没上过当，大人；我知道我的权利，而且会想法儿得到。您知道，令尊大人还审理过一次我告的状呢，我想大概是在三十五年前吧。

丹佛斯　真的吗？

詹理斯　他没跟您提起过？

丹佛斯　没有，我不记得。

詹理斯　那可怪了，他当时判处被告赔偿我九镑钱呐。令尊大人可是个好法官。您知道，我那当儿有一匹白色的母马，那个家伙来借那匹马（巴里斯和托马斯·普特南走进来。詹理斯一看到普特南就沉不住气了；他态度强硬起来）就是他！

丹佛斯　普特南先生，我这儿接到考莱先生控告您的一份状子。他说您阴险毒辣地怂恿您的女儿诬告如今关在牢里的乔治·雅各布是个巫师。

普特南　纯粹是胡扯。

丹佛斯　（转向詹理斯）普特南先生说你的控告是胡扯。你对这有什么话可说？

詹理斯　（发火，摸起拳头）我要说托马斯·普特南是个无赖！

丹佛斯　你递上这个状子，有什么真凭实据吗，先生？

詹理斯　真凭实据就在那上面！（指着那张状子）雅各布如果因为是巫师而被绞死，他的产业就会给没收——这是法律！这样一来，除了普特南，别人谁也没钱能把那么一大片土地买过去。这个家伙想并吞邻居的土地，正在下毒手呐！

丹佛斯　可是拿出证据来，先生，证据。

詹理斯　（指着他那份作证书）证据就在那上面！我是从一个老实巴交的人嘴里

听来的，他听见普特南亲口说过！就在他姑娘诬告雅各布那天，普特南说他的丫头送给他一大片土地，真可说是一份挺不错的礼物咧。

哈　桑　那人叫什么名字？

詹理斯　（吃惊地）什么名字？

哈　桑　给你递消息的那个人。

詹理斯　（犹豫一下，然后说）我——我不能把他的名字说出来。

哈　桑　为什么？

詹理斯　（又犹豫一下，接着大声喊道）您知道得很清楚为啥不能说！我要是说出来，他就得蹲监牢！

哈　桑　这是对法庭的藐视，丹佛斯先生！

丹佛斯　（避开那一点）你当然会告诉我们那个人的名字啦。

詹理斯　我可不再向你们提出名字。上回我提了一次我老伴儿的名字，就已经够我在地狱里受尽煎熬了。我不说。

丹佛斯　既然如此，我没有别的法子可想，只有判你藐视法庭罪，把你抓起来，这你明白吗？

詹理斯　这儿是听取申诉的场合，您不能因为我藐视一次听审而立刻把我关进牢里。

丹佛斯　嚯，可真是个了不起的律师啊！你打算让我马上在这儿开庭，还是乖乖回答？

詹理斯　（支支吾吾地）我不能再向您透露名字，免得连累别人，大人，我不能说。

丹佛斯　你可真是个老混蛋。契佛先生，开始作记录。现在正式开庭。我问你，考莱先生——

普洛克托　（插嘴道）阁下——他答应保密才听说这件事的，先生，而且他——

巴里斯　魔鬼就在这种保密的情况下生存！（对丹佛斯）不保密就不可能有阴谋，阁下！

哈　桑　我认为应该把它揭露出来。

丹佛斯　（对詹理斯）老头儿，向你递消息的那个家伙如果说的是真话，就让他像个体面人儿那样正大光明地到这儿来公开露露面。可他想隐名埋姓，暗藏起来，我就要问一个为什么。现在，政府当局和教会勒令你把那个告托马斯·普特南先生是谋杀犯的人姓什么叫什么老老实实交待出来。

赫　尔　阁下——

丹佛斯　赫尔先生。

赫　　尔　我们可不能再不顾事实啦。乡镇里出现一种对这个法庭极大的恐惧心理——

丹佛斯　那就是说乡镇里出现一种极大的罪恶。你莫非害怕这里的审讯？

赫　　尔　我只畏惧上帝，阁下；不管怎么说，乡镇里确实人心惶惶。

丹佛斯　（发火了）别拿什么乡镇里的恐惧来责怪我。乡镇里人心惶惶，那是因为这里有一项颠覆基督的阴谋正在暗地里活动！

赫　　尔　那也不能说每一个被指控的人都有份。

丹佛斯　堕落的人才会怕这个法庭，赫尔先生！否则就不怕！（对詹理斯）你犯了藐视法庭罪，我们得把你拘留起来。现在坐下好好想想，你除非决定回答一切问题，否则这个牢就得坐下去。

〔詹理斯朝普特南猛扑过去。普洛克托一个箭步把他拦住。

普洛克托　别这样，詹理斯！

詹理斯　（越过普洛克托的肩膀冲普特南破口大骂）我要切断你的脖子，普特南，我要宰了你！

普洛克托　（压他坐在一把椅子上）静一静，詹理斯，静一静。（松开他）咱们自己会来证明。现在就来证明。（他转向丹佛斯）

詹理斯　啥也别说了，约翰。（指着丹佛斯）他只会捉弄你！你打算把我们全都绞死吧！

〔玛丽·沃伦哭出声来。

丹佛斯　这里是庄严的法庭，先生。我不许人在这里胡搅蛮缠！

普洛克托　他上了年纪，先生，原谅他吧。静一静，詹理斯，咱们现在就来证明。（他用手托起玛丽的下巴颏儿）你不该哭，玛丽。记住天使拉裴尔的话：多行善事，于你无害。现在要坚持，一切都靠你啦。（玛丽安静下来。他取出另一张纸，转身冲着丹佛斯）这是玛丽·沃伦的一份作证书。您看的时候，我——我想提醒您注意，先生，两个星期之前她还跟今天另外那些姑娘没什么两样。（他一边抑制自己的恐惧、愤怒和焦急，一边通情达理地说）您当时看到她尖声嚎叫，发誓说有妖魔鬼怪掐她的脖子；她甚至还作证说，撒旦魔王打扮成如今关在牢里的那些女人的模样，企图赢得她的灵魂，而且在她拒绝的时候——

丹佛斯　这我们都知道。

普洛克托　是啊，先生。可现在她发誓说她压根儿就没见过撒旦魔王，也没见过撒旦撒出来伤害她的妖魔鬼怪，模糊的也好，清楚的也好，都没见过。她声明说，她和她的朋友们都向您撒了谎。

〔普洛克托把那份作证书交给丹佛斯，赫尔战战兢兢地朝丹佛斯身旁走去。

赫　尔　阁下，等一等。我认为这可触及问题的核心啦。
丹佛斯　（深感忧虑）肯定是的。
赫　尔　我说不准他是不是一个诚实的人；我对他不大了解。但是，先生，在一切司法事务上，这样重要的一项声明不该由一个庄稼汉提出来。凭着上帝的名义，先生，就到此为止吧；放他回家，让他带一名律师下次再来——
丹佛斯　（耐心地）赫尔先生，请你注意——
赫　尔　阁下，我已经签署了七十二张死刑判决书；我是上帝的一名牧师，除非有确凿的证据，否则我不能草菅人命啦。
丹佛斯　赫尔先生，您当然不至于怀疑我的判决吧。
赫　尔　今天清晨，我已经在吕蓓卡·诺斯的死刑判决书上签了字，阁下。不瞒您说，我签字的那只手就像受了伤似地索索发抖！我请求您，先生，这个论据让律师来提交给您吧。
丹佛斯　赫尔先生，真格的，在听到这样可怕的事的时候，您表现得最为惊惶失措了——请原谅我这样说。我在法庭已经干了三十二个寒暑，先生，要求我袒护这些犯人，那我就该挨人诅咒臭骂了。您考虑考虑——（对普洛克托和别的人）你们大家也都考虑一下。人们在一桩普通犯罪案件中，怎样为被告辩护呢？请证人来证实他清白无辜。可是巫术呢，就它的表面和性质来说，它其实是一种隐秘的罪恶，对不对？所以，有谁能证实它呢？当然只有巫师和受害人，而不是别人。我们现在无法指望巫师会指控自己，对不对？所以，我们只得依靠受害人——她们也确实作证了，那些姑娘摆出了真凭实据。至于那些巫婆，谁也不会否认我们多么希望她们能够自动忏悔。因此，还要请律师来干什么？我想我把我的观点都摆清楚了，对不对？
赫　尔　可是这个女孩声明那些姑娘不老实，如果她们真的不——
丹佛斯　那正是我要考虑的，先生。您还有什么要问我？除非您不信任我的正直？
赫　尔　（败下阵来）我当然不会，先生。那您就考虑吧。
丹佛斯　你只管放心。普洛克托先生，把她的作证书交给我。

〔普洛克托呈上。哈桑站起来，走到丹佛斯身旁去看。巴里斯也来到丹佛斯的另一边。丹佛斯瞧了一眼约翰·普洛克托就开始审阅。赫尔也站起来，在法官身旁挤着看。普洛克托瞥视詹理斯，后者合拢双手，正在默默祈祷。那位庄严的官员契佛，忠于职守，平静地等待着。玛丽·沃伦发出一声呜咽。约翰·普洛克托摸摸她的脑袋，让她放心。没多大工夫，丹佛斯抬起眼睛，站起来，掏出一块手绢擤擤鼻子。他一边思考，一边朝窗前走去，别人两厢闪开。

巴里斯　（几乎控制不住愤怒和恐惧）我倒要问一问——

丹佛斯　（破题儿第一遭真的发火了，对巴里斯表现出明显的蔑视）巴里斯先生，请你安静一下好不好！（他默默站在那里朝窗外凝视，最后决定了要采取的步骤）契佛先生，到法庭去把那些姑娘都带进来。（契佛站起来，朝后台走去。丹佛斯转向玛丽）玛丽·沃伦，你怎么会来了这样一个大转变？普洛克托先生没有威胁你写这份作证书吗？

玛丽·沃伦　没有，先生。

丹佛斯　从来也没有过？

玛丽·沃伦　（胆怯地）没有，先生。

丹佛斯　（发觉她的胆怯）真的没有过？

玛丽·沃伦　真的没有，先生。

丹佛斯　那你是在告诉我，你坐在我的法庭里明明知道有人会因为你作证而被判处绞刑，你还是照样无动于衷地说假话吗？

玛丽·沃伦　（声音低得几乎叫人听不见）是那样，先生。

丹佛斯　你过去是怎样受到教导的？你难道不知道主谴责一切撒谎的人吗？（她答不上来）要么就是你现在撒谎？

玛丽·沃伦　没有，先生——我现在与主同在。

丹佛斯　你现在与主同在。

玛丽·沃伦　是，先生。

丹佛斯　（克制自己）我要跟你讲清楚——你要么现在是在撒谎，要么过去在法庭上撒过谎；不管哪种情况，你都犯了伪证罪，会因此而坐牢。你不能随随便便就说你撒过谎，玛丽。这一点你明白吗？

玛丽·沃伦　我不能再撒谎。我与主同在，我与主同在。

〔但是，她一想到坐牢就抽抽噎噎地哭起来。这时右边那扇门开了，苏珊娜·瓦尔考特、梅喜·刘易斯、贝蒂·巴里斯和阿碧格挨次走进来。契佛朝丹佛斯走去。

契　佛　萝丝·普特南没在法庭里，先生，别的姑娘也不在。

丹佛斯　有这几个也就够了。坐下，坐下，孩子们。（她们安静地坐下）你们的朋友玛丽·沃伦呈上来一份作证书。她在上面发誓说她从来也没见过什么妖魔鬼怪，也没见过撒旦魔王露面。她还声明你们也都没见过那些鬼玩艺儿。（稍停）现在，孩子们，这里可是法庭。法律是根据圣经制定的，而圣经又是万能的上帝所写，这种法律禁止耍弄巫术，对违反者一律处以死刑。但是，孩子们，圣经和法律也同样谴责所有作伪证的人。（稍停）不过嘛，我也没有粗心大意，这份作证书也可能有意蒙蔽我们；撒旦魔王很可能征服了玛丽·沃伦，派她到这里来分散我们对这项神圣事业的注意力。真是这样的话，她的脖子就要给绞断。可是她如果说的是真话，我现在就要求你们不要再装模作样，赶快坦白你们弄虚作假，因为越快坦白越对你们有好处。（停顿）阿碧格·威廉斯，站起来。（阿碧格慢慢站起来）这上面说的有没有一点是真话？

阿碧格　没有，先生。

丹佛斯　（思考，看玛丽一眼，又看阿碧格一眼）孩子们，你们的灵魂现在要受到很严厉的考验，直到证明你们诚实无欺才算为止。你们现在有谁想改变立场，难道你们非叫我采取严厉的审讯不成？

阿碧格　我没有什么可改变的，先生。玛丽撒谎。

丹佛斯　（对玛丽）你还坚持你的看法吗？

玛丽·沃伦　（轻声地）坚持，先生。

丹佛斯　（转向阿碧格）我们在普洛克托家发现了一个布娃娃，上面扎了一根针。玛丽·沃伦声明那是她做的，而且她在法庭里做那个玩意儿时，你就坐在她身边，亲眼见到她在做，可以证明她怎样把针扎在上面存起来。你对这有什么话可说？

阿碧格　（略显气愤）这是撒谎，先生。

丹佛斯　（稍停）你当初在普洛克托先生家里干活的时候，看见他家里有布娃娃吗？

阿碧格　普洛克托大娘一向保存一些布娃娃。

普洛克托　阁下，我老婆从来也不保存布娃娃。玛丽·沃伦承认那是她的布娃娃。

契　佛　阁下。

丹佛斯　契佛先生。

契　佛　我在他们家里问普洛克托大嫂，她说她压根儿就不保存布娃娃。不过她又说当年作姑娘的时候也确实有过几个。

普洛克托　近十五年来她可不是什么小姑娘了，阁下。

哈　桑　一个布娃娃存上十五年是不成问题的，对不对？

普洛克托　要存的话，当然可以，可是玛丽·沃伦发誓说她从来在我家里没见过布娃娃，谁也没见过。
巴里斯　把布娃娃藏起来，谁也瞧不见，难道就没有这个可能吗？
普洛克托　（发火）我家里没准儿还藏着一条长着五条腿的蛟龙呐，可也从来没人见到过。
巴里斯　阁下，我们现在就是要把那些从来也没人见过的东西找出来。
普洛克托　丹佛斯先生，这个姑娘反悔，又有什么好处可得吗？除了受到严厉的审问或者更糟的对待之外，她还能得到啥？
丹佛斯　你在指控阿碧格·威廉斯冷酷地策划谋杀，这你明白吗？
普洛克托　明白，先生。我相信她是在蓄意谋杀。
丹佛斯　（怀疑地指着阿碧格）这个孩子会谋杀你的老婆？
普洛克托　她可不是个孩子啦。先生，现在听我说。今年有两次大家在这个教友聚会堂里祷告，她却格格发笑，当众给轰了出去。
丹佛斯　（大吃一惊，转向阿碧格）怎么回事？祷告的时候发笑——！
巴里斯　阁下，当时她是在蒂图芭的妖术驱使下干的，现在她可严肃了。
詹理斯　是啊，现在她可严肃得要绞死人哩！
丹佛斯　你不要插嘴。
哈桑　这跟方才提出的那个问题当然毫无关联，先生。他指控的是蓄意谋杀。
丹佛斯　对。（他仔细打量阿碧格片刻，然后说）普洛克托，接着说吧。
普洛克托　玛丽，现在告诉总督你们怎样在树林里跳舞来着。
巴里斯　（当即地）阁下，自从我来到萨勒姆，这个家伙就诽谤我。他——
丹佛斯　等一下，先生。（惊讶而严厉地对玛丽·沃伦说）跳舞是怎么回事？
玛丽·沃伦　我——（她朝阿碧格瞥一眼，后者正狠狠地瞪她。她于是求助于普洛克托）普洛克托先生——
普洛克托　（立刻接茬儿说）阿碧格把这些姑娘带到树林里去，阁下，她们就在那里光着身子跳舞。
巴里斯　阁下，这——
普洛克托　（立即地）正是巴里斯先生自己在深更半夜发现她们的！她就是那么个"孩子"！
丹佛斯　（恍如做噩梦，惊讶地转向巴里斯）巴里斯先生——
巴里斯　我只能说，先生，我从来也没发现她们光着身子；这个家伙在——
丹佛斯　可你发现她们在树林里跳舞啦？（他一边盯视着巴里斯，一边指着阿碧格）阿碧格在场吗？
赫尔　阁下，我刚从贝弗利来到这儿，巴里斯先生就亲自跟我谈起过这件事。

丹佛斯　你否认吗，巴里斯先生？
巴里斯　我不否认，先生，可我从来也没看见她们光着身子。
丹佛斯　那她也跳舞了吗？
巴里斯　（勉强地）跳了，先生。
　　　　〔丹佛斯好像换了一种眼神，瞧着阿碧格。
哈　桑　阁下，能容我问一句话吗？（他指着玛丽·沃伦）
丹佛斯　（极为不安地）问吧。
哈　桑　你说你从来也没见过妖魔鬼怪，玛丽，也从来没受过魔鬼或者魔鬼代理
　　　　人的任何威胁或折磨。
玛丽·沃伦　（极轻地说）是这样，先生。
哈　桑　（带着一丝得意的神情）可是那些被指控玩弄巫术的人跟你在法庭上相
　　　　遇，你就会当场晕倒，说他们放出精灵鬼怪掐你的脖子——
玛丽·沃伦　那是装着玩儿的，先生。
丹佛斯　我没听清楚你在说什么。
玛丽·沃伦　装着玩儿的，先生。
巴里斯　可你确实浑身变得冰凉，不是吗？我自己有好儿次把你搀起来，你浑身
　　　　冰凉冰凉的。丹佛斯先生，您——
丹佛斯　我也见过多次。
普洛克托　她不过是假装晕倒罢了，阁下。她们都很会装模作样。
哈　桑　那她现在能假装晕倒吗？
普洛克托　现在？
巴里斯　为什么不试一下子呢？现在可没有精灵鬼怪在向她进攻，因为眼下这间
　　　　屋子里并没有被指控玩弄巫术的人。那么，让她现在马上变得浑身冰凉，
　　　　假装受到攻击，晕倒给我们看看。（他转向玛丽·沃伦）晕倒吧！
玛丽·沃伦　晕倒？
巴里斯　对，晕倒。证明给我们看你在法庭上怎样多次装模作样，弄虚作假。
玛丽·沃伦　（瞧着普洛克托）我，——我现在晕倒不了，先生。
普洛克托　（吃惊，轻声地）你不能装一下子吗？
玛丽·沃伦　我——（她四下里张望，仿佛在找那种使她晕倒的情绪）我——现
　　　　在没有那种感觉，我——
丹佛斯　为什么不能？现在缺少什么？
玛丽·沃伦　我——我也不知道，先生，我——
丹佛斯　是不是有这种可能，这里没有放出来折磨人的精灵鬼怪，法庭里可有一

些呢？

玛丽·沃伦　我从来也没见过什么精灵鬼怪。

巴里斯　那你现在没有看到精灵鬼怪，就证明给我们看你能照你所说的那样凭自己的意志自动晕倒。

玛丽·沃伦　（瞪着大眼，找那样做的情绪，接着摇摇脑袋）我——装不出来。

巴里斯　那你就得交待，对不对？是那些向你猛扑过来的精灵鬼怪叫你晕倒的！

玛丽·沃伦　不是的，先生，我——

巴里斯　阁下，这可是个蒙蔽法庭的鬼花招！

玛丽·沃伦　不是鬼花招！（她站起来）我——我过去常会晕倒，因为我——我觉得自己好像看见了精灵鬼怪！

丹佛斯　好像看见了！

玛丽·沃伦　可我并没真正看见，阁下。

哈　桑　除非你真看见了，否则你怎么会觉得看见了？

玛丽·沃伦　我——我也纳闷儿，可我的确有那种感觉。我——我听见别的姑娘都在嘶哇乱叫，还有您，阁下，您好像也很相信她们，于是我——我最初只是闹着玩儿，先生，可是接着大家都扯起嗓门喊精灵啊，鬼怪啊，所以我——我向您保证，丹佛斯先生我只觉得自己好像看见了精灵鬼怪，可我并没真正看见。

〔丹佛斯盯视着她。

巴里斯　（面带微笑，可是有些紧张，因为玛丽·沃伦一席话似乎感动了丹佛斯）阁下，您当然不会相信这种胡言乱语口。

丹佛斯　（忧虑地转向阿碧格）阿碧格。我现在要你反省一下，跟我说实话——要警惕啊，孩子，对主来说，每个灵魂都是宝贵的，谁要是平白无故地置别人于死地，上帝对他的惩罚可是十分严厉的。孩子，你看到的精灵鬼怪，有没有可能只是一种幻觉，一些在你头脑里的错觉——

阿碧格　怎么，这——这——可是个很不光彩的问题，先生。

丹佛斯　孩子，我希望你考虑一下——

阿碧格　我受过伤害，丹佛斯先生；我见过自己的血直往外流！我因为尽了职责，把魔鬼的信徒一一指出来，每天都几乎遭受谋杀——而现在这就是我得到的报酬吗？不受信任，遭到白眼，让人盘问，就像是个——

丹佛斯　（软下来）孩子，我并没有不信任你——

阿碧格　（公开进行威胁）警惕啊，丹佛斯先生。您自以为强大得叫魔鬼没力量使您晕头转向吗？警惕啊！哎哟，那儿——（她突然从责问的态度转为

　　　　　　　惊惶失措，两眼瞪视着上空——真怪吓人的）
丹佛斯　　（忧虑地）怎么啦，孩子？
阿碧格　　（瞪视着上空，两臂紧紧搂住自己，好像怕冷似的）我也闹不清怎么回
　　　　　　事。有一股风，一股冷风吹来了。
　　　　　　（她的目光落在玛丽·沃伦身上）
玛丽·沃伦　（恐惧，恳求道）阿碧！
梅喜·刘易斯　（哆嗦）大人，我也浑身发冷！
普洛克托　　她们又在装着玩儿！
哈　桑　　（摸摸阿碧格的手）确实冰凉，阁下。您不信摸摸看！
梅喜·刘易斯　（牙齿格格打战）玛丽，你撒出妖魔来拿我吗？
玛丽·沃伦　主啊，救救我！
苏珊娜·瓦尔考特：我也浑身发凉，我也浑身发凉！
阿碧格　　（明显地发抖）这儿有股风，有股风！
玛丽·沃伦　阿碧，别瞎胡闹啦！
丹佛斯　　（让阿碧格吸引住了，同情地）玛丽·沃伦，你在对她施展妖术吗？你
　　　　　　在撒出你的精灵鬼怪吗？
　　　　　　〔玛丽歇斯底里地大叫一声，开始往外跑。普洛克托一把揪住她。
玛丽·沃伦　（几乎瘫倒在地）放我走，普洛克托先生，我不能，我不能——
阿碧格　　（呼天抢地）噢，主啊，赶走这个鬼怪吧！
　　　　　　〔普洛克托未加犹豫，也没让人提防，倏地窜到阿碧格身前，揪住她的
　　　　　　头发，把她压跪在地。她疼得直嚎叫。丹佛斯震惊地喊道："你要干什
　　　　　　么？"哈桑和巴里斯也在喊，"放开你的手！"其间还夹杂着普洛克托咆
　　　　　　哮的嗓音。
普洛克托　　你居然还有脸求上帝！婊子！臭婊子！
　　　　　　〔哈里克把普洛克托从她身上揪开。
哈里克　　约翰！
丹佛斯　　你这个家伙！你在说什么——
普洛克托　　（气喘吁吁地，而且痛苦地）她是个婊子！
丹佛斯　　（惊呆）你指控——？
阿碧格　　丹佛斯先生，他在血口喷人！
普洛克托　　瞧她那副德性样儿！现在她又想拿嚎叫来中伤我，可是——
丹佛斯　　你得拿出证据来！这事可不容轻易就放过去！
普洛克托　　（浑身战栗，精神崩溃）我了解这个小娘们儿，先生，我太了解她啦。

丹佛斯　你——你莫非是个犯了奸淫罪的好色之徒?

法兰西斯　(惊恐)约翰,这你可不能随便瞎说——

普洛克托　唉,法兰西斯,我真巴不得你多存点坏心眼才能了解我!(对丹佛斯)一个人是不会轻易给自己脸上抹黑的。这一点您想必理解。

丹佛斯　(惊呆)在——在什么时候?什么地点?

普洛克托　(声调近乎嘶哑,满面羞愧)就在合适的地点——我那牲口棚里。自从我那天夜里最后一次找乐子,至今已经过去八个月了。她当初一直在我家里伺候我,先生。(他抿紧嘴唇,免得哭出来)一个人想象主睡着了,可是主明察秋毫,我现在可明白了。我请求您,先生,请求您——看清她是个什么货色。我的老婆,我那亲爱而善良的妻子,后来很快就把她辞掉,轰出大门去了。她啊,一直就是个喜好虚荣的小娘们儿,先生——(他情不自禁)阁下,宽恕我,宽恕我吧。(他自艾自怨,转身不敢正视总督。过了片刻,他喊叫起来,好像这是他把话和盘托出的唯一办法)她想在我老婆的坟前同我跳舞欢乐!她真会那样干,因为我体贴过她。求主帮助我,我动了邪念,那种勾当有一种默契。可是这纯粹是婊子的报复,您应当看清这一点;我完全由您来处置我。我相信您现在一定看清事实真相啦。

丹佛斯　(惊吓得面色苍白,转向阿碧格)孩子,这件事情的情节你有什么否认的地方吗?

阿碧格　非要我回答不可,那我就走,再也不回来!

〔丹佛斯好像举棋不定。

普洛克托　我给我的名誉制作了一口丧钟!我给自己的好名声敲响了丧钟——您会相信我的,丹佛斯先生!我的老婆是清白无辜的,只不过她瞧见个婊子就能一眼把她认出来!

阿碧格　(朝丹佛斯走去)您在给我什么眼色看?(丹佛斯答不上话来)我不要看这种眼色!(她转身就朝门口走去)

丹佛斯　站住!(哈里克向前拦住她。她蓦地站住,两眼爆出怒火)巴里斯先生,到法庭里去把普洛克托大嫂带进来。

巴里斯　(反对)阁下,这全是——

丹佛斯　(厉声对巴里斯)带她进来!这里说过的话,一句也不要跟她讲。进来的时候,先敲下门。(巴里斯下)现在咱们就要弄个水落石出了。(对普洛克托)你说你的老婆是个诚实的女人。

普洛克托　对,先生。她平生从来也没撒过一句谎。有人不会唱歌,有人不会哭,我的老婆不会撒谎。这是我花了很大代价才知道的，先生。

丹佛斯　她把这个姑娘轰出你的家门，是把她看成一个娼妓吗？

普洛克托　是，先生。

丹佛斯　知道她是个婊子吗？

普洛克托　没错儿，先生。她知道她是个婊子。

丹佛斯　那好。（对阿碧格）孩子，她要是真对我说因为你不守本分而把你轰走的，那就愿主怜悯你！（敲门声。他冲门口说）等一等！（对阿碧格）转过身去。转过身去。（对普洛克托）你也转过身去。（两人都扭身——阿碧格气得故意慢吞吞地转）现在你们俩都不许回身面对普洛克托大嫂。这屋子里的人谁也不许插一句嘴，谁也不许表态对还是不对。（他冲门口喊道）进来！（门启。伊丽莎白随同巴里斯进来。巴里斯从她身旁走开。她独自站在那里，目光寻找普洛克托）契佛先生，把证词准确无误地记录下来，准备好了吗？

契　佛　准备好了，先生。

丹佛斯　过来，太太。（伊丽莎白向他走去，同时朝普洛克托后背瞥一眼）不许看你的丈夫，只准瞧着我的眼睛。

伊丽莎白　（轻声地）遵命，先生。

丹佛斯　我们了解到你前一阵子辞去了你的女佣人阿碧格·威廉斯。

伊丽莎白　是有这么回事，先生。

丹佛斯　为了什么原因辞掉她的？（稍停。伊丽莎白想瞧一眼普洛克托）只许看着我的眼睛，不许瞧你的爷们儿。凭你的记忆回答我，无须乎别人帮忙。你干吗要辞掉阿碧格·威廉斯？

伊丽莎白　（不知说什么好，觉出情况不妙，润湿嘴唇以拖延时间）她——她叫我不满意。（停顿）也叫我丈夫不称心。

丹佛斯　哪方面叫你不满意？

伊丽莎白　她嘛——（她瞥视普洛克托寻求暗示）

丹佛斯　太太，瞧着我！（伊丽莎白照办）她邋里邋遢吗？偷懒吗？她惹了什么麻烦？

伊丽莎白　阁下，我——我那会儿病了。而且我——我丈夫是个憨厚的正派人。他从来没有像有些人那样喝得醉醺醺的，也没有在游戏台上转铜子儿浪费时间，他总是在干活。可是在我病中——您知道，先生，我自从生了上一个孩子以后就一直病病歪歪，我觉得我发现他对我有点冷淡。而这个丫头——（她转向阿碧格）

丹佛斯　瞧着我。

伊丽莎白　是，先生，阿碧格·威廉斯——（她顿住了）

丹佛斯　阿碧格·威廉斯怎么了？

伊丽莎白　我居然以为他喜欢阿碧格。所以有一天晚上我想必是晕了头，就把她轰出大门去了。

丹佛斯　你丈夫——真的对你冷淡了吗？

伊丽莎白　（痛苦地）我丈夫——是个好人，先生。

丹佛斯　那他没有对你冷淡。

伊丽莎白　（又开始瞥视普洛克托）他——

丹佛斯　（伸手去扶正她的脸，接着说）瞧着我！据你所知，约翰·普洛克托有没有犯过奸淫罪？（她进退两难，说不出话来）回答我的问题！你丈夫是不是一个好色之徒！

伊丽莎白　（轻声说）不是，先生。

丹佛斯　警长，把她带出去。

普洛克托　伊丽莎白，说实话吧！

丹佛斯　她已经说了，把她带出去！

普洛克托　（喊道）伊丽莎白，我已经坦白了！

伊丽莎白　噢，上帝！（门在她身后关上了）

普洛克托　她只想维护我的名誉呵！

赫　尔　阁下，这不过是句合乎情理的谎话；我请您就到此为止吧，免得又要判一个人的罪！我不能对这再昧着良心不管了——私人报复正通过这种作证在加紧活动呐！这人从一开始就让我觉得他是诚实可信的。我对天发誓，我现在相信他，我请您把他的老婆叫回来，然后我们——

丹佛斯　她一句奸淫罪也没提，证明这人撒了谎！

赫　尔　我相信他！（指着阿碧格）这个女孩却一直叫我觉得假模假式的！她曾经——

〔阿碧格突然冲着天花板尖声嚎叫，令人毛骨悚然。

阿碧格　别下来！滚开！滚开！

丹佛斯　怎么回事，孩子？（阿碧格惊惶失措，恐惧地指着房梁，慢慢抬起她那双惊呆的眼睛——其他几个姑娘的神情跟她一样——接着哈桑、赫尔、普特南、契佛、哈里克和丹佛斯也都朝上瞧）那儿有什么？（他把视线从天花板那儿移下来，这时显得惊吓不已，声调也透着紧张）孩子！（阿碧格呆若木鸡——她跟其他姑娘一齐张着大嘴哭泣，呆视着房梁）姑娘们！你们干吗——？

梅喜·刘易斯 （指着上方）它在梁上呐！椽木后头！

丹佛斯 （朝上瞧）哪儿？

阿碧格 你干吗——？（她喘不过气来）你干吗来，黄鹰鸟？

普洛克托 哪儿有鸟？我没看见什么鸟！

阿碧格 （冲着房梁）我的脸蛋儿？我的脸蛋儿？

普洛克托 赫尔先生——

丹佛斯 安静！

普洛克托 （对赫尔）您看见鸟了吗？

丹佛斯 安静！

阿碧格 （冲着大梁，真的跟那只"鹰鸟"谈起话来，仿佛想说服它别袭击她似的）可我的脸蛋儿是主造的啊，你不能撕我的脸蛋儿。忌妒可是项大罪，玛丽。

玛丽·沃伦 （一跃而跪，怵怵怛怛地央求）阿碧！

阿碧格 （没受干扰，继续对"鹰鸟"说）噢，玛丽，魔鬼的妖术叫你换了模样。不，我不能，我不能不说；我是在给上帝行道啊。

玛丽·沃伦 阿碧，我在这儿呐！

普洛克托 （狂怒地）她们又在弄虚作假，丹佛斯先生！

阿碧格 （这当儿朝后退一步，好像害怕那只鹰鸟顷刻之间就会猛扑下来似的）噢，玛丽！请你别扑下来！

苏珊娜·瓦尔考特 她的爪子，她伸开爪子啦！

普洛克托 撒谎，撒谎。

阿碧格 （更朝后退，两眼盯住房梁）玛丽，别伤害我啊！

玛丽·沃伦 （对丹佛斯）我没有伤害她！

丹佛斯 （对玛丽·沃伦）那她为什么有这种幻觉呢？

玛丽·沃伦 她啥也没看见啊！

阿碧格 （这当儿盯视着前方，好像受了催眠，惟妙惟肖地模仿玛丽·沃伦的喊声）她啥也没看见啊！

玛丽·沃伦 （央求道）阿碧，别这样啦！

阿碧格和所有的姑娘 （个个变得痴呆）阿碧，别这样啦！

玛丽·沃伦 （对众姑娘）我在这儿，我在这儿呐！

姑娘们 我在这儿，我在这儿呐！

丹佛斯 （惊吓地）玛丽·沃伦！快从她们身上收回你放出去的精灵鬼怪！

玛丽·沃伦　丹佛斯先生！

姑娘们　（打断她的话）丹佛斯先生！

丹佛斯　你有没有勾结魔鬼，勾结了没有？

玛丽·沃伦　压根儿也没有，压根儿也没有！

姑娘们　压根儿也没有，压根儿也没有！

丹佛斯　（越来越歇斯底里）那她们干吗光重复你的话？

普洛克托　给我一条鞭子——我来结束这场鬼把戏！

玛丽·沃伦　她们在闹着玩儿呐，她们——！

姑娘们　她们在闹着玩儿呐！

玛丽·沃伦　（歇斯底里地转向她们，跺脚）阿碧，别来这一套啦！

姑娘们　（一齐跺脚）阿碧，别来这一套啦！

玛丽·沃伦　别装啦！

姑娘们　别装啦！

玛丽·沃伦　（举起拳头，尽量大声喊）我说别再耍这种鬼把戏啦！！

姑娘们　（一齐举起拳头）我说别再耍这种鬼把戏啦！！

〔玛丽·沃伦彻底六神无主了，渐渐让阿碧格——和其他姑娘们——那种坚定不移的信念整垮了，抽抽噎噎地哭起来，软弱无力地低举着手，别的姑娘们也都仿效她哭起来。

丹佛斯　前不久你自己受到折磨。现在倒好像你在折磨别人啦。你是从哪儿得到这种魔力的？

玛丽·沃伦　（盯着阿碧格）我——我没有什么魔力。

姑娘们　我没有什么魔力。

普洛克托　她们在欺骗您，先生！

丹佛斯　你为什么过了两个礼拜又翻案呢？你见过魔鬼没有？

赫　尔　（指着阿碧格和其他姑娘们）您不能相信她们！

玛丽·沃伦　我——

普洛克托　（发觉她泄气了）玛丽，上帝惩罚所有说谎的人！

丹佛斯　（紧逼地）你见过魔鬼没有，你跟撒旦魔王勾结过没有？

普洛克托　上帝惩罚所有说谎的人，玛丽！

〔玛丽嘟囔了几句，两眼盯着阿碧格，后者一直在仰着脖子瞧梁上那只"鹰鸟"。

丹佛斯　我没听清你的话，你说什么？（玛丽又嘟囔了几句）你是坦白呢，还是打算受绞刑！（他粗鲁地拨转她的身子，让她面对着他）你知道我是谁吗？我告诉你说，你要是不向我坦白交待，就得受绞刑！
普洛克托　玛丽，记住拉裴尔天使的话——多行善事，于你——
阿碧格　（指着上空）翅膀！她张开翅膀啦！玛丽，请你，别；别——！
赫　尔　我什么也没看见，阁下！
丹佛斯　你招不招认这种魔力！（他和玛丽的脸只相隔一英寸）说！
阿碧格　她要下来啦！她在梁上走呐！
丹佛斯　你说不说！
玛丽·沃伦　（恐惧地呆视）我没法儿说！
姑娘们　我没法儿说！
巴里斯　把魔鬼轰走！盯着他的脸！用脚狠狠踩他！我们会搭救你，玛丽，只要站稳脚跟，决不向他屈服
阿碧格　（朝上看）当心啊！她下来啦！
　　〔她和别的女孩都捂住眼睛，朝一面墙那边奔去。这当儿，她们好象给硬挤在一个角落里似的，放声尖叫；玛丽似乎受了感染，也张嘴跟她们一块儿呼叫起来。阿碧格和别的女孩渐渐散开，只剩下玛丽一人还站在那儿，抬头仰望那只"鹰鸟"，疯狂地尖叫。大家观望着她，让她这种明显的神经发作吓呆了。普洛克托朝她走去。
普洛克托　玛丽，告诉总督她们在搞什么——（他话还没说完，可她一看到他走过来，便飞快地躲开，恐怖地尖叫）
玛丽·沃伦　别碰我——别碰我！（那些姑娘一听到这话，都在门口站住）
普洛克托　（吃惊地）玛丽！
玛丽·沃伦　（指着普洛克托）你是魔鬼差来的人！
　　〔这话叫他蓦地站住了。
巴里斯　赞美主！
姑娘们　赞美主！
普洛克托　（愣住了）玛丽，怎么你——？
玛丽·沃伦　我不跟你一块儿让人绞死！我敬爱主，我热爱主！
丹佛斯　（对玛丽）他支使你给魔鬼干活吗？
玛丽·沃伦　（歇斯底里地指着普洛克托）他天天夜里来找我，叫我签，签——
丹佛斯　签什么？
巴里斯　在魔鬼簿子上签字吗？他来的时候带着一本册子吗？
玛丽·沃伦　（歇斯底里地指着普洛克托，非常惧怕他）签上我的名字，他要

我签名。"如果我的老婆给绞死，"他说，"我就把你宰了！咱们得一块儿去推翻那个法庭。"他就是这样说的！

〔丹佛斯的脑袋猛地扭向普洛克托，神色十分惊惶。

普洛克托　（转身求助于赫尔）赫尔先生！

玛丽·沃伦　（开始啜泣）他每天夜里都把我叫醒，两只眼睛像烧红了的炭火，用手掐住我的脖子，我只好签字，签字……

赫　　尔　阁下，这孩子疯了！

普洛克托　（这当儿，丹佛斯张着大眼紧盯着他）玛丽，玛丽！

玛丽·沃伦　（冲他尖叫）不，我敬爱主；我不再跟你走那条歪道啦。我热爱主，我感谢主。（她一边哭，一边朝阿碧格奔去）阿碧，阿碧，我再也不伤害你啦！（大家都观望着，阿碧格显得无比仁慈，凑过去把哭哭啼啼的玛丽搂在怀里，然后抬头瞧着丹佛斯）

丹佛斯　（对普洛克托）你到底是个什么玩意儿？（普洛克托怒不可遏，说不上话来）你勾结反基督的恶势力，对不对？你那套魔法我都领教过了，赖也赖不掉啦！你还有什么话可说，先生？

赫　　尔　阁下——

丹佛斯　我不想再听你说什么，赫尔先生！（对普洛克托）你现在愿意交待自己和魔鬼同流合污呢，还是死心塌地地继续效忠魔鬼？你打算怎么样？

普洛克托　（简直气疯了，上气不接下气地说）我说——我说——上帝可真的死喽！

巴里斯　听他说的，听他说的什么话！

普洛克托　（神经质地狂笑一阵，接着说）烈火呵，烈火燃烧起来啰！我听见撒旦魔鬼咔咔的脚步声，我看到他那张肮脏不堪的脸，那可是一张长得跟你我一模一样的丑恶嘴脸，丹佛斯！这熊熊烈火是给那些在一项摆脱人们愚昧无知的庄严事业前畏缩退却的人准备的，他们就像我曾经畏缩过那样，就像你们的黑心眼里现在明明知道这是一场骗局却畏缩退却那样——上帝特别要惩罚我们这样的败类，我们要受到烈火的焚烧，我们要一块儿受到烈火的焚烧呵！

丹佛斯　警长！把他和考莱都给我抓起来！

赫　　尔　（穿过人群，朝门口走去）我不同意这种审判程序！

普洛克托　你们在把上帝揪下来，而把一个婊子捧上天呵！

赫　　尔　我不同意这种审判程序，我退出这个法庭！（他走出去，把门在他身后砰地一声关上）

丹佛斯　（气急败坏地喊他）赫尔先生！赫尔先生！

——幕落

第四幕

〔那年秋天，萨勒姆监狱里的一间牢房。

〔后墙有一扇带铁栏杆的高窗户，旁边有一扇挺沉的大门。沿墙放着两条长板凳。

〔这地方要没有从铁栏杆漏进来一点月光，就真是漆黑一团。牢房里显得空空洞洞。少顷，从墙外的一条走廊里传来脚步声和开锁声，接着门打开了。哈里克警长提着一盏灯笼进来。

〔他差不多喝醉了，步履沉重。他走到一张长凳前，用胳膊肘儿轻推上面的一堆破衣烂衫。

哈里克　萨拉，醒醒！萨拉·古德！（接着又朝另一张长凳走去）

萨拉·古德　（衣衫褴褛，爬起来）噢，陛下！快醒醒，快醒醒！蒂图芭，他来了，魔王陛下来了！

哈里克　到北边那间牢房里去，这里现在另派用场。（他把灯笼挂在墙上。蒂图芭坐起来）

蒂图芭　我看他不像陛下，倒像警长大人。

哈里克　（取出一瓶酒）你们俩赶快走开，把这儿腾出来。

〔他喝酒，萨拉·古德凑过来，瞧瞧他的脸。

萨拉·古德　哦，敢情是您，警长大人！我还当魔鬼找我们俩来了。能让我来口酒再远走高飞吗？

哈里克　（把酒瓶递给她）你们俩要上哪儿呀，萨拉？

蒂图芭　（萨拉在仰脖喝酒）我们到巴巴多斯去，魔鬼一会儿就把羽毛和翅膀捎来。

哈里克　真的吗？那我祝你们鹏程万里，幸福愉快。

萨拉·古德　我们俩化成一对青鸟朝南飞去！嗯，这可是个了不起的脱胎换骨哩，警长大人！（她又举起酒瓶喝起来）

哈里克　（从她嘴边把酒瓶夺过来）你最好还是把这玩意儿还给我吧，要不然你就想飞起来了。走吧。

蒂图芭　警长大人，要是您也想到那边去，我可以替您跟他说说情看。

哈里克　这我不会拒绝的，蒂图芭。待会儿天一亮，飞往地狱倒挺合适。

蒂图芭　哎呀，巴巴多斯可不是地狱。魔鬼在巴巴多斯是个挺快活的人，他在巴巴多斯又唱歌又跳舞。这都是因为你们这儿的人——你们这伙人把他惹火了；这个地区对那个老小子来说也太寒冷了。他的魂灵在马萨诸塞州都给冻僵啦，可他在巴巴多斯还是温柔得很——（从外面传来一阵牛吼声，蒂图芭跳起来，冲窗口喊道）唁，大人！他来了，萨拉！

萨拉·古德　我在这儿呐，陛下！（她俩连忙收拾她们的破烂儿，卫兵霍普金斯上）

霍普金斯　副总督到。

哈里克　（揪着蒂图芭）走吧，走吧。

蒂图芭　（反抗他）不，他是来找我的。我要回老家去！

哈里克　（把她揪向门口）那不是撒旦魔王，只是一头还有不少奶的可怜的老母牛。走吧，出去吧！

蒂图芭　（冲窗口喊道）带我回老家去吧！带我回老家去吧！

萨拉·古德　（跟在叫喊的蒂图芭身后，走出去）蒂图芭，告诉他我这就来了！告诉他萨拉·古德也来了！

〔蒂图芭在外面走廊里喊道，"带我回老家去吧，魔鬼；魔鬼带我回老家去吧！"另外传来霍普金斯轰她朝前走的声音。哈里克转回来，开始把破烂儿和烂草推向旮旯。他一听到脚步声。立刻转过身来，丹佛斯和哈桑法官走进来。他俩为了抵御严寒穿着厚大衣，戴着帽子。契佛跟随在后，手里拎着一个公文投递箱和一个装文具的扁平木盒。

哈里克　早安，大人。

丹佛斯　巴里斯先生在哪儿？

哈里克　我这就去喊他进来。（他朝门口走去）

丹佛斯　警长。（哈里克站住）赫尔牧师什么时候到这里来的？

哈里克　我想是快半夜的时候吧。

丹佛斯　（疑虑地）他到这里来干什么？

哈里克　他是来探访那些要给处死的犯人，大人；他还跟他们一块儿祈祷。眼下他在跟诺斯大娘谈话呐。巴里斯也跟他在一块儿。

丹佛斯　赫尔那个家伙可没有资格进来，警长。你干吗放他进来？

哈里克　噢，是巴里斯先生命令我的，大人。我没法拒绝啊。

丹佛斯　你喝酒了吗，警长？

哈里克　没有没有，大人；夜里冷得够呛，我这儿又没有火。

丹佛斯　（克制自己的愤怒）去叫巴里斯先生进来。

哈里克　是，大人。

丹佛斯　这儿臭烘烘的，可真叫难闻。

哈里克　我刚把犯人轰开，给您腾出地方来。

丹佛斯　当心别过度贪杯，警长。

哈里克　喳，大人。（他等待别的吩咐，停留片刻。丹佛斯不满意地转身，不再理他，哈里克于是走出去。稍停。丹佛斯站在那儿思考）

哈　桑　您可以问问赫尔，阁下，他最近一直在安道威乡镇讲道，我对这事一点也不感到奇怪。

丹佛斯　咱们说定了，别提安道威。巴里斯也跟他一块儿祈祷，这才是件怪事。（他拳拢两只手，用嘴哈气暖和暖和，向窗口走去，朝外看看）

哈　桑　阁下，继续让巴里斯先生探访犯人，我都怀疑是否明智。（丹佛斯转身，感兴趣地听着）我有时觉得这个人最近疯疯癫癫。

丹佛斯　疯疯癫癫？

哈　桑　昨天他从家里出来，我赶巧碰见他，就向他道个早安可他没答理我，哭哭啼啼地继续走他的路。我觉得老乡们看到他情绪这样不稳定，实在不太妙。

丹佛斯　没准儿他有什么伤心事。

契　佛　（跺着两脚，免得发麻）我想大概是因为母牛的事，先生。

丹佛斯　母牛？

契　佛　如今公路上到处流浪着母牛，因为它们的主人都给关进了监牢；这些牛现在到底该归谁，意见不一致。我知道巴里斯先生昨天一整天都在跟老乡们争论——先生，为了这些牛，惹出了一场大纠纷。这叫他伤心落泪，先生；人世间总会有人为争论而落泪的。（他听见走廊里有人走过来的声音便转身去听，哈桑和丹佛斯也那样做。巴里斯进来，丹佛斯抬头看他。他穿着厚大衣，面容憔悴，惊惶失措，直出汗）

巴里斯　（立刻对丹佛斯说）哦，早安，先生，谢谢您来了，我很抱歉这么早就把您搅醒。早安，哈桑法官。

丹佛斯　赫尔牧师没有权利进入这个——

巴里斯　阁下，等一等。（他急忙走回去把门关上）

哈　桑　你留下他单独跟犯人在一起吗？

丹佛斯　他在这儿干什么？

巴里斯　（祈祷似地合拢双手）阁下，听我说。这是天意。赫尔牧师是回来规劝吕蓓卡·诺斯悔悟，回到上帝这边来。

丹佛斯　（惊讶地）他劝她忏悔吗？

巴里斯　（坐下）您听我说。吕蓓卡自从给关在这里，三个月来一句话也没跟我说过。而现在她居然肯跟赫尔牧师坐在一道，再加上她的妹妹啦，玛莎·考莱啦，和另外两三个女人。他说服她们，劝她们忏悔自己的罪恶，挽救她们。

丹佛斯　呕——这确实是天意。她们给感化了吗？

巴里斯　还没有哪，还没有哪。不过我早就想请您大驾光临一趟，先生，我们是不是应该考虑一下把她们都……这是不是明智。（他没敢往下说）我早就想提个问题，先生，我希望您不至于——

丹佛斯　巴里斯先生，有话就说吧，什么事叫你这样心神不定，吞吞吐吐的？

巴里斯　有一件事，先生，法庭——法庭必须认真加以对待。那就是我的侄女阿碧格，先生——她不见了，忽然没影儿了。

丹佛斯　没影儿了？

巴里斯　这个礼拜以来，我原想早点把这件事向您报告，可是——

丹佛斯　为什么不呢？她失踪有多久了？

巴里斯　今天是第三个夜晚。您知道，先生，那天她跟我说她要到梅喜·刘易斯那里去过一夜。第二天，她没回来，我就派人到刘易斯先生家去打听一下。可是刘易斯先生说梅喜前一天晚上对他说她到我家来过一夜了。

丹佛斯　这么一说，她俩都没影儿了？

巴里斯　（惧怕地）都没影儿了，先生。

丹佛斯　（震惊地）我派一队人去找。她俩可能在哪儿？

巴里斯　阁下，我想她俩搭船溜了。（丹佛斯目瞪口呆）我女儿告诉我她上礼拜就听见阿碧格和梅喜一直在谈什么船啊船的。今天夜里，我又发现我的——我的保险箱也给撬开了。（他捂住眼睛，不让眼泪淌下来）

哈　桑　（惊讶地）她偷走了你的财物吗？

巴里斯　三十一镑全抄走了。我现在一贫如洗。（他捂住脸，哽咽起来）

丹佛斯　巴里斯先生，你可真是个没头脑的大笨蛋！（他一边深感忧虑地踱步，一边思索）

巴里斯　阁下，您责怪我也没用。我万没想到她们会溜之大吉，除非她们害怕再在萨勒姆呆下去。（他在辩解）请您注意，先生，阿碧格十分了解乡镇里的情况，自从安道威那边的消息传到这边来——

丹佛斯　安道威的情况已经有所改善。法庭在这个礼拜五就要回到那里去恢复审查。
巴里斯　这我完全相信，先生。可是这里谣传安道威发生了叛乱，而且——
丹佛斯　安道威没有叛乱！
巴里斯　我告诉您这里是怎样传说的，先生。他们说安道威的老乡已经把法庭的官儿轰跑了，不再搞什么驱逐巫师的事啦。这里有一派人正在散布这个消息，恕我直言，我担心这里也会发生暴乱。
哈　桑　暴乱！可我只见老乡们对每一次处决都表现得兴高采烈，十分满意啊。
巴里斯　哈桑法官——如今要处决的人可是另外一种人啦。吕蓓卡·诺斯可不是布丽奇特那种女人，要知道布丽奇特跟比肖普私通了三年才同他结婚。约翰·普洛克托也不是酗酒败家的艾萨克·瓦德那路人。（对丹佛斯说）我如果说错了，愿受主的惩罚，阁下，这些人在乡镇里仍然很有威望。让吕蓓卡站在绞刑架上向上苍虔诚地祈祷，我担心她会叫人觉醒，对您采取报复行动。
哈　桑　阁下，她被判定是个巫婆。法庭有——
丹佛斯　（十分忧虑，向哈桑挥一下手）别插嘴。（对巴里斯）那你有什么建议？
巴里斯　阁下，我想对这些犯人暂缓执行死刑。
丹佛斯　不能缓期。
巴里斯　赫尔先生回来了。我想也许还有点希望——因为他如果哪怕能使其中一名罪犯幡然悔悟，回到上帝这边来，他的忏悔肯定会在公众眼里起一种谴责其他犯人的作用，另外也就不会再有人对他们跟魔鬼勾结产生怀疑。可是用现在这种办法，犯人们没有一个忏悔，口口声声都说无罪，这会使人们加倍怀疑，我们那种善良的目的也就淹没在他们的眼泪里了。
丹佛斯　（考虑了一下，走向契佛）把犯人名单拿给我看着。
　　　　〔契佛打开公文投递箱，寻找名单。
巴里斯　叫人没法忘记的是，先生，我召集公众宣布革除约翰·普洛克托的教籍时，来听的人还不满三十个。我觉得这表明一种不满情绪，而且——
丹佛斯　（审阅名单）不能缓期执行。
巴里斯　阁下——
丹佛斯　现在，先生——据你估计这些犯人当中有谁可能回到上帝这边来？我个人愿意在黎明前尽力把他争取过来。（他把名单交给巴里斯，后者只

瞥了一眼)

巴里斯　到黎明前,时间未免太短了。

丹佛斯　我将尽力而为。你看他们当中谁最有希望?

巴里斯　(这时连名单也没看一眼就颤悠悠地小声说)阁下——一把匕首——(他哽住了)

丹佛斯　你说什么?

巴里斯　就在今天夜里,我正从家里开门出来——一把匕首从门框上面嗖地一声掉下来扎在地上。(沉默。丹佛斯没吭声,吞下苦杯。巴里斯这时喊道)您不能绞死这批犯人。我的处境十分危险,夜里我都不敢出大门啦!

〔赫尔牧师上。他们一时都默默地瞧着他。他极为忧虑,精疲力尽,态度比往常更直率。

丹佛斯　祝贺你,赫尔牧师;看到你又回来干你那出色的工作,我们大家都很高兴。

赫　尔　(朝丹佛斯走去)您应该宽恕他们。他们至今不肯让步。

〔哈里克上,听候命令。

丹佛斯　(调解地)你理解错了,先生;我不能宽恕他们,因为已经有十二个人由于同样的罪名而被处死了。这样做是不公平的。

巴里斯　(怀着沉重的心情)吕蓓卡不愿忏悔吗?

赫　尔　再过几分钟,太阳就要升起来了。阁下,我得需要更多的时间。

丹佛斯　听我说,别再欺骗你自己了。我不会接受任何宽恕或者缓刑的请求。不肯忏悔的人就得给绞死。如今已经处决了十二个人;这七个人的名字也早已公布出去了,全村老百姓都期望今天一清早看到他们给处死。现在突然缓期执行就说明我办事不周;缓刑或者宽恕都会叫老乡对已经处死的那些人所犯的罪产生怀疑。我说出上帝的法律,就不会再哼哼唧唧地破坏主的声音,你如果害怕报复,我告诉你说——即便有一万人胆敢起来反抗这条法律,我也要把他们统统绞死,汪洋大海的辛酸眼泪也溶化不了这条法规的决定。现在你应该像个男子汉那样挺起腰板来协助我,因为上帝赋予你这个任务,你有责任来完成它。你跟他们都谈过话了吗,赫尔先生?

赫　尔　除了普洛克托之外,别人都谈过了。他给关在地牢里。

丹佛斯　(对哈里克)普洛克托现在表现得怎么样?

哈里克　他就像个了不起的人物那样成天价坐着;除了有时吃点东西之外,您简直摸不清他是不是还活着。

丹佛斯 （思考片刻）他的老婆——伊丽莎白现在怀着孕，表现一定还好吧。

哈里克 还可以，大人。

丹佛斯 你有什么主意，巴里斯先生？你对这人比较了解；让他的老婆出面来感化他，有没有这个可能？

巴里斯 有这个可能，先生。三个月来他一直没见到他的老婆。我应该把她叫出来。

丹佛斯 （对哈里克）普洛克托还是那样死硬吗？他又动手打你没有？

哈里克 打不成啦，大人，现在用链条把他锁在墙角里了。

丹佛斯 （思考后）先把普洛克托大嫂带到我这儿来。然后再把普洛克托押上来。

哈里克 是，大人。（哈里克下。沉默）

赫　尔 阁下，您如果延期一个礼拜再执行，并且贴出布告向乡亲们宣告您正在力争他们忏悔，这会表明您为人仁慈而并非退缩。

丹佛斯 赫尔先生，上帝没有授权给我要像约书亚[①]那样制止太阳升起来，所以我不能制止对他们的处罚，而只能完成。

赫　尔 （更强硬起来）您要是认为主希望您挑起叛乱，丹佛斯先生，那您可就大错特错了！

丹佛斯 （当即地）你听见乡镇里有人在谈造反吗？

赫　尔 阁下，现在到处是挨家流窜的孤儿，没人喂养的牲口在公路上吼叫，处处弥漫庄稼腐烂的臭味儿。谁也不知道婊子什么时候一叫唤就会叫他丧命——而您还在怀疑是不是真有人在谈造反？您真应该纳闷儿他们怎么没有放火烧毁您的州府！

丹佛斯 赫尔先生，你这个月是不是在安道威布道？

赫　尔 感谢主，安道威的老百姓不需要我了。

丹佛斯 你叫我纳闷儿，先生，你干吗要回到这里来？

赫　尔 咦，理由太简单了。我是来干魔鬼的勾当啊。我是来劝告基督徒该撒谎，弄虚作假啊。（他那股嘲讽的语调弱下来了）我对一些人的屈死负有责任！您没有看出我对一些人的屈死该负责吗！！

巴里斯 嘘！（因为他听见了脚步声，大家都面对那扇牢门。哈里克把伊丽莎白

[①] 约书亚，《圣经》中继摩西之后的犹太人首领，曾借助上帝神威制止日月停止运行一日，以歼灭亚摩利人。

带进来。她戴着沉重的手铐，哈里克给她解下来。她削瘦，面色苍白，衣服肮里肮脏。哈里克又走出去）

丹佛斯　（颇有礼貌地）普洛克托大嫂。（她沉默不语）我希望你的身体还好吧。

伊丽莎白　（提醒似地）还得有六个月我才生呐。

丹佛斯　请尽管放心，我们不是来要你这条命的。我们——（不知怎样向她提出请求，因为他一向不屑于这种事）赫尔先生，还是你跟这个女人说说吧。

赫　尔　普洛克托大嫂，天一亮，您的丈夫就要给处决啦。
　　　　〔停顿。

伊丽莎白　（轻声地）这我听说了。

赫　尔　您知不知道我跟这个法庭没有什么关联？（她好像有点怀疑）我是自愿到这里来的，普洛克托大嫂。我想拯救您的丈夫，因为他要是给处决了，我就把自己看成是谋杀他的一名凶手。您明白我的意思吗？

伊丽莎白　你要我干什么？

赫　尔　普洛克托大嫂，这三个月以来我就像我们的主那样走进了一片蛮荒野地，寻求基督徒应走的一条道。一个劝人撒谎的牧师，主会加倍处罚他的。

哈　桑　不是撒谎，您不能说那是撒谎。

赫　尔　就是撒谎！那些犯人个个清白无辜！

丹佛斯　我不想再听这种话！

赫　尔　（继续对伊丽莎白说）我希望您不要像我那样错误地理解自己的责任。我来到这个乡镇，就像一个新郎来到他最心爱的人儿家里一样，带来的礼物是至高无上的宗教，还带来了神圣法律的真正光环；可是我满怀信心地抚摸什么，什么就立刻死去；我那虔诚的目光转向哪里，哪里就鲜血横流。警惕啊，普洛克托大嫂——信仰如果带来了鲜血，就不要再坚信那种信仰；是那种错误的法律叫您白白牺牲性命。生命，大嫂，生命是上帝最宝贵的恩赐，而原则，即使是光荣的原则，也不可以成为剥夺人的生命的正当理由。大嫂，我请您劝说您的丈夫招认吧。就让他说谎好了。不要因此而怕上帝的审判，因为宁愿让上帝谴责他是个说谎的人，也总比他为了自尊心而丧失自己的生命好。您能说服他吗？我想别人的话他都听不进耳。

伊丽莎白　（轻声地）我觉得这真像魔鬼的诡辩。

赫　　尔　（绝望到极点）大嫂，在上帝的法律面前，我们人人都像猪一样蠢呵！我们没法知道上帝的意志！

伊丽莎白　我没法跟您争论，我缺少这方面的知识。

丹佛斯　（走向她）普洛克托大嫂，我们把你叫来不是为了跟你斗嘴。你心眼里就没有一丁点儿作妻子的感情吗？太阳一出来，他就要给处决啦。你的丈夫，你明白吗？（她光瞧着他）你怎么说？想不想说服他？（她默不作声）你难道是块石头吗？我跟你说实话，大嫂子，我即使没得到其他证据说明你反常，你现在一双不落泪的眼睛也足以说明你把灵魂交给魔鬼啦！一只大马猴遇到这种灾祸也会掉眼泪的！难道魔鬼已经使你连怜悯的眼泪都耗干了吗？（她默不吭声）把她押下去。让她跟她丈夫说话也得不出什么好结果！

伊丽莎白　（轻声地）让我跟他说两句话，阁下。

巴里斯　（满怀希望）你能把他争取过来吗？（她犹豫不定）

丹佛斯　你能说服他，叫他忏悔，还是不能？

伊丽莎白　我啥也不敢保证。让我跟他谈谈试试。

〔一阵响声——石板地上拖曳的步履声。他们都转身瞧着门口。静默片刻。哈里克把普洛克托押来了。他戴着手铐，跟从前判若两人，一脸络腮胡子，浑身邋里邋遢，两眼好像结了一层网膜那样朦胧。他在门口站住，瞥见伊丽莎白。夫妻间交流一阵强烈的感情，这使旁人半晌没有吱声。赫尔显然受到感动，朝丹佛斯走去，跟他轻声说话。

赫　　尔　阁下，就让他俩单独谈谈吧。

丹佛斯　（把赫尔厌烦地推开）普洛克托先生，狱方已经通知你没有？（普洛克托沉默不语，凝视着伊丽莎白）我看见天边渐渐亮了，先生；你跟你老婆商议一下吧，愿主帮助你背离魔鬼。（普洛克托沉默不语，凝视着伊丽莎白）

赫　　尔　（轻声地）阁下，让——

〔丹佛斯从赫尔身边一擦而过，朝门外走去，后者跟随在后。契佛也站起来走了，哈桑殿后随下。接着哈里克也出去了。巴里斯在与普洛克托相隔一段安全距离之外献殷勤。

巴里斯　你要是想喝一杯苹果酒，普洛克托先生，我相信我——（普洛克托回身冷冷地瞪他一眼，于是他止住了。接着他冲普洛克托举起两只手掌）主现在指引你。（巴里斯下）

〔台上只剩下夫妻俩。普洛克托朝她走过去几步，又站住了。他俩仿佛处在一个令人昏眩的旋转世界里，超出忧伤的份儿。他好像向一个不那么实在的形体伸出手去，在抚摸到她的时候，他喉咙里轻轻发出一阵似笑非笑的诧异的怪声。他拍拍她的手。她也用双手紧握他的手。随后，她看到他软弱无力地坐下。她也面对着他坐下来。

普洛克托　胎儿好吗？

伊丽莎白　在长个儿。

普洛克托　家里两个男孩子有消息吗？

伊丽莎白　他们都还好。吕蓓卡家的萨缪尔在照顾他俩。

普洛克托　你没见到他们吗？

伊丽莎白　没有。（她感到内心一阵虚弱，连忙强打起精神来）

普洛克托　你真了不起，伊丽莎白。

伊丽莎白　你——你受到严刑拷打了吗？

普洛克托　受了。（停顿。她不愿让自己淹没在那种威胁她的汪洋大海里）他们现在要我的性命啦。

伊丽莎白　我知道。

〔停顿。

普洛克托　至今还没有人招认吧

伊丽莎白　有好多人招认了。

普洛克托　谁？

伊丽莎白　据说已经有一百多人。巴拉德大娘啦，伊赛亚·古德堪啦，还有好多别人。

普洛克托　吕蓓卡呐？

伊丽莎白　她没有。她如今已经一只脚踏进天堂，什么也不能再伤害她啦。

普洛克托　詹理斯老头儿呢？

伊丽莎白　你还没听说吗？

普洛克托　我给关在地牢里，什么也听不到。

伊丽莎白　詹理斯死了。

〔他难以置信地瞧着她。

普洛克托　他什么时候给处死的？

伊丽莎白　（沉静而具体她）他不是给绞死的。他闭口不答对他的指控，因为他要是否认，他们必定绞死他，并且把他的财产拍卖掉。所以他拒不回答；按照法律，他就是以一名基督徒的身份死去的。这样他的儿子就可以继承他的农场。这是法律，因为他没有回答那种指控是否属实，所以不能判定他是个巫师。

普洛克托　那他是怎么死的？

伊丽莎白　（轻声地）他们把他压死的，约翰。

普洛克托　压死的？

伊丽莎白　他们把大石头压在他的胸脯上，让他坦白交待。（一想到老头儿那股倔强的劲儿，不免漾出一丝微笑）听说他只对他们说了一句话，"嗨，再往上加点分量！"就这样活活给压死了。

普洛克托　（愣住了——勾起自己内心的痛苦）"再往上加点分量！"

伊丽莎白　嗯，詹理斯·考莱可是一位叫人肃然起敬的老大爷。

〔沉默。

普洛克托　（拿出极大的毅力说，但没有怎么瞧着她）我一直在想干脆顺他们的心意，向他们交待算了。（她毫无表情）我要是那样做，你觉得怎么样？

伊丽莎白　我不能说你对还是不对，约翰。

〔沉默。

普洛克托　（只问问罢了）那你希望我怎么做？

伊丽莎白　你怎么做，我都同意。（稍顿）我只希望你能活下来，约翰。这是肯定的。

普洛克托　（沉默片刻，接着怀着一线希望）詹理斯的老伴儿呢？她招认没有？

伊丽莎白　没有。

〔沉默。

普洛克托　这是一场欺诈，伊丽莎白。

伊丽莎白　怎么？

普洛克托　我不能像一名圣徒那样登上绞刑架。这是一场骗局。我不是那种人。（她沉默不语）我的诚实到了尽头，伊丽莎白，我并不是个十全十美的人。向他们撒这个谎，早就不算什么堕落了，而且对谁也不会有损害。

伊丽莎白　可是直到眼前你并没有招认啊。这就说明你为人善良正派。

普洛克托　那只是愤怒叫我保持沉默罢了。向狗撒谎是件很不容易的事。（停顿。他头一次转身面对着她）我请求你宽恕，伊丽莎白。

伊丽莎白　不该由我来宽恕，约翰，我——

普洛克托　我希望你能理解我这句话多少带点诚意。让那些从来没撒过谎的好人为了保全他们的灵魂，现在就死去吧。这一切对我来说，全都是无谓的，自负蒙蔽不了上帝，也不能叫我的孩子逃脱这场灾难。（停顿）你说呢？

伊丽莎白　（一直抽抽噎噎，想哭出来）约翰，你要是不宽恕自己，我即使宽恕你也没用。（这当儿他极为痛苦地把脸转过去一点）那不是我的灵魂，约翰，而是你的。（他慢慢费劲地站起来，好像身子疼痛似的，同时在搜索枯肠找话答复；她都快哭出来了）你只要确信这一点就行了，因为我现在明白：你不管怎样做，都是个正直善良的人。（他转身，用他那疑惑而锐利的目光注视着她）这三个月来我内心在反省，约翰。（停顿）我也有自己的罪过，促使丈夫另寻别欢是因为妻子冷冰冰。

普洛克托　（极为痛苦地）够了，你别再往下说了！

伊丽莎白　（掏出心窝话）你应该了解我才好！

普洛克托　我不要听！我早就了解你！

伊丽莎白　你把我的罪过也一揽子承担下来了，约翰——

普洛克托　（痛苦地）没有，我只承担我自己的，我自己的！

伊丽莎白　约翰，我觉得自己是那么平凡，那么没有样儿，忠贞的爱情不可能落在我的身上！我在吻你的时候，心里还在猜疑；我从来不知道怎样表达爱情。我管的那个家是个冰凉的家！（哈桑上，她惊吓地闪避开）

哈　桑　怎么样，普洛克托？太阳马上就要升起来啦！

〔普洛克托转向伊丽莎白，胸脯一起一伏，两眼瞪视。她央求似地朝他走去，嗓音发颤。

伊丽莎白　随你的心愿去做吧。但是不要让任何人做你的审判员。天底下没有比你普洛克托本人更高的审判员啦！原谅我，约翰，原谅我——我过去从来不知道人世间有这样善良正直的品德！（她捂脸悲泣）

〔普洛克托把视线从她身上移向哈桑；他精神有点失常，嗓音瓮声瓮气。

普洛克托　我要活下去。

哈　桑　（震惊而诧异）你准备忏悔吗？

普洛克托　我不想死。

哈　桑　（用神秘的声调说）赞美主！这真是天意！（他冲出大门，可以听到他在走廊里的喊声）他要忏悔啦！普洛克托要忏悔啦！

普洛克托　（大步走向门口喊道）你喊什么？（他极端痛苦地转向她）这简直是邪恶，是不是？邪恶。

伊丽莎白　（恐惧地啜泣）我不能说你对还是不对，约翰，我不能！

普洛克托　那该由谁来对我作出评断。（突然把十指交叉起来）上帝啊，约翰·普洛克托是个什么人，约翰·普洛克托是个什么玩意儿？（他像头野兽那样晃动，怒火满腔，干着急地探索）我认为这样做很诚实，我想是的，我不是圣徒。（他觉出她不承认这点似的，又冲她厉声道）让吕蓓卡像个圣徒那样升天吧；对我来说，那是欺诈！

〔从过道里传来几个人克制兴奋的心情叽叽喳喳交谈的声音。

伊丽莎白　我不是评断你的人，我不能充当那种角色。（仿佛把他释放了似的）你想怎么做就怎么做吧。

普洛克托　你愿意向他们撒这个谎吗？说啊，愿不愿意？（她答不上来）不愿意；要是他们用火钳烧你，你也不愿意！这是邪恶。好啦，——这是邪恶，我来干！

〔哈桑和丹佛斯上，契佛、巴里斯和赫尔也随后而进。他们进来得挺快而又有条不紊，仿佛坚冰已破。

丹佛斯　（带着十分宽慰和感恩的神情）光荣归于主，伙计，荣耀归于主，主会为此而赐福给你的。（契佛拿着笔、墨水和纸急忙朝长凳走去。普洛克托瞧着他们）那么，现在就忏悔吧。准备好了吗，契佛？

普洛克托　（对他们这种效率不禁悚然）干吗要记下来？

丹佛斯　哎呀，很好地启发启发老乡嘛，先生；我们要把它张贴在教堂大门上！（急切地对巴里斯说）警长哪儿去了？

巴里斯　（跑到门口，冲走廊里喊道）警长！快来！

丹佛斯　那么，先生，为了照顾契佛先生记录，请说得慢一点，简明扼要些。（他真的开始向契佛口述，后者记录在案）普洛克托先生，你平生见过魔鬼吗？（普洛克托咬紧牙关）说吧，老伙计，天边已经亮了；乡亲们都在绞刑架那儿等着呐，我会向他们宣布这个消息。你见过魔鬼吗？

普洛克托　见过！

巴里斯　赞美主！

丹佛斯　他来找你，向你提出什么要求了？（普洛克托沉默不语。丹佛斯又提醒道）他要求你在人间给他干活吗？

普洛克托　要求了。

丹佛斯　那你发誓为他效劳吗？（吕蓓卡由哈里克搀扶进来，她几乎走不动道了。丹佛斯转身冲她说）进来，进来，老婆子！

吕蓓卡　（一见到普洛克托，脸上露出喜色）喂，约翰！你还挺硬朗啊，呃？

278

〔普洛克托冲墙扭过脸去。

丹佛斯　勇敢点，伙计，勇敢点让她亲眼目睹你的好榜样，也能回到上帝这边来。好好听着，诺斯老太太！说下去，普洛克托先生。你发誓为魔鬼效劳吗？

吕蓓卡　（惊讶地）怎么，约翰你！

普洛克托　（扭头不看吕蓓卡，咬紧牙关说）发誓了。

丹佛斯　呃，老婆子，你想必看到现在再想隐瞒这场阴谋已经没有什么好处了。你愿不愿意跟他一块儿忏悔？

吕蓓卡　噢，约翰——主怜悯你！

丹佛斯　我说你愿不愿意忏悔，诺斯老太太！

吕蓓卡　哎呀，这是撒谎，这是撒谎；我怎么能诅咒我自己呢？我不能，我不能。

丹佛斯　普洛克托先生。魔鬼来找你，你有没有看到吕蓓卡·诺斯跟他在一块儿？（普洛克托默不作声）得了，伙计，鼓起勇气来——你有没有看到她跟魔鬼在一块儿？

普洛克托　（声音低得几乎叫人听不见）没有。

〔丹佛斯这时觉出有点不对头，瞥一眼约翰，走到桌前抄起一张纸——一张犯人的名单。

丹佛斯　你有没有看到她的妹妹玛丽·伊斯蒂跟魔鬼在一起？

普洛克托　没有，没看见。

丹佛斯　（眯起眼睛瞧着普洛克托）你有没有看到玛莎·考莱跟魔鬼在一起？

普洛克托　没看见。

丹佛斯　（恍然大悟受了骗，慢慢放下那张名单）那你看见谁跟魔鬼在一块儿？

普洛克托　我啊，谁也没看见。

丹佛斯　普洛克托，你认错人啦。我可没有被授权跟你作这项交易，拿你的生命换取谎言。你一定看到有些人跟魔鬼在一起。（普洛克托不吭声）普洛克托先生，如今已经有二十个人作证说看见这个老婆子跟魔鬼在一块儿了。

普洛克托　既然已经证实，干吗还非要我说不可？

丹佛斯　干吗还"非要"你说不可！怎么，你要是灵魂里当真涤荡了对魔鬼的热爱，就应该高高兴兴讲出来！

普洛克托　他们想如同圣徒那样升天堂。我不想破坏他们的名誉。

丹佛斯　（疑惑地问）普洛克托先生，你认为他们真像圣徒那样升天吗？

普洛克托　（避而不答）这个女人从来也没认为她给魔鬼当过差。

丹佛斯　听着，先生。我觉得你搞错了你在这儿的责任了。她怎样认为，根本没多大关系——人家指控她邪恶地谋杀小孩，指控你撒出精灵鬼怪威胁玛丽·沃伦。这里争论的是你的灵魂，先生，除非你能证明你的灵魂纯洁，否则的话，你就不能活在一个信仰基督教的国家里。现在，你愿不愿意告诉我什么人同你一齐阴谋勾结魔鬼？（普洛克托不吭声）据你所知，吕蓓卡·诺斯有没有——

普洛克托　我只能交待自己的罪恶；我不能瞎咬别人。（愤怒地喊道）我不会血口喷人！

赫　尔　（立即对丹佛斯说）阁下，他自己已经忏悔也就够了。让他签名，签个名吧。

巴里斯　（狂热地）这可帮了个大忙，先生。他的名字很有影响；普洛克托忏悔了，这会打动老百姓的心。我请您就让他签字吧。太阳马上就要出来啦，阁下！

丹佛斯　（考虑片刻，接着不甚满意地）好吧，那你就在你的证言书上签个名吧。（对契佛）交给他。（契佛拿着那份忏悔书和一管笔，走向普洛克托。普洛克托不看那张纸）得啦，伙计，签吧。

普洛克托　（朝那份忏悔书瞥一眼）你们都当了见证人——也就够了。

丹佛斯　你不想签？

普洛克托　你们都已经亲眼见证了，干吗还要这个手续呢？

丹佛斯　你在跟我开玩笑吗？先生，你要么签上名字，要么就不算忏悔！（他气得胸脯一起一伏地喘气；普洛克托这时把纸放平整，在上面签了名字）

巴里斯　赞美主！

〔普洛克托刚一签好，丹佛斯就伸手去取。可是普洛克托一把抓牢那张纸，把它举起来；这当儿，他惶恐不安，愤怒不已。

丹佛斯　（困惑不解，可是仍然颇有礼貌地向他伸出手）请交给我吧，先生。

普洛克托　不行。

丹佛斯　（好像普洛克托不理解似的）普洛克托先生，我必须得到。

普洛克托　不行，不行。我已经签了名，你们也都见到了。这就行了！你们无须乎得到这个。

丹佛斯　普洛克托，乡镇得有个证明——

普洛克托　去它的乡镇！我向主忏悔，主也看到我签字了！这就够了！

丹佛斯　不行，先生，这是——

普洛克托　你不是来拯救我的灵魂吗？瞧！我已经忏悔，这就可以了！

丹佛斯　你没有交待——

普洛克托　我自己已经忏悔！难道非把它公开不可，否则就不算好的悔过吗？上帝不需要把我的名字钉在教堂大门上！上帝看见了我的名字；我的罪孽有多深，上帝一清二楚！这就够了！

丹佛斯　普洛克托先生——

普洛克托　你甭想利用我！我不是萨拉·古德，也不是蒂图芭，我是约翰·普洛克托！你甭想利用我！拯救灵魂，不包括你应该利用我！

丹佛斯　我并不想——

普洛克托　我有三个孩子——我如果出卖朋友，还怎么教导我的孩子在人间应该心胸坦荡，为人正直呢？

丹佛斯　你没有出卖朋友——

普洛克托　别哄骗我啦！就在他们默不认罪而被绞死的当天，这个玩艺儿钉在教堂门口就等于我往他们脸上抹黑！

丹佛斯　普洛克托先生，我必须有完善的法律上的证据说明你——

普洛克托　你是最高法庭的代表，你的话就够完善的了！告诉他们我交待了自己的罪恶，就说普洛克托屈膝投降了，像个婆娘那样痛哭流涕；随你怎么说都行，可是我的名字却不能——

丹佛斯　（疑惑地）那不都一样吗？我公布出去，跟你在上面签字，不都一样吗？

普洛克托　（理解这是蠢事）不，不，不一样！人家怎么说，跟我在上面签字，并不一样！

丹佛斯　怎么？你打算一获得自由就赖掉这次忏悔吗？

普洛克托　我啥也不打算赖掉！

丹佛斯　那就请你给我解释解释，普洛克托先生，为什么你不让——

普洛克托　（激昂地）因为这是我的名声！因为我一生不可能再另有别的名声！因为我撒了谎，还在谎言书上签了字！因为我在那些登上绞刑架视死如归的人面前连粪土都不如！我怎么能名誉扫地地活下去？我已经把灵魂交给你，别再碰我的名声！

丹佛斯　（指着普洛克托那份忏悔书）这份文件上交待的全是谎言吗？如果是，我不能接受！你说怎么办？我不跟谎言打交道，先生！（普洛克托一动也不动）除非你向我老老实实交待你的罪恶，否则的话，我不能赦免你的绞刑。（普洛克托没有回答）你到底选择哪条道，先生？

〔普洛克托气喘咻咻，两眼瞪视，把那张纸扯得粉碎，揉成一团；他满腔怒火，落下泪来，却仍巍然屹立。

丹佛斯　警长！

巴里斯　（歇斯底里地喊道，仿佛那张扯碎的纸是他的生命似的）普洛克托，普洛克托！

赫　尔　唉，你会给绞死的啊！你不能这样！

普洛克托　（热泪盈眶）我能。这是你们造就出来的第一个奇迹：我能。你们的魔法起作用了，因为现在我确实认为我在约翰·普洛克托身上看到了一点点正直的品德。虽然它不够织成一面旗帜，却清白得足以不跟那些狗杂种狼狈为奸，同流合污。（伊丽莎白一阵战栗，冲向普洛克托，扑在他的臂弯中啼哭）不要给他们眼泪！哭只会叫他们高兴！拿出尊严来，表现出铁石心肠，彻底整垮他们！（他把她搀扶起来，热情地吻她）

吕蓓卡　愿你无所畏惧！另一次审判在等待我们大家呐！

丹佛斯　把他们统统绞死，高挂在乡镇示众！谁要是哭这些人，就是哀悼腐败堕落！（他大模大样地从他们身旁走出去。哈里克押走吕蓓卡，她差点儿瘫倒下来，普洛克托一把把她扶住，她歉疚地抬头看他一眼）

吕蓓卡　我没吃早饭，头有点晕。

哈里克　走吧。

〔哈里克把他俩押出去，哈桑和契佛跟随在后。伊丽莎白站在那里呆视着空荡荡的门口。

巴里斯　（惶恐万分，对伊丽莎白说）快去找他，普洛克托大嫂！还有时间！

〔外面响起一阵咚咚的擂鼓声，打破沉寂。巴里斯大吃一惊。伊丽莎白猛地转身朝着窗口。

巴里斯　去找他吧！（他冲出牢门，好像要保住普洛克托的性命似的）普洛克托！普洛克托！

〔又是一阵短暂的擂鼓声。

赫　尔　大嫂，去说服他吧！（他向门外冲去，又转回来对她说）大嫂！那样做只是傲慢，只是虚荣。（她避开他的目光，朝窗口走去。赫尔跪了下来）去帮助他吧！流血对他又有什么好处？尘土会赞美他吗？蛆虫会宣布他的真理吗？去找他吧，别让他蒙受耻辱！

伊丽莎白　（紧紧抓住窗户的铁栏杆免得瘫倒，高声喊道）他现在保全他那正直的美德啦。主不容许我剥夺他这种美德呵！

〔行刑前最后一轮擂鼓声骤起,接着震天价响起来。赫尔狂乱地祈祷啜泣;晨熹透进来洒在伊丽莎白脸上;鼓声在黎明阵阵清风中宛如骨节那样咔咔作响。

——幕落

人的一种令人惊骇的存在
——斯特林堡《鬼魂奏鸣曲》评析

一、作家作品简介

  约翰·奥古斯特·斯特林堡（Johan August Strindbers 1849—1912），瑞典现当代最杰出的戏剧家，小说家，诗人，也是在北欧可以与易卜生媲美的"现代戏剧先驱"，他的戏剧作品开创了表现主义戏剧流派之先河，丰富了自然主义、象征主义等现代戏剧流派。

  斯特林堡在他死后获得了世人的肯定与崇敬，但是他在生前却是命运多舛、饱受非议。他出身在一个多子女的家庭里，母亲当过父亲的女仆，从小受到父母与哥哥姐姐的冷落，他渴望被爱而不得，形成他不善与人沟通的内向性格；长大后斯特林堡三次不幸的婚姻，使他原本就孤独的心灵更加备受折磨。为了生存，受过大学教育的斯特林堡当过小学老师，给杂志写过评论，在剧院跑过龙套，打过各种短工。1871年他在皇家图书馆谋一份工作，被分配去整理中国图书目录，为此他研究过中文，著有《瑞典与中国和鞑靼国家之关系》、《中国，几种观点与介绍》、《中国与日本》以及《瑞典传教士在中国》等。全家人对他喜爱的文学创作都很不理解，认为这难以维持生计。事实上的确如此，斯特林堡时常不得不靠着一点时有时无的稿费，以及妻子、朋友的接济度日，这种长年经济上的困窘和不为亲朋好友所理解的痛苦，曾使孤独、贫穷的斯特林堡一度陷入精神危机，深刻感受到人与人之间关系的冷漠与异化，致使他的作品透露出他对社会、对世界、对人性的悲观与绝望。他的第一部获得成功的作品、小说《红房子》（1879）就是抨击了上流社会的丑陋与贪婪，因而得罪了统治当局，成为不受欢迎的人。

　　与挪威戏剧家易卜生一样，斯特林堡的文学创作道路也很不平坦，也曾离开祖国在外乡飘泊多年。1884—1899年，斯特林堡举家离开瑞典，先后辗转于丹麦、法国、德国、英国等欧洲国家。不过，这并不能改变他在经济与情感上的困境，我们从他的剧本创作里可以深刻地感受到他那种刻骨的郁闷与对整个社会的对立情绪。例如，他创作于1887年的三幕悲剧《父亲》就与他第一次婚姻有着直接的关系。直到1899年斯特林堡回到祖国，他的命运才峰回路转，他的戏剧频频上演于瑞典舞台，出版商也一改先前的冷淡对斯特林堡献起了殷勤；1907年斯特林堡还与朋友一道建立起小剧场——亲密剧院，实现了他早年想在斯堪的纳维亚建立独立剧院的梦想。可惜好景不长，五年后他因癌症而与世长辞。

　　作为一个戏剧家，斯特林堡一生创作了62部戏剧，先后经历了浪漫主义、自然主义、象征主义、表现主义等创作手段。其中表现16世纪瑞典宗教改革家和开国君主的历史剧《奥洛夫老师》（1872）与《古斯塔夫·瓦萨》被评论家认为是瑞典文学中新的现实主义成熟作品。《父亲》和《朱丽小姐》外属于斯特林基自然而义剧本中的杰作，在后者的"代序"里，表达了作者对当时欧洲戏剧的独到了解。备受争议《一出梦的戏剧》（1901）是斯特林堡在表现形式上的一次大胆革讨，时空和逻辑性不存在了，一如梦境一发皆可能发生，作者把记忆、经历、荒诞和即兴混为一体，既有象征手法，又有表现主义元素。

　　尽管不同时期创作的方法与风格有所变化，但是，关注并表现人的一种令人惊骇的存在与状况，表现人与人之间的异化关系，以及人的精神危机是斯特林堡戏剧的基本底色。在他的颇受人关注的早期戏剧《父亲》（1887）与《朱丽小姐》（1888）里，两性之间的矛盾冲突和心理对峙，被表现得冷峻而尖锐。那位不幸的父亲——上尉先生——在与妻子罗拉争夺对女儿教育权的斗争中，最终惨败在罗拉的阴谋之下，被套上了紧身衣，还没来得及送进疯人院就因绝望而死去；贵族出身的朱丽小姐则在一个仲夏节之夜失身于家里的一个野心勃勃、一心要往上爬的男仆，最后在看清楚这个卑鄙无耻的小人之后，走上了自杀的不归之路。这两个剧本从不同的角度表现了斯特林堡对女性乖戾的偏见，以及两性之间永远不可能彼此恩爱、和谐相处的极端态度。他借《父亲》中的人物之口抨击女性是："杀人不见血迹，放毒不留痕迹！""作为男人我会高兴地看你上断头台的。"① 斯特林堡为此遭受到评论界的批评，尽管在《朱丽小姐》里斯特林堡融进了一个没落阶级的灭亡和新生阶级的崛起这一历史趋势，不过，剧中男女两性之间尖锐的矛盾冲突依然是令人揪心、令人心悸的。

《到大马士革去》（1898）是斯特林堡运用表现主义创作手法的一次大胆尝试，给观众或读者耳目一新的不仅是剧中的角色没有具体姓名，只有抽象的符号，如主人公叫"无名氏"，他在不同的场景里先后遇见不同的人也同样是符号化的人物：女人、医生、疯子和乞丐等，在各种碰撞之中展示的是"无名氏"内心的痛苦、迷茫与焦虑。与此同时，在这一系列光怪陆离的跳跃性的情境里，传统戏剧里富有逻辑性的故事情节也在斯特林堡笔下被消解了，无意识的东西被有意识的自我当做某种陌生的东西，在主人公主观性的反思中，"内在的过去被回忆起来，它作为陌生的当下出现"②，从而让观众感受到了"无名氏"也是作者本人的折磨人的精神危机到精神救赎之心路历程。紧接着在三年之中，斯特林堡又创作了《到大马士革去》的第二部（1899）和第三部（1902），他继续了第一部戏的写作手法和风格，神秘、阴郁而荒诞。这一表现人的精神困境的《到大马士革去》三部曲，被誉为表现主义戏剧的先驱之作，许多学者将它作为分界现代主义文学和传统文学的标志性戏剧。

《一出梦的戏剧》（1901）体现了斯特林堡在编剧手法上的新的拓展，他将梦境引进戏剧并构成主要戏剧架构，这部戏是他对人生与世界晦暗性看法的再次深刻的表现。全剧叙述了天神因陀罗的女儿到人间历练，她化身为玻璃工的女儿先后与军官、律师、诗人等人相遇，饱尝了人生的痛苦。她不明白最先遇到的两位老夫妇为何说他们总是在互相折磨；她帮助军官离开牢房，军官竟然悲观地表示"不管出去不出去，我都会受罪"；军官爱上了一个芭蕾舞女演员，结果他苦苦等了一辈子，依旧没能与心上人结合，美好的爱情原来是虚无缥缈的。因陀罗的女儿不肯相信爱情不过是镜中花水中月的事实，于是她同一个穷律师结婚生子，本想亲身体验"最美好也是最痛苦的爱情，最高贵也是最低贱的婚姻和家庭"，结果她不得不面对永远都处在烦恼、抱怨中的丈夫，她再也忍受不住这种不幸的婚姻生活，坚决地从地狱般的家庭生活里逃了出来。她想和一位诗人探讨人生，诗人却将一份请愿书交给她，请愿书上写满了人生的苦难。"人真可怜！""人真可怜！"是这位天神的女儿反复出现的台词，也是这部戏剧的主旋律。它正印证了剧中未出场的天神因陀罗对人类的评介："他们的母语叫

---

① 见斯特林堡戏剧《父亲》。
② ［德］彼得·斯丛狄《现代戏剧理论》，王建译，北京大学出版社2006年版，第42页。

做怨言，尘世居民是一种贪得无厌、忘恩负义的种族。"①

纵观全剧，有十八个不相连贯的插曲式的场景，使整个剧情看起来游离不定。这部戏在形式上是叙事性的、间离化的，人物往往被割裂、交叉、离散、重叠，其中的荒诞感耐人寻味。该剧深刻地揭示了现实社会的黑暗、人生的痛苦，以及人的深刻的精神危机。此外，斯特林堡所运用的即兴表演和不受舞台限制的开放式的表现手段，使瑞典著名戏剧评论家阿格纳·贝尔评价这部戏剧"不仅是斯特林堡的，而且也是世界文学史上最伟大的作品之一"。②

人类是一种贪得无厌、忘恩负义的种族，爱情是虚幻的梦想，这个在《一出梦的戏剧》里被鲜花阐释的母题，于斯特林堡在1907年创作的《鬼魂奏鸣曲》这部小型戏剧里，再一次被轰然奏响起来，斯特林堡对人类、对整个西方世界看法的极度悲观与阴暗，达到了一种令人震惊的地步。

二、《鬼魂奏鸣曲》剧本分析

《鬼魂奏鸣曲》（1907）的故事发生在一幢豪华的别墅里，男主人公亨梅尔老人，一个由下等厨子用阴谋诡计摇身变为有身份的富豪，通过各种卑鄙手段去掌握他人的隐私，窃取他们的钱财。他逼死了领事，害死了知晓他罪行的挤奶小姑娘，他勾引女人，把女人玩够了又甩掉她们。为了给他的私生女找一个男友，他设法让一个大学生走进他的圈套；但是这对年轻人在这个肮脏、堕落的世界里是不可能获得幸福的，他的私生女最终倒毙在这幢房子里。

在这部戏剧里，斯特林堡异常冷静地向我们展现了一个人欲横流、尔虞我诈的冷酷世界。如果说他在先前的《一出梦的戏剧》里，还借着虚幻的梦境借神仙到人间巡视来影射现实社会的阴暗，那么在《鬼魂奏鸣曲》里，他则完全扯开了资本主义西方世界华美的遮羞布，让我们看到了这个世界原来"是疯人院，是妓院，是停尸场。耶稣基督要来到这个世界，就等于堕入地狱"。③这一"发现"，就像剧中那个贫寒的大学生曾无限憧憬过的那栋豪华别墅一样，一旦他真的走了进去，结果看到的是意想不到的阴森可怕，是不由自主的瞠目结舌，

---

① 《斯特林堡选集：戏剧选》，《一出梦的戏剧》，高子英、李义义译。人民文学出版社1981年版，第397页。
② 《斯特林堡文集》第1卷，[瑞典]斯特林堡著，李义义译，人民文学出版社2005版，第18页。
③ 《斯特林堡选集·戏剧选》，《一出梦的戏剧》，高子英、李义义译。人民文学出版社1981年版，第526页。

是深深的失望与迷茫。

为了达到这一反面的审美效果，斯特林堡在该剧里运用了其独特的艺术表现手法。

（一）错综复杂的人际关系网

在这部戏剧里，斯特林堡编织了一张非常错综复杂的、多线头的人际关系网，网的中心，即全剧的主要人物是一个残疾的80岁老人亨梅尔，这让人不由得想到自然界的"蜘蛛网"。全剧大约有20来个人物，彼此神秘地关联在一起，因此，我们有必要拨开迷雾，厘清这些千丝万缕纠缠在一起的人物关系与纠葛：

1. 老人亨梅尔与上校一家的关系。亨梅尔在年轻的时候勾引过后来成为上校妻子的木乃伊，并生下了一个女儿，上校的女儿事实上是亨梅尔的私生女。戏开始后，当年容貌出众的木乃伊变得神经兮兮的，多年以来成天坐在碗橱里。亨梅尔老人不请自来，闯进上校家里，要参加上校的宴会。他一进门就凭着一张字据公开掠夺了上校的一切，包括他的女儿、他的家具、他的瓷器等全部财物，以及他象征贵族地位的戒指和社会地位的军衔，并揭露了上校是跟班出身的老底。

2. 老人亨梅尔与大学生的关系。表面上看，亨梅尔给了大学生转变自己处境的一次机会，"我要让你得到幸福、财富和好名声"，他出钱让这个年轻人去看歌剧，座位就安排在上校女儿的旁边，给他创造接近其女儿的机会，使得大学生真以为他遇见了贵人，把亨梅尔视作是自己的大恩人。事实上，正是这个老人弄得大学生的父亲倾家荡产，最后惨死在疯人院；而现在亨梅尔却颠倒黑白地说大学生的父亲诈骗了他的全部财产一万七千克朗。老亨梅尔之所以要把大学生引进这栋豪华别墅，是因为他要给自己的女儿牵线，作为父亲，他总算还残留了一点点人性，在临死之前希望自己的女儿得到幸福。

3. 老人亨梅尔与死去的挤奶小姑娘以及与领事的关系。在剧中上场的挤奶女孩和领事其实都是鬼魂，就因为挤奶娘亲眼看到亨梅尔干的一件见不得人的勾当，他就把小姑娘诱骗到冰上淹死了她。而戏开始时刚下葬的领事也是被亨梅尔害死的，他用一张期票要了领事的老命。

4. 老人亨梅尔与仆人约翰逊、本特森的关系。本特森是上校家的男仆，鬼宴开始前，不请自到的亨梅尔一见到上校，竟然命令上校立即辞退本特森，真是鸠占鹊巢。原来本特森本来是亨梅尔的主人，对亨梅尔的底细了如指掌。亨梅尔在本特森家是一个偷吃多占的厨师，当主人对他的偷窃行为忍无可忍要赶走他时，亨梅尔立即反咬一口，抓住本特森的把柄，把主人一家送进了监狱。

本特森还知道亨梅尔改名换姓放过高利贷，以及害死挤奶姑娘的命案，所以亨梅尔坚决要铲除后患把本特森赶走。约翰逊则是亨梅尔自己的男仆，他从前开过书店，就因为亨梅尔拿捏了他的一个小过错，于是就让约翰逊成为自己的奴才，完全听命于他，任他摆布。

5. 老人亨梅尔与贝塔小姐关系。这位贵族老小姐贝塔原来是亨梅尔的未婚妻，但是亨梅尔最终甩了她，并且是设法让贝塔小姐自己主动离开他，导致她终生未嫁，整天呆呆地坐在窗口的镜子前，顾影自怜。现在她老了，也有些疯疯癫癫，与亨梅尔早已形同陌路。而这位有钱的贵族小姐同木乃伊的丈夫上校也有过不清不白的暧昧关系。

6. 老人亨梅尔与乞丐的关系。亨梅尔与街头的乞丐之所以有一丝联系，不是他可怜他们，而是利用他们，让那帮乞丐帮他造声势，为从倒塌的房子里救人的大学生大声喝彩，以引起他的私生女的注意，让他们相遇相识，最终达到他的根本目的。他口头上承诺这群乞丐，等他死了之后，如为他出丧，就可以饱餐一顿，其实这不过是一张空头支票。

7. 老人亨梅尔与邻居的关系。亨梅尔凭着他阴暗的心理与丑恶的目的，专门窥视别人的隐私，掌握了这座豪宅里上上下下所有人的秘密，比如，看门人的妻子与领事也生有一个私生女，即剧中那个穿黑衣服的女人；看门人因此也得到了在这座体面的豪宅里看大门的差事，他们那个长大成人的私生女的情人就是刚死去的领事的女婿，他跟自己的太太已经离婚，得到了这所豪华住宅。

梳理了剧中这张你中有我、我中有你的复杂的人物关系网后，我们深切地认识到斯特林堡所描绘的人性的丑恶和世界的残缺。作者通过亨梅尔这个叙述者，揭开了这栋豪华别墅里的一群人隐秘的过去，这个揭露秘密的人同时也是剧中人，到了第二幕戏里这个处处亦揭别人隐私来强取豪夺的老人成了被揭露者，最后不得不自杀。这部戏剧的色彩是过于晦暗了，这让人不由得联想到鲁迅先生在《狂人日记》里用到的两个字——"吃人"，这个吃人者最大的代表就是老亨梅尔。

（二）多角度的人物刻画：魔鬼的化身亨梅尔

亨梅尔是《鬼魂奏鸣曲》里最重要的中心人物，相对其他伪善者、假贵族、道德沦丧者、蝇营狗苟者，或者这栋豪宅里的任何一个人，在上校的妻子、与亨梅尔生下过的非婚子的木乃伊眼睛里，他"更坏、更狼狈"。在刻划这个吸血鬼与魔鬼式的人物时，斯特林堡运用了不同人物的评价，全方位地为我们勾勒出这个混世魔王。

约翰逊告诉大学生说,这个亨梅尔就像战神一样追求权力。他杀死一切敌人,从不宽恕任何人。"他真算得上诡计多端。你就是关上门,他也能够钻进来"。"一到他把女人玩厌了,就想方设法让女人自动离开他。现在他已经成了偷马惯贼,只不过不是偷马,而是偷人。他有使不完的花招。""他一向是爱向警察讨好的。——利用他们,把警察拉近自己的圈套中来,用空头支票困住警察的手脚,不断从他们那里打听消息"。

本特森则斩钉截铁地称亨梅儿是一个真正的"老混蛋"、"老魔鬼"。

大学生被家人告知是亨梅尔这个吸血鬼弄得他们倾家荡产;大学生本人也亲眼见到父亲因为揭穿亨梅尔的谎言而被送进了疯人院,最后惨死在那里。当他第一次遇见轮椅上的亨梅尔老人时,却听到完全截然相反的说法:"其实他咒骂的那位老兄,只不过是没有上这个傻瓜的当而已。事情的真相是,你父亲诈骗了我一万七千克朗——这笔钱在当时,正是我的全部存款。"[①] 老亨梅尔口口声声地说是他搭救了大学生的父亲,可是对方非但不感谢他,而是用仇恨来报答他,在亨梅尔老人看来这简直就是"恩将仇报",弄得这位年轻的救人英雄一头雾水。

其实颠倒黑白、谎言连篇、诡计多端和心狠手辣是亨梅尔的惯用的伎俩。斯特林堡还用了自我观照的表现手法进一步刻画这个重要人物。当木乃伊一边指责这个情场老手亨梅尔:"你劫走了我们的灵魂,你用花言巧语抢走了我的一片痴情",一边警告他不许碰她的丈夫上校时,亨梅尔恶狠狠地说:"我只要咬上一个人,我就绝不松口!"他承认他这一辈子干过许许多多损人利己的事情,不过,别人也干过对不起他的事,所以这就抵消了、两清了,他毫无犯罪感,谁也别想动他一根毫毛。他害死了领事先生,却轻松地说"这个流氓,活该他自作自受"。现在他又瞄上了上校,发誓不把对方整倒决不罢休。果然,他在几分钟内就剥夺了上校所有的一切,包括上校弄虚作假搞来的高贵名声与地位,让他当场身败名裂。可见他整起人来是多么冷酷无情,斩钉截铁。不过,亨梅尔让上校原形毕露,自己也被最了解他底细的本特森和木乃伊当众揭露得体无完肤,最后不得不上吊自杀。

由此,我们对这个主要人物既是叙述者又是剧中人的亨梅尔有了较为全面的认识,他喜欢用各种手段操纵他人的命运,他的所作所为正像他的仆人约翰逊评介的那样:"他就是追求权力。像雷神那样,他成天驾驭着战车到处巡

[①] 《斯特林堡选集·戏剧选》,《一出梦的戏剧》,高子英、李义义译,人民文学出版社1981年版,第487页。

游……他钻进人家房间，爬进人家窗户，摆布着人们的命运。他杀死一切敌人，从不宽恕一个。"[1] 从这个利欲熏心的、吸血鬼式的人物身上，以及他与这座豪华别墅里上上下下的人物关系里，我们不由得联想起那一个充满北欧海盗的凶悍蛮横和铁石心肠的世界，在这部"鬼魂奏鸣曲"中，最强音无疑就是这个罪孽深重的亨梅尔老人，他是这部奏鸣曲中的主旋律。

（三）人的精神困境与精神危机

传统戏剧是"模仿戏剧"，古希腊文艺理论家亚里斯多德在其《诗学》里最早提出了戏剧的模仿说。斯特林堡则对这一流传了两千多年的金科玉律弃之不顾，而将活人与死人放置在同一个时空里，完全打破了阴阳世界的界限。死者可以自由出入于人世，生者能够看得见死者的活动，还能同他们交流、对话，一起吃饭。

例如，戏一开始，抢救了一夜死伤者的大学生在喷水池边遇见被亨梅尔淹死的挤奶小姑娘，跟她要水杯喝水，请小姑娘帮他打湿毛巾擦洗眼睛。虽然这个小女孩没有说话，但是她从见到大学生从最初的惊恐，到慢慢变得安静温顺，按照大学生的吩咐去做。这里，不仅大学生完全看不出这个女孩是一个已经去世的人，而且观众也被蒙在鼓里。只有那个坐在轮椅里的老亨梅尔看不见这个挤奶小女孩，还以为这个年轻人在自说自话。凶神恶煞的亨梅尔谁都不怕，但就怕一个人，只要有人提起这个小姑娘他就胆战心惊，甚至连牛奶车都会让他心惊肉跳，因为亨梅尔曾对这个女孩犯下了不可饶恕的罪恶——杀人。

斯特林堡赋予大学生一种超人的能力，他还能看得见已经下葬的领事披着裹尸布溜达到街上。大学生之所以有超验之能力，是因为他"是星期天出生的孩子"。这个理由听起来有点滑稽可笑，但是，这就是斯特林堡的主观愿望，解释的理由并不重要，重要的是通过这个进入豪宅的闯入者，作者展示给我们的是住在里面的人，表面上看起来体面而有教养，背后却隐藏着各种各样的罪孽与见不得人的隐私。在"鬼宴"这场戏里，死去的领事先生也一声不吭地坐在餐桌旁那一向属于他自己的位置上，低头吃他面前的东西；挤奶小女孩也走进这间圆形客厅里，作出在水中挣扎的动作，令气势汹汹、天不怕地不怕的亨梅尔吓得缩成一团。

在西方戏剧舞台上，也有死者走进剧中人视线的戏剧，但这多半是在梦境

---

[1] 《斯特林堡选集·戏剧选》，《一出梦的戏剧》，高子英、李义义译，人民文学出版社1981年版，第498页。

里，在幻想中，或者作为一种不祥的征兆出现。比如，在莎士比亚的著名悲剧《哈姆雷特》里，就有老国王——哈姆雷特父王的鬼魂出现，但这不过是影影绰绰的，模糊不清的。像斯特林堡这样把死者作为剧中的一个角色，让他们成为剧情的一部分，与现实中的各色人等同台表演、互相作用的却很罕见。

　　生与死边界的模糊化，加上以亨梅尔为代表的人与人之间伪善、残酷、肮脏、可怕的关系，活人与鬼魂紧紧地纠缠在一起，就连上校家的女厨娘也以面目狰狞的女吸血鬼模样出现在人们面前，真可以用四个字来加以概括，这就是"魑魅魍魉"。这座外表华丽的豪宅里所发生的一切，活脱脱就是一个魑魅魍魉的世界，从而凸显了斯特林堡这部戏的剧名《鬼魂奏鸣曲》。

（四）象征性、寓意性、残酷性与荒诞性

　　《鬼魂奏鸣曲》是一部具有现代派戏剧元素的作品，它不是表现一个家庭的故事，而是表现形形色色的人，一群缺乏爱心与忠诚、缺乏道德与正义、缺乏善良与本分的男人和女人，表现人的行为动机后面最隐秘的东西。在这部戏剧里，有阿尔托主张的残酷戏剧的影子，有荒诞派戏剧中的荒诞因素，也有表现主义戏剧的主观色彩。

　　仅仅是这座豪华型别墅并非是这部戏剧的规定情景，它别具象征意义。它曾一度吸引过那个经济困窘的大学生，在他没有走进去之前，他用一种非常神往的口吻赞叹道："这房子里的陈设不知道该多豪华、多精美，……一个人只要在四层楼上有这样一套房间，有一位年轻漂亮的妻子，两个俊秀的孩子，再加上一年两万克朗的收入，那该多美。"① 这是这位涉世不深的大学生对未来生活的憧憬与梦想，他完全被这座外表气派的建筑物所迷惑。当大学生和善于操纵他人命运的亨梅尔老人聊天的时候，他还不知道他正面对着地狱之门。事实上，这座气派华丽的豪宅象征着西方社会的现实，表面上随着科学技术的进步社会变得越来越繁荣昌盛，人们的物质生活也越来越丰富多彩，而人类的价值体系却随着无限膨胀的欲望与金钱的威力在瓦解；那群生活在豪宅里上上下下、道貌岸然的男男女女及其错综复杂的人际关系，正隐喻着西方现实社会中人与人之间尔虞我诈、你死我活、互相倾轧、冷酷无情的异化关系；那个十恶不赦的主人公亨梅尔的一生，则寓意着现代人道德体系的全面崩溃。

　　亨梅尔代表着现代西方人在弱肉强食的社会挤压下的残酷无情。他能逼死

---

① 《斯特林堡选集·戏剧选》，《一出梦的戏剧》，高子英、李义义译，人民文学出版社1981年版，第489页。

对手领事先生而心不慌、神安宁，依旧能对这个刚下葬的人评头论足，冷嘲热讽；他能当面彻底揭去上校的伪装，看着他无可奈何地乖乖投降，精神一点一点崩溃而心满意足，没有一丝恻隐之心，还无耻地公开承认上校的女儿是他的种；面对曾经山盟海誓过的两位女人木乃伊和未婚妻贝塔老小姐，他毫无愧疚之意……总之，他的冷酷是令人震惊的。法国戏剧导演残酷戏剧的开创者阿尔托（Antonin Artaud，1896—1948）排演过斯特林堡的戏剧，想必其戏剧中的残酷无情，以及迫使观众直面自身和人性的丑恶，正是阿尔托感兴趣的。

大学生是全剧中一个局外人，他见证了房子内部的腐朽与糜烂。在亨梅尔的精心策划下，大学生在剧场里与前来欣赏歌剧的上校及其"女儿"邂逅相遇，他们的座位"凑巧"挨在一起，这位上了报纸的救人"英雄"很容易就获得了上校"父女"的好感，被邀请到上校府上做客。但是，大学生走进去之后才吃惊地发现，这座豪宅里面已经是千疮百孔了，谎言、隐私、罪孽无处不在，欢乐、幸福却与之绝缘。对大学生来说，这段经历实际上是一次可怕的地狱之旅。

第二个戏剧场面是在上校家圆形客厅里进行的老一代人的"鬼宴"，他们围坐在一起不吭一声地低头吃饭，谁都不说话，只是一小口一小口地轻轻咀嚼着，"声音活像顶楼上的老鼠在啃东西。"① 这并不是为了显示出他们的修养，而是怕自己上当，怕中了他人的圈套。在这场"鬼宴"上，只有老亨梅尔一个人在高谈阔论，他说讲话会掩盖真相，语言本来是暗号，考察一个人的门第出身，不用费什么力气，"到了一定时候，最隐秘的阴私也得暴露，骗子的假面具也得撕下来，罪行全会真相大白。"② 他暗藏杀机的话引来餐桌上长时间的沉默。这个伤害过在座所有人的混世恶魔，还大言不惭地说他要"烧净莠草，揭发罪行，算清旧账"，要把所有的人都赶出去，否则钟声一响就意味着他们的死期已到，他一边威胁一边用拐杖重重地敲打桌子，俨然一个世界末日的审判者，直至上校夫人木乃伊当众揭穿了他的老底，并把他关进了碗橱里。揭露者转变成被揭露者，批判别人的人成了批判的对象。

碗橱在全剧里具有象征意义。它隐喻教堂里的忏悔室，木乃伊对自己的过去，那段与亨梅尔在一起不明不白的性爱关系一直在忏悔，她在里面静坐着已经有20年了。这看起来非常荒诞，斯特林堡给这个女人取得名字也很诡异，观众很难判断她到底是活人还是死人。在第一场戏里，亨梅尔对大学生第一次说

---

①② 《斯特林堡选集·戏剧选》，《一出梦的戏剧》，高子英、李义义译，人民文学出版社1981年版，第502页。

起这个女人时，说过一句话：他不想去说一个死人的坏话。而本特森告诉约翰逊说木乃伊是个疯子，她以为自己是个小鹦哥，因为怕光而坐在碗橱里面。这里的确有一点似是而非，但这并不重要，经过二十年的自我囚禁与反省，木乃伊现在可以理直气壮地来指责、揭露亨梅尔的罪孽了，她把他关进了碗橱，是让他像她一样去进行自我审判，碗橱将最终成为亨梅尔的葬身之地。

（五）年轻一代在非人化的生存状况下的挣扎与希望

相对于相互讹诈、相互欺骗的老一辈人来说，大学生和喜爱风信子花的老亨梅尔的私生女是善良、纯洁的。私生女跟剧中其他人一样，也无名无姓，是一个能化的人物我们且把这个女孩叫做风信子姑娘。大学生对她一见钟情，甘愿当一名护花使者。这对年轻人没有去参加"鬼宴"，而是在闺房里聊天。这部戏的时间是模糊的，斯特林堡没有告诉观众这对年轻人相处多久了，只知道亨梅尔老人已经上吊自尽被埋葬了。爱情之于这对年轻人本该是最美好的，然而，却被一个粗野霸气的女厨娘给破坏了，当大学生要把她赶走时，她竟敢说"这要看我乐意不乐意"。一个厨娘竟然比主人还要厉害，她俨然成为亨梅尔第二。风信子姑娘向大学生诉苦，他们每天吃厨娘吃剩下来的菜，而厨娘吃的全是精华；厨娘自己把酒喝得精光，却在酒瓶里对上水端来给他们喝；她来问小姐做什么菜，实际上却从来不按吩咐去做。这个赶也赶不走的厨娘在风信子姑娘看来，就是亨梅尔家里出来的宝贝，如出一辙。在这个充满毒气的豪宅里，连厨娘、女仆都像中了邪一样，趾高气扬，随心所欲，而风信子姑娘只能忍气吞声，经受女仆们的"考验"，她被她们吸干了血，瘦得连手镯也戴不住。邪恶的势力是如此强大，以至于善良的女孩全无招架之力，变得越来越软弱无力了。

此外，风信子姑娘闺房里那架弹不出声音来的竖琴也具有隐喻性。那架竖琴不过是一个美丽的虚假的摆设，就像它的主人一样，一旦大学生发现了真相把它统统揭示出来，风信子姑娘就再也坚持不住倒下死去。这是因为她在这座罪恶、肮脏的鬼屋里住得太久，中毒太深，她不得不为别人的过错受罪而精疲力竭，她怎么可能健健康康地活着？她每天看到父母相对无言地坐着，像两个陌生人，"因为谁也不相信对方的话"[①]，她还能有勇气相信这个世界上真有至死不渝的爱情与幸福的婚姻？所以，她把风信子花瓣比喻成雪花，因为雪花纷

[①] 《斯特林堡选集·戏剧选》，《一出梦的戏剧》，高子英、李义义译，人民文学出版社1981年版，第519页。

纷扬扬地洒落下来虽然美丽优雅，却是抓不住的，它一经人的手就会融化掉，爱情也是这样。

《鬼魂奏鸣曲》是当今西方社会的真实写照。斯特林堡认为这个现实世界早已是罪孽深重、痛苦无穷、无可救药了，西方的宗教信仰也不再可靠，连牧师"也因盗窃教会基金而逮捕"。① 为了寻找出路，斯特林堡把目光投向东方，他不但用具有东方格调的陈设，以及许许多多五彩缤纷的风信子花来装扮姑娘的闺房，而且还将一座大大的释迦牟尼佛像安放在花砖炉顶上。斯特林堡试图用东方人的宗教信仰来救赎西方人的灵魂，当风信子姑娘快要死去的时候，大学生喊道："救命的菩萨，救救我们吧！"② 他真诚地希望看到一个干干净净的世界，正正派派的朋友，十全十美的爱情，他祈祷大慈大悲、大智大慧的释迦牟尼能够实现他的愿望。这是剧中年轻人的祈祷，也是作者斯特林堡的希望。

全剧的结尾虽然写得有点突兀，却颇耐人寻味。在大学生的歌声中，屋子突然消失了，天幕上出现瑞士画家亚诺德·勃克林画的《死之岛》，这时幕后传来轻柔、甜蜜、亲切的悲怆乐曲，"鬼魂奏鸣曲"这种独特的结尾，令人琢磨，引人深思。

斯特林堡的戏剧是一种"主观戏剧"，这是他对传统的"模仿戏剧"的重大反驳。他的戏剧表现了人与社会、人与他人、人与自我之间的异化关系。无论是在《到大马士革去》一剧里，他力图表现人的精神困境，剧中那些再现无名氏多重自我的医生、乞丐、疯子等，他们之间的冲突与碰撞，均揭示了无名氏内心的挣扎与痛苦，它们如同雷霆万钧之势汹涌而来。在《朱丽小姐》里，斯特林堡则表现了一个佃农出生的新的精神贵族，他已经摆脱了原来的处境，达到损人利己而毫无顾忌的地步，就像《鬼魂奏鸣曲》里的老亨梅尔一样。不过，老亨梅尔比起前者来，更加变本加厉，因为他已经通过非法手段致富，成为一个有身份的人，他俨然以一个大审判者的姿态出现在众人面前，这着实是个巨大的社会讽刺。斯特林堡告诫人们，不要相信所谓的爱情，因为"爱情大概也和风信子一样，开它并出充满活力的花之前，一定要先在暗处扎下根来。这样，它才能迅速发芽、开花和结籽，因此也就很快死去了"。③ 在《一出梦的戏剧》里，斯特林堡运用象征主义表现手法，在大胆而全新的舞台革新形式的

---

① 《斯特林堡选集·戏剧选》，《一出梦的戏剧》，高子英、李义义译，人民文学出版社 1981 年版，第 524 页。

② 同上，第 526 页。

③ 同上，《朱丽小姐——作者前言》，第 221 页。

基础上，把爱情是虚幻的、人是自己痛苦的制造者这一观点发挥到极致。而《鬼魂奏鸣曲》则通过一张令人窒息的人际关系网，让观众不得不面对其中层层揭示出来的人性之丑陋，令人不安地感受其中那精神折磨和浓郁的悲观情绪——人的精神困境与精神危机。

斯特林堡笔下非人化的生存状况也是一种精神状况，包括梦、幻觉、本能、欲望、野心等，都是原始主义的精神，我们在他的打破时空界限的戏剧里，不由自主地卷入其打造的一种梦魇般的扭曲效果里，从而看到了人的生存困境与悲剧的不可避免。

思考题：
1. 如何理解斯特林堡戏剧与人的精神困境之间的关系？
2. 为什么说《鬼魂奏鸣曲》在编剧法上是对传统模仿戏剧的突破？

鬼魂奏鸣曲（全选）[①]
小型剧

[瑞典] 斯特林堡　著

符家钦　译

〔一所时髦住宅的一楼和二楼。舞台上只能看到楼房一角。

〔一楼尽头是圆形客厅，二楼尽头是阳台，阳台上有旗杆。

〔客厅窗帘卷起，窗户打开后，可以看见一座白色大理石的少妇雕像，雕像四周都是棕榈树，树上一片耀眼的阳光。靠舞台左边窗户上的花瓶里插满蓝色、白色和粉红色的风信子花。

〔在二楼角落的阳台扶手上，有一条蓝色丝织的鸭绒被，一对白色枕头。舞台左侧的窗户上晾着白色的床单，这是一个明净的星期天早晨。

〔舞台前方，在房子前面，有条绿色长凳。右边是一座公共喷泉。靠左侧的柱子上，贴满各种招贴。

〔舞台后方的左侧，是房子的正门。从门口望去，可以看见楼梯，白色大理石楼梯上装着镶黄铜的桃花心木栏杆。

〔房外人行道上，靠门的两边摆着一盆盆月桂树。

〔从圆客厅所在的房子一角，可以看到一条小街的侧面，这条小街通到舞台后方。

〔一楼正门的左方窗户外面，有一面斜挂着的镜子。

〔幕启时，可以听到远方几处教堂传来的钟声。

[①] 本剧本引用《斯特林堡选集·戏剧选》，人民文学出版社1981年版。

〔房门敞开着。一个穿一身黑衣服的妇人一动也不动地站在楼梯上。

〔看门人的妻子正在打扫楼梯的台阶；接着擦拭正门的铜门牌，然后给月桂树浇水。

〔柱子旁边的一辆轮椅里，坐着一个老人在读报纸。他长着满头白发，一把白胡子，戴着眼镜。

〔挤奶姑娘从左边上场，提着一网袋的奶瓶。她穿着夏季服装，脚上一双棕色鞋子、黑袜、白帽。她把帽子摘下，挂在喷泉龙头上，擦掉额上的汗珠，取下杯子来喝水、洗手，再把泉水当作镜子，理理自己的头发。

〔汽船上的钟声，加上附近教堂风琴的低音调子不时传来，打破当前的静寂。

〔沉寂半晌后，挤奶姑娘完成了梳洗工作。这时大学生从左侧进来。他脸上一副失眠缺觉的神色，也没有刮脸。他径直走到喷泉跟前。

〔静场半晌。

大学生　我用一下杯子好吗？

〔挤奶姑娘紧紧握着杯子。

大学生　你喝过水了吧，喝过了吗？

〔挤奶姑娘瞧着大学生，一副惊恐神色。

老　人　（自言自语）他在跟谁说话呀？我怎么什么也瞧不见。难道他疯了吗？（老人大感惶惑地仍然瞧着他们）

大学生　你干吗盯着我？我的样子讨厌吗？哦，明白啦。我一整宿没有睡觉，你大概以为我在通宵胡闹吧。（挤奶姑娘仍旧带着惊恐的神气瞧着他）我像个醉鬼吗？难道你闻到我有酒味吗？（她的惊恐神色依然不变）哦，我明白了，我还没有刮脸。姑娘，给我点水喝，我应该喝口水啦。（停顿）嗯，好的，得先跟你讲清楚才行。昨晚上我一整宿都在照料受伤的人，给他们包扎伤口；昨天下午房子塌下来时，我正好在那里。现在你明白了吧。

〔挤奶姑娘把杯子涮一涮，倒杯水给他。

大学生　谢谢你。

〔挤奶姑娘没有反应。

大学生　（说话口气很缓慢）你帮我一下忙行吗？（停了一下）事情是这样的。我的眼睛肿得厉害，你看得出来，可我不敢用自己的手擦眼睛，因为这双手通宵都在搬弄死尸，给伤口敷药。请你把这条手巾在清水里湿润一下，再帮我洗洗眼睛，行吗？求求你这位大善人，好吗？（挤奶姑娘迟疑一会，然后就一一照办了）谢谢你，好姑娘。（拿出他的钱包。挤奶姑娘摆手表示拒绝）啊，原谅我的轻率——我真还没有清醒过来。

老　人　（向大学生招呼）对不起，我要跟你说句话。刚才听你说，昨天晚上那次事故你亲自在场，对吗？我正在读报纸上的报道。

大学生　啊，记者先生把事故经过都弄清楚了吗？

老　人　弄清楚了，瞧，报上登出了全部经过，还登了你的照片哩。可是报上说，他们感到遗憾的是，没有把那位干得特别出色的青年学生的名字打听出来——

大学生　（瞧瞧报纸）当真？那个青年学生就是我！嘿，嘿。

老　人　你刚才在跟谁说话？

大学生　你没有看见吗？

〔静场。

老　人　请恕我冒昧，我可不可以请教你的尊姓大名？

大学生　打听这个干什么？我不要别人替我宣传；一个人只要一出名，别人就会没完没了地嚼舌根，净说你的坏话。如今的世道就是贬低别人。总之，我并不想得到任何报酬——

老　人　你很有钱吧？

大学生　正好相反。我可算是——一文不名。

老　人　等一等！我好像熟悉你的口音。我年轻时候有个口吃的朋友，他不会说"艾酒"。他总是说成"艾——艾酒"。我一生认识许多人，说话结巴得像他那样的只有他一个。今天又碰上你！我在纳闷，你跟我那位干批发买卖的阿肯霍兹先生是否沾点亲？

大学生　他就是我爸爸。

老　人　命运真会作弄人。我还见过你哩，那时你还是个小娃娃——不过那阵子你家的处境很凄惨——

大学生　一点不假。人家对我讲过，我一出娘胎，家里就弄得倾家荡产。

老　人　确实是倾家荡产。

大学生　请问你老人家怎么称呼？

老　人　我的名字叫亨梅尔。

大学生　你就是——？对啦，现在我记起来了——

老　人　你大概常常听你家里人提到我的名字吧？

大学生　正是。

老　人　我敢说，他们讲到我时，准保是有点恶心？

〔大学生没有作声。

老　人　啊，准是这样……我猜得出来！我敢肯定，家里人准会跟你讲起，是我害得你爸爸倾家荡产。干投机行当的傻瓜弄到倾家荡产时，照例要赌咒发誓说，是某某人害得他倾家荡产的，其实他咒骂的那位老兄，只不过是没有上这傻瓜的当而已。（停顿）事情的真相是，你爸爸诈骗了我一万七千克朗——这笔款子在当时，正是我的全部存款。

大学生　真奇怪，同样一桩事情从两个人嘴里讲起来，怎么会截然不同。

老　人　你认为我讲的不是真话。

大学生　我只能这样想。我爸爸一向不说假话。

老　人　说得对，说得对。谁都认为自己爸爸从来不说假话。可是，要知道我也是个爸爸；所以——

大学生　那么，你打算跟我讲什么呢？

老　人　你爸爸当时差点弄得一贫如洗，是我搭救了他。可他怎样报答我呢，是仇恨——刻骨仇恨那个他该深深感激的人。你爸爸要他全家人提起我名字就感到恶心。

大学生　也许这只怪你的施舍使他感到丢脸，他才忘恩负义的，对吗？

老　人　亲爱的先生，世界上一切施舍行为，都会使对方感到丢脸的。

大学生　你想要我干什么呢？

老　人　哦，我并不是跟你要钱。只请你替我做一两件小事情，我就会感到善有善报了。你瞧，我现在是个残废人。有人说，这怪我自己，也有人说，该怪我的爹娘。我呢，我倒宁愿怪生活本身——生活是个狡猾的圈套，你刚躲开这个坑，就会掉进另一个坑去。不管怎么说，现在我就没法上楼梯，没法拉门铃的绳，所以，我只好说："请帮帮我的忙吧。"

大学生　你要我做什么事呢？

老　人　先请你把我的轮椅推到那边去，让我看看海报。我想知道今天晚上剧院里演什么节目——

大学生　（推着轮椅）你没有雇佣人？

老　人　我雇了，可是打发他去干别的事了，他一会儿就回来。你是学医的大学生，对吗？

大学生　不是，我在学语言，到现在我还没有真正打定主意，将来打算干什么——

老　　人　啊哈！你对算数有点门吗？

大学生　我懂一点点。

老　　人　好！你愿意找工作吗？

大学生　当然，谁不愿意呀？

老　　人　好极了！（读柱子上贴的一份海报）今天下午有场日戏，是《维尔基丽》，上校跟他女儿要去看戏。他老坐第六排尽头，我让你坐在他们旁边。你到那边电话室去订张票子，要第六排82号座位，行吗？

大学生　你要我今天下午去看歌剧？

老　　人　对。你就照我吩咐的办，准保你大有好处。我要让你得到幸福、财富和好名声。一到明天，你舍身救人的英勇行为就会被大家传诵，而你的鼎鼎大名也就会身价十倍——

大学生　（向电话室走去）这真是莫名其妙的冒险。

老　　人　你会赌钱吗？

大学生　会。这正是我的悲剧。

老　　人　这也是你的幸运。你就照我说的办，快去打电话。
〔大学生下。老人开始读报纸。穿黑衣服的妇人走到人行道上来，跟看门人的妻子谈着话。老人听着，但观众听不清她们说话的内容。大学生走回来。

老　　人　电话打了吗？

大学生　打过了。

老　　人　你看见那所房子了？

大学生　看见了。我早就看见过了。昨天我打从这所房子走过，那时阳光正照着窗户。当时我就在想，这房子里的陈设不知道该多豪华、精美。我曾经对同伴说："一个人只要在四层楼上有这样一套房间，有一位年轻漂亮的妻子、两个俊秀的孩子，再加上一年两万克朗的收入，那该多美。"

老　　人　你这样说过，你真是这样说的？嗯，那好；我也喜欢这所房子——

大学生　你是干房产投机的？

老　　人　嗯，对。可并不是你想象的那种投机——

大学生　你认识这房子里的人吧？

老　　人　每一个人我都认识。等你活到我这年纪，你也会全认识他们，知道他们的爸爸是什么人，他们爸爸的祖先又是什么人，而且你会发现，你跟这些人全都千丝万缕地联结在一起。我今年八十了；可是谁也不了解我；不真正了解我——我特别感兴趣的是人的命运。

〔圆形客厅的窗帘这时卷起来。可以看见客厅里的上校，他穿一身便服。他看了看温度计，就转身走进屋子，在大理石雕像前站住。

老　　人　你瞧，他就是上校。今天下午你的座位就挨着他。

大学生　他就是上校？我真不懂你出的什么主意——简直像是神话——

老　　人　我的好先生，我这辈子才真是一本神话书。尽管其中情节不同，但有一条线把它们穿在一起，像反复出现的主旋律一样——

大学生　那座大理石雕像是他的什么人？

老　　人　当然是他的太太。

大学生　他太太真有这样美吗？

老　　人　呃——一点不假。

大学生　请你讲讲她的故事。

老　　人　啊，我的好小伙子，我们可不该随便品评死去的人，我要是把真相告诉你，说上校打过他太太，说他太太因此溜了，后来又跑回来，再跟他结了婚。而且她现在成了一具木乃伊，天天坐在那里，向她自己的雕像顶礼膜拜，你准会以为我在说胡话。

大学生　我真不明白你讲的这一大堆怪事。

老　　人　我早就知道你弄不明白。你再看那扇摆满风信子花的窗户。太太的女儿就住在那边。那位姑娘骑马出去溜达了，一会儿就回来。

大学生　那位正跟看门人的妻子说话的穿黑衣服的女人是谁？

老　　人　好，说起来话更长了。她跟楼上那位死者有关系——就是那边楼上，你瞧那白床单——

大学生　死者是谁？

老　　人　跟你我一样，他是个人。可是，说也白说。你要是个星期天出生的孩子，那几分钟内你就会看见他走出门来，看看那面下半旗的领事馆旗。他生前是个领事，很爱金钱，爱雄狮，爱用羽毛装饰的礼帽、五彩斑斓的绶带——

大学生　你刚才说，星期天出生的孩子，他们说我出生那天正好是星期天。

老　　人　真的吗！你真是星期天出生的？我从你眼神里早就料到，你真是那种人物。别人看不见的东西，你能看见。你注意到这一点了吗？

大学生　我不知道别人到底能看见什么，可有时候——好了，别说这个吧。

老　　人　这一点我清楚。讲下去吧，你对我讲吧，这类事情我全明白——

大学生　好吧——譬如说，就说昨天那档子事。不知怎么，我觉得像有人拖着我走上那条平常的小街，刚到那里几分钟，房子就塌了。我走到那边时，就在房子跟前停下来——其实这所房子我从来没有见过。忽然，我看见墙上裂开一道口子，接着就听见楼板断裂。我连忙跑上前去，抱住一个紧靠墙根的小孩。一刹那间，房子就塌了。我没有受伤。再看我刚才手臂里抱着的那孩子，却无影无踪了。

老　人　精彩之至，我早就料到是这么一回事。可我还要问你几句。刚才你在喷泉跟前指手画脚是干什么？你干吗在那里自言自语？

大学生　难道你没有瞧见那位挤奶姑娘？

老　人　（往后一退）挤奶姑娘？

大学生　对，就是给我杯子的那位姑娘。

老　人　啊哈？我完全明白了。怪不得，我看不见她，可是我——

〔一位白发老太太在窗户下的镜子旁边坐下来。

老　人　你瞧窗里那位老太太。你瞧见她了吗？好，她过去是我的未婚妻——那是在六十年以前，当时我才二十岁。你别害怕，她认不出我来。我跟她每天都见面，可是我见了她也无动于衷，尽管当年我们两人都有过海誓山盟，要永结同心，永结同心。

大学生　难道当年你们那代人的生活眼界就只有那么一点？现在我们对姑娘谈情说爱，可不作兴那一套。

老　人　小伙子，请原谅我。我们那时懂得的东西的确不多。可是你看得出来吗，当年这位老太太可是又年轻又漂亮。

大学生　我看不出来。对，她的眼神真有点令人迷惘。尽管——我看不到她的眼睛。

〔看门人的妻子提着篮子上，向地上撒杉枝。

老　人　啊，说得对。看门人的妻子来了。穿黑衣服的女人就是她的女儿，是她同死了的那个人生的。因为这层关系，她丈夫才得到看门的差事。可这穿黑衣服的女人有了情人，是个前程远大的名门望族。这位贵族跟他妻子已离了婚——妻子为了甩开他，给了他一所豪华的住宅。这位贵族情人也就是楼上这位死人的女婿——你瞧。阳台上晒着的就是那个死人的床单。关系够复杂的吧？

大学生　你真把我弄糊涂了。

老　人　一点不假；这所房子里的人，里里外外，关系都是一塌糊涂的。可是外表上却又一点看不出有什么不寻常的地方。

大学生　那么，那位死者到底是什么人呢？

老　人　刚才你问过我了，我也对你说过了。你瞧瞧后门那边角落上，就会看到一群要饭的乞丐，等待施舍。死了的那个人只要一高兴，总要大发善心，打发他们。

大学生　你是说，那位老先生是慈悲心肠？

老　人　有时候他算得心地善良。

大学生　你是说，他的心眼有时也不怎么善良？

老　人　对。这个世道，像他这样的人多的是。好了，好小伙子，请把我的轮椅往前挪一点，好晒太阳。我现在冷得要命。一个人只要动不了，血管都像僵了似的。我知道，我活的日子不多了，但在我死之前，我还得赶快干几件事情。你摸摸我的手，就知道我冷得多厉害。

大学生　（退缩）的确冷得可怕！

老　人　求求你，别离开我。我现在浑身无力，孤独凄凉，可是你知道，想当年，我可不是这个光景。我活了漫长的一辈子，啊，我这辈子活的真不短。我做过对不起人的事，当然，别人也干过对不起我的事——我想，我们彼此抵消算了——可是，在我死掉以前，我要做点对得起你的事。是你爸爸把我们俩的命运，从另一个方面又结合在一起了。

大学生　请你放开我的手，你把我的力气都抽走了，使我也冻得发抖。你想让我干什么？

老　人　别着急，你马上就会懂得的。你瞧，那位年轻姑娘回来了。

大学生　是上校的女儿？

老　人　对！就是他的女儿！你瞧瞧！你看见过像她这样的绝代佳人吗？

大学生　她长得像那座大理石雕像。

老　人　那正是她妈妈。

大学生　对——你可算说对了！我真没有见过这样的美人——天生丽质。能跟她成亲，跟她成家，你说这够多大的福气！

老　人　好呀——你算领略到了。别人可不都能欣赏她的美。好了，好了；你算是真情外露了。

〔姑娘穿着马裤，一副时髦的英国骑马姿势，从左侧进来，眼睛没有看见任何人，缓步走到门前，停下来跟看门人的妻子说几句话，就走进屋去。大学生用手揉眼睛。

老　人　你哭了吗？

大学生　人要是当面见着一位可望而不可及的美人，除了感到万念俱灰，他还有什么别的办法。

老　人　　只要你能照我的主意办，我就能找到窍门，把人的心也敲开。帮我点忙吧，你会把姑娘弄到手的。

大学生　　这算条约吗？我得出卖我的灵魂吗？

老　人　　你什么也不用出卖！你听着。我这一辈子净干损人利己的事，可现在，我想干点舍己为人的事情。真是为人！其实谁也别想动我一根毫毛。我有钱，我是富豪，可我没有后代——只有一个无赖，在折磨我这条老命。你当我的儿子，我还活着的时候，你作我的后嗣，享享福，让我亲眼看见你享福——尽管还不能近在眼前。

大学生　　那我得怎么办才行呢？

老　人　　第一件是，到剧院去听那出《维尔基丽》歌剧。

大学生　　这一条，刚才我已经答应照办了。此外呢？

老　人　　今晚你得上那儿去坐一坐，在圆客厅里坐坐。

大学生　　我怎么进得去呢？

老　人　　通过听《维尔基丽》歌剧啊！

大学生　　你干吗挑选我来当你的工具？你先前认识我吗？

老　人　　当然认识你。我早就注意到你了。你瞧——瞧那边阳台！女佣人在为领事升起半旗了。她又在翻动床单。你瞧见那条蓝色鸭绒被子吗？原来是打算两人睡的，现在却只给一个人用了。

〔这时女儿已换过衣服，走进屋来，给窗台上的风信子花浇水。

老　人　　那就是我的小姑娘——你瞧她，瞧！她在跟那些花谈话——你看她自己不就是一朵风信子花吗？她在给花喝水——普普通通的水，可这点水就使花长出色彩和芳香。好，上校拿着报纸过来了。他正把报上那篇塌房事件的新闻指给女儿看。他在指着你那张照片！女儿显然感到兴趣，她在读你的英勇事迹。天上乌云起了，看样子像要下雨吧？约翰逊要是不赶快回来，我就会变成一堆泡菜。

〔天上布满乌云，显得阴沉沉一片。坐在镜子旁边的白发老太太把窗户关上。

老　人　　瞧，我的未婚妻在关窗户……她七十九了……她就用那面镜子，因为她在这镜子里看不见自己，只看得见外面的世界，从两个角度看到这世界——她却没有想到，世界也能看见她。她是多漂亮的老太太……

〔死人披着裹尸布，在门口出现。

大学生　　老天爷，我看见了谁哪？

老　人　　你看见什么了？

大学生　你没有看见？那边——那边门口！就是那个死人？

老　人　我什么也看不见。可我料到他会下来的。告诉我他在干什么。

大学生　他向街上走去了。（停顿）现在他回过头来在看那面旗子。

老　人　刚才我告诉你什么来着？接着他就要一个一个数花圈，念花圈卡片上的名字。对卡片上找不到名字的人，就要惋惜一阵。

大学生　现在他上阳台角落那边去了——

老　人　他去数围在门下边的乞丐。一个人出殡有大批穷人送葬，总是很光彩的。"安葬时万民为之祷告"。当然，我决不会为他祷告。在我的眼里，他只是一个糟透了的坏蛋。

大学生　可是刚才你还说他心地善良——

老　人　心地善良的坏蛋，他在世时梦寐以求的只是死后出殡那天有个好排场。到他感到死期快临头时，他还诈骗了五万克朗的产业。现在他女儿正跟另一个女人的丈夫住在一块，为能不能得到那笔遗产伤脑筋。这死人听得见我们说的每一句话。哼，这个流氓，活该他自作自受！呀，约翰逊回来了。

〔约翰逊从左面上。

老　人　哎呀，有什么消息？（约翰逊咕哝几句）不在家？你这傻瓜蛋！有电报来吗？没有。说下去。今晚六点？那好。出了特刊？登出他的姓名？阿肯霍兹……大学生……出生……双亲……好极了！呵，天快下雨了，他怎么说的？我明白了，我懂了……他不想去……？他得去……好，这位贵族情人来了。约翰逊，把我的轮椅推到角落上去，我想听一听这些要饭的在说什么。阿肯霍兹，你在这儿等着我；你明白吗？快，快！

〔约翰逊把轮椅推向角落。大学生仍旧留在原处，瞧着上校的女儿在耙松花盆里的土。

贵　族　（戴着孝，招呼穿黑衣服的妇人，她正向人行道走过来）喂，我们怎么办？我看只好等一等。

黑衣妇人　我没法再等了。

贵　族　是吗？那么，只好离开城里。

黑衣妇人　我不愿这样办。

贵　族　你过来一点，不然他们听得见我们讲话。

〔两人走到柱子那边，接着说下去，但我们已听不清他们的话了。

约翰逊　（从右边进来。招呼大学生）主人说，请你别忘了那件事情。

大学生　这所房子是你主人的？
约翰逊　对。
大学生　告诉我——他到底是什么人？
约翰逊　哎呀，说起他来可一言难尽——说他是哪一号人都可以。
大学生　他的神志没有毛病吧？
约翰逊　那要看你说怎样才算没有毛病。他一辈子都在念叨，要找一个星期天出生的孩子。当然，也可能他只是这样说说罢了。
大学生　他找这种人想干什么？他是个财迷？
约翰逊　他就是追求权力像雷神那样，他成天驾着战车到处巡游，推倒茅篷小屋，开辟一条条街道，兴建起广场——然后他又钻进人家房间，爬进人家窗户，摆布着人们的命运。他杀死一切敌人，从不宽恕一个。可是，先生，你信不信，别看这瘦小的跛子，从前他还是个唐璜式的人物，尽管他在情场并不顺利，到后来他的意中人总是跟了别人。
大学生　啊，怎么会弄到这步田地？
约翰逊　哼，你瞧，他真算得诡计多端哩。一到他把女的玩厌了，就想方设法让女的自动离开他。现在他已经成了偷马惯窃，只不过不是偷马，而是偷人。他有使不完的花招。拿我来说，就是一个例子。从名义上说，他是用公平合法手段把我弄到手的。我干过一件小错事，这事唯独他一人知道。好了，仗着他没有把我送去吃官司，我就成了他的奴才。我干这门苦差事为了糊口，实际上只是一碗粗茶淡饭——
大学生　他在这屋里还想搞什么名堂？
约翰逊　哎呀，这个我可不想说。这里头绪实在太乱了。
大学生　我得逃出这个圈套。
约翰逊　瞧，年轻姑娘把她的手镯从窗子里扔下来了。
〔上校的女儿从开着的窗户里把手镯扔出来。大学生慢慢走过去，拣起手镯，交还姑娘。姑娘很不自然地道谢。大学生走回约翰逊跟前。
约翰逊　啊，你想走开？怕没有那么容易，只要你的头一钻进他的圈套，就没法摆脱了。他是个天不怕、地不怕的人——啊，对，他就怕一件事，或者干脆说，他就怕一个人——
大学生　你先别说，我想我知道这人是谁。
约翰逊　你怎么会知道的？
大学生　我会猜。是她——是那位挤奶的小姑娘吧？
约翰逊　他只要见到奶车，就会把脸掉开。他在梦话里说起过——说当年他在汉堡的时候——
大学生　这人的话能相信吗？
约翰逊　你就信他的话，管他怎么说。
大学生　现在他在那边干什么？
约翰逊　听那些乞丐说话。露露口风——一点一滴挑点毛病，最后就会把你搞垮。当然，我这是打比方说的。你要知道，我还是个读书人哩。从前，我开过书店。你真要走了吗？
大学生　我不能显得忘恩负义。这个老头子从前搭救过我爸爸，要我报答他，何况只不过让我干件小事情。
约翰逊　干什么事情？
大学生　他要我去看歌剧《维尔基丽》。
约翰逊　真不明白他玩的什么把戏，不过他经常总有新花招。瞧，他正在跟警察说话，他一向是爱向警察讨好的。——利用他们，把警察拉进自己的圈套中来，用空头支票捆住警察的手脚，不断从他们那里打听消息。等着瞧吧，等不到今天晚上他就会找到办法，钻进那个圆客厅里去的。
大学生　他去干什么？他跟上校到底有什么关系？
约翰逊　这个——我能猜到一点，但没有十分把握。你到那边以后，一切都会明白的。
大学生　我可进不了那个客厅。
约翰逊　这就要看你的本事了。去看歌剧《维尔基丽》吧。
大学生　你是说，只要去看歌剧，我就能——
约翰逊　如果老头子让你去正是这个主意的话，那么——瞧，老头子又跨上战车了！瞧那帮乞丐正在为他捧场助威，他们那么出力卖命，老头子不会赏他们一个钢板，最多不过点点头，答应等老头子将来出丧的时候，他们光可以饱餐一顿。
老　人　（走进屋里，站在轮椅上，一个乞丐推着他，别的乞丐跟在后面）向这位高尚的年轻人喝彩吧，是他昨天在塌房子的时候不顾自己危险，搭救出多少条性命。喝彩，阿肯霍斯！
　　　　〔乞丐们脱下帽子，却没有喝彩欢呼。上校女儿在窗户里挥动手绢。上校从窗户里盯着外面。老太太在窗子跟前站起来。女仆在阳台上把旗子升到杆顶。
老　人　鼓掌吧，诸位！今天是星期天，要知道，并不是谁都能在星期天舒舒服服过日子的。尽管我不是星期天出生的孩子，我也能未卜先知，想法弥补。我从前曾经把一个快淹死的姑娘救活过来,那是在汉堡——恰巧也是个星期天——正像今天一样——

〔挤奶姑娘走进屋来,只有大学生和老人能看见她。

〔她伸开双臂做出快淹死的模样,眼光紧紧盯着老人。

老　人　(坐到轮椅里,恐惧万分)约翰逊,把我推走!快点!阿肯霍斯,别忘了去看《维尔基丽》!

大学生　这到底是怎么一回事?

约翰逊　等会儿你就明白。等会儿你就明白。

〔在圆形客厅里。台后方有一座白瓷砌的火炉,两侧各有一面镜子。一座摆钟;烛台。右侧是正厅,隐约可以看到那间绿色房间里桃花心木的家具。左侧是雕像,隐蔽在棕榈树中间。挂着一块帷帘,拉上后可以遮住雕像。舞台后方左侧有一扇门通往摆着风信子花的房间,上校女儿坐在房间里读报。上校坐在绿色房间里写字,因此只能看见他的背部。

〔上校的跟班本特森,从正厅进来,他穿着跟班号衣,同他一起进来的还有约翰逊,他穿着燕尾服,结着白领带。

本特森　那么,好吧。你管侍候客人,我管给客人存放衣服。从前干过这种活吗?

约翰逊　你知道,我整天只管为老头子推车,不过碰到晚上请客时,有时我也张罗侍候。我早就梦想上这间屋子里来。请的都是稀客吧?

本特森　嗯,是有点不寻常。

约翰逊　是音乐会,还是别的什么晚会?

本特森　不是音乐会——只是一次鬼宴。我们把这顿晚饭叫鬼餐。客人们围坐在一起喝茶,谁都不说一句话——只有上校自言自语几句。他们一起吃饼,也是一口一口轻轻啃着,声音活像顶楼上的老鼠在啃东西。

约翰逊　你怎么说是鬼餐?

本特森　哼,他们看起来就活像一群鬼。他们像这样吃法已经有二十年了,回回老是这一帮人,说的老一套故事,他们倒也不敢摆弄圈套,怕自己也上当。

约翰逊　上校也有太太吗?

本特森　有一个,可她是个疯子。她成天坐在碗橱里,因为她眼睛怕见亮光。就在那边。(指墙上那扇遮着的门)

约翰逊　在那边?

本特森　对。我对你讲过，这些人都有点不寻常。

约翰逊　她长得像什么样子？

本特森　像个木乃伊。你想见见她？（掀开遮着的门）瞧，那就是她。

约翰逊　哎呀，老天爷——！

木乃伊　（小娃娃的声音）你干吗打开门？我不是说过不许开门吗？

本特森　（也学小娃娃腔调）咯，咯，咯，咯。小姑娘真乖咯，该吃块糖咯，小鹦哥！

木乃伊　（话声真像一只鹦哥）小鹦哥！那边是雅各吗？好人儿？

本特森　她真以为自己是鹦哥，可能她真是鹦哥哩。（对木乃伊）好啦，小鹦哥，你吹哨给我们听听。

　　　　〔木乃伊吹哨。

约翰逊　我平生见世面不算少了，还没见过这种怪事。

本特森　嗯，你明白，房子年代久了，就要坏朽，两个人老坐在房子里天天彼此折磨着对方，到后来也要发疯的。瞧这位太太，啊，静一静，小鹦哥。这个木乃伊在这屋子里整整坐了四十个年头。老是这个男人，老是这些家具，老是那批亲戚，老是那些朋友。（又把木乃伊关在门外）说起这房子里出过的事情——我不想多说，你瞧见那座雕像吗？那就是她年轻时候的样子。

约翰逊　我的天！这——这就是那位木乃伊？

本特森　对，你会吓得大叫吧，对不对？吓人的还不只这一点，你就异想天开地想吧。也许，她在各方面都变得真像一只小鹦哥了。她看不惯瘫子，也看不惯病人，甚至连自己的女儿也看不惯，就因为她是病人——

约翰逊　你说的那位姑娘，她有病？

本特森　难道你不知道？

约翰逊　不知道。上校呢？他为人怎么样？

本特森　你慢慢就会明白。

约翰逊　（望着雕像）看样子真可怕，这位太太现在有多大年纪？

本特森　谁也不清楚。听他们讲起过，她三十五岁的时候，看样子不过十九岁，而且上校也真相信她才十九岁。他们就住在这所房子里。你知道那边躺椅旁挂的黑帷帘是干什么用的吗？那是块丧帘，跟医院里一样，每当有人快断气的时候，就把丧帘挂上——

约翰逊　多可怕的房子！可那位年轻的大学生还在挖空心思想进这所屋子来呢，好像这屋子是天堂——

本特森　什么大学生啊，你说的是他。今晚上刚到这里来的那个学生。上校和他女儿在歌剧院见着大学生，父女两人都看上了他。好哪！现在该我问你一件事了，谁指使他来的？是轮椅里的那位老家伙？

约翰逊　就是他，就是他。他今晚也来吗？

本特森　没有请他。

约翰逊　只要他想来，他会不请自来的。
〔老人在门厅里出现。他戴一顶大礼帽，穿一件长黑大衣。他拄着拐杖，侧着身子悄悄向前偷听。

本特森　我听说，他真正是个老混蛋。

约翰逊　这老混蛋可坏到极点了。

本特森　真像个魔鬼。

约翰逊　他可会变魔术。你关上门他也能钻进来。

老　人　（揪着约翰逊的耳朵，对两人叫嚷）坏蛋，你当心点！（对本特森）你向上校通报说，我到了。

本特森　上校今晚上有客人——

老　人　我知道他请客。他多半会料到我要来的。

本特森　啊，我明白了，我怎么通报呢？说你是亨梅尔先生？

老　人　对，就说是亨梅尔。
〔本特森从正厅走进绿色房间里去，接着就关上门。

老　人　（对约翰逊）滚开。（约翰逊还在犹豫）滚开！
〔约翰逊走进大厅去。老人眼光在房间里四处打量；突然在雕像前凝神细看，一脸诧异的神色。

老　人　阿美利亚！就是她！不错，就是她！（在房间里踱来踱去，这里那里摸摸，在镜子跟前整整假发；又走回雕像前）

木乃伊　（从碗橱里）小鹦哥！

老　人　（吓一跳）什么？屋子里有小鹦哥？怎么我看不见。

木乃伊　是雅各吗？

老　人　有鬼！

木乃伊　雅各！

老　人　真吓坏人！原来他们藏起来的就是这个！（瞧墙上挂的画，背对着碗橱）就是他！哼！

木乃伊　（走到老人背后，捏他的假发）知趣的人！是我那位知趣的人吗？

老　人　（惊跳起来）我的天！你是谁呀？

木乃伊　（变成人的声音）是雅各吗？

老　人　我叫雅各——

木乃伊　（深情地）我叫阿美利亚。

老　人　你不是，你不是！天呀！

木乃伊　现在我就是这个模样。对，从前我是雕像上的那种美人。人活着会长知识。这些年头，我都呆在碗橱里，不想见人，也不愿别人瞧见我。雅各，你到这儿来想找谁？

老　人　找我女儿，找我们俩的女儿。

木乃伊　她就坐在那边。

老　人　哪儿？

木乃伊　那边。在摆着风信子花的那间屋里。

老　人　（望着女儿）对，——就是她！（停顿）她爸爸说过什么吗？我意思是指——上校——也就是你的丈夫——

木乃伊　有一回，我实在憋不住了，就一五一十全都对他讲了。

老　人　你真讲了？

木乃伊　当时他不相信我的话。只说了一句："老婆打算谋害亲夫的时候，都会编造这种鬼话。"这确实是一件伤天害理的事情，尽管他自己一生也并不光明磊落，甚至连他的出身门第也是假的。我曾经查过缙绅录，这样想过："这个小杂种，他妈妈不知从哪儿弄来的出生证。一个人干了这种事是要坐牢的。"

老　人　谁都爱把自己的出身胡乱编造一通。我记得——你对我还胡编过一通哩。

木乃伊　那要怪我妈妈，不能怪我。至于你跟我两人干的这桩造孽事，却只能怪你一个人。

老　人　不对，该怪你的丈夫，他偷走了我的心上人。我这人生来就是这种性子——我不宽恕任何人，不把对方整倒决不罢休。对我来说，我必须这样干——直到今天我还认为我没有干错。

木乃伊　你到这里来有什么企图？你想干什么？你怎么进来的？是不是为了我女儿？你敢碰她，我就要你的命。

老　人　我只是为她的幸福打算。

木乃伊　可你不能伤害她的爸爸。我是指，我的丈夫——

老　人　那可办不到！

木乃伊　那你就得送掉老命。就在这间屋子，就在那块丧帘后面——

老　人　也许我会丢掉老命。可我只要咬上了一个人，我就决不松口。

木乃伊　你想把女儿嫁给大学生，这是为什么？他没有一个铜板，也没有一点可取之处——

老　人　我要让他发财。

木乃伊　今晚请的客人有你吗？

老　人　没有请我。是我自己跑来参加这次鬼宴的。

木乃伊　你知道请了哪些人？

老　人　不太清楚。

木乃伊　请了住在楼上的那位男爵——也就是今天下午刚埋掉的那人的女婿——

老　人　啊，是他。他不是正在想法离婚，好娶看门人的女儿吗！从前他还爱过你哩。

木乃伊　就是跟你订过婚的那个女人——也就是我丈夫后来勾引走的那个女人。

老　人　你们这帮女人都是一丘之貉！

木乃伊　啊，老天爷！我们死了多好！我们活着干什么？

老　人　那你们这帮冤家怎么还老见面呢？

木乃伊　那是我们造的孽。阴私、罪过，把我们缠在一起。我们想过各走一方，但试过多次都不成，最后又凑到一块来了。

老　人　我好像听见上校走过来了。

木乃伊　那么，我得找我的阿德莱去了。（停顿）雅各，你留点神，别跟上校过不去。（静场，木乃伊走出去）

〔上校走进屋子，神色冷若冰霜，默默无言。

上　校　请坐。

〔老人慢吞吞坐下来，沉默片刻。上校盯着他。

上　校　这封信是你写来的？

老　人　是我写的。

上　校　尊姓亨梅尔？

老　人　对。（静场）

上　校　我知道，你已经收买了我的全部期票，现在我落进你的手掌心了。你来这里到底想干什么？

老　人　兑现，用别的方式兑现。

上　校　什么方式？

老　人　很简单。我们先不谈钱。我只要求你把我当作客人，让我呆下去。

上　校　这么一件鸡毛蒜皮的小事也值得一提——

老　人　那就谢谢你了。

上　校　另外还想要什么？

老　人　辞退本特森。

上　校　干吗要辞退他？他是最靠得住的仆人，跟随我干了一辈子——他还得过国家忠诚勋章。我干吗要辞退他。

老　人　你讲的这些品德都是你的想象。他这人表面上一套，背地里却另有一套。

上　校　哪个人又能做到表里如一？

老　人　（畏缩）的确不容易找。可是你必须把本特森辞退。

上　校　我家里的事情要你说了算？

老　人　对。这里的东西全都属于我了。家具、帷幕、磁器、麻织品，还有别的东西，也都是我的。

上　校　什么别的东西？

老　人　全部财物。你看到的一切财物，全都是我的。

上　校　很好，一切都是你的财物，可是我的高贵地位和我的名声——这两样东西总还算是我自己的吧。

老　人　不对。连这两样你都没有份。（停顿）你算不得显贵。

上　校　你敢说这种话？

老　人　（拿出一张纸）你只要读读前锋学院写的这封信，你就会看出，你们这一家在一百年前就已经绝了后嗣了。

上　校　（读）我——不错，我早就听人说起过这件事——可是我的头衔的确是从我父亲手里继承下来的——（读）不，你说的是事实，我不是什么名门出身，我的门第是假的。我没有资格戴这个戒指。拿去吧，戒指也是你的。

老　人　（戴上戒指）好的。我们再说下去。你也并不是什么上校。

上　校　不是上校？

老　人　当然不是。你盗用家族的名字在美洲志愿军得了上校军衔，可是自从古巴战争和美洲军队改组以来，早已没有颁发军衔这类事了。

上　校　你说的是真话？

老　人　（探手向口袋里取东西）你想看一看证据吗？

上　校　不用了——用不着看了。你到底是谁？你这样大模大样坐在这里，一下子就剥夺了我的一切？

老　人　你慢慢就会知道。关于要说剥夺——我想你懂得你到底是谁？

上　校　你真不要脸！

老　人　你取下假发，自己照照镜子；取下你的牙齿，刮掉你的胡须；让本特森解开你的紧身衣，也许就会现出你当跟班的本相，也就是那位惯于从厨师那里吃揩油东西的老手——

〔上校伸手要按桌上的电铃。

老　人　（拦住他）别按电铃，也别叫本特森。你要叫他，我连他也抓起来。你请的客人快到了。好，你镇静点，我们可以照旧玩我们的老把戏。

上　校　你到底是谁？我好像认得出你的眼神，你的声音——

老　人　别打听啦。安静点，听话些。

大学生　（走进屋来向上校鞠躬）先生！

上　校　欢迎你，小伙子。你在这场大灾难中的高贵行为，已经使你的大名家喻户晓了，我感到，能请你来我家作客，是莫大的荣幸——

大学生　上校——惭愧得很，我出身微贱——哪像上校那样声望显赫——门第高贵——

上　校　唔——让我介绍一下。这位是阿肯霍兹先生，这位是亨梅尔先生。请你先到里屋去跟太太小姐们自我介绍一下吧，我要同亨梅尔先生先谈一件事情。

〔大学生被领进摆着风信子花的房间去，观众仍然可以看见他跟小姐在羞答答地谈话。

上　校　多漂亮的小伙子——音乐家——歌唱家——诗人，要是他出身高贵些——只要像我这样的家谱——那么我就会让他作我的——嗯，对——

老　人　作你的什么？

上　校　我女儿的——

老　人　怎么是你的女儿？说起她来，我倒要问干吗她总坐在那个老地方？

上　校　她只要从外面进来，就必须坐在那个摆着风信子花的房间。她就是那么一个古怪的人——啊，霍尔斯泰勋爵家的贝塔小姐来了——多可爱的老小姐——拥有万贯家财——一向又乐善好施——

老　人　（自言自语）那是我的未婚妻！

〔未婚妻疯疯癫癫地上，欠身招呼，坐下。贵族，一个穿着丧服迷离恍惚的形象也进来，坐下。

上　校　斯堪斯戈男爵——

老　　人　（侧身，并不站起来）我看他就是偷珠宝的那个家伙。（对上校）请木乃伊出来，客人全都到齐了。

上　　校　（走到摆着风信子花房间的门口）小鹦哥！

木乃伊　（进来）知趣的人！

上　　校　我们把年轻人也请出来好吗？

老　　人　不用，别惊动那一对年轻人。

〔他们围成一圈，默默就坐。

上　　校　我们喝茶好吗？

老　　人　为什么要喝茶？我们这些人谁都不爱喝茶。干吗假装要喝。

〔静场。

上　　校　那么，我们开始谈吧。

老　　人　（说话慢吞吞，不时打住）谈什么呢，要谈天气，我们谁不知道？要问候彼此的健康，我们大家也全都清楚。所以，我主张一声不响。这样一个人可以自己好好思量，回想过去的一生。沉默最能显出真情，说话反倒掩盖本相。我读过一篇文章，说语言之所以不同，是因为原始民族为了保持本部落的秘密，才创造了自己的特殊语言。语言本来就是暗号，问题在于找到这把钥匙；可是要解开秘密并不要什么钥匙，特别是查考一个人的门第出身，更不用费周章。当然，法律上的证据属于另一种情况。一对假证人，只要他们证词对得上，证据就能成立。至于我心里头装的这宗案子，却没法找到证人，因为每个人生来都有羞耻之心，该当隐蔽的事就千方百计遮盖起来。尽管这样，到一定时候，最隐秘的阴私也得暴露，骗子的假面具也得撕下来，罪行会真相大白。（静场。在座的人互相张望，默默无言）好一派寂静沉默！（长时间的沉默）例如这地方，在这座高雅的房子，华贵的家庭里，优美、文化、财富都浑成一体了——（长时间的沉默）我们在座的人，都明白我们是哪一号人——嗯？——我不需要把它点出来。而且你们全都认识我，虽然又都假装并不认识。那个房间里坐着的是我女儿——对，是我的女儿！当然，你们也都知道这一点。她已经丧失了生活欲望——她自己不明白是什么原因——是罪恶阴谋、虚情假意的臭气把她弄得容颜憔悴。我想方设法为她找个朋友，让她在朋友身上找到光明和温暖。只有这种光明和温暖才能启发高贵的行为。（长时间的沉默）这就是我到这里来的原因。我要烧净莠草，揭发罪行，算清旧债，好让这对年轻人在我给他们的这所房子里开始新的生活。（长时间的沉默）现在，我让你们平安无事地——走开。谁不走我就把他抓起来。（长时间的沉默）你们听墙上钟的声音，那是死亡的钟。你听见它在说什么吗？它在说："是时候啦——是时候啦。"过一会儿，钟就要敲响，你们的死期也就要来到。所以你们趁早走，别拖到钟响的时候。钟响之前，它一直在发出警告。你听！它正在警告说："钟——要——响啦。"至于我，我也要动手啦。（用拐杖重重敲打桌子）你们听见了吗？

木乃伊　（走到钟跟前把钟摆停住。然后用清楚、恳切的语气说）可是，我能把时间停下来。我能把过去的事一笔勾销，把做过的事消灭痕迹。我不是靠贿赂，不是靠威吓，而是靠受罪和痛悔。（走到老人跟前）我们懂得，我们俩全是懦弱的可怜虫。跟一切临死的人一样，我们干过错事，我们犯过罪。我们并不是表里如一，因为我们都掩着本相，在谴责自己的过错。至于你，雅各·亨梅尔，你居然冒用假名坐在这里对我们评头论足，这正证明你比我们更坏，也更加狼狈。你并不像你的外表那样，比我们有任何高明的地方。你劫走了我们的灵魂，你用花言巧语抢走了我的一片痴情。今天安葬的领事也是你杀害的。你用一张期票就把他的老命送掉；而现在，你又用伪造的所谓他爸爸欠你一笔债，劫走这个大学生的灵魂，其实他爸爸根本没有欠过你一个钱。

〔老人想站起来打断木乃伊的话，可是却跌到轮椅里，身体缩小，缩得越来越小。

木乃伊　你这辈子还有件肮脏事情我不甚了了，可是我能猜，而且我想本特森是清楚的。（按桌上的铃）

老　人　不行！不许问本特森，不许向他打听！

木乃伊　哎呀，那就是说，本特森一定清楚你的事。（按桌上的）

〔挤奶姑娘在通大厅的门口出现，但除了老人外，谁都看不见她。老人一见挤奶姑娘，害怕得缩做一团。本特森一进来，挤奶姑娘就隐没不见了。

木乃伊　本特森，你认识这人吗？

本特森　认识，我认识他，他也认识我。一个人一生真是有起有落；他曾经在我房子里侍候过我，像现在我在这里侍候他一样。足足有两年他赖在我厨房里不走。为了打发他三点钟走开，我们不得不在两点钟开饭，而且匆匆忙忙把他吃剩下的东西赶着热来吃。他喝我们的肉汤，我们只好喝汤里剩下的东西来糊口，他在我们家是个吸血鬼，把我们家的精华全部吸光，只剩下几根骨头；等到我们一说厨师是贼，他就把我们投进监狱。后来，我在汉堡又碰见这位老兄，他已换了一个名字。他在那里放高利贷，成了变了样的吸血鬼；此外，有人还控告他曾经把一个姑娘诱骗到冰上，想淹死她，因为这位姑娘亲眼见他干过一件坏事，害怕姑娘告发他——

木乃伊　（把手伸向老人的脸）你看清你的为人了吧。现在把你的字据交出来，把这所房子的房契也交出来。

〔约翰逊在大厅门口出现，津津有味地看着这些情景，因为他明白，这样一来，他就会获得自由。老人取出一包字据，扔到桌上。

木乃伊　（抚摸老人的背）乖乖的小鹦哥。雅各？雅各？

老　人　（模仿鹦哥的声音）雅各在这里！卡卡多拉！多拉！

木乃伊　钟还能响吗？

老　人　（模仿母鸡咯咯的叫声）钟能响。（模仿布谷鸟叫）哥——哥，哥——哥，哥——哥。

木乃伊　（打开碗橱的门）好，现在钟响了。快起来滚进碗橱里去。我已经在橱里呆了二十年，为我们干的那些傻事情而伤感。橱里头还有条绳子。这条绳子可以提醒你，当初你就是用它勒死了楼上的领事，而且还打算勒死你的恩人。滚吧！

〔老人走进碗橱，木乃伊关上橱门。

木乃伊　本特森！把帷帘拉上，把丧帘拉上。

〔本特森用丧帘盖住橱门。

木乃伊　现在一切都了结啦。愿上帝大慈大悲，祝福他的灵魂。

全　体　阿门。

〔长时间的沉默。在摆着风信子花的房间里，现在可以看见女儿在弹竖琴，大学生在唱歌。

歌词前有序曲：

我看见了太阳，
仿佛看到神奇的力量。
一个人种瓜得瓜，
行善者总有报偿。
对人切忌以牙还牙，
对受害者要优礼相加。

光明磊落的人问心无愧,
返璞归真才算德行粹美。

〔一所东方格调的陈设奇特的房间。房里到处是五色缤纷的风信子花。花砖炉顶有一座大释迦牟尼像,佛的膝上长出一株阿斯卡隆花的花柄,白色花瓣簇拥成一团花球。

〔舞台后方右首有一扇门,通到圆形客厅,上校和木乃伊静静地坐在屋里,一动也不动。可以看见丧帘的一部分。左方有一扇门,通到厨房和餐具室。

〔大学生和姑娘都在桌子跟前,姑娘坐在竖琴旁边,大学生站在一旁。

姑　娘　你唱支歌,赞美我心爱的花好吗?
大学生　风信子是你的花?
姑　娘　我就爱这种花。你也喜欢风信子花?
大学生　它比什么花都可爱。我爱它那苗条的花朵在水面上亭亭玉立,它的洁白无瑕的卷须深深扎进清流。我爱它五彩缤纷的颜色,爱它洁白天真,爱它花蜜香甜。你看它含苞初放时,点点绯红,成熟时更加鲜艳夺目。可我最喜欢的还是它那蓝湛湛的颜色……这蓝色使你想到一往情深的眼神。想到露珠,想到忠贞。这些品德我都喜欢,比金银珠宝还喜欢。从我还是小孩子起就喜欢风信子花,一直对它倾倒,因为它体现了我身上缺乏的每样东西。而且……
姑　娘　你说得对。
大学生　但我的爱落了空,因为这些名花都恨我。
姑　娘　你怎么说这种话?
大学生　你看风信子花每当初春的和风吹过,它那浓郁洁净的芳香飘过初融的积雪,芳香使我心烦意乱,目眩耳聋,再也不能在房里呆下去。它的芳香是一支支毒箭,使我的心充满哀愁,像要把我的头脑烧成灰烬。你知道风信子花的传说吗?
姑　娘　请你讲给我听。
大学生　首先,让我讲花的象征。先说花根,不管它长在水里,埋在土里,根就象征大地。其次是花梗,它挺拔成长,像是世界的茎轴。花梗顶端长出一朵朵星似的花,每朵花都有六叶花瓣。
姑　娘　呀,大地上的一颗颗星星!你比喻得多美妙!你怎么想得出这种形象?你从什么地方看出来的?

大学生　从什么地方？就是从你眼睛里看出来的。也就是这个世界的形象。佛菩萨在大地盘膝打坐，俯瞰大地，看着长高长大，变成天堂。释迦牟尼佛就是要把苦海无边的大地变成天堂。

姑　娘　不错——现在我明白了！六瓣星花组成雪花，不正像风信子百合花吗？

大学生　对，雪花正是飘落下来的。一颗颗星星——

姑　娘　每朵雪花正是从雪地里升起来的星星。

大学生　可是那颗天狼星，它是天空中最大、最美的一颗星，它金光灿烂，一片殷红，不正像水仙花那样，有着金红色的花萼和六瓣洁白的花瓣吗？

姑　娘　你见过阿斯卡隆花吗？

大学生　见过，见过，我看见过。它开出朵朵繁花，正像天球里撒满朵朵白花。

姑　娘　对！天哪——你比喻得真是妙不可言！是谁想出了这种神奇幻景？

大学生　是你。

姑　娘　是你。

大学生　是你跟我一起想出来的。我们俩既然都想得出相同的幻景，我们就算成亲了。

姑　娘　还不行。

大学生　还等什么？

姑　娘　还得等待，考验，有耐心。

大学生　老天爷！你就考验我吧。（停顿）告诉我——你爸爸妈妈干吗老是静悄悄地坐在那儿，从来不说一句话？

姑　娘　因为他们两人已经没有什么话要说了，谁也不相信对方的话。我爸爸曾经说过，"我们还有什么可说的呢？我们不能再互相欺骗了。"

大学生　多可怕哟！

姑　娘　厨娘来啦。你瞧她，她长得多肥胖。

大学生　她来找你干什么？

姑　娘　她来问我中午吃什么菜。我妈妈病了，就由我管家——

大学生　难道我们非得为厨房的事操心？

姑　娘　我们总得吃饭。你瞧这位厨娘——我简直不敢瞧她。

大学生　哪儿找来这个女妖精？

姑　娘　也是亨梅尔家的一个宝贝，全是那一号吸血鬼。她把我们的血都快吸干了。

大学生　你们干吗不辞退她？

姑　娘　她不走，我们也不敢管她。这也是我们造孽的报应。难道你看不出来？

我们就这样消耗下去，被她吸尽精髓。

大学生　她不是每天也给你们做饭吗？

姑　娘　哎，做是在做。她每天的确给我们做好些道菜，可是这些菜里没有一点养分。她给我们做点肉，是把肉烧到只剩下筋和水，她自己却净喝肉汁。你要她烤肉，她就把肉烤到滋味全光，她喝肉汁和血。只要经她的手做的东西，一定干枯得要命，好像什么东西一经她过目，就能把水分抽干。她喝咖啡，只给我们剩下咖啡渣；她把瓶里的酒喝干，再给我们换上一满瓶水——

大学生　快把她赶出你们的家门！

姑　娘　我们办不到。

大学生　为什么办不到？

姑　娘　我不知道。她不走。谁也不能管她。她已经把我们弄得筋疲力尽了。

大学生　我打发她走行吗？

姑　娘　不成。这是命中注定的事。她得跟我们过一辈子。她每次来问我吃什么菜。我对她讲了。然后她就偏不照我说的做，到最后，总是她占上风。

大学生　既然这样，干脆让她随心所欲做去不行吗？

姑　娘　那她又不干。

大学生　真是个莫名其妙的人家，我看准是中了邪。

姑　娘　是中了邪。啊，厨娘——看见你在，就转身走了！

厨　娘　（在门口）不对，并不是因为这个。（露出牙齿狞笑）

大学生　滚出去！

厨　娘　那要看我乐意。（停顿片刻）现在我算乐意了。（下）

姑　娘　你别介意。你得学会耐心。在这间屋子里，厨娘正是我们要经受的一道考验。除了厨娘，我们还有一个女仆，我们也得每天跟在她后面收拾打扫。

大学生　我头有点晕，心里直扑腾，你唱个曲子好吗！

姑　娘　等一等！

大学生　唱唱吧！

姑　娘　我告诉过你，要有耐心。这间屋子就是考场。它看起来非常漂亮华丽，住起来你就知道它处处有毛病。

大学生　简直不可思议。可是我们也只好假装看不见吧。屋子的确算得上漂亮，就是有点凉。你们为什么不把火炉生上？

姑　娘　因为炉子跑烟。

大学生　难道不能把炉子烟囱清扫一下?

姑　娘　毫无用处,你没有瞧见那张桌子?

大学生　桌子挺漂亮。

姑　娘　可是这桌子就是没法子摆平。每天我都在桌子腿下垫一块软木片,女仆扫地时准把它取走;第二天我又得再斫一块新的木片垫上。每天早上这支笔和这个墨水池都被墨水凝住了。女仆走后我都得把它冲洗干净,每天都得干这种腻味的事儿。(停顿)你知道世界上最讨厌的是什么事吗?

大学生　嘿,那准是洗衣店管计数的差事。

姑　娘　嘿,我干的正是那种差事。

大学生　还有别的腻味事吗?

姑　娘　半夜里我还得惊醒过来,把窗户钩子插好,因为女仆照例忘了插上。

大学生　还有别的腻味事吗?

姑　娘　要是女仆把烟囱风门的绳子拉脱了,我还得爬梯子去修理。

大学生　还有别的腻味事吗?

姑　娘　还得跟在女仆后头收拾。打扫、生火,因为女仆只管加木柴。还得打开烟囱风门,擦干杯子,重新安置桌子,开瓶塞子,打开窗户让屋子通空气,整理床铺,清洗长了绿霉的饮料瓶。我得买火柴、买肥皂,这些东西我们家里经常短缺。我老得擦净灯罩,剪好灯芯,使灯点着时不致冒烟——我还得亲自加满灯油,免得来了客人时灭了灯——

大学生　得啦。你唱支曲子给我听吧!

姑　娘　等一等!先得辛苦干好活,才不致被繁琐的生活拖累住。

大学生　既然你们家很有钱,为什么不多用一个女仆?

姑　娘　多一个不管用,哪怕雇三个也是白搭。人生多辛苦——有时我真感到厌倦。想想要是有个保姆多好啊!

大学生　那当然是最幸福的事——

姑　娘　那可也是最花钱的事。难道过日子值得这么操心?

大学生　那要看你生活追求的是什么。譬如说,为了得到你,我哪怕千难万险,也百折不回。

姑　娘　别说这种话,无论如何我是不会答应你的。

大学生　那是为什么?

姑　娘　这你就别问了。

〔静场。

大学生　刚才你把手镯扔到窗了外面去了。

姑　娘　那是因为我的手越来越瘦，没法戴它。

〔静场。厨娘进来，手里拿着一个日本瓶子。

姑　娘　厨娘来吃我们来了。她要把我们都吞下去的。

大学生　厨娘手里拿的什么？

姑　娘　装佐料的瓶子，你看瓶子外面那些歪歪扭扭的字。我们就用这种佐料把白水熬成汤。我们向来不用肉汤，只把白菜搁在水里一煮，再加上一点佐料，便成了甲鱼汤。

大学生　滚开！

厨　娘　你喝干我们的血，我们也得喝你的血。我们喝了血还得给你剩下水，再加上一点佐料。这就是佐料。我走了。可只要我乐意，我还得在屋子里呆下去。（下）

大学生　本特森因为什么得奖章？

姑　娘　因为办事忠诚。

大学生　难道他没有一点毛病？

姑　娘　有，毛病还大着哩。当然你不会因为这个给他奖章。

〔两人都笑起来。

大学生　看来你们家的私房事算够多的了。

姑　娘　哪一家都一样，我们各管各的私房事吧。

〔静场。

大学生　你喜欢老老实实？

姑　娘　喜欢，特别喜欢。

大学生　有时候我真想把心底话都掏出来，可是我明白，要是人们真要都老老实实，这个世界也就完蛋了。（停顿）有一回，我去参加一个人的葬礼。是在教堂举行的。仪式异常隆重，给人很深的印象。

姑　娘　你说的是亨梅尔家的丧事？

大学生　正是我的恩人亨梅尔他们家。站在棺柩前高举灵幡的，是死者的老友。牧师主持葬礼的庄严肃穆的举止和感人肺腑的讲道，给我留下深刻的印象。我哭了。人家也都流了泪。后来我们都到一家旅馆去休息。在旅馆里我才了解到，原来那个打灵幡的人曾经跟死者的儿子谈过恋爱，（姑娘望着大学生，表示大感不解）而死者曾经向他儿子的情人借过钱。（停顿）等到第二天，那位牧师也因为盗窃教堂基金被逮捕。你听，这些事你听起来够有趣吧？
姑　　娘　简直骇人听闻。
　　〔静场。
大学生　你知道我想什么吗？是关于你的事。
姑　　娘　你别对我讲，你说出来，我就该死了。
大学生　我非得对你讲，不然我也得憋死了。
姑　　娘　只有在疯人院里，人们才想到什么就说什么。
大学生　这个我知道。我爸爸就是在疯人院里死的。
姑　　娘　他是病了吗？
大学生　他什么病也没有，他身体好着哩，完全是发了疯。发疯也就那么一次，我告诉你他发疯的经过吧。跟今天我们一样，他周围也有着一大群人，他把这些人叫做朋友。其实朋友这个字眼不过说起来便当些，简单些罢了。实际上这帮人全是流氓，跟我们现在很多人都是流氓一样。可是一个人总得跟大家相处呀，我爸爸不得不跟他们谈起来。一般来说，一个人不会轻易把别人的看法对本人说出来的，我爸爸当然也不会。他知道那帮人都是些虚伪透顶、诡计多端的家伙，可是爸爸是聪明人，又有高尚教养，所以对人总是讲究礼貌。有一天，他举行盛大的宴会，宴会是在晚上举行的。他一天忙下来已经精疲力尽了，而且也懒得再跟客人寒暄应酬，懒得跟他们胡扯张家长、李家短这些流言蜚语了。
　　〔姑娘感到不寒而栗。
大学生　好，他在桌子上猛然一捶，让大家静下来，然后站起身来，端起杯子，开始讲话。这样一来，他守口如瓶的保险栓打开了。他揭穿了这帮人的真面目，当场撕下这些家伙的假面具。随后他声嘶力竭地在桌子当中坐下来，咒骂这帮人统统不得好死。
姑　　娘　哎呀！
大学生　当时我也在场。后来发生的事情我一辈子也忘不了。我妈妈揍了他，他也回揍妈妈，客人们全都向门口跑去——爸爸也当即被送到疯人院，就在那里断了气。（停顿）死水易腐，这间屋子也是这样。这里有些东西也腐朽了。我第一次看见你走进门时，我认为屋子里面一定是天堂。有个星期天我在这里站了一早晨，从窗口向屋里瞧。我看见了上校，实际上他并不是上校。我看见了一位高贵的恩人，结果他却是个骗子，后来不得不上吊。我看见了木乃伊，其实也不是木乃伊。我看见了女仆……世界上哪里有童贞的姑娘？哪里有绝代佳人？恐怕只有在花朵里、树林里去找……只有在我满怀虔诚上礼拜堂时，才想得出有这种人。世界上哪里有忠诚、体面？只有童话故事和儿童游戏里才能找到这种东西。哪里有说话兑现的人？也只能在我的想象中才有。你的花使我中了毒，我回过头来也让你中了毒。刚才我要求你同我结婚，我们一起成家、写诗、唱歌、游戏。哼，讨厌的厨娘却闯了进来。嗓门还真高！天哪，求求你，再给我弹一弹竖琴！弹一弹吧，我求求你，我跪下来——命令你。你不弹，我就只好自己动手了。（拿起竖琴，可是琴弦发不出声音）原来这架琴是聋子，是哑巴。为什么世上最美的花毒性最厉害？这就是一切生命、一切有生之物都摆脱不了的祸害。为什么你不跟我结婚？因为你生命的源泉都染上了毒素。现在我也感觉到厨房里那位吸血鬼正在吸吮我的血——大概这位厨娘就是专靠喝孩子的血为生的女妖——孩子们要不是在卧房里被女妖咬伤，就会在厨房里被女妖吃掉。毒性有两种。有的毒服下去使人不辨东西，有的毒服下去却使人打开眼界。我一定是第二种人。因为我不会把丑看成美，也不会把恶叫作善——我办不到。这个世界是疯人院，是妓院，是停尸场。耶稣基督要到这个世界来，就等于堕入地狱。他本想解救这些疯人，疯人却先把他杀死，结果倒把强盗放出来。强盗倒是照例令人同情的。哎呀，老天爷，救命菩萨，救救我们吧！我们快死了。

〔姑娘在椅子里全身痉挛，她连忙按铃，本特森走进来。

姑　娘　快！快把丧帘拿过来，我就要死了。
　　　　　〔本特森把丧帘拿来，打开，挂在姑娘前面。
大学生　好啊，好啊，你到底得到解脱了，你这温柔软弱的人儿。你这天真的姑娘，美丽、受苦的姑娘，你为别人的过错受够了罪，现在你安息吧！你无牵无挂地安睡吧，等到你再醒过来时，就会有和煦的阳光，干干净净的家，正正派派的朋友，十全十美的爱情。啊，大慈大悲、大智大慧的释迦牟尼佛，你一直在期待着从地上升起天堂，求求你，让我们耐心应付磨炼，让我们明心见性，好实现你的愿望。
　　　　　〔竖琴弦开始发声，房间里照满白光。
大学生　（唱）

　　　　　我看见了太阳，
　　　　　仿佛看到神奇的力量。

一个人种瓜得瓜，
行善者总有报偿。
对人切忌以牙还牙，
对受害者要优礼相加。
光明磊落者问心无愧，
返璞归真才算德行粹美。

〔幕后传来悲叹的呻吟。

大学生　苦命的孩子，你怎么生到这个迷茫、罪孽、苦难、死亡的世界上来，这个世界永远是变化莫测，永远罪孽深重、痛苦无穷！愿上天大发慈悲，庇护你早登仙界吧。

〔屋子消失，天幕上出现勃克林画的《死之岛》①风景。可以听到岛外传来的轻柔、甜蜜、亲切的悲怆乐曲。

〔幕　落〕

---

① 亚诺德·勃克林（1827—1901）瑞士画家，一生中大部分时间在德国和意大利度过，艺术上属于德国浪漫主义。代表作有《死之岛》等，是用象征主义和浪漫主义手法表现虚幻神秘的情调。

图书在版编目（CIP）数据

西方悲剧导读 / 刘明厚著. —北京：文化艺术出版社，2011.7
ISBN 978－7－5039－5135－0

Ⅰ. ①西… Ⅱ. ①刘… Ⅲ. ①悲剧－文学研究－西方国家—高等学校—教材 Ⅳ. ①I106.3

中国版本图书馆 CIP 数据核字（2011）第 116826 号

西方悲剧导读

著　　者	刘明厚
责任编辑	周进生
责任校对	方玉菊
装帧设计	刘玲子
出版发行	文化艺术出版社
地　　址	北京市东城区东四八条 52 号　100700
网　　址	www.whyscbs.com
电子邮箱	whysbooks@263.net
电　　话	（010）84057666　84057660（总编室）
	（010）84057691　84057690（发行部）
经　　销	新华书店
印　　刷	国英印务有限公司
版　　次	2011 年 9 月第 1 版
	2011 年 9 月第 1 次印刷
开　　本	720×960 毫米　1/16
印　　张	21
字　　数	375 千字
书　　号	ISBN 978－7－5039－5135－0
定　　价	40.00 元

版权所有，侵权必究。印装错误，随时调换。

图书在版编目(CIP)数据

西方志怪录/陶明辉著. —北京:华文出版社,
2011.7
ISBN 978-7-5059-3135-0

Ⅰ.①西… Ⅱ.①陶… Ⅲ.①猎奇-文学研究-西方
国家-春秋时代-战国时代 Ⅳ.①I106.3

中国版本图书馆CIP数据核字(2011)第116820号

西方志怪录导读

著　者　陶明辉
责任编辑　周海英
装帧设计　方无极
营销总监　赵凌子

出版发行　华文出版社
地　址　北京市东城区北河沿大街32号 100700
网　址　www.hqbook.com
电子邮箱　hwbook@263.net
电　话　(010)64057666 64037660(发行部)
　　　　(010)84057691 84057690(总编室)

经　销　新华书店
印　刷　[印刷厂]印务公司
版　次　2011年9月第1版
　　　　2011年9月第1次印刷
开　本　720×960毫米　1/16
印　张　21
字　数　355千字
书　号　ISBN 978-7-5059-3135-0
定　价　40.00元

版权所有，盗印必究。印装错误，随时退换